LOCUS

LOCUS

L O C U S

LOCUS

to

fiction

to 119
雲遊者
Bieguni
作者：奧爾嘉．朵卡萩（Olga Tokarczuk）
譯者：葉祉君
責任編輯：翁淑靜
封面設計：林育鋒
內頁排版：洪素貞　校對：陳錦輝
法律顧問：董安丹律師、顧慕堯律師
出版者：大塊文化出版股份有限公司
臺北市105022南京東路四段25號11樓
www.locuspublishing.com

讀者服務專線：0800-006689
TEL：(02)87123898　FAX：(02)87123897
郵撥帳號：18955675　戶名：大塊文化出版股份有限公司

總經銷：大和書報圖書股份有限公司
地址：新北市新莊區五工五路2號
TEL：(02) 89902588　FAX：(02) 22901658
初版一刷：2020年6月
初版四刷：2023年11月
定價：新臺幣480元
ISBN：978-986-5406-75-2
Printed in Taiwan

Bieguni

雲遊者

奧爾嘉・朵卡萩（Olga Tokarczuk）著
葉祉君 譯

【導讀】朵卡萩《雲遊者》——微觀而巨觀的文學織錦

謝佩霓

也許是拜多難興邦之賜，波蘭這個三千八百萬人口的東歐國度，至今竟然已經產生了六位諾貝爾文學獎得主。繼一九〇五年辛基維茲（Henryk Sienkiewicz, 1846-1916）、一九二四年雷蒙（Władysław Reymont, 1867-1925）、一九七八年辛格（Isaac Singer, 1902-1991）、一九八〇年米洛茲（Czesław Miłosz, 1911-2004）、一九九六年辛波絲卡（Wisława Szymborska, 1923-2012）五位大家之後，小說家朵卡萩（Olga Tokarczuk, 1962-）摘下二〇一八年諾貝爾文學桂冠。這不只肯定朵卡萩作為二十一世紀代表性文學家的尊榮，也確立了波蘭國際文學祭酒之一的關鍵地位，即便進入了新的千禧年，依然強勢延續。

朵卡萩從一九八九年發表第一本詩集《鏡中城市》（Miasta w lustrach）開始，逾三十年的寫作生涯屢創高峰。尤其難得的是，一路走來，她的作品既叫好又叫座。除了出書每每榮登暢銷書排行榜，作品改編為電影在國際影展掄元，也數度奪得波蘭文學界最權威的「尼刻獎」（Nike），而且難能可貴的還是讀者與評審所見一致。當她二〇一八年以《雲遊者》（Flights）奪得英國「曼布克國際文學獎」（Man Booker International Prize）時再攀高峰，那時沒人料想得到朵卡萩同年稍後還會直接攻頂奪得諾貝爾文學獎，成為史上唯一的雙料冠軍。

朵卡萩作為曼布克國際獎的首位波蘭得主，固然實至名歸，但是《雲遊者》的英譯者柯羅芙特（Jennifer Croft）也許一樣居功厥偉，畢竟此獎的獎勵對象是以英文書寫或是翻譯的作品。何況距離《雲遊者》獲得波蘭《尼刻獎》的二〇〇八年，已然整整十年過去，如果不是大獎奪冠讓文壇對朵卡萩的創作關注鵲聲再起，豈知諾貝爾獎最後獎落誰家。

儘管得獎無數又名利雙收，在老派專擅、依然故我的波蘭，朵卡萩仍舊不待見於主流價值。然而，不畏保守派譏謗其為「賣國叛徒」，朵卡萩不讓孜孜不倦的書寫成就專美於前，眼見世道失序無法置身事外，堅持左翼路線，在環保、人道與社會議題上採改革行動派，激進舉旗與直言倡議的表現，不遑多讓。

她認為同理心（compassion）才是讓人類彼此溝通與互相了解的不二法門，所以作家因為無法旁觀他人受苦受難。有鑒於此，作家當扮演治療師的角色，引其讀者逼視一向逃避的自身與國族的歷史，以便能超越現況走向未來。她不諱言終生以此為職志，自己已然是專治過去疑難雜症的心理治療師（psychotherapist of the past），至今頗引以為傲。

閱讀朵卡萩的著作，若要盡得其微言奧義，必得理性感性並行，細心耐心兼具；需要重蹈她的步履進行踩踏，追隨她的路線體會成書的心路歷程。創作的起心動念，始於服膺好奇心的驅使。起初她會透過感官體驗周遭一切，領略眾美的感受猶如領受天啟。然而靈思付諸文字後，感應的波動並未幡然靜止，繼續藉著意念不斷移動流竄，成為思想經緯縱橫的串流，助人循線追尋到生存意義的所在。這樣一絲一縷逐步紡織出大塊錦繡的寫作法，朵卡萩自比為建構星系（constellation）一樣的道理。當凡人仰望星空，眼觀滿天星斗，想像出繁複星宿為寄託，洞見星辰間的明月天心，方才能解得天上人間的眾妙華法。

《雲遊者》的寫作風格，延續著朵卡萩的標準手法，以百科全書式的關照，彙集史詩、神話、真人實事互為文本，糅和現實與魔幻，書寫波蘭的自然、地理、人文、歷史如何賡續，遞嬗出斯土斯民獨到的生活觀與生命哲學。

《雲遊者》書名的波蘭原文是Bieguni，係指因怯禍避難而游離流亡的宗教信眾，嚴格說來只能意譯無法直譯。波蘭作為天主教大國，假使以朝聖（pilgrimage）為原型視之，誠然得以美言雲遊是基於宗教情操。不過相較於東方的雲遊者——遊方僧出世避世棄世，苦行僧清貧帶髮修行，羅漢損形蔽衣行腳救難——則大有差別。倒是中世紀以來，不見容於體制的西方知識份子，選擇自我放逐，或者為了精進、傳播、發展，因此逐藝術文化而居。因此，如果視《雲遊者》為此文人脈絡的遺緒，那麼將之對照類比，例如十五世紀布郎特（Sebastian Brant, 1458-1521）描繪一百一十一位登場人物的《愚人船》（Das Narrenschiff, 1494），應當更加貼切而有趣。

追憶似水流年般的回憶錄，私密個人又牽動我們都似曾相識的人情世故。朵卡萩心理學專業的背景出身，一度以臨床心理諮商師為業，嚴正面對真人實事重演日復一日地自我拆解與重組，夜裡夢境中感官全開的徹底解放或者崩裂，卻在白日夢醒時自動重組為行禮如儀的拼裝車上路。

《雲遊者》這齣「穿越劇」，時空背景橫跨十七至二十世紀間的，亦即跨距從啟蒙時代橫貫至上個世紀末。平行時空中，多線發展出變換視角，琳瑯鋪陳出的各色人物的殊相與人類的共相，畢竟人人都是彼此多重視角中的存在。任何一個高度自覺的旅者，移步換景間，彷彿和主述者、角色們共命共生，真真切切地一同經歷了一次又一次的蛻變之旅。然則本身也是一名雲遊者的朵卡萩，在書中明白自證，自己此生成不了旅行家，因為雖然很想隨遇而安，實情是旅行異域途中，作客者自始自終歸心似箭，心繫祖國。

朵卡萩嘗試在書中回應歐洲文化吟遊詩人（bard）與漫遊者（flaneur）的意圖也隱然其間。始自中世紀訊息流通的需求，吟遊詩人因運而生。無論是以徒步駕騎行船遷徙，在落腳處客居期間，這些能說善道的樂手、歌手、小丑、雜耍特技演員，利用說學逗唱的十八般武藝生動地傳遞常識知識，百見千聞盡付樂音韻文，天籟地籟人籟得能合一，都是為了讓彼此的存有，因為交流彼此豐富，不再絕然遺世獨立。

西非的種姓制度中，有個通稱為「歌理侯」（griot/griotte）的階層非常特殊，為該文化圈獨有，諸侯權貴的家族或者部落，世代供養男男女女的歌理侯。雖然在人類文明發展歷程中，至今不乏靠口述歷史代代相傳無形資產的民族，但歌理侯不只是寓言、傳說、神話的說書人，他們也是族譜家、史學家、預言家、太子太保、仲裁者、媒人等等，何止捍衛維護種族的血緣，更是傳承文化命脈的文脈所繫。

歷史無法訴諸文字，依賴行者以方言口耳相傳的時代畢竟不再，文字時代以降的說書人，必得成為寫書人。有形的巴別塔，其實未曾因實體被摧毀而消失無蹤，世界還是不斷地築造高聳入雲的巴別塔。然而單純地複誦抄寫並從不質疑，已不再能滿足多語（polyphonic）的世界，以及多語境的世道。

傳說中的巴別塔位於兩河流域，而精妙掌握語言傳播的吟遊詩人，歷來自有其為代稱的地理人文流域，比如莎士比亞被稱為雅芳河的吟遊詩人，而泰戈爾則被稱為孟加拉流域的吟遊詩人。朵卡萩不啻正是當代的說書人、歌理侯、吟遊者（minstrel）與漫遊者，有如信使（herald），可比抒情詩人（troubadour）。只是在當代，一步一腳印的踽踽前行，不需要也不可能，朵卡萩以及其他藝術家的藝術流域，如今隨著網路傳播更加淵遠流長。

當性別認同不再是議題、雌雄同體不再是妄念，要剖析社群網路充斥的當代，即便朵卡萩即使再心儀榮格（Carl Jung, 1875-1961），也必須承認他的心理分析模組，恐怕已經不敷應付。小說家不太可能隱匿身分、讀者不可能單純作為一個讀者，旁觀者必然成為主角，所有虛擬的真實比真實還要真實，社會寫實卻比虛構更為虛幻。

朵卡萩善於化整為零、多線發展。以《雲遊者》為例，採用無名者的主述為敘述觀點，從〈我在這裡〉起首，分成總計一百一十六個單元繁衍。單元的長度參差交錯，短則一個長句，長則幾十頁，創造了韻律有致。精心布局的系統性碎化，將情節凝聚為小節，也將情結抒發為情感，透過縮影投射（vignettes）打破線性思考，不斷挑戰循慣性閱讀的讀者。細心的讀者甘之如飴，因為掩卷時能完成巨幅的記憶拼圖。她的文風文白夾雜，一如讓史實夾雜於虛構，互為形影掩抑虛實相生，在廿世紀末借古喻今，穿越四世紀時空。

此外，在深入探究之下，輾轉向歷代被辜負的女性與近代勇敢的女性主義者致敬的橋段，行文間比比皆是。自信、聰慧、練達、幽默、怡然，如果姑且視為前後兩位波蘭諾貝爾文學女桂冠的共通點，那麼辛波絲卡精煉成雋永的詩，朵卡萩則娓娓道來鋪陳成長篇小說。有別於其他波蘭出身的男性諾貝爾文學獎得主關注外顯的政經權勢，這兩位女性的靈巧機鋒，更顯得以女性慧黠智取。

對「男主外、女主內」的約定俗成，朵卡萩有獨到看法：「男人掌事業，女人管預言。家庭主婦時時有此天賦。」朵卡萩的女權意識，從處女作到成名作，莫不昭然若揭。參照《太古與其他的時間》、《收集夢的剪貼簿》知悉，不只朵卡萩的敘事線女性為主角，爬梳神女、聖女、烈女、貞女的歷史典故，自然不在話下。最耐人尋味的正是朵卡萩不採正面批判男性中心思維主導的歷史，而是透過女性當事人角度，重述再現廣為人知的事件。

從受難的殉道者到無聲的女性當局者，如非朵卡萩引我們易位而處再深探，約定俗成的偏見與根深柢固的偏執，註定讓史實在折衷於神格化或戲劇化之下，更加窄化扁平化。許多在文獻上聊備一格而被寥寥數語一筆帶過的女子，因此有血有肉立體化。《雲遊者》中，蕭邦胞姊露德薇卡（Ludwika Chopin J drzejewicz, 1807-1855）一經重塑，從歷史的配角躍升為主角。

無獨有偶，蕭邦胞姊露德薇卡死於席捲華沙的瘟疫，而在「世紀大瘟疫」新冠病毒COVID-19蔓延的此時，展讀《雲遊者》感覺尤其微妙。人類的旅行方式，陸運、海運，尤其空運的密集更是史上前所未見，但隨病毒肆虐全球，交流頓時停擺。但愛在瘟疫蔓延時是真，而人在隔離之中，閱讀與關心自身以外的世界如何再現也是真。瘟疫肆虐時始終是藝術文化的轉捩點，而誰又能知道大難之後，世人以及朵卡萩，會有什麼樣的轉變？

有個版本的《雲遊者》封面，吸睛又動人。波蘭地圖上乍看的紅點，仔細觀察才恍然大悟開了一個孔，看穿的是赤誠心臟的一瞥。心在祖國，一心為國，是歷代所有波蘭藝術文化工作者跨世代傳送的心聲吧。波蘭在朵卡萩的作品中從未缺席，難怪她拒絕被冠以叛徒之名。不過文人不可能只屬於同文同種的子民，一如藝術家的心心念念，即使在心跳告終，肉體崩殂，依然是具無比感染力的宇宙懸念。

「我身睡臥，吾心卻醒。」（Ego Dormio cum ego vigilant.）朵卡萩從聖經雅歌援引的詩句，為我們下了最佳的註腳。

我在這裡

我的年紀很小。我坐在窗臺上，身邊是扔了一地的玩具、翻倒的積木塔和眼睛瞪得老大的娃娃。屋裡一片漆黑，每個房間的空氣都慢慢變冷，沉寂下來。四周空無一人，所有人都離開了，消失了。但他們漸漸微弱的聲響——衣物的摩擦聲、腳步的迴盪聲，以及遠處的笑聲——依稀可聞。窗外是空蕩蕩的庭院。黑暗自天幕流瀉，有如黑色的露水，落在萬物之上。

最令人難以忍受的，是肉眼可見、濃到化不開的靜謐——寒冷的黃昏，與路燈那照射不到一公尺遠便沒入黑暗的微弱光線。

四周一片靜默。黑暗行進的步伐在屋子的門前停駐，它降臨時的嘈雜靜止後，創造出一層厚度——有如牛奶冷卻後的那片浮膜。建築物的輪廓在天際無限延伸，慢慢失去銳角和利邊。逐漸消逝的光線將空氣一併帶走，讓人無法呼吸。如今黑暗滲進皮膚。聲音蜷進自己的體內，像蝸牛縮回觸角；公園裡原本屬於這個世界的喧囂歸於平靜。

我在遊戲時無意間察覺，這晚是世界末日，而我之所以會有這個無心的發現，是因為他們把我單獨留在這裡，沒人看顧我。事情很清楚，我被困住了，被關住了。我的年紀很小，坐在窗臺上，看著已變得冷清的庭院。學校廚房的燈已關，所有人都走了。庭院的水泥磚在吸滿黑暗後便消失無蹤；還有關上的門扉，落下的鬧門，放下的捲簾。我想出去，卻無路可走。黑暗中，只有我的存在擁有清晰的輪廓——那線條顫抖，晃動，令人感到痛苦。一時間，我發現真相：我在這裡，我已無計可施。

腦中的世界

我的第一次旅行是步行穿過田野。當時有好一段時間，都沒人注意到我消失了，我因此得以走上一段很遠的路程。我穿過整座公園，然後沿著田野道路走過玉米田，以及長滿驢蹄草、溝渠縱橫的潮濕草甸，一路來到河邊。話說回來，在這片低地上，隨處可見河流的蹤跡，它滲入草皮之下，舔舐整片田野。

我爬上堤防後，看見一條移動的緞帶，一條超出框架、超出世界的道路。運氣好的話，站在堤防上會看見一艘艘巨大而扁平的駁船，它們無視水岸、樹木與站在堤防上的人們——當作不值得留心、會變動的地標，當作船隻優雅行進時的見證者——逕自航向河的兩端。當時的我曾夢想長大後要在這樣的駁船上工作，若能變成一艘駁船，那就更好了。

那條河其實並不大，不過就是奧得河1罷了，但我當時年紀也還小。後來我查過地圖，它在河流的分級中，算是次要的，卻不至於讓人忽略，地位有如從封地到宮廷晉見亞馬遜女王的女子爵。然而，它對當時的我來說，已是巨大的河流。它隨著自己的心意流動，早就沒人管束，喜歡隨處氾濫，讓人難以捉摸。行經某些地方時，它刻意與水面下的阻礙糾纏，一道道的水漩也因此而生。它恣意流動、行進，專注於自己那位於北方某處、隱跡於地平線下的目的地。它讓人無法盯著它看，因為它會讓人極力把視線拉到地平線之外，直到暈頭轉向為止。

這條浪跡天涯的善變流水只專注在自己身上，沒有理會我。後來我才知道，這是一條一生只能跨入一次的河流。

河水每年都會向被它馱在背上的駁船收取高額費用——因為年年都有人溺斃其中，不是在酷暑玩水的孩子，就是莫名其妙翻過欄杆、從橋上失足摔落的醉漢。為了搜尋這些溺水之人，總得耗上許多時日，鬧得沸沸揚揚，讓附近的居民精神緊繃。在這種時候，人們會派出潛水隊和軍用水上摩托車。靠著大人提供的線索而找回來的屍首，各個蒼白浮腫——流水將那些軀殼中的生命沖洗殆盡，把他們的輪廓抹得連近親都難以辨認。

站在堤防上凝視水流時——即使有各式各樣的危險存在——我體認到動總好過於靜，改變總比不變來得崇高。凡是靜止不動者，最終必然崩解、衰退，化成灰燼，而動者甚至能持續到永久。公園；一個又一個的菜園裡，剛發芽的蔬菜稀疏排列；玩跳房子的水泥磚人行道……這些是我熟悉的風景，恆久不變。從這裡看出去，河流成了一根針，從這幅風景穿插而出，垂直勾勒出一個三度空間。它在這幅畫裡穿了洞，讓我童稚的世界幾乎像個橡皮玩具，「嘶」一聲洩了氣。

我的父母有點算是遊牧民族，他們搬過很多次家，最後總算在一所鄉間學校落腳，待了一段比較長的時間。學校離大馬路和火車站很遠，光是走出輪番耕種各種農作物的田野，就可稱為旅行；如果去小鎮的話，更可稱為出一趟遠門。父母會去鎮上採買，到公務機關遞交文件。鎮公所前的廣場上，可以找到美髮師的身影——他總是繫著同一條圍裙，上頭有著顧客留下的染髮劑殘漬，像是某種書法或漢字，即使幾經洗滌與漂白，依舊可見。媽媽去染髮的時候，爸爸會在「新咖啡廳」等她。店外擺

1 奧得河（Odra）：發源於捷克，流經波蘭西部，在波蘭與德國之間形成天然國界，流向波羅的海。

著兩張桌子，爸爸會坐在其中一張桌前看地方版的報紙，而上頭最有趣的版面，總是登載與儲藏果醬及醃黃瓜的地窖竊案有關的犯罪消息。

他們的假期旅遊很嚇人，行李總是塞到滿至車頂。在雪才剛退，大地還沒甦醒的早春，他們便會開始計畫，一連花上好幾個晚上的時間。他們應該要等到田被鋤頭與犁耕過，種子開始發芽才對，這樣他們就會把時間都花在田地上，從早到晚待在那裡。

他們是屬於會把房子的替代品——露營車——掛在車後開出去玩的世代。他們有多功能的瓦斯爐、小型摺疊桌和椅子、紮營時用來曬衣服的塑膠繩和木製曬衣夾、防水桌布、野餐用品——彩色的塑膠盤、餐具，還有鹽罐和酒杯。

出去旅遊的時候，除了在教堂和紀念碑底下拍照，父親和母親最喜歡的就是逛跳蚤市場。去程的路上，父親在跳蚤市場買了軍用茶壺，那是銅做的，裡頭有管子可以放一把樹枝進去燒。營地裡雖然可以用電，他卻用這個水壺來燒水，弄得亂七八糟，而且還冒煙。他會蹲在這個燙人的器具前，驕傲地聽著滾水的冒泡聲，然後再把水拿去沖茶包，他真是一個標準的遊牧民族啊。

我的父母會在營區裡規劃好的場地舒舒服服坐下，而且每次都是跟像他們這樣的同好坐一起，與隔壁帳篷的鄰居隔著晾了襪子的繩子，有一搭沒一搭地聊。他們拿著觀光指南討論旅遊路線，並在上頭把觀光景點都仔細標好。上午去海邊或湖邊游泳，中午過後則是外出參觀各個城市裡的古蹟。當天行程的最後是晚餐。波蘭的貨幣茲羅提很弱勢，以世界貨幣而言，根本微不足道，所以他們每次都要省錢，最常吃的是燉肉、肉餅、茄汁肉丸這種裝在密封玻璃罐裡的自製食物，只要煮麵或飯就可以了。接下來就是要找可以接電的地方，然後繼續前往下一個目的地。這樣的打包時間，總是讓人百般

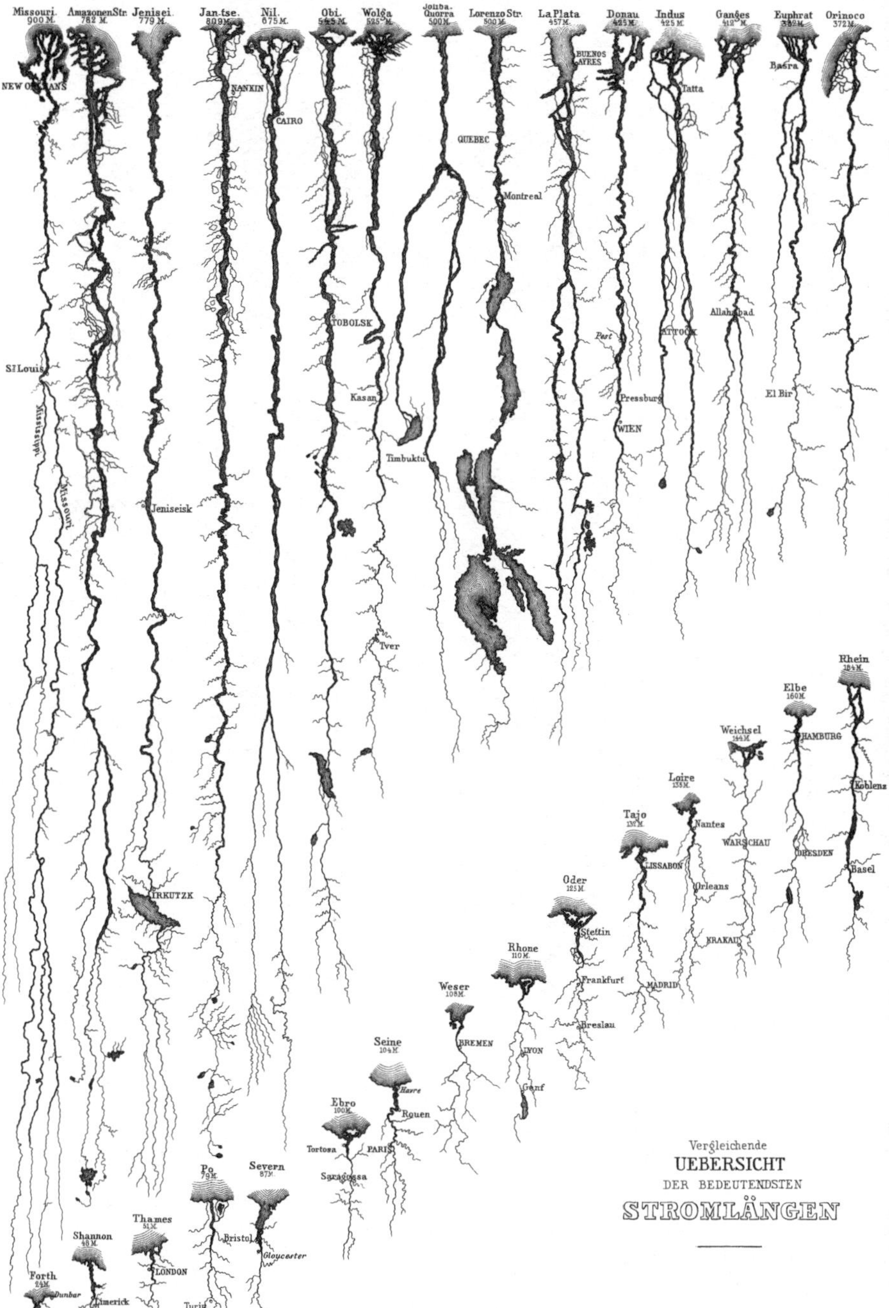

Missouri. 900 M.
AmazonenStr. 782 M.
Jenisei. 779 M.
Jan-tse. 809 M.
Nil. 675 M.
Obi.
Wolga 525 M.
Quorra 500 M.
Lorenzo Str. 500 M.
La Plata 457 M.
Donau 425 M.
Indus 425 M.
Ganges 412 M.
Euphrat
Orinoco 372 M.
NEW ORLEANS
St Louis
Missisippi
Missouri
NANKIN
CAIRO
QUEBEC
Montreal
BUENOS AYRES
Tatta
Basra
TOBOLSK
Kasan
Timbuktu
Pest
Pressburg
WIEN
ATTOCK
Allahabad
El Bir
Jeniseisk
Tver
IRKUTZK
Rhein 184 M.
Elbe 160 M.
Weichsel 144 M.
Loire 138 M.
Tajo
Oder 125 M.
Rhone 110 M.
Weser 108 M.
Seine 104 M.
Ebro 100 M.
Severn 87 M.
Po 79 M.
Thames 51 M.
Shannon 48 M.
Forth 24 M.
HAMBURG
Koblenz
DRESDEN
Basel
Nantes
WARSCHAU
LISSABON
Orleans
KRAKAU
MADRID
Stettin
Frankfurt
Breslau
BREMEN
LYON
Genf
Havre
Rouen
PARIS
Tortosa
Saragossa
Bristol
Gloucester
Turin
LONDON
Limerick
Dunbar
EDINBURG
Vergleichende
UEBERSICHT
DER BEDEUTENDSTEN
STROMLÄNGEN

不願。即便如此，到頭來，他們終歸也只是在旅行的目的地跟家之間，這條形而上的封閉軌道上巡迴。他們不是真正的旅行家，因為他們旅行的最終目的還是回家。每當回到家，他們總是鬆一口氣，好像圓滿達成任務一樣。而他們每次之所以會回來，都是為了要拿櫃子上堆積成塔的信件與帳單。他們會洗非常多的衣服，把照片拿給朋友看，「這是我們在法國南部的卡卡頌。」「而這是我太太，在她後面的是雅典衛城。」只是大家都看得十分無趣，悄悄打呵欠。

接下來的一整年，他們會過著久坐不動的生活。這是一種奇怪的生活方式。早上起床看到的，就是昨晚留下的狀態。衣服吸滿了自己家裡的味道，地毯也讓孜孜不倦的腳掌上踏出一條小徑。

這不適合我。顯然我少了某個只要在一個地方待久一點，就會開始生根的基因。我試過很多次，不過我的根總是很淺，只要風一吹，就會把我吹倒。我不會發芽。我缺少這樣的植物能力。希臘神話中的安泰俄斯只要站在土地上，便能獲得源源不絕的能量，我卻不會從土中吸取汁液，我是一個反安泰俄斯者。我的能量來自動作——公車的震動、飛機的低吼、渡輪與火車的晃動。

我是一個很好養的人，身材不算高大，該有的都有。我有一個不挑剔的小胃、強壯的肺、結實的肚子和強壯的臂肌。我沒有吃藥，沒有戴眼鏡，沒有服用賀爾蒙。我每三個月拿理髮器修剪一次頭髮。我幾乎不用化妝品。我的牙齒很健康，也許不是非常整齊，卻沒有缺牙，只有很久以前補過一顆蛀牙，好像是下排左邊第六顆吧。我的肝臟正常。胰臟正常。左右兩顆腎臟的狀態良好。我的腹主動脈正常，膀胱沒有問題，血紅素值12.7，白血球4.5，血球容積比41.6。血小板228，膽固醇204，肌酸酐1.0，膽紅素4.2……。我的智商——如果測驗準確的話——有121，算夠用了。我的空間想像力特別發達，幾乎可以算是過目不忘的全現心象，但只有極輕微的腦功能側化。我的人格特質很善變，大概不是個值得信任的人。我的心智年齡跟實際年齡一樣，心理性別也和生理性別相符。我通常都買平裝書，這樣忘在月臺、被別人拿去看的時候，就不會覺得心疼。我沒有任何蒐藏。

我雖然有大學文憑，實際上卻沒學到任何專長，對於這一點，我覺得很懊悔。我的爺爺是織布工，他會把織好的布匹染白，然後攤在斜坡上，讓熾熱的陽光曝曬。操作織布機，將經紗和緯紗編織在一起很適合我，但沒有攜帶式的織布機。織造是屬於定居民族的藝術。我在旅程中會用棒針織東西。不幸的是，最近有些航空公司禁止旅客攜帶棒針與鉤針上機。一如我所說的，我沒學到任何一技之長。一路走來，我緊抓住各種工作機會，跟我父母老掛在嘴邊的那套說法相反，我的工作沒有越換越差，反而成功找到自己的生存方式。

歷經二十年的浪漫體驗，我的父母已受夠乾旱與霜凍。他們回到城市，回到有冰冷地窖可以整個冬天好好保存食物的地方，回到枕頭與被子是用自家綿羊毛填充的地方。我從他們那邊得到一點錢，踏上了自己的第一趟旅程。

我到處打零工，走到哪，做到哪。我在大都市郊區的一家跨國工廠裡，做過把天線鎖在豪華遊艇上的工作。那裡有很多像我這樣的人。我們都是打黑工，不會有人問我們的出身和未來的計畫。我們領工資的時間是星期五。要是有人覺得這份工作不合適，星期一就不會再出現。在那裡工作的，有已經考過高中畢業學力測驗，但還沒參加大學入學考試的未來大學生；有一路往心目中理想公正的西方國家前進的移民，在他們眼中，那樣的國家裡，所有人都是兄弟姊妹，而強大的政府則扮演照顧人民的父母官。在那裡工作的，有等著與家人團聚的難民；有不幸的戀人、注意力渙散的人、鬱鬱寡歡的人、一天到晚老是感到冷得不得了的人、還不出貸款而遭到通緝的人；有到處流浪、四海為家的人。

有因為病情反覆發作入院、被人用不明法條遣返回國的瘋子。

只有一個印度人固定在那裡工作，已經做了很多年，不過老實說，他的情況和我們根本沒兩樣。他沒有保險，也沒有任何休假。他總是耐著性子，用一貫的速度沉默地工作。他從來不遲到，也不會找任何理由請假。我成功說服幾個人一起組工會——那是團結工聯[2]的時代——就算只是為了他也好，不過他不要。他很感動我對他展現的關心，每天都請我吃裝在鐵製便當盒裡帶來的辛辣咖哩。如今我甚至記不得他叫什麼名字。

我當過餐廳服務生、高級飯店的客房清潔人員和保母。我賣過書，也賣過票券。我在一家小劇院當過服裝人員，在蓬鬆的簾幕、沉重的服裝、緞面的披風和光滑的假髮中，度過了漫長的冬季。大學結束後，我也當過老師、反毒顧問，甚至最後還在圖書館工作。一旦賺了些錢，我便上路旅行。

世界中的腦

我在一個共產國家的大城市讀心理學，心理系所位於戰時曾是納粹親衛隊分部的建築物。城裡的這一區是建在猶太區的廢墟上，只要多加留心，隨處可見舊時的痕跡。這一區的地勢比城市的其他部分要高上一公尺左右，是由斷垣殘礫堆出的一公尺。我在那裡未曾感到舒服過。新穎華廈與破舊廣場之間總是吹著風，那冷空氣似乎特別刺骨刮臉。這區雖然已經改建，但這裡基本上還是屬於亡者的地方。直到今天，我還會夢見那棟系所——有如岩石中鑿出的寬敞走廊、被眾人腳步踏圓的階梯邊角、被眾人掌心磨光的扶手表面、無處不在的碰觸痕跡。也許就是因為這樣，系裡一直有鬼魂縈繞不去的傳說。

每當我們把一群老鼠放進迷宮裡，總會有一隻的行為與理論相悖，與我們聰明的假設完全搆不上邊。那隻老鼠以雙腳站立，對實驗路線終點的獎品完全不感興趣。牠不願展現「巴夫洛夫制約」[3]，而是用眼神掃過我們，然後走回頭，不然就是慢條斯理地進行迷宮實驗。牠會在旁支走道搜尋東西，試圖把眾人的焦點拉到自己身上。牠會沒頭沒腦地吱吱叫，而這種時候，系上的女生就會違反規則，

2 團結工聯（Solidarność）：波蘭的工會聯盟，一九八〇年八月三十一日，由華勒沙（Lech Wałęsa）發起，在格但斯克的造船廠成立，是當年東歐的共產國家中，第一個非共產黨組成的工會。

3 巴夫諾夫制約（Pavlov conditioning）：指俄羅斯生理學家巴夫洛夫（Ivan Pavlov）的著名研究。拿食物餵一隻飢餓的狗，可即刻觀察到牠口中分泌大量唾液；接著改為先讓狗聽鈴聲再給食物，如此反覆進行幾次，狗只要聽到鈴聲就會流口水了。

把牠從迷宮裡抓出來，擺在手上。

斷了氣的青蛙成大字型躺著，身上的肌肉根據電流脈衝所發出的聽寫考題，一縮一放地作答，以這種教科書裡尚未記載的方式與我們對話。而牠的四肢動作明顯展現出威脅與嘲諷，以此反駁生理反應純屬機械運動的崇高信仰。

世界是可以被描述的，甚至可以藉由深問淺答的方式來解釋，這是我們在心理學學到的。世界的存在本身就是惰性的，死氣沉沉，受頗為簡單的法則主宰，而解釋與呈現這些法則的最佳方式是透過圖表。我們被要求進行實驗，設立假說，再加以驗證。我們被帶入神祕的統計數字中，深信透過統計，可以完美描述世界的所有規律，例如百分之九十比百分之五要來得有意義。

不過，現在的我明白一件事——如果一個人追求秩序，那麼這個人就該避開心理學。他可以去念生理學或神學，至少不論在物質上或心理上，都可以透過這些學科獲得堅強的後盾，在心理上不會面臨挫敗。心理學是一種十分不穩定的研究項目。

有些人說，會選這門學科的人都不是基於未來的職涯規劃、個人興趣或幫助他人的使命感，而是另有一個非常簡單的原因。他們說得的確沒錯。我猜想，在我們的內心深處都有殘缺，但這份殘缺卻巧妙地偽裝隱藏，讓我們的外表看來像聰穎、健康的年輕人，順利通過入學考試。這份殘缺由各種情緒緊緊交纏成一團，就像人體內有時會出現、也可以在每個用心經營的病理解剖學博物館看見的奇怪腫瘤一樣。不過，說不定我們的考官跟我們是同一種人，而他們實際上也清楚知道自己在做什麼。如果是這樣，我們就成了他們的接班人。大學二年級的時候，課程教到心理防禦機制的運作方式，這讓我們驚覺人類的這部分潛力有多強大。我們開始明白，如果沒有理性、昇華、壓抑等等技巧存在，讓我們可以自我依靠；如果我們不帶任何防備，以勇敢誠實的角度看待這個世界，我們的心臟都會因為承受不住而爆裂。

我們在這門學科裡學到：我們是由護具、盾牌及盔甲所建造出來的個體；我們是以圍牆、屏障及要塞為建築結構的城市；我們是由防禦工事構成的國家。

同學之間以彼此為實驗對象，進行所有的測驗、訪問與研究。大三以後，我已經可以定義自己有什麼問題，這就好像發現自己有個祕密名字，而這個名字正等著我去召喚它。

我沒有從事跟本科相關的工作太久。有次旅行，我困在一個大城市裡，當時身上沒錢，我便去跑去當客房服務員，並且開始寫書。那故事是寫來讓人在旅行中看的、在火車上讀的，可以說，那故事是我為了自己而寫的。這本書就像解饞的小三明治，可以一口吞下，連咬都不用咬。

我可以在必要時專心致志，化身為一隻巨大的耳朵，聽著周遭的私語、雜音，以及自牆後傳來的遠方聲響。

但是，我從來沒有真正成為一位女性作家，或者該說作家就好，因為這個字的陽性[4]聽起來比較有氣勢。我跟所謂的生活總是擦肩而過，最多只能追上它的足跡，追上它蛻下的老皮。我才剛鎖定它的位置，它卻已轉往他處，而我所能找到的，就只有公園樹皮上「到此一遊」這類的痕跡。在我的作品中，生活幻化成一段段不完整的歷史、一篇篇夢境般的短篇故事、一個個曖昧不明的題材。生活會

4 波蘭文裡的每個詞彙都分陽性、陰性和中性，用以表達詞彙描述對象為男性、女性或無性別。

從遠處不尋常的錯位角度或橫斷面出現，讓人很難得出一個全面性的結論。

嘗試過寫作的人就知道，這是一件多麼不容易的工作，這絕對是最糟糕的自營業之一。作家從早到晚都得獨自關在單人牢房裡，處在絕對的孤寂中。這是一種受控制的精神疾病，是對工作過度沉迷的偏執症，所以這份工作才會沒有我們所熟知的羽毛、披風與威尼斯面具，而是換成屠夫的圍裙、橡皮靴和清除內臟的刀子。從作家寫作的地下室看出去，勉強只看得見路人的腳，只聽得見鞋跟敲在地面的聲音。有時會有人停下腳步，壓底身子朝窗戶裡探一眼，只有在這種時候，作家才能看見人類的臉孔，甚至能說上幾句話。不過，作家當下的思緒其實被自己腦中的劇本占據，在快速勾勒的全景劇場中不斷轉動，把人物一一擺上暫定的舞臺——作者、主角、女性旁白、女性讀者、負責描述的人、被描述的女人；腳掌、鞋子、鞋跟和臉孔，遲早都會成為這齣戲的一部分。

我並不後悔自己愛上這麼特別的事。我其實不適合當心理學家。我從來就沒有辦法說明或觸發藏在家庭照裡的黑暗思緒。我必須很悲哀地承認，在別人懺悔自己的所作所為時，我常常會感到乏味。老實說，許多時候，我比較想跟對方調換角色，換我來說給他們聽。我得克制自己，才不會突然拉住病患的袖子，打斷對方，說：「小姐，您在說什麼啊！我根本就不會這樣想！那我又夢到什麼？您先聽我說……」或者，「先生，您哪裡懂什麼叫失眠？這樣就叫恐慌症發作嗎？請您別開玩笑了。我上次碰到的才叫做……」

我不是一個聽話的人。我常越界，也常不由自主將自己帶入情境之中。我不相信統計結果和理論驗證。一個人一種個性——這種假設對我來說總是太過簡化。我傾向攪亂顯而易見的事實，質疑無懈可擊的論點，這是一種習慣，一種不正常的大腦瑜伽，一種體驗腦內運動的微妙樂趣。對於每一個判斷，我都會用懷疑的眼光審視，仔細品嘗其中的奧祕，而最後的結果也總會如我預設的那樣，一切都是虛假，沒有一件真實，而所謂的量表也只是捏造出來的結果。我不想要一成不變的觀點，那是不必要的包袱。在討論中，我有時會站在甲方，有時會站在乙方——我知道跟我一起討論的人不喜歡我這一點。我腦中會出現一種奇怪的現象，而我則是這種現象的目擊者——我找到越多「支持」的論點，腦中就會出現更多「反對」的例證，而每當我越傾向前者，後者便顯得更加吸引人。

既然作答每道測驗對我來說是件難事，我又要如何去測試他人。性向測驗、統計問卷、條列式的問題、評量化的作答方式，這些對我來說都很難。我很快就發現自己的這個障礙，這也就是為什麼在求學期間，當我們在實習課相互測驗時，我的答案總是隨機、胡亂猜測的。我這樣的作答方式，讓最後統計的圖表呈現奇怪的結果——歪斜偏差的X軸與Y軸。「你相信最好的決定就是最容易改變的決定嗎？」——我相信嗎？什麼決定？改變？什麼時候？最容易？「進入一個房間的時候，你比較想選擇中央的位置而不是周圍的位置嗎？」進入什麼樣房間？在什麼時候？那個房間是空的，或牆邊都擺著紅色的絨毛沙發？還有窗戶——窗外的景色怎樣？關於書籍的問題：我是喜歡閱讀而不是參加聚會，或者要看是什麼書跟什麼聚會？

這是哪門子的方法學！不聲不響就假設一個人缺乏自我認識，一直到別人提出暗藏玄機的問題，這個人才懂得揭開自己的面紗。自己提問，自己作答，一個不小心，那無人知曉的祕密便攤在了陽光下。

還有另一個假設，一個致命而危險的假設——我們都一成不變，我們的反應都是可以預期的。

症候群

我的旅遊史只是一篇病史，這個讓我飽受痛苦的症候群，可以在每一則臨床症候群指南上找到，而這個症候群就像專業文獻記載的那樣，發作的次數越來越頻繁。如果想了解這個症候群，最好去看《臨床症候群》（*The Clinical Syndromes*）。這部早年的著作（七〇年代出版），是一本類似症候群百科的書。話說回來，這本書也是我源源不斷的靈感來源。有人敢以客觀和概括的角度，來綜合描述一個人嗎？可以自信十足地運用人格這個概念嗎？能大膽建立說服力十足的人格分類法嗎？我不這麼認為。症候群這個概念與旅遊心理學完全吻合——不明顯，會隨著時空而變，無關慣性理論，完全是偶發性，可以拿來解釋某個現象，然後用完就丟，是一個拋棄式的認知工具。

我的症候群叫「持續性解毒症候群」。如果把它直譯，不加任何修飾，那麼這個名詞所指的，就是有意識地持續回到某些想像，甚至可說是強制性地尋找這些想像。這個症候群是「險惡世界症候群」[5]的變種，近期的神經心理學文獻對它的描述頗為貼切——透過媒體傳播的特殊感染現象。基本上，這是一種專屬資產階級的疾病。病人通常會在電視前花上許多時間，拿著遙控器不斷在新聞頻道之間，尋找關於戰爭、傳染病、重大災難等情節最為可怕的消息。病人會對眼前所見的畫面著迷，然後再也無法移開視線。

這些症狀本身並不具威脅性，只要跟外界保持距離，病人依舊可以平靜地過日子。病人通常不會去治療這個可悲的疾病，在這種情況下，科學依舊對這個症候群做了苦澀的論斷。當病人因長期恐懼，終於踏進心理醫師的診間時，醫師會要求這位病人採取比較健康的生活型態——捨棄咖啡與酒精，睡在通風良好的房間，從事園藝活動或編織。

我的症狀是會被所有壞掉、不完美、殘缺、裂損的東西吸引，我感興趣的是不怎麼樣的形體、作品中的錯誤和僵局；我注意的是本來應該有所發展，卻因為某種緣故而發展不全的東西；或者反過來——超出原先預期的東西。

所有不合常規的東西，太小或太大的東西，過多或不完整的東西，有如怪物或令人反感的東西。不在乎對稱的形體，會自我倍增、從邊緣增生、會繁殖的形體，或者反過來——會從多數減為單數的形體。對於具重複性質的事件，統計學所著重的那種事件，所有人都會掛上熟悉而滿意的笑容來慶祝的那種事件，我並不感興趣。我對於畸形、奇怪的東西總是沒有抵抗力。我有一種鍥而不捨的信念——真正的生命就是在這種地方顯露，揭示自己的本質。這是一種突然、意外的揭露。人在不好意思的時候會說的語助詞，精心打褶的裙子底下露出的內襯邊緣。突然從絲絨表面底下跑出來的噁心金屬骨架；從燈芯絨扶手椅裡面爆出來的彈簧，大刺刺揭穿一切柔軟的假象。

5 險惡世界症候群（Mean world syndrome）：由傳播學者喬治．葛本納（George Gerbner）所提出，指電視重度收視者所想像的世界，可能比真實世界更加可怕，甚至充滿邪惡。

怪奇展示櫃

我從來就不是一個喜歡逛藝術博物館的人，如果由我決定，我很樂意把收藏品都換成怪奇展示櫃，在裡面展示少見、獨特、怪異的東西。這種東西存在每個人的意識暗處，但只要把視線轉移到它身上，這種東西便會消失得無影無蹤。對，我罹患這種不幸的症狀。陳列在市中心的收藏品對我來說沒有吸引力，但那些可以在醫院附近看見的收藏品卻吸引著我。這樣的收藏品不夠格在珍貴的場地展出，也顯示最初的收藏者品味有待商榷，因此常被放在地下室。橢圓形的瓶子裡，裝著一隻兩條尾巴的火蠑螈，嘴巴向上，等待著審判日那萬物復生的時機到來。福馬林裡泡著一顆海豚腎臟。綿羊的顱骨展現出純粹的變異——兩對眼睛、耳朵和嘴巴——彷彿象徵上古諸神雙重神性的面貌般美麗。人類的胎兒，身上披著珠鍊，還有以書法字謹慎寫下的「五個月大，埃塞俄比斯人[6]後代」說明文字。這些自然界的脫序創作——雙頭嬰、無頭嬰、死胎——都是前人經年累月搜集而來，在福馬林溶液中漂浮沉睡。又或者至今仍在美國賓州某間博物館中展示的「單對稱頭胸連胎」——病理形態學上的單頭雙體胎兒，以「一等於二」的方式，對邏輯的基礎提出質疑。最後，來自家庭廚房的展示品：長眠於酒精之中，產於一八四八年的蘋果。這些蘋果都有著不正常的奇怪形狀，顯然有人認為這個自然界的脫序行為該持續永久，異於常態才能生存。

我為此耐著性子踏上旅程，一路追尋創作中的大小錯誤而去。

我學會在火車上、旅館中和等候室裡寫作。搭飛機時在座位上可以收闔的小桌板寫作。用餐時，在桌子底下或洗手間裡記筆記。我會在博物館的階梯上寫作，在咖啡廳寫作，把車子停在路旁寫作。我會在小紙片、筆記本、明信片上記東西，會在手上、餐巾紙上、書頁的邊緣上記東西。這些通常都是短短的句子、畫面，但有時我會把雜誌裡的段落抄下來。有時我會被人群中浮現的某個身影誘惑，這種時候我會偏離自己的軌道，好追上那身影，開啟我的故事。這是一個好方法。我在這個方法中改善自己。年復一年，時間成了我的盟友——就像它對每個女人所做的那樣——我變成隱形，變成透明。我可以像鬼魂一樣移動，回頭探視人群，偷聽他們的爭吵，看著他們枕著背包睡覺，看他們自言自語，蠕動嘴唇，建構語句，不會注意到我的存在，而這些語句我等等就會幫他們說出來。

6 埃塞俄比斯人（aethiopis）：佚失的希臘史詩。

所見即所知

我的每一次朝聖，都是為了下一次的朝聖啟程。這一次的朝聖並不完美，零散破碎。

比方說，這裡只收集有缺陷的骨頭。這些扭曲的脊椎與肋骨，想必都是從同樣扭曲的人體中抽出，製成標本並風乾，而且還額外上了漆。透過骨頭上的編號，參觀者可以在紙本資料中找到對應的疾病描述，只是那些紙本資料早已不存在。因此，跟骨頭相比，紙張的保存性如何？應該要直接寫在骨頭上才對。

比方說，這是一根大腿骨，有個好奇的人將它縱向鋸開，想看看裡頭藏了什麼。那人肯定為自己所見的景象感到失望，因為那人把鋸開的兩半用麻繩綁起來，放回櫃子，而思緒也早已轉到別的事物上。

這個櫃子裡有幾十個人，彼此毫無關聯，生存在不同的時代與地區。現在他們被判決在博物館中得到永生。他們在這般美麗的墓穴中——有著寬闊、乾燥的空間，有著良好的投射燈光——度過無止境的博物館刑期。同屬一個主人的骨頭，有的卻成為萬年備選，與黃土相伴，想必很嫉妒在博物館展出的那些。若這些骨頭的所有者是天主教徒，難道不擔心在「最後的審判」時無法找全身所有的骨頭？不擔心無法拼回犯過罪或行過善的身軀？

顱骨，各個都長了五花八門的增生結構，有的遭到射穿，有的受到刺傷，有的部分缺損。手掌骨，受過風濕症侵襲。手臂，多處骨折，自然生長癒合，多年的疼痛已然麻木。

過短的長骨，過長的短骨，患過肺癆，病變紋路滿布。誰想得到，甲蟲會啃食這樣的骨頭？維多利亞時期的櫥櫃打了燈，裡頭的可憐人類顱骨張大了嘴，展示齒列。就拿這顆頭顱來說，裡頭有個巨大的洞，但是齒列很漂亮。不知道那個洞是否為致命傷？這很難講。有個人是蓋鐵路的工程師，腦袋被鐵條貫穿，卻帶著這樣的傷繼續活了許多年，這顯然印證了神經心理學關於我們每個人都存在於自己腦中的說法。這名工程師沒死，卻變了很多。按旁人的說法，他完全變了一個人。我們是怎樣的人，都要視大腦而定，所以我們現在就向左走，去大腦展示廊。這些就是了！浸泡在溶液裡的乳白海葵，有大有小，這些是天才型的，那些則是連數到二都不會。

再過去是迷你人類區，也就是胎兒專區。這就是那些小娃娃，迷你標本。這裡所有的一切都是縮小版，所以整個人都可以塞進小小的罐子裡。最初期的那些胚胎，肉眼幾乎看不見，就好像是掛在馬鬃上的小魚和小青蛙——不過，是泡在福馬林溶液裡。更後期的那些胚胎則為我們展示了人體形成的順序及完美的壓縮方式。尚未發展成人形的肉塊、已算得上是半個人類的幼小東西，終其一生未能踏進潛能發展這片魔法般的領域——他們有形體，卻還沒發展出心靈，也許心靈的存在與形體的大小有關吧。他們體內的物質憑著渾渾噩噩的頑固開始構造生命，收集組織，連結器官，形成體系，讓器官更為強壯。這樣的物質已經開始製造一顆眼睛，也把肺準備好，只是從這個階段到接觸光線與空氣，還有一段很遠的距離。

接下來的一排，也是器官，不過是發育完全的。這些器官很幸福，當時的環境允許它們發育成熟到應有的尺寸。應有的尺寸？它們怎麼知道該長到多大？什麼時候該停止生長？顯然不是每個器官都知道——那些腸子一直長、一直長，我們的教授找半天，才找到一個可以裝下那些腸子的大罐子。至於把它們裝進這個以縮寫標示身分的男人的肚子裡，就更讓人難以想像了。

心臟，其所有奧祕已被完全攤在陽光下——這是個不成形狀、拳頭大小的塊體，顏色是髒髒的乳白色。因為這正是我們身體的顏色，灰白色，灰棕色，很不好看，但得把它記住。我們不會想要家裡的牆或車子是這種顏色。這是內臟的顏色，晦澀的顏色，代表陽光照射不到的地方，代表組織躲藏的地方。組織會躲在潮濕之處以避開外界眼光，因此沒有譁眾取寵的需要。組織只有與血液共存才得以放肆；血液是警惕，鮮紅的色彩便是警鐘，意味著我們人體的軀殼像貝殼般被打開，意味著組織的連續性被斷開了。

事實上我們的體內並沒有色彩，若將心臟的血液徹底沖淨，心臟看起來就像……一坨黏糊糊的東西。

七年之旅

「自從我們結婚後，每年都會去旅行，已經持續七年了。」火車上，一位身穿高雅黑大衣，拿著黑色文件盒的年輕男子說。那文件盒看起來就像別出心裁的餐具套組收納盒。

我們有很多照片，那人解釋說，收納得井井有條。南法、突尼西亞、土耳其、義大利、克里特島、克羅埃西亞，甚至是斯堪地那維亞。他說那些照片夫妻倆通常會看好幾次：先跟家人一起看，接著跟同事看，然後再跟朋友看。之後，他們會把那些照片好好收在透明包裝袋裡，像偵探資料櫃裡的證據——證明「我們去過那裡」。

他看向窗戶，陷入思緒中。外頭的風景好像趕著去赴約，不斷飛奔而過。他有時難道不會思索：不過，「我們去過那裡」代表什麼意義？在法國的那兩個禮拜去了哪裡？如今只能勉強記起片段，例如在中世紀城牆下突然襲來的餓意、在屋頂爬滿葡萄藤的酒吧那晚的情景。在挪威發生過什麼事？那次的旅程留下的回憶只有冰冷的湖水、不願結束的白晝，還有在店家關門前買到啤酒的喜悅，或是第一眼看到峽灣時的驚豔。

男子突然恢復活力，往大腿一拍，總結道：「我看到的，就是我的。」

蕭沆的預言

另一個男人害羞又溫柔，每次出差總會帶上一本蕭沆[7]的短篇作品集。他會把書放在飯店的床頭櫃上，在睡醒後隨手翻開其中一頁，將裡頭的文字當作每日格言，來展開新的一天。他認為歐洲的飯店應該盡快把聖經都換成蕭沆的作品。從羅馬尼亞到法國，全都該換。扮演預言角色的聖經已經過時了。這樣說好了，如果我們在四月的某個星期五，或是十二月的某個星期三隨意翻開聖經，結果翻到「帳幕各樣用處的器具，並帳幕一切的橛子，和院子裡一切的橛子，都要用銅做。」[8]這麼一段經文，我們該如何理解呢？話說回來，他說他不是非讀蕭沆不可。他挑釁地看著我，說：

「來，請您推薦點別的。」

我沒有半點頭緒。就在這個時候，他從背包裡拿出薄薄一本已經翻到破舊的書，隨意打開其中一頁，臉上露出愉悅的神情。

「『我注意的不是路人的臉，而是他們的腳，我把這些忙碌的人全簡化為匆忙的腳步，但不知這些腳步邁向何方。而我認為事情對我來說很清楚——我們的任務就是在尋找某個不重要的祕密時，揚起漫天塵埃。』」[9]他滿意地唸道。

庫尼次基：水（一）

現在是上午，但他不知道確切是幾點。他沒有看錶，但似乎還等不到一刻鐘。他舒服地靠著座椅，半瞇起眼。四周的寂靜就像刺耳的聲音，讓人無法集中思緒——他此刻還不知道這聽起來像警鈴。他將座椅往後拉，離開方向盤一些，並伸展雙腿。他覺得腦袋沉重，身體也跟著發沉，陷入逐漸升溫的空氣中。他不打算離開。他要再等一下。

他一定抽過菸，甚至可能抽了兩根。幾分鐘後，他下車到排水溝旁小便。當時好像沒有車子經過，不過他現在無法確定。之後，他回到車內，喝下一大口瓶裝水解渴。最後，他開始不耐煩，猛力按了一下喇叭，震耳欲聾的聲音讓他心中的怒潮加速退去，人似乎也冷靜了些。從那一刻起，他的視線變得更為清晰。他依循他們的腳步往小徑走，腦中不自覺塞滿即將脫口而出的話語：「妳他媽的到底在做什麼做那麼久？妳到底在搞什麼鬼？」

此處是已經枯死的橄欖樹林。草地在鞋子的踩踏下清脆作響。歪斜的樹幹間，遍布野生的黑莓叢，其稚嫩的幼芽試圖滑下小徑，抓住他的腳。到處都是垃圾——衛生紙、噁心的衛生棉、圍了一堆

7 蕭沆（Emil Cioran），是二十世紀懷疑論、虛無主義的重要思想家，以羅馬尼亞文和法文寫作，作品多為隨筆、格言、冥思等，以言簡意賅著稱。

8 出自〈出埃及記 27：19〉

9 出自蕭沆的作品《Anathemas and Admirations》。

蒼蠅的人類糞便。其他人也在路邊停下方便，但沒有為難自己而跑去樹林深處。他們很急，甚至在路邊就解決。

沒有風。沒有太陽。白色的天空靜止不動，看起來像帳篷的頂蓋。悶熱。濕氣在空氣中擴散，四周充斥著海洋的味道——船隻馬達的汽油味、臭氧味、魚腥味。

他發現動靜，但不是矮樹叢那邊，而是這裡，在他的雙腳下。一隻巨大的黑色甲蟲出現在小徑上，用觸角感測了一下空氣，然後靜止不動，顯然是察覺人類的存在。白色的天空在牠完美的甲殼上，映照出一個乳白色的點，有那麼一會兒，庫尼次基覺得有隻奇特的眼睛從地面看向他。這隻眼睛不屬於任何一副軀體，這是一隻有自主意識、不受利益拘束的眼睛。甲蟲沿著小路窸窣跑過乾草地，然後消失在黑莓叢裡。

庫尼次基一路咒罵著回到車上，但同時也希望她跟小男孩已經繞道回去。對，一定是這樣。他要跟他們說：「我找你們找了一個小時！你們該死的在搞什麼鬼？」

她說：「停車。」一等他停下，她便下車打開後車門，把小男孩的安全座椅安全帶解開，單手抱著他離開。庫尼次基不想下車，雖然他們才開沒幾公里，他卻覺得疲倦想睡。他只用眼角餘光瞥了他們一下，沒有多想，完全沒意識到自己該看著他們。現在他試圖記起這個模糊的畫面，想近距離看清楚，想停下這一幕。她穿的大概是淺色亞麻褲和黑上衣，小傢伙則是大象圖案的針織衫，不過他會剛好知道小傢伙穿什麼，是因為這是他早上親自幫他穿的。他們邊走邊聊天，他沒聽見他們在說什麼，也不知道自己應該要仔細聽。他們消失在橄欖樹之間。他不知道過了多久，但是應該沒有很久。也許一刻鐘，說不定有超過一些。他失去了時間感。那時的他沒有看手錶，也不知道自己應該要注意一下時間。他向來不喜歡她問「你在想什麼？」，這種時候他都會回答沒在想什麼，但她從沒相信過。她說他不可能沒在想什麼，所以她都會因此而生氣。不過，事實真的就是這樣——現在庫尼次基有種滿意的感覺——他的確有辦法什麼都不想，他做得到。

但他後來突然停在黑莓叢中，動也不動，好像身體延伸至黑莓的根莖，不由自主地找到一個新的平衡點。有那麼一會兒，他從上方看見自己——一個頭髮微禿、穿著普通工作褲跟白上衣的男人站在茂密的樹叢裡。一個入侵者。一個來到別人家的客人。一個被擺到暫時停火的戰場正中央，在炙熱天空與乾涸大地之間當箭靶的人。一股恐懼襲上全身，他想立刻藏起來，躲到車子裡，可是身體卻無視他的想法——他連自己的一隻腳都動不了。他逼自己行動，踏出一步，卻沒想到這會如此困難。所有的環節全都斷開了。那隻穿著涼鞋的腳就像船錨，把他留在地面。他卡住了。他沒想到自己會這麼做，不過他刻意用力逼那隻腳行動。若想離開這個炙熱的無邊際空間，這是唯一的辦法。

他們是在八月十四日開車來的。斯利特港[10]的渡輪上滿滿是人。有許多遊客；但大部分是當地居民，帶著從內陸購來的物品搭船——那邊比較便宜。這些島嶼都很小，很容易分出誰是遊客，因為當太陽開始筆直移往海面，他們會走到右舷，不斷用鏡頭對著太陽。渡輪緩緩駛過散布海面的島嶼，接著似乎將開往廣闊的海域——一種令人不適的感覺，極度短暫而輕微的恐慌時刻，油然而生。

10 斯利特（Split）：克羅埃西亞南部的港市。

他們毫不費力就找到預訂的民宿，叫做「波塞頓」。老闆是大鬍子布蘭科，身穿上頭有貝殼圖案的圓領汗衫，叫人直呼他的名字就好。他親切地拍拍庫尼次基的背，帶他們一家上樓。這是一棟臨海建成的狹窄石造屋，他們被分配到兩間臥室跟位於角落的小廚房。廚房的擺設很傳統，櫃子都是用層壓纖維板做的。從廚房的窗戶可以看見沙灘和整片海洋，其中一扇窗戶底下，龍舌蘭正盛開——結實的莖梗挺著花朵，以勝利者的姿態高踞於水面之上。

他把這座島的地圖拿出來，思索接下來如何進行。她可能迷路，直接從橄欖樹林出來後走到其他公路了。她現在一定站在別的公路上，說不定正在攔車，然後，去哪裡？從地圖上可以看見，維斯島11的公路環繞整座島嶼，人車可以在這條公路上一直打轉，且根本開不到海邊。幾天前，他們就是用這樣的方式在維斯島玩。他把地圖放在她留在座位的包包上，然後出發。他一邊慢慢開，一邊在橄欖樹林裡尋找他們的身影，不過開了一段距離後，路邊的景觀從樹林換成覆滿乾燥野草與野莓叢的荒石地。一塊塊白色的石灰岩立於其中，宛如一顆顆野生生物遺失的巨齒。幾公里後，他開回頭，這回他的右邊是一整片令人驚艷的綠色葡萄園，每隔一段時間，可以看見空蕩幽暗的石造工具小屋座落其中。最好的情況是，她只是迷路，但她或小傢伙因為空氣非常濕悶、非常炎熱而身體虛脫。說不定他們需要立即的幫助，而他沒去做點什麼，反倒駕著車在公路上開過來又開過去。嗯，對，他是個蠢蛋，到現在才想通。他的心跳開始加速。說不定她中暑了，不然就是摔斷腿。

他掉頭，按了幾次喇叭。有兩輛德國車經過。他看一下時間，已經過了差不多一個半小時，也就是說，渡輪已經開走了。這艘白色大船吞下汽車，關上大門，往海面移動。隔在他們中間的無情海域每分鐘都在擴張，都把他跟渡輪之間的距離推得更遠。庫尼次基有不好的預感，而這份不好的預感讓他舌頭發乾。這份不好的預感跟路旁的那些垃圾有關，跟那些蒼蠅和人類糞便有關。他明白了。他們走了。兩個人都走了。他知道他們不在樹林裡。即便如此，他還是沿著乾巴巴的小徑往那邊跑去，一路呼喚他們，但心裡已不抱希望會得到他們的回應。

這會兒是午睡時間，小鎮裡幾乎空無一人。馬路邊的海灘上，有三個女人在放藍色的風箏。他停車的時候，可以很清楚地看見她們，其中一人穿著緊包豐滿臀部的乳白色褲子。

他在一家小咖啡店找到布蘭科，他就坐在桌前，同桌的還有兩個男人，正一起喝著苦利口酒加冰塊，就像喝威士忌那樣。布蘭科看見他時，驚訝地笑了。

「你有東西忘了拿？」

他們把一張椅子推給他，不過他沒坐下。他想用英文把所有的事按順序說出來，但腦子裡同時也思索著，如果這是一齣電影，在這時候該怎麼辦。他跟他們說雅歌妲跟小傢伙不見了。告訴他們在什麼時候、在哪裡發生的事；說他有出去找，但是沒找到。就在那時候，布蘭科問：

「你們有吵架嗎？」

他說沒有，而這也的確是事實。那兩個男人邊聽邊喝著苦利口酒。他也興起喝酒的念頭，可以在嘴裡感受那又烈又甜的味道。布蘭科緩緩拾起桌上的菸和打火機。另外兩人也謹慎地站起來，好像即

11 維斯島（Vis）：克羅埃西亞的領土，位於亞德里亞海。

將展開決鬥似的；也許他們只是比較想待在咖啡店帳篷底下的陰影處。本來所有人都要開車過去，但庫尼次基堅持先報警。布蘭科猶豫了。他灰髮散發的光澤穿透黑色的落腮鬍，黃色圓領汗衫上的貝殼圖案與「Shell」字樣因汗水濡溼轉為紅色。

「說不定她從公路的斜坡下去海邊了？」

說不定她下去了。最後他們講定：布蘭科跟庫尼次基回去之前失去妻兒行蹤的地方，剩下的兩個男人則走路去派出所，好打電話去維斯。布蘭科解釋說，科米札這裡只有一名警察，真正的派出所在維斯[12]。玻璃杯留在了桌上，裡頭的冰塊逐漸融化。

庫尼次基毫不費力便認出自己之前停車的地方——路邊的小水灣。他覺得那好像是幾個世紀前的事，現在，時間的流逝不同早先，變得遲滯又磨人，由一連串的畫面組成。太陽自白雲後方露面，天氣突然轉熱。

「按一下喇叭。」

聲音響了很久，很哀淒，有如動物的叫聲，穿過細細迴盪的蟬聲，逐漸消逝。

他們往橄欖林走去，一路上不時出聲呼喚，直到抵達一座葡萄園邊才碰頭，稍作交談後，決定穿過整座園子。他們沿著窄細的小徑不斷前進，一路叫著走失女子的名字：「雅歌妲、雅歌妲！」庫尼次基知道這個名字的重要性，而這是他早就遺忘的一點。突然間，他覺得自己好像在參加一個古老的儀式，一個模糊、怪誕的儀式。樹叢底下掛著一串串腫大、深紫色、畸形的多重乳頭，而一路喊著「雅歌妲、雅歌妲」的他，在這座樹葉迷宮中失去了方向。他在呼喚誰？在尋找誰？

他必須停下來一會兒。他的身側有刺痛感。他在成行的植物間彎下身子，將頭潛進陰涼的寒意中。布蘭科的聲音被樹葉掩蓋，逐漸消逝。現在庫尼次基聽見蒼蠅的聲音——熟悉的寂靜。

這座葡萄園的盡頭是另一座葡萄園，中間只隔了一條窄窄的小徑。他們停了下來，布蘭科用手機打了一通電話。對話中，他用克羅埃西亞語重複說著「老婆」跟「小孩」這兩個字——這是庫尼次基唯一聽得懂的部分。太陽慢慢轉橘，又大又腫，令人眩目，再過一會兒便可以直視無礙，而那些葡萄園則逐漸轉為深沉的暗綠色。兩道無助的人影佇立在這片綠色的波浪中。

黃昏時，馬路上已經有幾輛車子跟一小群男人。庫尼次基坐在寫著「警察」字樣的車裡，在布蘭科的幫助下，混亂地回答一名身材壯碩、滿頭是汗的警察問題，至少他是這麼理解的。他說著簡單的英文：「我們停下車。她跟小孩出去。他們走右邊，這裡，」他用手比著。「我本來在等他們，應該等了有十五分鐘。然後我決定離開去找他們。我找不到他們。我不知道發生了什麼事。」他拿到溫的礦泉水，貪婪地喝下。「他們不見了。」然後他又說了一次：「不見了。」警察拿起手機打電話。在等電話接通的時候，他對庫尼次基說：「朋友，這裡是不可能有人失蹤的。」這聲「朋友」衝擊了庫尼次基。接著，對講機發出聲音。等他們這支雜牌軍開始往島嶼深處移動，已經是一個鐘頭後的事了。

這段時間裡，腫脹的太陽漸漸落在葡萄園上方，等他們走到最高處時，看見太陽已經觸及海平

12 維斯（Vis）是維斯島上最大的城鎮，位於東邊；科米札（Komiža）位於島上的西邊。

面。不管他們願意與否，都已經成了這齣冗長的太陽西下戲碼的見證人。最後，他們打開手電筒。沿著陡峭的島嶼邊緣往下走時，四周已是漆黑一片。那邊有很多小水灣，他們查看其中兩座，灣邊各有一間小石屋，住的都是比較古怪的遊客——不喜歡旅館，偏好付更多錢去住沒水沒電的地方。他們會在石砌的廚房做飯，不然就是自備瓦斯桶。他們會捕魚，上岸後直接烤來吃。沒有任何人看到帶著孩子的女人。他們等一下就要吃晚餐了——桌上擺了麵包、起司、橄欖，以及不久前還在海中沉迷於盲目游動的可憐魚兒。每隔一段時間，布蘭科就打電話回科米札的旅館——這是庫尼次基的要求，因為他覺得她是走丟了，最後會走別條路回去那邊。不過布蘭科每次通完電話後，都只是拍拍他的背。

結果這一小群男人在將近午夜時解散，在科米札的咖啡店裡與庫尼次基同桌的兩人也在其中。即將告別的此刻，他們自我介紹是德拉哥與羅曼後，一起走向汽車。庫尼次基很感謝他們的幫忙，卻不知道該怎麼表達，他忘記克羅埃西亞話的「謝謝」該怎麼說，不過一定是像「些謝」、「謝鞋」，或類似這樣的。老實說，如果他們用點心，其實可以共同編一本通用斯拉夫語，收錄類似、實用、不需懂文法就可以使用的斯拉夫語彙，這樣就不用頭昏腦脹、舌頭打結地去講簡單版的英文。當天夜裡，有艘船駛到他的屋子前。發生水災，他們得撤離。水已淹到各個建築物的一樓，廚房裡的瓷磚接縫開始滲水，溫暖的細小水流從插座流出。書本因濕氣而發脹，他打開其中一本，看見裡頭的字母油墨像彩妝往下流，只留下字跡模糊的紙張。原來所有人都已經搭之前的渡船離開，只剩下他一人。

他在夢裡聽見水珠緩緩從天空落下，沒多久便轉成一場短暫的猛烈雨勢。

願上帝眷顧你

四月的高速公路上，一束束的紅色陽光照射在柏油路面，不久前才落下的雨水，彷彿復活節蛋糕上的糖霜，仔細覆蓋著大地。復活節前的星期五黃昏，我開車行駛在比利時與荷蘭之間的某處，不清楚自己確切的位置，因為這裡的邊界已經消失，完全失去輪廓，無人採用。廣播電臺正播放安魂彌撒，進行到《降福經》時，高速公路沿線的燈光全部亮起，彷彿廣播電臺逕自播送給我聽的上帝賜福即刻生效。

不過，老實說，這代表的意義或許只是我已經抵達比利時這個通常會照亮所有高速公路，對旅人來說很友善的國家罷了。

全景屋

我從博物館的導覽手冊裡得知，在世界上還沒有博物館之前，全景屋和珍奇屋這兩種展示場所老早就占有自己的一席之地。這些地方所展示的，全是場館主人從旅途中帶回的物品，各個獨具特色。

然而，還有一件事不容忘卻。邊沁也把他巧奪天工的囚犯監視系統叫做全景監獄[13]——經過特別設計的空間結構，讓人可以無時無刻把每個囚犯都看得一清二楚。

「這座島又不是有多大。」布蘭科的妻子祖琪卡說，並為他在咖啡杯裡倒了濃烈的咖啡。

所有的人都不斷重複這句「真言」。庫尼次基明白他們想說什麼。他自己也知道，這座島很小，要走丟是不可能的。島長不過十公里多一些，較大的人口集散地就只有維斯跟科米札這兩座城鎮，這樣的島可以徹底搜索，一寸一寸地搜，就像在抽屜裡找東西一樣。這兩座小城鎮裡的人彼此都很熟。夜裡總是很溫暖，田野上有結實纍纍的葡萄園，無花果也幾乎成熟了。就算他們走失，也不會發生什麼事，不會餓死，不會冷死，不會有野生動物把他們吃掉。他們可以在橄欖樹下被陽光曬暖的乾燥草地，度過溫暖的夜晚，聆聽令人昏昏欲睡的海潮聲。不管從哪裡，只要走不到三、四公里的路，就能回到馬路。田野上的小石屋裡面，有成桶的葡萄酒和葡萄壓榨機，有些還額外存放了食物與蠟燭。早上，他們可以吃一串成熟的葡萄當早餐，也可以在小海灣的度假遊客那裡吃一頓正常的餐點。

他們下樓走到旅館外，警察已經在那裡等著，但這回來的是另一名警察，比較年輕。有那麼一刻，庫尼次基心裡懷抱希望，期待對方是帶著好消息來，然而對方卻跟他要了護照。警察仔細抄寫資

---

13 邊沁（Jeremy Bentham），英國思想家，於一七八五年提出「全景監獄」（Panopticon）。監獄為圓形建築物，一端面向外界採光，另一端面向中央的監視塔。由於管理者位於囚犯的逆光處，給囚犯自己時時刻刻被監視的錯覺，而自動遵守監獄的規範。

料，說他們也會上內陸，也就是去斯利特港找，另外還會去附近的島上搜索。

「她可能沿著海岸走。」他解釋道。

「她身上沒有錢，no money，所有的東西都在這裡。」庫尼次基把包包拿給他，並拿出裡頭的錢包，是紅色的，繡了珠子。他把錢包打開，湊到警察面前，後者聳聳肩，抄下他在波蘭的地址。

「小孩幾歲？」

庫尼次基回答：「三歲。」

他們順著蜿蜒的道路，開車來到同一個地方，看來這會是個炎熱、晴朗的一天，景色明亮得像透光的負片畫，而到了正午時分，負片上的圖案會全部消失。庫尼次基思索從直升機俯瞰的可能性，畢竟這座島上幾乎沒有大型遮蔽物。他也想到晶片。候鳥、觀鳥、鸛鳥的身上都植入晶片，但不夠裝在人身上。每個人為了自身的安全著想，都該在身上植入一張這樣的晶片，之後就可以在網路上追蹤所有人的動向——誰走哪條路、在哪一個點休息、有沒有走失等等。這樣可以挽回多少人的命啊！他可以想見眼前有一幅電腦螢幕的景象，彩色的線條會標示出人類移動的軌跡，作為一種記號，可以是圓形、橢圓形、迷宮狀，也可以是無限循環的8字形，或者是突然中斷、未完成的螺旋型。

有一隻狗，是黑色的牧羊犬。人們把雅歌坦放在後座的毛衣給牠聞。狗兒沿著車子嗅了一圈，然後往橄欖樹林間的小徑前進。庫尼次基突然感到一股能量，好像所有的事情等等就會明瞭。他們跟在狗兒後頭跑。牧羊犬在一處停了下來，雖然看不見任何痕跡，但這裡顯然就是他們方便的地方。狗兒很得意地站著，不過，狗狗啊，事情還沒完呀。人呢？他們去哪裡了？狗兒不明白人們想從牠身上得

到什麼，拖拖拉拉再度前進，卻是往完全不同的方向去，沿著公路走，逐漸遠離葡萄園。

所以她是沿著馬路走了？庫尼次基想著。她一定是走錯路了。她可能是從再過去一點的地方走出來到馬路上，在離這裡幾百公尺遠的地方等他，不過她沒聽到喇叭聲嗎？之後呢？說不定有某人載了他們一程。可是既然他們失蹤了，那麼這個某人會把他們載到哪裡去呢？這個某人。一個模糊不清、有著寬厚肩膀與頸背的人影。這是綁架。他把他們打昏，塞進行李廂嗎？他用渡輪把他們載到內陸，現在可能在薩格勒布[14]或慕尼黑，或其他任何地方。他又是如何帶著兩副昏迷的軀體穿越邊境的呢？不過，狗兒馬上就轉向從道路斜切出去的乾涸溪谷，沿著這條長長的、布滿石子的岔路，踩著碎石繼續往下跑。盡頭是一座舊葡萄園，小小的，已經荒廢。園間可見一間石屋，屋頂蓋著生鏽的波浪板，看起來像賣雜誌的小報亭。屋子門前有一小堆乾掉的葡萄藤，大概是等著要燒的。狗兒沿著屋子繞了一圈，回到門口。不過，這屋子的門是上了大鎖的。一群人看著眼前的景象，內心都不禁吃驚。門檻上堆著被風吹來的乾樹枝。很明顯，不可能有人從這邊進去。警察透過骯髒的窗玻璃查看內部，然後開始搖晃窗戶，越搖越用力，一直到把窗戶搖掉為止。所有人湊過去看屋內的情況。一股霉味混著海水味往他們襲來，瀰漫四周。

對講機發出噪音。他們讓狗兒喝過水後，再度拿毛衣給牠聞。這回狗兒沿著屋子繞了三圈，然後回到路上，有些躊躇地順著同一條路，繼續往零星長著乾草的岩石區方向去。從懸崖邊可以看見海洋，出來搜尋的一票人都站在那裡，一臉保衛者的樣子面向海水。

狗兒失去了線索，折返，最後在路的正中央躺下。

「To je zato jer je po noći padala kiša.」有人用克羅埃西亞話說了這麼一句，庫尼次基聽得很明白，是在說夜裡下雨的事。

布蘭科走過來，帶他去吃遲到的午餐。警察還留在那邊，但是要往下開去科米札。他們幾乎沒有交談。庫尼次基知道，布蘭科一定是不曉得該對他說什麼，而且還得說英文，所以這樣很好，就讓他什麼都不說吧。他們在臨海的餐廳叫了一條煎魚。這裡甚至稱不上餐廳，只是布蘭科熟人家的廚房。這裡所有的人布蘭科都認識，而且彼此甚至都還有點像，臉部線條比較銳利，飽受風霜，像個海上之狼的部落。布蘭科為他倒了葡萄酒，說服他把酒喝完，自己也一口氣喝光。庫尼次基想付帳，但他不准。接著，他的電話響了。

「他們成功找到一架直升機。一架飛機。警察。」布蘭科用英文說。

他們訂了一個搜尋計畫，要沿著海岸線找，搭布蘭科的船去。庫尼次基打電話回波蘭給父母，聽見父親那熟悉的粗啞嗓音，告訴他，他們得多留三天。他沒把實情講出來。一切都很好，只不過他們得留下來。他也打電話去公司，說他出了點問題，請公司再給他三天的假。他不知道為什麼自己要說三天。

他在碼頭等布蘭科，後者出現時，身上再度穿著有紅貝殼的T恤，但這件是新的、乾淨的、還沒穿過。顯然他有很多件這種T恤。碼頭邊泊著許多船，他們在當中找到一艘小型的漁船，船身上有個

14 薩格勒布（Zagreb）：克羅埃西亞的首都。

用藍色字母粗陋寫成的名字「海王星」。就在這個時候，庫尼次基想起他們搭來的那艘渡輪叫做波塞頓，他還想起很多事——酒吧、商店、叫波塞頓或者是冥王星的船。大海拋出這兩個名字，就好像在拋貝殼一樣。不知道他們是怎麼跟天神談好版權，又是用什麼付費？

他們上船坐好。這艘船很小、很擠，比較像是用板子隨便拼成的快艇，上頭還帶一個木製小船倉。

布蘭科在船艙裡放著裝水的瓶子，有空的，也有滿的，還有一些是他的葡萄園產的酒。白酒，品質好，很烈——這裡每個人都有自己的葡萄園跟葡萄酒。布蘭科從船艙裡把馬達拿出來裝在船尾，試了三次才發動。馬達發出的噪音讓人無法忍受，所以接下來，他們不得不用大吼的方式交談。然而，過了一會兒，大腦便習慣這個噪音，好像那是一件厚冬衣，把身體跟世界的其他部分隔開。在這噪音中，逐漸縮小的港灣景色慢慢沉入水中，庫尼次基瞧見他們住的那間房子，甚至看見廚房的窗戶，還有不顧一切直指天空的龍舌蘭花，宛如凍結的煙花、勝利的射精。

他目睹眼前的一切逐漸縮小、聚攏，房子成了不規則的黑暗線條，港口成了一大片圖樣混亂的白色色塊，穿插其中的船桅則成了色塊上的線條，而聳立於這座小巧城市後方的山群光禿灰暗，上頭遍布許多由綠色葡萄園化成的斑點。山群不斷擴張，變得非常巨大。原本從島上、從路旁看來似乎很渺小的島嶼，如今展現出它的強大——一個由岩塊組成的巨大圓錐，一顆突出水面的拳頭。

當他們左轉將船開出海灣，航向整片海域時，島嶼的岸邊地形顯得陡峭而危險。

拍打岩石的白色浪脊推送船隻時，驚擾了岸邊的鳥兒。他們重新發動引擎時，受了驚嚇的鳥群紛紛消失。還有，飛往南方的噴射機，其筆直的白線，把天空劃成了兩塊。

他們開始行進。布蘭科點了兩根菸，把其中一根給庫尼次基。這菸很難抽。小小的水珠不斷從船首噴上來，濺得到處都是。「看水裡。」布蘭科大叫：「看所有在水裡游的東西。」

當他們靠近一個有洞穴的水灣時，看見一架直升機往反方向飛。布蘭科站在船中央揮手，庫尼次基看著那部飛行器，幾乎高興了起來。這座島不大，他第一百次在心裡想著，從空中俯視的話，沒有任何東西能藏得了。在這隻巨大的機械蜻蜓眼前，島上所有的一切就像擺在盤子裡，可以看得一清二楚。

「我們開去『波塞頓』。」布蘭科大喊，不過心裡其實不很肯定。

「那邊過不去。」他回喊。

然而，船還是掉了頭，放慢速度，關掉馬達，在岩石間航行。

島的這部分應該也要叫做波塞頓，庫尼次基想著。天神在這裡蓋了他自己的主教堂——中殿、洞穴、石柱和唱詩班席。不可思議的線條，錯誤又不平均的節奏。黑色的火成岩亮著水澤，就好像覆了一層稀薄的金屬。現在，黃昏時分，這些建築物看起來都非常悲哀，這裡是典型的廢墟，從來沒有人在這裡祈禱過。庫尼次基突然有一種感覺，覺得自己看到了人類的教堂原型，覺得所有的人在去漢斯、沙特爾[15]之前，都應該先到這裡參觀。他想跟布蘭科分享這個發現，不過馬達的噪音大到讓人沒辦法說話。他們看見另一艘較大的船沿著陡峭的海岸線航行，上頭寫著「警察／斯利特」。兩艘船開

15 漢斯（Reims），位於法國東北部，當地的漢斯聖母院（Cathedral Notre-Dame de Reims）為歷任法王的加冕處。沙特爾（Chartres），位於法國中北部，沙特爾主座教堂（Cathédrale Notre-Dame de Chartres）在一九七九年被列入世界文化遺產。

向彼此，布蘭科與那些警察交談。沒有任何蹤跡，什麼都沒有。至少庫尼次基是這麼想的，因為轟隆的馬達蓋住了他們的談話聲。他們大概是靠嘴型和無力的聳肩來理解對方——跟他們有著肩章的白色警衫很不相稱。看他們的手勢是準備收隊，因為馬上就要天黑了。庫尼次基只聽見：「你們回去吧。」布蘭科加快船速，馬達的聲音聽起來像爆炸。水面不斷震動，海上的浪花分了開來，細碎得像雞皮疙瘩。

回島上的這一段航程，看起來跟白天完全不同。他們首先看見閃閃發亮的燈光，而且每過一刻，燈光與燈光之間就離得更遠，變成一道道光束，在逐漸降臨的黑幕下，成為與眾不同的獨特存在——不同於駛近海岸的遊艇燈光，也不同於每戶人家窗戶內的燈光；不同於招牌的燈光，也不同於行駛中的車輛燈光。

最後，布蘭科關掉引擎，船也靠上岸邊。他沒想到腳底踏的竟會是石子——他們停靠在一處小型的市內沙灘，就在旅館前，跟碼頭隔了很長一段距離。現在庫尼次基猜出原因了。臨沙灘的斜坡上停著一輛警車，兩名穿著白襯衫的男人顯然正在等待他們。

「他們大概想跟你說話。」布蘭科說，並把船泊好。庫尼次基突然感到一陣虛軟，害怕自己可能聽見的事。怕他們找到屍體。他怕的是這一點。拖著發軟的雙腳，他走向他們。

感謝上帝，警方只是進行例行的訊問。他們沒有任何新消息，沒有。然而，都已經過了這麼長一段時間，事態轉為嚴峻。他們載他走同一條路——也是島上唯一一條公路——去維斯的派出所。天色已完全轉黑，不過看得出來警察對路況很熟，因為他們在轉彎的時候甚至沒有減速。他們很快便通過那個地方。

在派出所裡等著他的是新面孔。一位翻譯——英俊、高個子的男人，是他們特別從斯利特請來的。老實說，他的波蘭文說得不好。另外還有一名警官。他們問他例行問題，似乎對案件不太在乎，也讓他意識到自己成了有嫌疑的人。

他們把他送回旅館門口。他下車，作勢要進去，但只是假裝進門。他在黑暗的小走道等他們離開，等到車子的引擎聲完全消失，才走到街上。他往燈光最密集的地方走去，那是碼頭旁的大道，所有的咖啡店跟餐廳都在那邊。不過現在已經太晚，即便是星期五，也沒有人潮。現在一定是半夜一、兩點了。他用目光在桌邊為數不多的客人中搜尋布蘭科，卻沒瞧見他，沒找到有貝殼圖案的汗衫。那邊都是一些義大利人，一整個家庭，用餐接近尾聲。他也看見兩個年紀比較大的人，用吸管不知道在吸什麼，而且盯著那吵鬧的一家子義大利人看。有兩個金髮女人神神祕祕相對，觸碰彼此的臂膀，很專心地交談。還有當地的男人、漁夫和一對情侶。好險，沒有人注意到他……他緊挨著海岸那一側的陰暗道路邊緣走，魚腥味和海上拂來的鹹暖海風，不斷觸動他的感官。他想隨便挑一條巷子走去布蘭科的旅館，不過他不敢，他們一定睡了，所以他在路邊一家露天小店的一張桌子前坐下。服務生並沒有理會他。

他看著一群男人走到他旁邊的桌子坐下，他們總共有五個人，所以又多搬了一張椅子過去。在服務生過來招呼他們點酒之前，一份無形的親密情誼已將他們繫在一起。

這些人的年紀都不同，其中兩人還蓄著大鬍子，可是這些差異在他們不自覺建立起的圈子裡，很快就消失了。他們在討論，但說什麼並不重要——他們可能在準備合唱，正在試音。他們的圈子裡充滿笑聲——不管是哪種笑話，即使是廣為人知的那種，都再適合不過，甚至是眾望所歸。低沉的笑聲帶著抖音，具穿透性，使得鄰桌的遊客——不期然受到驚嚇的中年婦女——全都閉了嘴，好奇地看他們。

那群男人準備登場，而服務生——一名年輕男孩——端著調酒進場成了序曲，他在不自覺中成了主持人，預告即將上演舞蹈、歌劇。那群男人一見到服務生便行動起來，有人舉起一隻手，示意他該往哪走。安靜的片刻來臨，他們將玻璃杯湊到嘴邊。他們當中的一些人——特別是那些不耐煩的——無法抗拒地閉上眼，就好像教堂裡的信眾伸出舌頭，在等神父莊嚴地將白色聖餅放上去時那樣。世界已經準備好要天翻地覆——所謂地板在腳下、天花板在頭上，不過是象徵性的說法。此時，身體已不只屬於個人，而成為當下生命鏈的一部分、生命圈的一小塊。就好像現在他們把玻璃杯都湊了到嘴邊，但幾乎沒有察覺喝光杯中物的那一刻，因為那發生在他們專注、認真準備上場的一瞬間。從這一刻起，那些男人會把玻璃杯拿在手中。這些圍著桌子坐的身影會各自開始繞圈，腦袋在空中畫圓，從小圈圈逐漸擴大到大圈圈。他們會動作一致，或跟上新的節拍。最後，他們的手會舉起來，先在空氣中試試力氣，以手勢示意，然後找到同伴的臂膀，往他們的肩膀與背伸去，同時輕拍表示支持。這實際上將會是愛的觸碰。手、背稱兄道弟並非放肆——這是一種舞蹈。

庫尼次基嫉妒地看著這一切。他想走出陰影，加入他們。這股強烈的情緒讓他感到陌生。他比較熟悉北方人的習性，那裡的男人比較內向。不過，在南方，太陽與葡萄酒解放身體的方式比較快速，讓人不矜持、坦率地投入舞蹈中。一個鐘頭過後，開始有人身子發軟，停下來靠著椅背。

深夜的微風將一隻溫暖的手掌拍在庫尼次基的背上，把他推向那群男人，好像在說服他：「去吧，去啊。」他想加入他們，不管他們去哪裡都好。他希望他們把他帶走。

他沿著馬路沒有路燈照明的那一側走回旅館，一路小心不讓自己踏出陰影。在走進狹窄又不通風的樓梯間之前，他先吸滿了空氣，動也不動地站了一會兒。之後，他在黑暗中摸索階梯往上爬，上樓後立刻倒在床上，和衣躺著，背朝上，雙手攤在兩側，好像有人從背部射了他一槍，而他短暫想了一下那顆子彈之後，便斷了氣。

他在幾個鐘頭之後醒過來，興許是過了兩、三個小時，因為四周還是一片漆黑，他摸黑下樓到停車的地方。警報器響了一聲，想念主人的汽車會意地眨了眨眼。庫尼次基一口氣把車上的行李全部卸下。他提著行李箱上樓梯，把它們丟在廚房地上跟房間裡。兩個行李箱跟一大堆的袋子、包包和籃子、裝了食物準備旅途上吃的那個籃子，以及裝在塑膠袋裡的蛙鞋組、面罩、陽傘、沙灘墊。另外還有一個裝了在島上買的葡萄酒和紅椒醬的箱子，以及幾大罐橄欖。那紅椒醬是用甜椒做成的，他們覺得非常好吃。他把燈全部點亮，坐在這堆混亂當中。然後，他拿起她的包包輕輕搖晃，把裡面的東西全倒在廚房的桌上。他坐下來，用目光檢視這一小堆可悲的物品，就好像這是複雜版的挑竹籤[16]，現在輪到他玩——他得小心抽出其中一根，同時注意不去碰到其他的竹籤。躊躇了一會兒後，他伸手拿起口紅，並把蓋子轉開。口紅是暗紅色，幾乎全新。她並不常用這條口紅。他聞了一下，很好聞，但他說不出是什麼味道。他鼓起勇氣，依序拿起每樣物品，然後分別放在桌上。護照——已經舊了，包著藍色封套，照片上的她年輕許多，頭髮是長的，沒有綁，有瀏海。最後一頁上頭的簽名已經模糊，

16 挑竹籤（Bierki）：波蘭常見的桌上遊戲，玩法是將一把五顏六色的塑膠長籤以單手握住，然後一口氣在桌面放開，由玩家輪流將散落的竹籤個別挑開，但不能動到其他竹籤。每根竹籤的尖端形狀各異，代表不同分數，玩家每挑開一根竹籤，便能依照尖端形狀獲得分數，最後加總分數最高的玩家為贏家。

所以她在邊境常常被攔下來。黑色的小筆記本，用鬆緊帶套住的那種。他翻閱內頁——有一些筆記、一幅西裝外套插圖、一串數字、一張波拉尼查[17]小餐館的名片，背面有電話號碼。一小束頭髮，深色的，那甚至不是一束，只不過是幾十根的頭髮。他把頭髮放到旁邊，然後更仔細地看了一下。化妝包是用帶有異國風情的印度布料做的，裡頭裝了暗綠色的化妝筆、粉餅（裡頭幾乎已經沒有粉）、螺旋形刷頭的綠色睫毛膏、塑膠的削鉛筆器、唇蜜、鑷子、一小條變黑的斷鍊。裡頭還有一張特羅吉爾[18]的博物館門票，背面有一個外國字；他把紙片湊近眼睛，吃力地解讀上頭的文字：καιρός，應該是K-A-I-R-O-S，不過他不確定，完全做不出任何聯想。最底下是滿滿的沙子。

一支手機，幾乎沒電了。他查看最後的幾次通話，主要都是他的號碼。但也有其他號碼，重複過大概兩、三次，但他完全無法想出是誰的號碼。簡訊收件匣——只有一封，是他們在特羅吉爾失散時他傳的：「我在主廣場的噴泉旁邊。」寄件匣——空的。他回到主選單，螢幕上有個圖案跑了一會兒，然後螢幕就暗掉了。

一包用過的紙手帕。一支鉛筆。兩支原子筆，一支是黃色的BIC[19]，另一支上面寫著「美居酒店」。一些零錢，哥羅什跟歐分[20]。一個錢包，裡面有幾張克羅埃西亞的紙鈔，還有一張10茲羅提的波蘭鈔票。一張信用卡。一本橘色的小紙條，有點弄髒了。一根銅製髮夾，上面有某種古老的圖案，看起來像是斷掉了。兩顆KOPIKO糖。一部照相機，是數位的，裝在黑色的保護套裡。一根釘子。一枚白色的迴紋針。一張口香糖的錫箔紙。一些碎屑。沙子。

他仔細地把所有的東西放在黑色霧面的桌上，每樣東西按相同的間隔排開。他走向水龍頭喝水，然後回到桌前，點了一根香菸。之後，他開始用她的相機拍照，每一樣都分開拍。他慢慢拍，態度很慎重，以最近的距離拍攝，有開閃光燈。他唯一覺得可惜的，是沒辦法用這部小相機為它本身拍照；這部相機也是這個事件裡的證物。他接著來到走廊，比較大的包包和行李箱都在那邊。他把每樣東西都拍一張照片，不過他做的不只這樣——他把行李箱都打開，開始拍裡面的每一件衣服、每一雙鞋子、乳液跟書。小傢伙的玩具。他甚至把塑膠袋裡的髒衣服倒出來，對那堆凌亂的衣服也拍了照。

他找到一小瓶白蘭地，一口氣喝了個精光，雙手還拿著照相機，最後為空瓶子拍了照。

當他開車往維斯的方向去時，天色已經亮了。他帶了乾掉的三明治，那是她之前為旅途準備的。奶油在酷熱中融化，麵包吸了奶油的部分泛著一層油光，黃起司已經硬化，變得像塑膠那樣半透明。他從科米札開出來的路上吃掉兩個，然後在褲子上擦手。他慢慢開，小心翼翼，一路看著兩側，看著路上經過的一切，沒忘了自己的血液裡有酒精。不過他覺得自己很有氣力，像機器一樣可靠。雖然知道背後的大海正一寸寸拓展，他卻沒有查看。空氣是如此乾淨，在山頂上一定連義大利的海岸都看得見。他暫時只在有小水灣的地方停下，檢視附近所有的一切、每個小紙片、每個垃圾。他有布蘭科的望遠鏡——透過它看每座山坡。他看到石質山坡上覆蓋著燒焦成灰的草。他看見永垂不朽的黑莓叢，在太陽底下顏色變黑，用長長的枝條緊緊抓住石塊。被人棄置的橄欖樹已然野化，主幹扭曲變形。而

17 波拉尼查—茲德魯伊（Polanica-Zdrój），波蘭南部靠近捷克的城市，屬下西里西亞省。

18 特羅吉爾（Trogir）：克羅埃西亞的古城，位於斯利特港以西二十七公里的小島上。

19 BIC：法國的文具品牌。

20 哥羅什（Grosz）：波蘭貨幣的計價單位為茲羅提及哥羅什，100哥羅什相當於1茲羅提。歐分（Eurocent）：歐元區貨幣的計價單位為歐元及歐分，100歐分相當於1歐元。哥羅什及歐分的計價概念相當於臺幣中的角與分。

葡萄園在荒廢後，留下了一道道低矮的石圍牆。

在差不多一個鐘頭後，他慢慢開始開去維斯，宛如巡邏員警一般。他經過超市——他們先前在那裡買過東西，大部分是葡萄酒。過了一會兒，他已經到達目的地。

渡輪已靠岸。這艘船很巨大，大得像座建築，一幢會渡海的大樓。「波塞頓」。巨大的艙門已經打開，一列車子與昏昏欲睡的乘客正排著隊要進入這敞開的洞穴；不久之後就會開始放行。庫尼次基站在圍欄邊，盯著一群正在買票的人。有些人揹著背包，他們當中有一名包著彩色頭巾的漂亮女孩；他看著她，無法移開視線。女孩的身旁站了一名有著斯堪地那維亞長相的高個子男孩。有些帶著孩子的女人，大概是當地人，沒有行囊。有個人穿著西裝，拿著一個資料夾。有一對男女——她被他抱在懷裡，閉著眼睛，好像夜晚太過短暫，想要補眠似的。還有幾輛汽車——一輛車頂上載了東西，車牌是德國的，另外兩輛是義大利車，還有些當地的廂型車要去載麵包、蔬菜跟郵件——島上的人也得過活。庫尼次基暗暗打量那些車子。

最後隊伍開始移動，渡輪不斷吞下乘客與汽車，沒有任何人提出抗議，全都像小牛一樣陸續前進。還有一組法國摩托車手往渡輪開去，總共五個人，這些是最後的乘客，他們同樣也乖順地消失在「波塞頓」的大嘴裡。

庫尼次基一直等到艙門咿呀關上。售票員大聲關上窗口，走出來抽菸。這兩個男人都是渡輪在忽起的噪音中駛離岸邊的見證者。

他說他在找一個女人跟小孩，把她的護照從口袋裡抽出來，湊到另外那人的眼前。

售票員看了下護照上的照片，然後把身子探向護照，用克羅埃西亞話說了類似這樣的話：

「警察已經問過我們她的事。這裡沒有人看過她。」他吸了口菸，又補充說：「這座島不大，要是有人見過，會記得的。」

他突然把手放在庫尼次基的肩上，好像他們早就認識一樣。

「咖啡？你要喝咖啡嗎？」然後他擺頭示意港口邊有家剛開始營業的小型咖啡店。

好，咖啡，有何不可？

庫尼次基在小桌子前坐下，而售票員端來雙倍濃縮咖啡。兩人在靜默中喝著。

「別擔心。」售票員說：「這裡不可能有人走失。在這裡，我們所有人都像攤在掌心上一樣清楚可見。」他這麼說，並攤開掌心，上頭有幾條粗線犁過。然後，他為庫尼次基拿來夾了豬排和生菜的麵包。最後，他離開，留下庫尼次基對著未喝完的咖啡。當那人的身影消失後，一聲啜泣從庫尼次基口中竄出，就像一口麵包，所以他吞了下去，沒去感受箇中滋味。

他只對一件事留下深刻印象：他們就像擺在手掌上一樣清楚可見。是誰在看？誰會看著他們所有的人，看著這座海上之島，看著從港口到港口之間的柏油道路，看著不斷移動的當地人與遊客，看著在酷熱中融化的人們。他的腦中不斷閃過衛星照片，上頭大概可以瞧見火柴盒上的文字。這有可能嗎？從那裡一定也能看見他頭上剛開始發禿的地方。在巨大的寒涼天空中，遍布人造衛星那不安分、可移動的眼睛。

他穿過教堂附近的一座小墓園回到車上。所有的墓碑都面向大海，就好像圓形劇場一般，所以亡者會觀察港口緩慢而重複的節奏。白色的渡輪一定讓亡者感到開心，或許他們會把它當作是護送靈魂完成這趟升天旅程的天使長。

庫尼次基注意到有幾個姓氏不斷重複。這裡的人一定跟那些貓一樣——只跟自己圈子裡的人來往，侷限在幾個家族之間，鮮少往外發展。他只有停下來一次——他看見一塊小墓碑，上頭只有兩行字：

Zorka，9，II，21–17，II，54

Srečan，29，I，54–17，VII，54

他在那些日期中找代數順序找了一會兒，它們看起來像一串密碼。母親與兒子。某個悲劇包含在日期中，分階段寫。接力賽。

而這裡已經是城市的盡頭。他累了，氣溫的熱度達到巔峰，汗水直淌入他的眼睛。當他再度開車往島中央去時，他看見毒辣的太陽把這個地方變成世界上最不友善的地方。炎熱的天候像定時炸彈一樣不斷滴答作響。

在警察局裡警方請他喝冰啤酒，彷彿想把自己的無能藏在白色的泡沫底下。「沒有人看過他們。」肌肉發達的官員說，並禮貌性地把風扇轉向他。

「現在要做什麼？」他站在門邊問警察。「請您休息吧。」那人答道。不過庫尼次基留在派出所裡，聽著所有的電話對話，聽著對講機發出滿藏弦外之音的爆裂聲，一直到布蘭科來接他，把他帶去吃飯。他們幾乎沒有交談，之後他要布蘭科把他載回旅館，他很虛弱，和衣躺在床上。他感覺到自己的汗水；屬於恐懼的噁心氣味。

他和衣躺在從包包裡倒出來的東西中。他的視線專注地檢視它們的星座——相對的位置，指示的方向，與創造出來的形狀。這可能是一個預言，是寫一封給他的信，內容關於他的妻兒，但最重要的，是與他有關的事。他不懂這封信，也不懂這些記號，這肯定不是出自人類之手。它們跟他的關係很清楚，光是他正在看著它們的這個事實本身，就是一件重要的事；他看見它們這件事，是個天大的祕密；他能瞧得見、能看得見的這件事，是天大的祕密；他本身存在的這件事，是天大的祕密。

無處不在

當我出發去旅行的時候，我會從地圖上消失，沒有人知道我在哪裡。是在我出發的那個地點？還是在我打算前往的地點？這當中有所謂的「之間」嗎？我是不是就像飛往東邊時會失蹤的白天，和飛往西邊時可以找回的夜晚？量子物理學家驕傲的法則——粒子可以同時存在於兩個地方——對我來說也適用嗎？還是我適用其他我們還沒發現、還沒證實的法則——在同樣一個地方，我可以雙重地不存在？

我認為有很多像我這樣的人。消失的人、不在的人。他們會突然出現在航廈裡，當移民官為他們在護照上蓋章的時候；或是當某間旅館親切的櫃臺人員給他們鑰匙的時候，他們才開始存在。他們一定已經發現自己的不穩定性，還有對地點、時間、語言、城市及其氛圍的依賴性。流暢性、機動性、虛幻性——這正是人類文明的特質。野蠻人不會旅行，他們只會前往目的地或執行侵略行動。

從保溫杯倒花草茶請我喝的女人，也有類似的想法。我們都在等從車站開往機場的巴士。她的兩個掌心用指甲花畫了複雜的圖案；這種圖案在不知不覺中就會變得模糊不清。在我們上車後，她為我上了一堂關於時間的課。她說，定居、務農的民族，比較喜歡循環時間所帶來的樂趣，每件事都必須回到開端，蜷縮成胚胎，重複成長與死亡的過程。不過游牧民族和商人在出發的時候，得為自己想出更適合旅行的另一種時間。這樣的時間是線性的，比較實用，因為它能夠衡量實現目標或抵達目的地的進度。每個時刻都不同，永遠不會重複，因此有利於冒險，有利於全盤接收，有利於把握當下。不

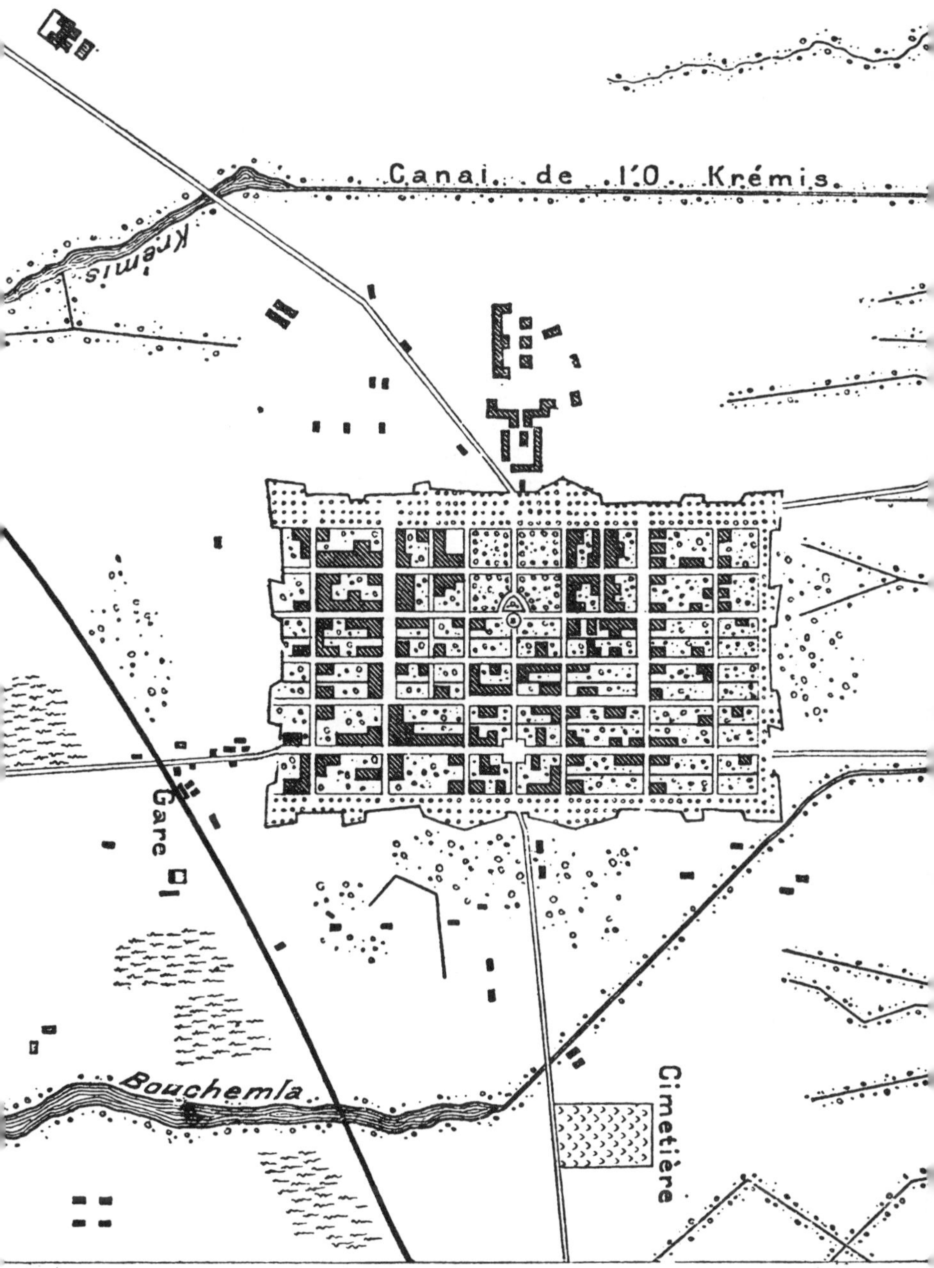
Canal de l'O. Krémis
Krémis
Gare
Bouchemla
Cimetière

過基本上，這是一個苦澀的發現——當時間中的改變是不可逆的，失去與哀悼便成了日常之事。正因如此，從他們的口中永遠都不會說出，像「枉費」和「用盡」這樣的字眼。

「枉費力氣、帳戶額度用盡。」那女人笑道，一雙彩繪的手掌交疊腦後。她說，要在拉長的線性時間裡生存，唯一的辦法就是保持距離；這是一種步伐為接近和後退的舞步，前進一步、後退一步，一下往左、一下往右——很容易記的舞步。當世界變得越大，就可以用這種方式為自己跳出更大的距離——移居七大海洋，使用雙語，皈依一種宗教。

然而我對時間這個主題有不同的看法。所有旅行者的時間，是所有時間的集合、一個龐大的整體。這是島嶼時間，是混亂之洋中排列有序的群島，是車站的時鐘製造出來的時間，到處都不一樣；約定的時間、經緯度的時間，所以沒有人需要把它看得太認真。在航行中的飛機裡，時間會消失，黎明才乍現，正午與夜晚已緊跟在後。繁忙的時間——人們在大都會裡停留短暫片刻，就只是為了讓自己成為某個夜晚的奴隸；慵懶的時間——從飛機上可以看見無人居住的平原。

我還覺得，世界可以裝起來，放進腦溝，放進松果體；這個星球，可以立在喉嚨裡。事實上，可以把它咳出來，然後吐掉。

機場

這些大型機場把我們集合在一起，向我們承諾可以轉搭下一個班機；這代表交通服務路線與班次規劃良善。不過，就算我們在近日內已沒有打算去任何地方，也值得更進一步認識關於機場的每樣事物。

以前機場都是蓋在城市周邊，被當作輔助設施，就像車站一樣。不過，今日的機場已經不再受城市約束，有了自己的主體。再過不久，我們將可以說，是城市去連結機場，城市的屬性轉變成工作與睡覺的地方。畢竟，人人都知道，保持動態才是真正的生活。

現今的機場有哪一點比不上一般的城市？機場裡有有趣的藝術展覽，有可以舉辦節日慶典和產品發表會的會議中心。機場裡有花園與步道。在阿姆斯特丹機場，可以看到美麗的林布蘭複製品。而在某一個亞洲的機場裡，有規劃非常完善的宗教博物館。而且在機場裡，我們可以去氣派的飯店，還有各式各樣的餐廳與酒吧。有小型商店、超級市場及大型購物中心，在裡頭不僅可以做點採買再上路，也可以立刻買好紀念品，這樣到了目的地就不用浪費時間。機場裡有健身俱樂部，有傳統和東方的按摩室，有美髮店、貿易諮商中心、銀行及行動通訊服務站。最後，在滿足肉體需求後，我們可以前往為數眾多的禮拜堂與祈禱室，尋求心靈支持。在某些機場裡，還有為旅客舉辦的讀書會與作者見面會。我的背包裡找得到流程表，主題不是「旅遊心理學的歷史與基本課題」，就是「十七世紀的解剖學發展」。

機場裡的規劃都很完善；電動步道協助旅客從一座航廈移動到另一座航廈，然後從機場轉機飛到另一個機場。（有些相隔甚至十幾個小時的飛行時間！）思慮周到的工作人員則確保這個巨大的機構能完美運作。

機場不僅僅是航空港，已經是特殊種類的城市國家；地點是固定的，但公民是常變的；是機場共和國，是世界機場聯盟的成員，而且早晚會加入聯合國。機場共和國這種政體，其內部治理的重要性沒那麼高，它與聯盟中的其他成員的關係才是重點——因為只有維繫這樣的關係，才能賦予每座機場存在的合理性。這是一種外向系統的政體範例，每張機票上都寫著憲法，而每張登機證則是其公民唯一的身分證。

這裡的居民數量永遠都在變化。更有趣的是，每逢濃霧與暴風雨的天氣，人口總數會增加。這裡的公民不能太過引人注目，才能到處都感覺自在。有時候在電動步道上與自己也在旅行中的手足擦身而過時，可能會有一種我們是標本的感覺，浸泡在福馬林裡，隔著透明的玻璃罐看著自己——彷彿從圖畫上、從旅遊書籍上剪下的照片中的人們。飛機上的座位是我們的地址，比如7D，或是16A。巨大的運輸帶把我們載往相反的方向——有些穿戴裘皮大衣與帽子，有些穿著棕櫚襯衫和百慕達短褲；有些眼眶因為雪的關係而顯得蒼白，有些則因太陽而顯得較黑；有些渾身都是北方濕氣、腐葉和濕軟泥土的味道，有些涼鞋裡卡了沙漠的沙子；有些膚色被太陽曬得黝黑、呈焦糖色，有些身上泛著螢光、白得讓人無法直視；有些會把頭剃光，有些則從來沒有剪過頭髮；有些高大魁梧——就像這個男人一樣，有些嬌小纖細——就像這個女人一樣，她幾乎只到他的腰部。

機場也有自己的音樂。來自飛機引擎的交響樂，幾個簡單的音調，在沒有節奏的空間中傳開，平板的雙引擎合唱，陰鬱的小調，紅外線，黑外線，連旋律本身都覺得無聊的單和弦最緩板。安魂曲以起飛的浩大《進堂詠》作為開場，以阿門的下降音階降落地面。

尋根之旅

青年旅社有年齡歧視，針對人的年紀有差別待遇，應該要為此遭到起訴。他們基於某些原因，只接受年輕人留宿，而這年齡的界線則是由他們自己制訂；不過可以確定的是，四十歲的人一定不合格。為什麼年輕人就要如此與眾不同？難道少了這一點，光靠生物學上的優勢，沒辦法讓他們浸淫在特權之中？

我們拿那些背包客來舉例好了，他們占領大多數的青年旅社——不管男的女的，都很強壯、高大，肌膚明亮健康，幾乎很少抽菸或吸食其他亂七八糟的東西，頂多偶爾抽點大麻。他們的旅行工具很環保，都是陸上交通工具，比如臥鋪火車跟擁擠的長途巴士。在某些國家，他們甚至還可以攔到順風車搭。他們會在夜裡抵達那些青年旅社，然後在用餐的時候向彼此提出「旅行三問」：你是哪裡人？你從哪裡來？你要去哪裡？第一個問題會建立垂直主軸，接下來的兩個是橫向水平軸。多虧有這樣的設定，他們可以建立起某種類似座標的系統，等彼此在這張地圖上建立好座標關係後，他們便可以安心入睡。

我在火車上認識的那個人，就像他們大多數人一樣，四處旅遊。他在尋找自己的根源、先祖。那是一趟頗為複雜的旅程。他的外婆是俄羅斯的猶太人，外公是威爾紐斯[21]的波蘭人，當年跟著安德斯將軍[22]的軍隊離開俄羅斯（戰後在加拿大定居）。至於他的爺爺則是西班牙人，奶奶是印地安人，不過部落的名字我不記得了。

他才剛踏上這趟旅程，而這一切對他來說，似乎有點沉重。

21威爾紐斯（Vilnius）：在歷史上為俄羅斯與波蘭爭奪之地，現為立陶宛首都。

22安德斯將軍（Władysław Anders）：波蘭軍事將領。二戰後不願回到被蘇聯控制的波蘭，在倫敦加入波蘭流亡政府。

旅行是縮小版的居家生活

現今這個社會，只要是看重自己生意的藥妝店，都會提供特別的旅行化妝品系列給客人選擇。有些連鎖店會為此設置專門的陳列櫃，在那裡可以買到所有旅行會用到的東西——洗髮精、在飯店浴室洗衣服會用到的管裝肥皂、折疊式牙刷、防曬乳、防蚊噴液、紙巾式鞋膏（各種顏色都有）、身體私密部位清潔組、護腳霜、護手霜。這些產品的共同特色就是它們的尺寸——都是迷你版，小型的軟管跟小罐子，拇指大小的小瓶子。最小型的縫紉包，裡裝得下三根針，五小捆不同顏色的線，每捆長三公尺，還有兩顆救急用的白色鈕扣與一枚別針。要說特別有用的，則是美髮噴霧，迷你瓶的包裝正好適合手掌大小。

看起來，化妝品工業認為旅行現象是縮小版的居家生活，有趣又帶點孩子氣的縮影。

施洗約翰之手

世界上有太多東西了，應該要把它縮小，而不是放大，再關進小鐵罐裡，關進攜帶式的全景屋裡。然後只有在星期六的下午，等日常家事都做好，乾淨的內衣準備好，襯衫也撐在椅背上拉平；等刷好地板，把烤好的酵母蛋糕[23]擺在窗臺上放涼後，才可以讓我們看一下，而且是透過小洞看，就像在看幻燈劇場[24]那樣，讚嘆它的每個細節。

不幸的是，現在大概太遲了。

看起來，唯一的選擇，就是學會不斷選擇。我得像深夜列車上認識的旅人那樣。他說他每隔一段時間，就去羅浮宮參觀，站在唯一一幅他認為值得欣賞的畫作前。他會在施洗約翰的畫作前停下，把視線移往他的手指。

23 酵母蛋糕：波蘭常見的家庭烘焙製品，麵糊以發酵製成，成品通常成扁狀方形，鋪料為大黃、李子或其他水果，最後再撒上由奶油、麵粉、白糖混製而成的甜碎屑進烤箱烘烤，有時會在最後的成品淋上糖霜。蛋糕的組織空隙較大，口感偏粗硬。

24 幻燈劇場（Fotoplastikon）：十九世紀後半盛行於歐洲的大型幻燈片播放裝置，外觀呈圓柱狀，外部沿柱身設有多個觀賞窗供單人觀賞，內部機器透過玻璃顯影設計，讓幻燈片產生立體效果，並以旋轉方式循環播放，令每個觀眾都能欣賞到幻燈片的全貌。

真品與複製品

在一間博物館的販賣部裡，有個人跟我說，沒有任何東西能比得上觸摸真品時的那份滿足感。他同時主張世界上的複製品越多，真品的力量就越大。這種力量有時近似聖髑[25]那樣強大，因為重要的只有那些獨一無二、有毀損風險的東西。他的話可以透過一個旅行團來驗證——他們在虔誠的專注下，共同讚賞不遠處一幅達文西的畫作，只在有人受不了壓力的時候，才會偶爾響起清脆的拍照聲，聽起來像是某種用新數位語言說出來的「阿門」。

膽小鬼搭的火車

有一種火車是設計給乘客睡覺用的。這個設計由數節臥鋪車廂組成，另外還有一節餐飲車廂，那甚至不算餐廳，但已經夠用。這種火車會從比如什切青開到弗羅次瓦夫[26]，晚上十點半出發，隔天早上七點抵達，但這段路其實沒有那麼遠，只有三百四十公里，五個小時便可抵達。然而，重點並非總是在速度；火車公司注重乘客的舒適感，列車會在田野間停下，在夜晚的霧氣之中佇留。這是車輪上的旅館，與夜晚競速，並不值得。

柏林—巴黎這條線的火車其實也很好，還有布達佩斯—貝爾格萊德，跟布加勒斯特—蘇黎世這兩條線也是。

我認為，這種列車是為了害怕搭飛機的人所發明的。它讓人覺得可恥，最好不要承認自己會搭。話說回來，火車公司並沒有特別宣傳這種列車。這是常客專用的列車，專屬於人類百分比中，不幸運的那部分——每次飛機起降，都會嚇得魂飛魄散的人；會手心發汗，無助地捏爛不知道幾張衛生紙的人；還有那些會抓住空姐衣袖的人。

這樣的火車會低調地停在側線鐵軌上，不會引人注目（比如從漢堡到克拉科夫的那班車，在阿通

---

25 聖髑：聖人或有德者身後留下的遺物。宗教上對聖人毛髮或遺骨的崇敬，可讓人對信仰有更親近的感受。

26 什切青（Szczecin）：位於波蘭西北部、第二大港。弗羅次瓦夫（Wrocław）：位於波蘭西南部，是僅次於首都華沙的第二大金融中心。

納[27]停等的時候，就是被廣告和看板擋住）。頭一次搭這種車的人，都會在車站裡繞來繞去，最後才找到火車。乘客會靜靜上車。他們的睡衣、拖鞋、個人衛生用品、保養品、化妝品和耳塞總是塞在行李的側袋。他們會把衣服妥善掛在特製的鉤子上，而設在櫃子裡的超小型的盥洗盆，則是他們刷牙的地方。列車長沒多久就會來為乘客點早餐，咖啡或茶——這是擁有鐵路自由的代價。如果乘客買廉航機票，一個鐘頭就可以到達目的地。這樣他們便能省下金錢，可以享有夜晚——躺在愛人的懷抱之中；去某條街吃生蠔；晚上到教堂聽莫札特音樂會；在水岸散步。然而搭火車必須將自己的旅行時間，徹底付出在鐵道上，依循祖先恆久的習俗，在這趟陸上旅程中，親自完成每一公里，跨過每一座橋梁，穿過每一條高架橋與隧道。一路前進，沒有繞過或跳過任何一寸土地的可能。每一公釐的路程都會與車輪觸碰，在那瞬間創造出屬於自己的切面，而每一次的觸碰都將是獨一無二的組合——車輪與軌道，時間與空間，宇宙中的特殊組合。

列車在幾乎沒有任何預告下緩緩啟動。車剛開，餐飲車廂裡便坐滿了人，都是穿著西裝的男人，想快速喝上幾大杯啤酒，好早點入睡。穿著講究的男同志，像響板一樣不斷眨眼。足球迷俱樂部的粉絲和同伴走散——其他人搭了飛機離開，而他們就像離群的綿羊般，不知所措。一群年過四十的好友，將無趣的老公都留在家裡，一起外出尋找冒險。

漸漸地，餐車內的座位所剩無幾，而乘客的舉止就像在大型宴會一樣。隨著時間的流逝，吧臺人員親切地為客人介紹彼此，「這位客人每個禮拜都會搭我們的車」，「泰德說他不會去睡，不過第一個倒下的將會是他」，「這位客人每個禮拜都搭車去找他的妻子——他一定很愛她」，「這位是『我再也不會搭這班車』小姐」。

半夜裡，當火車慢慢爬進比利時或盧布斯卡[28]的平原時，當夜晚的霧氣轉濃、抹去一切時，餐車裡出現第二波人潮——為失眠所苦、不介意沒穿襪子就趿拉著拖鞋進入公眾場所的乘客。他們的到來，就好像把自己的命運交給天數——該來的，就讓它來吧。

然而，我認為會發生的就只有最好的事。因為他們來到一個會動的地方，會在黑暗空間裡移動的地方；他們是一群被載著走的人。不認識任何人，也不會被任何人認出。走出自己的生活，然後再安全地回去。

27 克拉科夫（Kraków）：位於波蘭南部，舊都，第二大城。阿通納（Altona）：隸屬德國漢堡的七個行政區之一。
28 盧布斯卡（Lubuskie）：位於波蘭西部，與德國接壤。

被遺棄的屋子

屋子不明白發生了什麼事。屋子以為屋主已經死了。自從大門砰一聲關上，鎖孔裡傳出鑰匙轉動的聲音之後，所有傳進屋裡的聲響都像被蒙住一樣，沒有陰影和邊線，就像模糊的斑點。未使用的空間逐漸凝結，沒有任何的空氣對流、飄動的窗紗來干擾。而在這片靜止之中，短暫懸掛於玄關天花板與地板間的活物，懷著不確定的心情謹慎地化為實體。

當然，這裡不可能出現任何新的事物。畢竟這怎麼可能？這些現象只不過是已知形狀的模仿品，纏繞成一團又一團的泡狀形體，只短暫維持了一下輪廓。這些只是獨立的事件，僅僅只有姿勢，比如壓在柔軟地毯上的腳印，出現、消失，總是在同一個地方循環動作。或者像一隻手在桌上模擬寫字的動作，卻完全讓人摸不著頭緒。因為桌上沒有鋼筆、沒有紙張、沒有寫下任何內容，也沒有身體的其他部位。

邪惡之書

我就是在斯德哥爾摩的機場遇上她的，而她與我絕對算不上是什麼朋友。斯德哥爾摩機場是世界上唯一一座鋪設木質地板的機場，用的是深色橡木做成的漂亮地板，經過打磨拋光，每塊板條都拼湊得很仔細。保守估計，機場的地板是用了好幾公頃的北方森林所製。

她坐在我旁邊，將雙腿放在她的黑色背包上伸展。她沒在看書，沒在聽音樂，雙手交疊肚子上，看著前方。我喜歡她這樣安安靜靜、全心等待的模樣。接下來，我更大膽地看著她，而她的視線在光亮的地板上滑行。為了與她展開交談，我用不太贊同的口吻，說了句類似「森林被拿來蓋機場的地板，真是可惜」的話。

她答說：

「大概是因為在蓋機場的時候，得獻上某種活體，免得發生災難。」

櫃臺的幾名空姐遇到一點麻煩，原來是——她們透過麥克風，向我們這群等待的乘客說——我們的班機超售了。乘客的名單上不知怎的，登記了太多人數。電腦的錯誤——這是常用的藉口。如果有兩個人決定明天飛，他們可以得到兩百歐元、機場飯店住宿跟晚餐券。

大家緊張地你看我、我看你，有人說：「我們來抽籤吧！」有人聽了這話大笑，但之後現場又陷入一片沉默。沒有人想留下來——這不難理解——我們不是活在孤立的世界中，我們有約好的會面，我們明天要去看牙醫，晚上也邀請了朋友。

我看著自己的鞋子。我不趕時間，不用在特定的時間抵達特定的地方，是時間管我，不是我管時間。還有，生活裡賺錢的方式很多，此時此地出現的，就是一種新的工作型態，說不定很有未來性，可以解救失業跟過度製造垃圾。如果站出來，就可以賺到在飯店睡一晚，早上來杯咖啡，享用自助式早餐裡種類繁多的優格，何樂而不為？我從位子上站起來，走向那群緊張的空姐，就在那時候，坐在我旁邊的那個女人，也跟在我的後面走。

「何樂而不為？」她說。

不幸的是，我們的行李已經隨班機飛走了。空蕩蕩的巴士把我們載到旅館，我們分配到相鄰的小房間，裡頭很舒適。我沒什麼行李好整理，只有一套應急裝備——一支牙刷和乾淨的內衣褲，還有面霜跟一本厚重的書。一本筆記本。我會有時間把所有的事都寫下來，把那個女人寫下來：

她是個高個子，發育良好，髖部頗寬，手掌嬌小。她把一頭蓬鬆鬈髮綁成馬尾，卻因為頭髮不聽話，在腦後胡亂晃動，有如銀色的光環，呈現一片銀白。不過她的臉孔很年輕，有淺淺的雀斑。她一定是個瑞典女人——她們不會染髮。

我們約好晚上在樓下的酒吧碰面。在這之前，我們會先好好沖個澡，看看有哪些電視頻道。

我們點了白酒，禮貌性地寒暄完，問過「旅行三問」後，便進入正題。我先跟她說我的遊歷經驗，不過沒多久便發現，她只是禮貌性地聽我說話，所以我失去了主動性，也明白她的才是比較有趣的故事。

她在蒐集證據，甚至因為這樣而得到歐盟補助，不過她的旅費還是不夠，得向父親借，而他在她旅行的時候過世了。她撥開額前一綹彈簧似的灰髮（就在那時候，我確認了她的年紀一定不超過四十五），然後我們用航空公司的餐券點了沙拉；我們只點得起尼斯沙拉。

她說話的時候會瞇著眼，這讓她的口氣聽起來帶了點嘲諷，想必就是因為這樣，起初的幾分鐘，我無法判斷她說的話是不是認真的。她說，這世界乍看之下彷彿很具多樣性，不管去哪，都可以看見不同的人，不同國家的民情風俗，使用不同藍圖、不同材料建設的城市。屋頂、窗戶跟庭院都不一樣。她用叉子叉了一小塊菲達起司，然後拿它在空中畫圈圈。

「但是，妳不要被這種多樣性的表象所迷惑，這就像孔雀美麗炫目的尾巴一樣。對動物而言，不管在哪裡，人類對待牠們的方式都一樣。」她說。

她說話的口吻很平靜，就好像在重複講述已經背得滾瓜爛熟的講座內容。她開始一一數來：狗兒在大熱天裡，被過短的鏈子拴住，不斷跑來跑去，像等待救贖般等著水喝。小狗崽被綁在半公尺長的鏈子上，才兩個月大，根本就不會走路。綿羊在冬天裡蹲在原野的雪地上，而農夫對這種情況唯一採取的行動，就是找來大型車輛載走凍僵的羔羊。餐廳在水族缸裡養大螯蝦，等著客人伸出手指將牠們賜死在滾水裡；也有餐廳會把狗養在倉庫裡，狗肉做的菜餚可以讓男性恢復雄風。籠子裡的母雞有多少價值，是按牠們在短暫的生命中，被化學物質催生出來的蛋量來定義。狗之所以會被擺出來展示，目的就是要打鬥用的。猴子會被人注射病菌。兔子的皮膚會被拿來測試化妝品。羊的胎兒會被剝皮拿去做成皮草。她在說這些話的時候，一副事不關己的樣子，還一邊把橄欖塞進嘴巴裡。

我提出抗議。不，我不要聽這種事。

於是，她從掛在椅背上的布包裡，拿出一疊用塑膠封面裝訂的資料，然後伸手越過桌子遞給我。那是用影印機印出來的黑白印刷品。我並不想看裡面寫了什麼，只是隨意翻了變黑的紙張，上頭的文字排版分成兩欄，就像百科全書或聖經那樣。字體很小，像註腳一樣。《邪惡報告》，還有網址。只消一眼，我就知道自己不會去看內容。不過，我後來還是小心翼翼地把這些紙張放進背包裡。

「這就是我的工作。」她說。

後來，在我們喝到第二瓶葡萄酒的時候，她告訴我她在西藏旅行的時候，得到高山症差點死掉的事。某個當地女子靠打鼓和草藥湯把她醫好。

那晚，渴望長談與故事的我們，在葡萄酒的催化下，打開了話匣子，很晚才睡。

第二天早上在飯店吃早餐的時候，亞歷珊卓——就是這名憤世嫉俗的女人——在可頌前靠近我，說：

「真正的上帝是動物，存在於動物裡，離我們是如此接近，以至於我們沒注意到。祂每天為我們犧牲自己，為我們死過許多次，用自己的身體餵養我們，用自己的皮膚為我們蔽體，放任自己接受藥物測試，好讓我們可以活得更久、活得更好。這就是祂向我們展示情感，給予我們友誼與愛的方式。」

我愣愣看著她的嘴，這段啟示在我心理造成的訝異，比不上她說話的語調——冷靜。還有那把刀，那把她一副沒事人的樣子，用來在可頌鬆軟的內部抹奶油的刀。

「證據在比利時的根特。」

她從一個舊布袋裡抽出一張明信片，扔到我的盤子裡。

我拿起那張明信片，上頭有很多細節，我試著在當中找出某種意涵；我大概需要一支放大鏡才辨得到。

「每個人都看得見祂。」亞歷珊卓說。「城市的中央矗立著一座主教堂，而那邊，祭壇上，有一幅巨大的美麗畫作。上頭可以看見一片平原，綠色的草原，而在城市外頭的這片草原之上，有座形式簡單的高臺。哦，就是這裡。」她用刀尖指給我看，「這是以白色羔羊為形體的『動物』。高於一切。」

對，我認出這個畫面了。這隻羊我在一些複製品上看過許多次。《神祕羔羊之愛》[29]。

「祂的真實身分已然揭曉——祂明亮、發光的形體吸引了眾人的目光，讓人在祂的榮耀之前低頭行禮。」她用刀子指著羔羊說：「而我們可以看到，朝聖的隊伍幾乎從四面八方湧來——這就是所有來找祂的人，他們向祂朝拜，看著這個最為謙遜、遭到貶低的上帝。喔，妳看，這裡各國的掌權者——皇帝、國王、教堂、議會、政黨、工業團體都趕過來，還有母親帶著孩子、老人和小孩……」

「妳為什麼要這樣做？」我問。

答案再清楚不過，她要寫一本大書，寫所有的罪行，從世界之初開始，全都記載其中。這將會是人類的懺悔。她已經從希臘古代文學裡摘錄資料。

29 比利時根特祭壇畫（Ghent Altarpiece），取材自聖經故事，又名神祕羔羊之愛（Adoration of the Mystic Lamb），由畫家范艾克兄弟（Hubert and Jan Van Eyck）於一四三二年繪成，目前收藏在聖巴夫主教座堂（St Bavo's Cathedral）。

旅遊書

描寫某件事物就像使用它——會損壞，會掉色，邊緣會模糊，最後描寫的內容會開始泛白、消失。尤其當描寫的對象是地點時，更是如此。旅遊文學造成了巨大浩劫，它是一種侵略行為，是一種傳染病。地球上大部分地點，都被貝德克爾（Bedekery）出版社的書永久摧毀；這些幾百萬本多國語言的出版品，讓那些地方變得脆弱，並將之定型，為其命名，導致那些地方原有的輪廓不再清晰。

我在年輕的天真歲月裡也描寫過地點。當我後來再度回顧當年的寫作；當我鼓起勇氣深吸一口氣，再度因為它們強烈的存在感而站不住腳；當我試著再度豎起耳朵，去傾聽它們的喃喃低語，我經歷了震撼。真相是嚇人的——描寫即是摧毀。

所以，下筆描寫的人必須很小心。最好不要提到地名，要把地名關上、鎖上。寫到地址的時候要很謹慎，免得引起他人前往朝聖的念頭。那裡有什麼好去的？只是了無生氣的地方，只有灰塵、已經風乾的吃剩食物。

在我之前已經提過的「症候群」裡，也有「巴黎症候群」，影響的主要是在巴黎觀光的日本遊客。這種症候群的特點是震撼感及多種身體症狀，包括呼吸淺短、心悸、盜汗和興奮，有時會出現幻覺。這種時候，應投予鎮靜劑並建議患者返家。這些症狀可以用朝聖者的期待未如預期來解釋：他們所到的巴黎，跟旅遊叢書、電影和電視上所描述的，完全不一樣。

《新雅典》

沒有任何一本書像旅遊書這樣，那麼快過時，不過話說回來，這對旅遊叢書這個圈子來說，是好事一件。在我的旅行中，我總是忠於兩本旅遊書，把它們放在所有其他書之上。這兩本書雖然都是很久以前寫的，卻源自真正的熱情與描述世界的渴望。

第一本書是十八世紀初在波蘭寫成的。當時歐洲盛行啟蒙運動，可能同時有許多人嘗試寫作，說不定還更出色。但可以肯定的是，那些人的作品都不如這本書有魅力。這本書的作者是出生在沃里尼亞某處的天主教神父貝內迪克．荷米耶洛夫斯基[30]。他就像是濃霧之省的約瑟夫斯，或世界邊緣的希羅多德[31]。我猜想，他可能和我受同一種症候群之苦，但跟我相反的是，他從未離家去旅行。

他在標題很長的一章〈有關世上其他奇妙特殊之人：無腦畸形，別名無頭人；狗頭人身，別名犬頭人；以及其他怪奇人體型態〉寫道：

「……有一個民族叫布雷米（Blemij），依西多祿[32]稱之為雷姆尼歐斯。其族人全部擁有對稱的身體，完全沒有頭部，臉則長於正胸中。……偉大的自然研究家老普林尼[33]，則不只證實無腦畸形

30 荷米耶洛夫斯基（Benedykt Chmielowski），在十八世紀撰寫第一本波蘭文百科全書《新雅典》（Nowe Ateny）。

31 約瑟夫斯（Titus Flavius Josephus）：猶太人，西元一世紀的歷史學家。希羅多德（Herodotus）：西元前五世紀的希臘作家。

32 依西多祿（Isidonus）：西元六世紀末、七世紀初的西班牙神學家。

33 老普林尼（Gaius Plinius Secundus）：古羅馬歷史學家與作家。

者——別名無頭人——擁有感情，也證實了他們的位置與衣索比亞，或說黑人國家的穴居人，相去不遠。一邊在那個地區遊歷，一邊散播神聖天主教信仰種子的聖奧古斯丁[34]（他在非洲希波[35]擔任主教，距那邊不是太遠），成了這些作者的見證人，為他們做了頗為有力的背書。他在荒野布道時，清楚向自己資助的奧古斯丁兄弟會說：『我已經是希波的主教，帶了幾個基督的僕人，前往衣索比亞傳達耶穌基督的福音。我們在那裡看見許多男人和女人都沒有頭，胸口卻有著巨大的眼睛，其他人則與我們相似。』……索利努斯[36]——多次被提及的作者——寫道，印度山上有人類具犬頭，聲同犬吠，又稱犬吠人。探訪過印度的馬可孛羅[37]認為，安加門島上的人類具有犬頭與犬齒；《鄂多立克·埃里亞努斯》（*Odoricus Aelianus*）的第十冊（lib.10）也紀錄了，沙漠和埃及森林裡也有這樣的人。老普林尼把這些野獸般的人類稱作犬頭人，而奧盧斯·格利烏斯[38]和依西多祿則稱作狗頭人，也就是『狗的頭』。……米克瓦伊·拉濟維烏[39]公爵在他《周遊記》的〈第三書〉裡，提到自己有兩個犬頭人，也就是有著狗頭的人類，並且把他們帶到了歐洲。

「到頭來，有個問題終究會浮現：這些野獸般的人類，是否還有能力獲得救贖？希波主教堂的神使聖奧古斯丁，回答了這個議題，說不管人類生於何處，只要身為一個真正的人，身為一個理性的造物，擁有理性的心靈，即使外型與我們相異，膚色、聲音、步姿與我們相異，就該相信他們是首位人類之父亞當的後裔，也就是說，他們同樣有能力獲得救贖。」

第二本旅遊書是梅爾維爾的《白鯨記》。

還有，如果偶爾可以上一下維基百科，那就絕對夠用了。

維基百科

我認為這是人類最誠實的認知計畫，直接提醒人類，有關世界的一切知識，都是來自人類的腦袋，就如同雅典來自神的腦袋。人類把所有知道的事，全都放進維基百科，如果這個計畫成功，將會是一部不斷擴增的百科，世界最大的奇蹟。我們可以在這部百科裡找到所有我們知道的事——每一樣東西、定義、事件、占據我們大腦的問題；我們會引用來源，提供連結。用這種方式，我們會開始為這個世界編織屬於我們自己的版本，用我們自己的故事去擁抱地球。我們會把所有的一切都放在維基百科裡。就讓我們上工吧，讓每個人針對自己最拿手的事，至少寫上一個句子。

然而，有時候，我會懷疑這是否有可能成功。因為這部百科裡，只有我們講得出來、有文字可以形容的事。這樣一來，這部百科根本就不可能囊括所有的事。

所以，為了保持平衡，應該要有另一種知識集存在，一種我們所不知道的知識集，藏在這部百科

34 聖奧古斯丁（Augustyn z Hippony）：西元四世紀的神學家與哲學家，著有自傳《懺悔錄》（Confessiones）。
35 希波（Hippo）：位於現今阿爾及利亞境內。
36 索利努斯（Solinus）：三世紀的羅馬作家，著有《奇觀集錦》（Collectanea rerum memorabilium）。
37 馬可孛羅（Marco Polo）：十三世紀威尼斯共和國的商人、冒險家，他的遊記幫助歐洲人認識中亞與中國。
38 奧盧斯・格利烏斯（Aulus Gellius）：西元二世紀的羅馬作家，著有《阿提卡之夜》（Noctes Atticae）。
39 米克瓦伊・拉濟維烏公爵（Mikołay Radziwiłł）：十六世紀的波蘭——立陶宛貴族。

底下——反面、內襯，不管在哪個目錄裡都找不到，不管哪個搜尋引擎都沒輒；因為它的內容太過龐大，我們沒辦法踩著文字一步一步探究，只能把腳步放在文字之間，擺在概念之間的深淵中，每向前滑行一步，我們就跌得更深。

看起來，唯一可能的方向，就是往深處去。

物質和反物質。

資訊和反資訊。

世界公民，拿起筆吧！

茉莉是一位親切的穆斯林，我曾經跟她聊過一整個晚上。她告訴我一個計畫，說她想鼓勵所有人去她的國家寫書。她說，要寫一本書，不需要太多準備——只要下班後的一點空閒時間，甚至不一定要用到電腦。任何如此勇敢的人都有可能成為暢銷書作家，這樣一來，他們的付出就可以得到報酬，提升社會地位。這是最棒的脫離貧困方式，她說。如果我們大家都讀彼此的書就好了，她嘆了一口氣。她在網路上開了一個論壇，已經大概有幾百個人加入。

我很喜歡這種看書方式，就像是對人盡手足般的道德義務。

旅遊心理學：閱讀（一）

這十幾個月來，我在不同的機場遇見許多學者，他們總是兩人一組，在嘈雜的旅客聲中，起飛與登機的廣播聲中，舉辦小型講座。有人跟我解釋，說這是一個什麼全球性（說不定只算得上是全歐盟）的資訊計畫。於是，當我看到候機室的螢幕和一小群好奇的人時，便停下了腳步。

「各位先生，各位女士。」一名年輕的女士開始說話，並且有點緊張地調整她的彩色圍巾。至於她的同伴，是一名穿著羊毛西裝外套，手肘有皮革補丁裝飾的男子，他正在準備掛在牆上的螢幕。

「旅遊心理學是研究旅行的人，研究四處移動的人，藉此與傳統心理學處於相對的位置。傳統心理學總是在沒有變動因素的環境中，在穩定、靜止的情境下，透過稜鏡觀察個體的生物構造、家庭關係、社會地位等等，來檢視個體；這些對旅遊心理學家來說，都是次要的，不是關注的重點。

「想要描寫一個人並且讓人信服，我們只能夠把這個人放在一個動態環境中，由一處移動到另一處。關於一個穩定不變的人，有許多描述都令人難以信服，讓人不禁要質疑，非相對性的『我』是否存在。這讓旅遊心理學從某個時間點開始，出現至上主義的理念，聲稱除了旅遊心理學，不能有其他的心理學存在。」

聽講的這一小群人頗為浮躁，因為有群吵鬧的男人經過，他們的個頭都很高，拿著同一個運動俱樂部的彩色圍巾——這些人是俱樂部的粉絲。除此之外，一直有人被牆上的螢幕，和現場放置的兩排座椅勾起好奇心，不斷走過來。他們不是正在等進登機門，順便在我們的椅子坐一下，就是懶得去逛

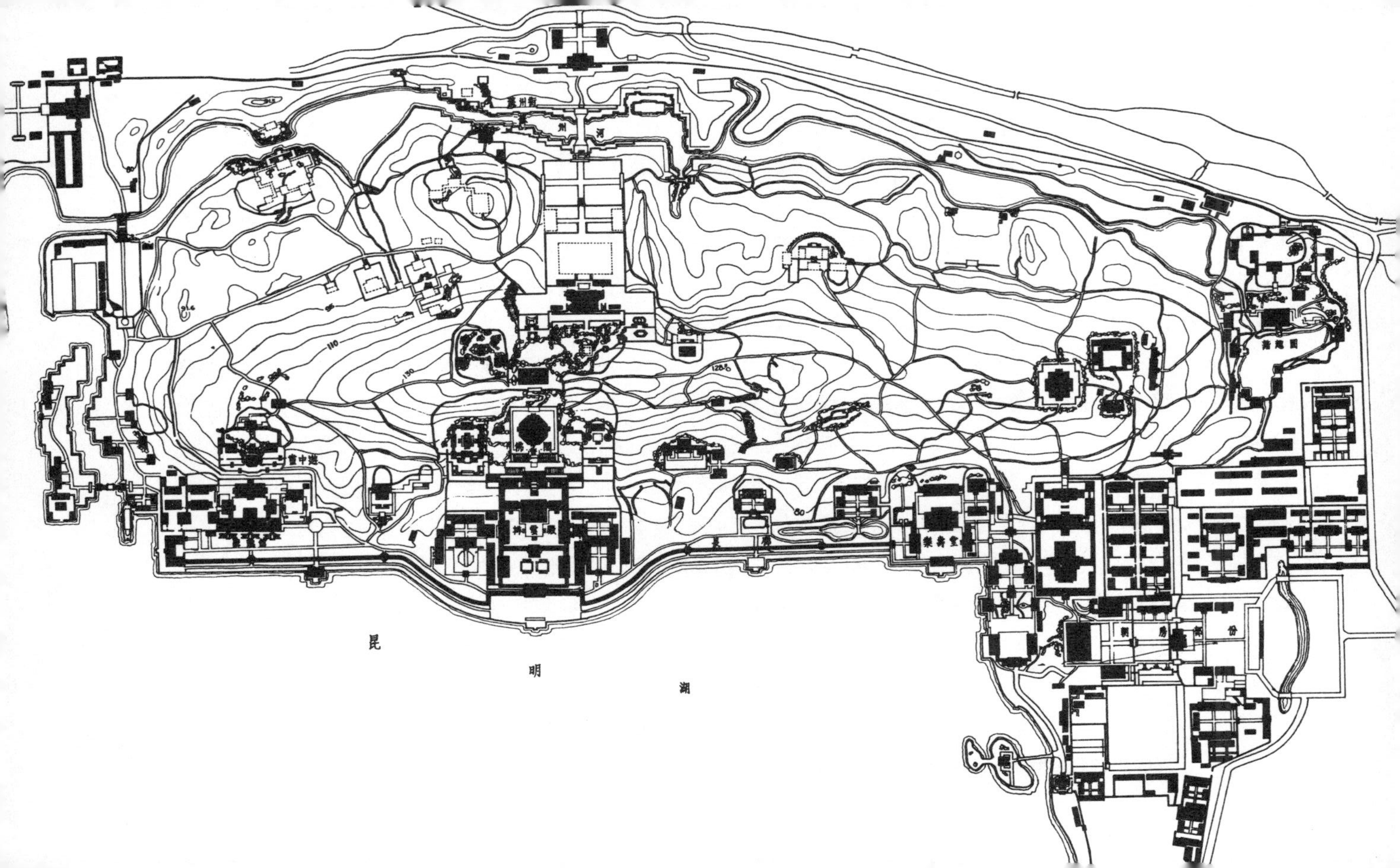

昆
明
湖
長
廊
佛香閣
排雲殿
樂壽堂

機場商店。許多人的臉上都寫著疲倦，失去時間感，看得出來他們渴望休息，就算只是瞇一下也好。他們一定不知道，旁邊就有一個角落有舒適的候機空間，而且有躺椅可以睡覺。當那名女士開始說話，幾名旅客停下了腳步；一對很年輕的情侶摟著彼此站著，不斷撫摸對方的背，聽得很專心。

女人做了一個小小的停頓，然後開始進入主題：

「渴望是旅遊心理學的重要概念，就是慾望給人動力與方向，讓人想要有所依附。渴望的本身是空虛的，意思是說，它只是指出方向，而不是目的，因為目的總是像幻覺一樣，模糊不清，越是接近，越讓人感到迷惑。不管用什麼方式，都沒辦法達到這個目的，也沒辦法藉此滿足渴望。讓這個追求的過程變得清晰的，是介系詞『向』——朝向什麼。」

話說到這裡，女人抬高視線，越過眼鏡認真地看了看聽眾，好像在尋求以任何形式表達的肯定，好確定自己是在跟對的對象說話。這番談話並沒有得到一對夫妻的青睞，他們雙雙交換眼神，便推著推車裡的兩個小孩和行李繼續前進，走去看林布蘭的仿製品。

「旅遊心理學與心理分析相關……」那女人繼續說，而我則為這兩位年輕的講者感到惋惜。他們講座的對象是隨機在這裡出現的人們，而這些人看起來並不覺得他們的演講內容有趣。我走去販賣機買了一杯咖啡，把幾顆方糖丟進去，想好好提振一下精神，而當我回到那邊時，已經換那名男講者登場了。

「……基本的概念，」他說，「就是群集，說到這裡，我們馬上就碰到旅遊心理學上的第一個觀點：生活與科學相反，不存在任何哲學原理（但科學家也常會將事物適度調整，以符合標準）。意思就是，沒辦法建立一連串符合因果關係的論點，也沒辦法建立源自事件本身，並以個案方式相繼出現的敘事。這只不過是種近似的敘述，一如我們假設地表上有張以經線及緯線交織而成的網子。相反的，為了盡可能忠實重現我們的經驗，應該要將重要性相當的零碎片段，以同心圓的方式置於同一個平面上，組成整體。事實的載體不是序列，而是群集。因此，旅遊心理學是在同等情況中針對個人的描寫，不會對個人的生活強加任何近似的連貫性。人生是由各種情況所組成，因此必定還存在重複相同行為的傾向，然而這樣的重複性並不會預設生活的整體樣貌有怎樣的一致性。」

男人不安的眼神越過鏡框看向聽眾，想必是要確定他們是不是真的有在聽講。我們都聽得很專心。

就在這個時候，一群旅客帶著小孩從我們旁邊跑過；顯然他們是要轉機，而且快趕不上了。有那麼一小段時間，我們稍微分了心，看著他們的紅熱臉頰、草帽，以及買來當紀念的面具、鼓、貝殼項鍊。男人幾次清了清嗓子，想拉回我們的注意力。他大大吸了口氣，讓肺部裝滿空氣，再看了我們一眼，卻洩了氣，不再說話。他把筆記本翻了翻，最後開口說：

「歷史。現在我要講一點關於歷史的事。這門學科是在戰後（上個世紀的五〇年代）從航空心理學發展出來的，因為當時航空旅行的次數越來越多。一開始，這門學問只專門研究與乘客動作有關的問題——像是任務小組處理緊急情況的行動力、飛行心理動能。之後，這門學科所感興趣的範圍往飯店及機場組織、適應新地點、旅遊的多元文化等面向拓展。隨著時間的演進，又細分出各種領域，如心理地理學和心理地質學，也有臨床……」

接著我就沒再聽下去，這場講座太長了。這份知識，他們應該要用比較小的劑量來給人消化。

我改看另一個人，他的衣著邋遢，皺巴巴的，想必是經過一段較長時間的旅行。他找到一把屬於別人的黑色雨傘，很慎重地仔細端詳。然而，這傘已經不能用了；傘骨都斷了，黑色的傘布已無法張開。讓我訝異的是，就在這個時候，那個男人小心翼翼地開始拆掉傘骨和傘布上的縫線，這花了他一些時間。他專注地做著，在路過的旅行者中一動不動。當他完成後，他將傘布折疊成立方體，放在口袋裡，然後消失在人流中。

所以，我轉過身，往自己的方向走去。

正確的時間與地點

許多人相信，世界的座標系統中存在一個完美的點，在那裡，時間與地點處於同一個共識之中。甚至，這些人可能就是為了這個緣故而走出家門，以為只要開始移動，即使路徑混亂，也能增加找到這個完美點的可能。處在適當的時間與地點——利用機會，把握時刻——這樣一來，就可以破解鎖上的密碼，破解中獎的數字組合，揭露真相。不要錯過任何線索，翻找每個意外、巧合，與命運曲折。你只要站出來，將自己登記在這個唯一的時間與地點組合就好，其他什麼都不需要。在完美點，可以遇見畢生之愛、幸福、彩券頭獎，或是多年來無人能解的謎團，又或者是死亡。有時候，我們甚至會在早上有一種感覺，覺得這個時刻已經近了，也許今天就會發生。

說明手冊

我夢見自己在看一本美國雜誌，裡頭有許多蓄水槽與儲水池的照片。我全部都看過，不放過任何細節。字母a、b、c完整描述設計圖與平面圖的每個部分。我興味盎然地開始讀一篇文章，標題叫做「如何建造海洋：說明手冊」。

聖灰饗宴

「你們叫我艾瑞克就好。」他每年都會在這個只用火爐燒木柴來取暖的時候，走進這家小酒吧，而每次他都是這樣開場，不打招呼。所有人見到他，都會友善地微笑，有些人甚至會用手勢熱情地招呼他，沒有別的意思，就是「過來坐啊」。因為基本上他算是一個好相處的人，雖然有他奇怪的地方，但大家都喜歡他。不過，剛開始，他喝得還不夠多的時候，看起來就像個壞脾氣的人，坐在角落，離溫暖的火爐遠遠的。他確實有本錢這麼做，因為他是個體格壯碩的人，不怕冷，自己就是個暖爐。

「這座島。」一開始，他好像是在對自己說話，還一邊嘆氣，卻又大聲到旁人可以聽見，好挑起他們的興趣，同時也點了一杯巨無霸啤酒。「這是多麼悲慘的心境啊。鳥不生蛋的地方。」酒吧裡的人似乎不明白他的意思，但仍意有所指地咯咯發笑。

「喂，艾瑞克，你什麼時候要去捕鯨魚啊？」他們嚷道，爐火和酒精讓他們的臉轉成紅色。艾瑞克以巴洛克式的咒罵回應——詩意十足，無能人比——而這也是每晚會重複的儀式。日子就像航道上的渡輪，每天都會前進，從這一岸開到另一岸，一路上經過同樣的紅色浮標。這些浮標以打破水域的無止境壟斷為己任，讓這片水域可以被測量，因此給人一種管控的錯覺。

再一杯啤酒下肚後，艾瑞克已經準備好過去跟其他人坐，而他通常也都這麼做。不過最近喝過酒後，他總是會失去興致。他不大高興地坐著，臉上有著嘲諷。他沒有沉浸在自己的遠洋故事——如果認識他夠久，就會知道他的那些故事從來不會重複，至少在細節方面都有頗大的差異。然而，他現在越來越常隻字不提，只是不斷找別人麻煩，成了一個惡毒的艾瑞克。

儘管如此，有些夜晚，他的情緒會更加激動，變得讓人無法忍受，逼得這家小酒吧的主人亨利不得不介入，而且還不只一次。

「你們所有人都在船上。」艾瑞克指著每一個人吼道。「每一個人都是，然後要我跟這麼一群，幾乎看不出是人生父母養的野蠻組員一起航行！你們這些生自鯊魚之海的獸類！喔，人生啊，當靈魂被碾碎摧毀，只能靠意識行事——就像沒有主人的野生動物在尋找獵物一樣。」

亨利溫和地把他拉到一旁，像朋友一樣拍了拍他的背。比較年輕的那群人則咯咯發笑，因為這在他們看來，成了一場奇怪的對話。

「艾瑞克，我們走吧。來，走吧。」

「艾瑞克，算了啦。你想要惹得一身腥嗎？」那些跟他很熟的年長客人紛紛安撫他，不過艾瑞克不願意就這麼算了。

「喂，兄弟，退後。敢看不起我的，連太陽我也照打。」

在這種情況下，只能祈禱他別去惹到哪個外來的人，因為自己人是不會跟艾瑞克一般見識的。這副模樣的艾瑞克，還能拿他怎麼辦？他彷彿透過乳白色的塑料窗簾望向吧臺，這種空虛的眼神代表他正在自己內心的海洋旅行，已經揚起前帆。而唯一可以做的，就是當個好人，把他載回家。

「所以，聽好了，你這個靈魂匱乏的人。」艾瑞克指著朋友的胸口，還在嘀咕：「因為，我也在對你說話。」

「艾瑞克，我們走吧。來啊，快走吧。」

「所以你們也加入了嗎？簽名了嗎？好吧，簽了就簽了。該來的，就讓它來吧，說不定根本不會來……」他口齒不清地說，從門口回到吧臺，要了最後一輪的「馬鐙酒」——這是他的說法，不過沒人知道這是什麼意思。

被他這麼一鬧，終於有人覺得受夠了，揪住他的制服下襬，把他拉到座位上等計程車來。

然而，也不是每一次都要上演全武行。最常見的情況是他會提前離開，因為他家離這裡還有四公里的路程，而按他的說法，他很討厭這段回家的「行軍路線」。那條路很單調，只是沿著馬路一直走，路的兩旁都就只有長滿雜草的舊牧場跟矮人松，氣氛頗是嚇人。有時候，夜裡的光線比較明亮，他隱約可以看見遠方風車的輪廓，那風車早就停工了，現在只不過是遊客拍照的背景。

暖氣會在他到家前的一個小時左右開啟——這是他為了省電而設定的——所以在他的兩個房間裡，吸滿海鹽的潮濕寒氣，依舊躲在黑暗之中伺機而動。

他總是吃一種基本餐點，而這是唯一一樣還沒讓他感到乏味的東西。切成圓片的馬鈴薯鋪在擺了培根與洋蔥片的鑄鐵鍋裡，撒上墨角蘭和胡椒，用鹽調好味道。這是一道理想的菜餚——油脂、碳水化合物、澱粉、蛋白質和維他命C，所有的營養成分都保存良好。晚餐他會再配上電視，不過這也是最讓他噁心的東西，所以他再會開一瓶伏特加，乾了它，最後才去睡覺。

這是什麼糟糕的地方啊——這座島。它延伸進北方，就像伸進黑暗的抽屜裡；這裡風大又潮濕。基於某些原因，人們至今還住在這裡，而且根本沒打算搬到其他溫暖、明亮的城市去。他們沿著馬路兩旁建了小木屋，在裡頭生了根，而重新鋪上柏油的馬路高度抬升，宣判這些小木屋將永遠處於低下的地位。

你們順著馬路遊蕩吧，沿著馬路的一側往小港口去，那裡有幾棟骯髒的建築、賣渡輪票的塑膠小亭子，和一座殘破的碼頭——一年當中的這個時候，那裡總是空無一人。夏天的時候，說不定會有一些古怪的遊客厭煩了南方的海水、度假勝地、蔚藍海岸和炙熱沙灘，而開著遊艇前來。又或者他們會來到這蕭瑟的地方，只不過是個意外，就像我們一樣——耐不住寂寞，永遠渴求新的冒險，背包裡裝滿了便宜的中國泡麵。而你們在這裡有什麼好看的呢？這裡是世界的邊緣，時間總是從空蕩蕩的岸邊蹬往大海，然後又沮喪地返往陸地，無情地把這個地方留在頑強不變的狀態中。一九四六年的這裡跟一九七六年有什麼不同？而一九七六年跟二〇〇〇年的這裡又有什麼不一樣？

艾瑞克經歷過許多愉快與不愉快的冒險，最後在幾年前困在了這裡。然而，在很久以前的一開始，他逃離自己的國家——那種不怎麼樣，又沒有深度的共產國家之一——以年輕的移民者身分，跑到捕鯨船上工作。當時的他，除了「對」跟「不對」以外，只會幾個英文字，但也剛好夠他跟船上的男人進行簡單的交流。「拿去」、「拉」、「切斷」。「快」跟「用力」。「抓住」跟「綁好」。「他媽的」跟「放屁」。一開始，這樣就夠了。還有，他把自己的名字改成簡單又好認的「艾瑞克」，擺脫那副沒人知道該怎麼正確發音、聽起來老是嘎嘎響的死人骨頭，這樣就夠了。還有一件事，就是把裝著文件、畢業證書、學位證書、結業證書跟預防接種證書的資料夾扔到海裡，這樣就夠了——這些東西在這裡一點用處也沒有，最多只會讓其他的水手難堪；對他們來說，這一生的傳記內容，不過就是幾趟遠程航行，跟港口酒吧裡的冒險罷了。

船上生活不是沐浴在帶著鹹味的海水中，不是沉浸在北方各個海域中的清甜雨水下，甚至也不是陽光，而是腎上腺素。沒有時間盯著打翻的牛奶沉思或冥想。艾瑞克出身的國家很遠，跟海洋不太有接觸，他很少到海邊，只在碰巧有機會的時候才去。港口讓他覺得丟臉，寧願到安全、有橋梁的河邊城市。艾瑞克一點也不想念自己的國家，他對北方熱愛多了。他自己在心裡想，要在船上工作幾年，賺一些錢，然後蓋一間木屋，跟亞麻色頭髮的艾瑪或英格麗結婚，生幾個兒子，而他教育他們的方式，就是跟他們一起做浮標和處理捕到的海鱒。有一天，當他的冒險可以組成吸引人的故事時，他會把它們寫成回憶錄。

他自己也不知道這是怎麼發生的，歲月在他的生命中快速流動，無足輕重，轉瞬即逝，不留痕跡。最多只是在他的身體，尤其是他的肝上，簽名留念。這是之後的事了。不過，一開始，跑過第一趟船後，他便淪落到在監獄裡待三年，因為船長違法，欺騙整組船員走私一貨櫃香菸和一大包古柯鹼。即便在那遙遠國度的監獄裡，艾瑞克還是成了海洋與鯨魚權威。因為，他在監獄的圖書館裡只找到一本英文書，想必是多年前的某個受刑人留下來的。這是在世紀初出版的舊書，泛黃的書頁已經很脆弱，有許多生活的痕跡。

就這樣，艾瑞克為自己安排了三年（話說回來，這樣的判決相較於一百海浬之外的法律——絞刑，並不算嚴苛）保證的免費語言課、英文進階班、鯨魚文學課程、心理旅行課程，都在同一本教科書裡。這是一個好方法，讓人不會分心。五個月過後，他已經可以憑記憶引述以實瑪利的冒險，用亞哈的口吻說話，這讓他感到格外開心，因為這對艾瑞克來說，是最自然的表達方式，像一件舒適的衣服般合身，即便這件衣服既古怪又老派也無妨。這本書出現在這種地方，給他這樣的人看見，是何等微小的幸福。這在旅遊心理學家來說，是一種共時性現象，是世界本身具有意義的證據。證明在這個美麗的混沌之中，意義之線往各個方向延伸，形成一張奇異的邏輯之網，而這些都是──如果有人信神的話──祂的指紋所留下的迂迴痕跡。至少艾瑞克是這麼想的。

因此，在遠方的異國牢獄裡待沒多久後，當夜晚降臨，熱帶的悶熱令人難以呼吸，而思緒被不安與鄉愁占據之時，艾瑞克會讓自己沉入書中的文學世界，化作夾在其中的書籤，體驗當中特有的幸福。因為如果沒有這本書，他一定撐不過這段服監的日子。同一間牢房的獄友跟他一樣，都是走私犯，常常聽他唸這本書，不久之後，他們也被這鯨魚歷險的魅力感染。如果這些人在重獲自由之後，想要嘗試深入研究捕鯨歷史，撰寫以魚叉和帆船設備為題的論文，其實也不會顯得奇怪。而這些人當中最有能力的人，獲得了更高程度的啟蒙，也就是臨床心理學中，專門研究所有持續行為的領域。因此，有時候，這來自同一間牢房的三個人──來自亞速群島的水手、來自葡萄牙的水手和艾瑞克──彼此間會說一種他們自己才知道的黑話，去詆毀那些體型瘦小、斜眼睛的獄警。比如，其中一名獄警幫他們夾帶一包受潮的香菸到牢房的時候，來自亞速群島的水手會大聲嚷道：

「見鬼了！這傢伙還真是個狠角色！」

「要我說，我的看法也差不多。就給他我們的祝福吧。」

這樣做對他們來說很好，因為每一個新進他們牢房的人，起先都不太明白他們在做什麼，成為他們這個圈子當中的外人，而他們需要這麼一個人，來仿造社會生活的氛圍。

每晚，他們都會朗讀，每個人會唸起自己最愛的片段，其他人再跟著同聲將那片段唸完。

不過他們以越來越臻至完美的語言所討論的主題，主要還是海洋、旅行、離岸、將自己交付於水，而他們認為水——經過幾日媲美蘇格拉底的哲學家式討論——是地球上最重要的元素。他們已經計畫好回家的航線，準備好要欣賞路上的風景，在腦中決定好要發給家人的電報內容。他們要以什麼為生？他們不斷爭論哪個才是最好的想法，但說老實話，他們還是繞著同一個話題打轉；他們已經被傳染、被感染了（只是他們自己沒有意識到這點）。他們對於像白色鯨魚這樣的東西，在真實世界是否可能存在的這件事本身，感到擔心。有些國家一直都在捕鯨，這並不是祕密，這份工作雖然不像以實瑪利所描述的那麼浪漫，但今天卻很難找到更好的工作。那些日本人好像有在找捕鯨船的漁工，對他們來說，鱈魚與鮭魚之於鯨魚……就像工匠品之於藝術品……

對於敲定未來生活的細節，三十八個月的時間是綽綽有餘；他想得很仔細，一樣一樣來，每一條細節都跟同伴討論；有頗大一部分都不是認真的。

「這件事到底還要說幾次啊！聽好了，海洋貿易是怎麼回事，我已經跟你說過了。你別故意惹我，我可沒那麼好騙！捕鯨是怎麼回事，我已經告訴過你了，結果你還是想要試？」艾瑞克咆哮道。

「你又懂什麼了？」來自葡萄牙的水手吼了回去。

「北海的東西南北我都走過了，波羅的海我也不陌生。北大西洋洋流就像我家廚房一樣……」

「你未免也太過自信了吧，兄弟。」

有件事得提一下。

十年——這是艾瑞克的返家之旅所花的時間——就這一點來說，他當然比他的同伴還要懂。他走過許多迂迴道路，航行過許多外圍海域，穿過最窄的海峽與最寬的海灣。每當他已來到出海口，舔舐海洋開闊的水域；每當他已自我演練好，要登上返家之船，都會突然冒出新契機，而且通常是完全相反的方向，就算他花點時間去衡量，最後通常還是做出同一個結論，也就那雖然老調、卻永不走調的論點——球是圓的，不用在意走哪個方向。這個論調是有些道理——對於一個來自無名之地的人而言，不管走哪一邊，都是返回起點，因為沒有任何事物，會比空無還要來得有吸引力。

這些年間，他在巴拿馬、澳洲和印尼籍的船上工作。跟著智利的貨輪把日本車運去美國。他在南非的郵輪上躲過利比亞沿岸的災難。他把員工從爪哇島運到新加坡。他患了黃疸病，躺在開羅的一家醫院裡。他在法國的馬賽喝醉酒跟人打架，被折斷一隻手，後來戒了幾個月的酒，卻在西班牙的馬拉加又喝了個不省人事，斷了另一隻手。

我們不用講這些細節。我們感興趣的不是艾瑞克的海上歷險。我們比較想要看的，是他最後終於踏上那座後來被他討厭的島嶼，在一艘來回於小島間的小型簡陋渡輪上得到工作。在他眼中，這是份自我貶低的工作，那段期間裡，他瘦了，整個人好像褪了色。臉上的古銅膚色消失得一乾二淨，只留下顏色較深的斑點。他的鬢角發白，皺紋讓他的目光看起來更為犀利、可以看透一切。這次的經驗重挫他的傲氣。後來，他被調到比較適合他的航線——如今他的渡輪負責銜接島嶼與陸地，沒有任何束縛，而寬廣的甲板最多可以搭載十六輛自用車。這份工作為他提供了一份固定的微薄薪水、健康保險，以及在這座北方島嶼上的平靜生活。

每天早上醒來，他會用冷水盥洗，用手指梳理灰色的落腮鬍，接著他會穿上北方聯合渡輪公司的深綠色制服，走路到前一晚停泊的港口，沒一會兒就會有地勤人員出來把閘門打開，不是羅勃就是亞當。第一批汽車已排隊等著舷梯放下，要開上艾瑞克的渡船。船上有足夠的空間可以容納旅客，但有時也會顯得空蕩蕩的，看起來乾淨、清爽，有設計感。艾瑞克會坐進他在半空中的駕駛艙，一直待在那玻璃鸛鳥巢裡，這種時候，對岸看起來總是如此的近。蓋一座橋不是比較好嗎？這樣才不用讓所有人一直兩邊往返，也替他省下麻煩。

重點在於他的心理狀態。他每天都有兩個選擇。一是他尖酸、愛找碴——他比別人差；大家都有的，他沒有；就某種方式來說，他不正常，他甚至該死的不知道自己是怎麼了。他覺得自己被隔離，覺得孤單，覺得像是個被罰關禁閉的孩子，透過窗戶看同年紀的人開心玩耍。他覺得命運在這些介於陸地及大海的混亂人類旅程中，派給他的是根本無足輕重的小角色，而現在，自從他在島上定居，他還發現自己在這一幕中，僅僅是個臨時演員的角色。

至於第二種心理狀態，則是他相信自己才是比較好的那個人，獨一無二，絕無僅有。只有他能體會並了解真理。他所被賜與的是一種獨特的存在。有時候，他得以連續數個小時，甚至是幾天都處在這份自我感覺良好的情緒中；在那種時候，他會覺得——我們這麼說吧——有種幸福的感覺。

但這種感覺就像酒精中毒，會慢慢消失。而每當他宿醉時，腦中總會浮現一個可怕的想法——他必須不斷以這兩種方式來瞞騙世人，好讓人覺得他是個值得尊敬的人，而且——最糟糕的是——總有一天會真相大白，原來他什麼也不是。

他坐在玻璃駕駛艙內，看著渡輪早上第一批的登船情況。他看見來自小鎮的舊識。坐在灰色歐寶裡的是R一家人——先生在港口工作，太太在圖書館工作，而兩個小孩——一個小男孩和一個小女孩——則在上學。這四名青少年是高中生，到了對岸會有公車接他們。而這是艾莉莎，幼稚園老師，有個年紀還很小的女孩，因此自然是要帶著女兒一起去上課。這孩子的父親在兩年前突然失蹤，至今音訊全無。艾瑞克懷疑他是在某個地方捕鯨魚。這是老S，他的腎有問題，一個禮拜得去醫院洗兩次腎。他跟妻子試過要把他們低矮的小木屋賣掉，搬到離醫院近一點的地方，但事情不是很順利。「有機食品」那間店的大卡車是要去內陸載貨。有輛黑色的外地車，那些一定是「導演」的客人。黃色的廂型車是阿弗雷德跟阿布雷契兩兄弟的，兩人憑著單身漢的固執，靠養綿羊過活。有兩個人騎腳踏車，身子都凍僵了。汽車修車廠的載貨車——想必是要去拿零件。愛德溫伸出一隻手朝艾瑞克揮了揮，這人不管是在世界上的哪座島，他都認得出來，因為他總是穿內襯人工皮革的格子襯衫。艾瑞克認識他們所有的人，甚至是他第一次看見的那些——他知道他們為什麼要來這裡，而既然他知道他們的目的，就表示他對他們的事知道的已經夠多了。

會去島上的人，理由只有三個。第一，那人就住在島上；第二，那人是「導演」的客人；而這第三——是為了風力發電機，好以它為背景拍張照。

渡輪航行的時間是二十分鐘。在這段時間裡，雖然船上禁止抽菸，有些乘客還是會走下車，抽上一根。有些會倚靠欄杆，單純盯著海面，直到看見對岸，放空的視線才又重新聚焦。陸地的氣味與重要至極的任務和義務，讓人們情緒高漲，不一會兒便消失在碼頭附近的小巷裡，就像打在防波堤上的浪花，飛濺的範圍最廣，一旦滲入地面，便不再返回大海。走了這批乘客，又來了一批新的。開高級貨卡的獸醫——那是他靠為貓咪結紮賺來的。一群參加自然課校外教學的學生——他們要去考察島上的動植物。一輛運送香蕉與奇異果的廂型車。一組要去採訪「導演」的電視臺人員。剛從奶奶家回來的G一家人。另外還有兩名狂熱的單車騎士，取代前一批乘客中的那兩名。

在不到一個小時的上、下客過程中，艾瑞克會抽幾根菸，盡力讓自己不要絕望崩潰。之後渡輪會返航往島嶼去。如此來回八趟，中間有兩個小時的午餐休息時間，附近有三間酒吧，艾瑞克總是到同一間吃飯。下班後他會去買馬鈴薯、洋蔥和培根。香菸和酒。他盡量不在中午前喝酒，但是到了第六趟船班的時候，他總是已經醉了。

一條又一條的直線——這有多羞辱人啊，這對心智的殺傷力有多大啊。這是哪門子故意刁難人的幾何圖形？把我們都變成蠢蛋——來來回回，這種蹩腳的偽旅行，出發不過是為了要馬上回頭；才剛加速，就馬上煞車。

艾瑞克的婚姻也是相同的狀況，既短暫又不穩定。瑪莉亞離過婚，在一間商店工作，有個在上中學的兒子，學校在市區，附有宿舍。她有一間溫馨的小房子和一部大電視。艾瑞克跟她住在一起。她的身材勻稱，體態有些豐滿，皮膚白皙，穿著緊身內搭褲。她很快就學會怎麼做培根馬鈴薯，並開始在這道菜裡加上墨角蘭和肉豆蔻。而他則是每逢休假，便興沖沖地去劈壁爐要用的木柴。這樣的情況維持了一年半，但是後來他開始覺得不耐煩，電視發出的雜音和明亮的照明，沾了泥巴的鞋子得放在門墊旁的抹布上，還有那肉豆蔻，在在都讓他無法忍受。有幾次他喝醉酒，用指頭比著水手大放厥辭——她把他掃地出門，不久便搬去內陸與兒子同住。

今天是三月一日，聖灰星期三。艾瑞克在睜開眼後，看見灰色的黎明及飄落的雪雨，玻璃上有濕潤雪片留下的朦朧痕跡。他想起自己以前的名字。他幾乎已經忘了這個名字。他把這個名字說出來，聽起來卻像有某個陌生人在叫他。腦中傳來一股壓迫感，這他很熟悉，是昨天喝酒的後果。

因為，我們要知道，中國人有兩個名字——一個是家人給的，在懲罰和管教孩子的時候用，但也代表對孩子的親暱及喜愛之意。不過孩子在長大後，會為自己取另一個名字——在社會上、對外用的，代表他個人的名字。穿上它，就像在穿制服、白袈裟、監獄的條紋衣、正式雞尾酒會要穿的服裝。這樣的名字很實用、很好記。自此代表一個人。最好是世界通用，所有人都認得出來。管他什麼名字裡的在地性。管他什麼歐德實赫、孫尹、卡齊滅日跟義爾克，管他什麼布拉忍、劉跟米利嚓；麥克、茱蒂絲、安娜、約翰、薩穆爾跟艾瑞克萬歲！

但是今天艾瑞克回應了舊名字的呼喚：我在這裡。

沒有人知道這個名字，所以我不會把它說出來。

這個名字叫艾瑞克的男人，穿上有著北方聯合渡船公司徽章的深綠色制服，用指頭梳理了落腮鬍，關掉低矮小屋中的暖氣，沿著柏油路離開。然後，當他在駕駛艙裡等乘客登上渡輪時，太陽終於露面，他喝掉罐子裡的啤酒，點起第一根香菸。他朝底下的艾莉莎和她的小女兒揮揮手，態度很親切，就好像是要獎賞她們今天不去幼稚園一樣。

當渡輪駛離岸邊，開到兩個停靠站之間的一半距離時，突然停了下來，然後往開闊的海面駛去。

並不是所有人都馬上意識到發生什麼事。有些人太習慣例行的直線航程，漠然看著海岸消失，對周遭的事物一點也不留心，而這肯定可以拿來印證艾瑞克的醉酒理論：搭渡輪旅行會拉平大腦的皺褶。其他人則是過了一段更長的時間，才意識到發生什麼事。

「艾瑞克，你在搞什麼鬼？趕快回頭！」阿弗雷德朝他大喊，而艾莉莎則用又高又尖的聲音加入他，說：「大家上班要遲到了……」

阿弗雷德試著要上去艾瑞克那裡，但後者已事先關上柵欄，並把自己的駕駛艙鎖起來。

他看見底下所有的人都同時拿出手機打電話，生氣地對著空曠的空間說話，並焦慮地比著各種手勢。他可以想見他們在說什麼。說他們上班要遲到了。說不曉得誰會負責賠償他們的精神損失。說船公司不該雇用這種酒鬼。說他們早就知道總有一天會發生這種事。說在地人都找不到工作了，他們卻聘了不知道哪裡來的移民。不管他們把我們的話學得有多好，他們終歸是……

艾瑞克對這一切根本不在意。過了一段時間，他認為人們已經平靜下來，並為此感到高興。他們各自找位子坐，看著天色轉亮，太陽穿過雲層朝海面拋下美麗的光束。只有一件事讓他感到不安——艾莉莎小女兒的天藍色大衣，而這在船上來說（每一個航海老手都知道）是一種不好的預兆。然而他眨了眨眼，把這件事拋到腦後。他把航線設定前往大洋，然後帶著老早就為了這個場合準備好的一箱可樂和巧克力棒，下去找他們。這個小點心顯然大大改善了他們的心情，因為孩子們安靜下來，看著島嶼的海岸逐漸遠離，而大人們則開始對這趟旅程越來越感興趣。

「你選的是哪一條航線？」T家兄弟裡的弟弟提了這麼一個專業的問題，然後「啪」一聲打開可樂。

「我們多久會到外海？」幼稚園老師艾莉莎想知道答案。

「你有確認過燃料嗎？」腎有問題的老S好奇地問。

他們講的就只有這些，別無其他──至少艾瑞克是這麼覺得的。他盡量不去看他們，不去在意他們。他把目光鎖在海平面上，瞳孔一分為二──一半因為水色而顯得比較深，一半因為天色而顯得比較淺。話說回來，人群也都平靜下來了。他們把帽沿壓低，圍巾拉緊。可以說，他們是在一片安靜的氣氛中航行。直到後來，這片靜默才被直升機的怒吼和警用快艇的呼號打破。

「有些事情就是會自行發生，有些旅程就是會在睡夢中自行展開與結束，而有些旅人會回應自身焦慮所發出的低喃挑戰。而站在你們面前的，就是一個這樣的人……」艾瑞克的辯護律師就是這樣開始他的開庭陳述，那一次的審判並沒有花很久的時間。不幸的是，辯護律師的感人言論並沒有達到預期的效果，而我們的主角又得再度進監獄一段時間。希望這對他有好處。因為對他而言，只有向大海及未知潮汐借來的搖盪生活才是人生。

但這已經不是我們關注的焦點。

然而，要是有人想在這個故事的最後向我提問；要是有人想要排解自己對這完整的真相，也是唯一一個真相的疑慮；要是有人抓住我的肩膀，焦躁地搖晃我，對我大叫說：「所以我求求你了，告訴我，摸著你的良心說，這個故事的內容是千真萬確嗎？如果我太咄咄逼人，請你原諒我。」那麼我就會原諒他，回答他說：「願上帝助我一臂之力吧，各位先生、各位女士，我以我的名譽發誓，我跟你們說的這個故事，不管是內容，還是整個架構，都是千真萬確的。我很確定，我們的地球上有發生過這麼一件事；我親自踏過那艘渡輪的甲板。」

極地之旅

我想起波赫士曾記起他在某處讀到：丹麥的神父在丹麥帝國建立時期，曾在教堂宣布，不管是誰，只要踏上北極之旅，就能得到靈魂救贖。由於願意挑戰的人沒有很多，他們便坦承這是一趟遙遠艱辛的旅程，並非每個人都能接受這個挑戰，只有勇敢的人才能勝任。但事實上，根本沒有人願意接受挑戰。所以，神父為了從這個情形脫身，又不至於失了面子，便調整了布告的內容——事實上，每趟旅程都可以視為極地之旅，即便是一趟小規模的旅行，甚至僅是搭乘城市裡的交通工具，全都算數。

放到今天來說，就算只是搭地鐵旅遊，一定也能算數。

島嶼心理學

按照旅遊心理學，島嶼代表社會化之前最原始、最初始的狀態，當時的「自我」已經有一定的發展，擁有某種程度的自我意識，卻還沒跟周遭產生完整、令人滿意的關係。島嶼狀態是指還未受到外部影響，保有留在邊界內的原本狀態。這看起來像是一種自成一格的孤獨與自戀。所有的需求都自我滿足。只有「我」看起來才是真實的，「你」和「他們」勉強算得上是模糊的幻想，是「飛翔的荷蘭人」，會在遙遠的地平線出現，然後隨即消失。事實上，甚至沒有人知道，這是不是因為眼睛已經習慣視野被筆直的地平線一分為二，進而產生的尋常錯覺。

清理內心的地圖

我會把傷害我的一切都從我內心的地圖上抹掉。我受困、墜落的地方，打擊我、讓我畢生都忘不了的地方，讓我感到痛的地方，都不復存在。

藉由這樣的方式，我抹掉了幾個大城市跟一個省。說不定哪一天，我可能會把整個國家都抹掉。對於這樣的舉動，每份地圖都表示理解並且接受；它們想念那些白點，那是它們幸福的童年。

有時候，當我必須出現在這些已不存在的地方時（我盡量不把怨懟積在胸中），我會變成一顆眼睛，像幽魂般在鬼城移動。如果我更專心一點的話，就可以把手伸進最為堅硬的混凝土中，就可以穿過人潮最多的街道，穿過一條又一條的車陣，不會有任何碰撞，不會有任何損傷，不會發出任何聲響。

我沒這麼做。我接受了遊戲規則與這些城市的居民。而我也試著不在他們面前揭發這些城市的假象——困在這些城市裡的這些可憐人早已被抹去。我會對他們微笑，對他們說的話都點頭同意。我不想把他們搞糊塗——說他們已經不存在了。

追夜

當我只在一地停留一晚時，總是很難睡得安穩。大城市緩緩沉寂、安靜下來。我困在航空公司的旅館裡，房價含在票價裡。我得等到明天。

茶几上擺著一個藍色包裝的保險套。床邊──聖經與佛經。不幸的是，電茶壺的插頭跟插座不合──好吧，沒有茶我也過得去。話說回來，也許這是喝咖啡的時間？床頭的收音機嵌有一個時鐘，但我的身體並不明白它顯示的時間代表什麼意義，而一般都以為數字是種國際性的東西，至少阿拉伯數字是這樣。窗外的黃光是破曉的開端嗎？或這是已經融入黑夜的夕暮？這個很難斷定太陽是剛剛升起或消失的地方，到底是地球東邊，還是西邊。我專心計算在飛機裡的時間，我靠一個之前在網路看過的圖案來幫助自己記憶──地球上有一條夜晚的分界線從東邊移向西邊，就像一張巨嘴，有系統地吞噬世界。

旅館前的廣場是空的，流浪狗在已經打烊的攤商附近吵鬧。現在一定是半夜，我終於得出這樣的結論，然後沒喝茶也沒洗澡就躺到床上。然而，在我個人的時間裡，在我攜帶的手機中的時間裡，現在還是上午。所以我不能天真地指望自己會睡著。

我把自己包在棉被裡，打開電視，沒有聲音。就讓它發出噪音，畫面不斷閃動，一股腦地嘀咕吧。我掏出遙控器，把它像武器一樣擺到身前，朝螢幕中央發射。每道射線都會殺掉一個頻道，但馬上又會生出第二個。可是我的遊戲重點在於要追上夜晚，只選擇夜晚籠罩之處的頻道。我在腦中想像一顆地球，平滑的曲線上有塊暗色的疤痕，這是曾經發生過某場戰役的證據；這是大膽分離連體嬰——光明與黑暗——所留下的疤痕。夜晚從來不會結束，總是把自己的權力擴張到世界的某個部分。我們可以用電視遙控器追蹤它，也總是可以在黑暗區域找到一個站點，找到一隻彎曲的黑暗手掌；這隻手掌托著地球，每隔一小時便往西移，從一個國家移到另一個國家。如此一來，我們便可以發現有趣的現象。

第一道射線射中電視不懂得思考的平滑額頭，打開了第348頻道Holy God。我看見的那一幕是被釘在十字架上行刑，這是某部一九六〇年代的電影。聖母的眉毛修得很細，而瑪利亞瑪達肋納[40]在那身褪色的藍色村姑裙裝底下，一定穿了馬甲。看得出來，這部黑白電影被人上色，而且手法拙劣。她的胸脯碩大，呈圓錐形，堅挺得很不自然，還有一個黃蜂腰。當一群嘻皮笑臉、長相醜陋的士兵在分贓長袍時，螢幕上出現了所有人類可以想像得到的災難畫面，而這些畫面讓人有一種感覺，好像是被人硬生生從自然頻道剪下來，然後滑鼠一點便貼到這部電影上。這是一片片快速聚集的雲朵，閃電與天空，往地面移動的漏斗，形成喇叭狀的空氣，上帝的指頭——它會畫出藤蔓花紋，從這裡一路畫到陸地表面。接著，洶湧的怒濤拍擊水岸，幾艘帆船——頗為粗糙的模型——被發狂的海水打得支離

40 瑪利亞瑪達肋納（Mary Magdalene）：「抹大拉的馬利亞」的天主教譯名。聖經描寫她是耶穌的追隨者、耶穌復活的見證人。天主教、東正教視她為聖人。

破碎。火山爆發，噴射出灼熱精液，這想必能讓天空受孕，但它沒有機會，所以岩漿只順著山坡疲軟流下。炙熱的狂喜變成了尋常的夢遺。

我受夠了，於是再度發射遙控器，這回是第350頻道Blue Line TV，一個女人在自慰。她的指尖消失在纖細的大腿間。女人對著夾在耳朵旁的麥克風，跟某人用義大利文交談。這一小條長長的舌頭，從她的口中舔下每個義大利語詞，每個「si si」與「prego」。

第354頻道，性愛衛星一臺。這回是兩個窮極無聊的女孩在自慰，大概是快下班了，疲憊的神情已遮掩不住。其中一人用遙控器控制拍攝她們的攝影機，就這層意義來看，她們絕對可以自我滿足。她們的臉上還是時不時會出現扭曲的表情，就好像在提醒自己要做好本分——雙眼微閉、雙唇微張——但這樣的表情轉眼便不見蹤影。疲憊與失神再度回到她們的臉上。儘管畫面上有聳動的阿拉伯文字幕，卻沒有任何人打電話進節目。

而現在是來自某處的西里爾字母[41]——創世記的西里爾字母。出現在螢幕下方的這些文字想必都很莊嚴，透過山、海、雲團、植物與動物圖像化。第358頻道演的，是某個色情片明星的精華集錦，名字叫羅寇。我在這個畫面停留了一下，因為我在他的臉上發現一滴汗水。這個男人在對某個匿名臀部進行活塞運動的時候，有一隻手插在腰際上，而這可以看作是一個堅定練習森巴或騷莎的人，不斷一、二、一、二地擺動。

第288頻道Oman TV——節目上的人在唸可蘭經。這是我猜想的。螢幕上緩緩跑過一串字樣，看起來像阿拉伯文，很美，但讓人完全無法理解。叫人想在思考這些文字可能代表的意義前，先把它們取到手掌上，碰觸看看。解開這些糾纏的藤蔓花紋，將這些文字燙平，換成筆直又安撫人心的線條。

遙控器發出另一道射線。我看見一名黑皮膚的牧師在演說，聽眾熱烈地用「哈里路亞」回應他。

夜晚讓大聲、激烈的新聞頻道、天氣預報頻道與電影頻道都安靜下來，把這世界白日的噪音擺到一旁，以單純的坐標系統為其帶來舒緩：性與宗教。身體與上帝。生理學與神學。

41 西里爾字母：斯拉夫語族的書寫字母系統。

衛生棉

我在藥局買的每一包衛生棉，包裝上都有一小段有趣的訊息：

「詞性遺忘」指無法想起所需的詞彙。

「趨小的描繪」是繪畫上的用語，指藝術家注重瑣碎的細節。

污穢畫是以殘骸或噁心之物為題的畫作。

達文西發明了剪刀。

我在浴室拆這一整包有著各種不同小知識的衛生棉時，突然像被點醒一樣，想到這應該要算是大百科計畫的另一個部分。這部創建中的大百科，目標就是要擁有包羅萬象的內容。所以，我回到同一個地方，在架上找到這家決定無論如何都要物盡其用的奇怪公司。在紙上印花或草莓圖案有什麼意義？人類造紙的目的，不就是為了要當作理念的載具。包裝用紙是種浪費，應該要禁止。就算要包裝，也應該只用故事和詩詞來包裝，而且外包裝跟內容物要互相連結。

人體從三十歲開始就會慢慢萎縮。

每年有越來越多人被驢子踹死，而不是死於空難。

站在井底，就算白天也能看見星星。

你知道自己是跟地球上的九百萬人共享生日嗎？

歷史上最短的戰爭，是一八九六年尚吉巴與英格蘭之間的戰爭，只持續了三十八分鐘。

地軸再多傾斜一度，地球便不適合人居住，因為赤道一帶會變得太熱，而極點附近會變得太冷。

因為地球自轉，把物體往西丟會飛得比往東丟還要遠。

人體內平均所含有的硫量，足以殺死一隻狗。

花生醬沾黏上顎恐懼症，是指對花生醬沾黏到上顎的恐懼。

不過讓我印象最深刻的是：

人體中最強壯的肌肉是舌頭。

聖髑與朝聖

一六七七年，在布拉格的聖維特主教座堂，可以欣賞到聖安娜的胸部，完完整整，關在水晶玻璃之中；還收藏殉道者聖斯德望和施洗約翰的首級。聖德蕾莎的修女會帶參訪者參觀三十年前過世的修女──坐在圍欄之後，保存得非常完好；而在耶穌會士那邊，則收藏了聖烏蘇拉的首級，與聖方濟・沙勿略的帽子和一根手指。

一百年前，有個波蘭人抵達馬爾他島的瓦萊塔，在那裡寫下當地的神父帶他遊覽，給他看「施洗約翰的整個右手，還很新鮮，好像剛從身體切下，然後他打開水晶盒，讓我用褻瀆的嘴親吻。這對我這個罪人來說，是這輩子天主賜予我最大的祝福。神父還讓我親了這個聖人鼻子的一小塊、聖拉扎里・夸德里度阿尼的整條腿、瑪利亞瑪達肋納的背，以及聖烏蘇拉的首級（這裡讓我覺得奇怪，因為我在萊茵河畔的科隆見過完整的首級，也用我的褻瀆之嘴碰過）」。

肚皮舞

服務生在餐點後趕忙送上咖啡，然後退回餐廳內部的角落；他也要看表演。

我們不自覺放低音量，因為餐廳的燈光轉為柔和，有一個年輕女人穿過桌子跑進來；十幾分鐘前，我才看到她在街邊抽菸。現在她站在坐著的人群之中，甩了一下披散的黑髮。她的眼妝很濃，她的胸圍用亮片縫製，閃閃發亮，各種顏色都有，每個小孩、每個小女生看了一定都會喜歡。她的手環不斷發出聲音，鏗鏗鏘鏘。長裙從髖部傾瀉而下，直至赤裸的腳掌。這女孩很漂亮，有著一口亮白的牙齒，感覺很不真實。她拋出大膽的目光，而在這樣的目光注視下，讓人無法靜靜坐著，身體開始搖擺，想要站起身，展現熱情。女人順著鼓聲的韻律舞動，驕傲地向群眾展示自我，挑釁每個勇於嘗試的人出來一決勝負。

最後，有個男人接受了這個挑戰，勇敢站出來跳舞；這是一名觀光客，穿著百慕達短褲，跟她的亮片並不相配，不過他努力跟上，激動地搖擺臀部，而他坐在桌邊的幾個好友，又是跺腳，又是吹口哨，很是興奮。還有兩名年輕的女孩也加入跳舞的行列，她們穿著牛仔褲，瘦得跟竹竿一樣。

在平價的酒吧裡，這種舞蹈是很神聖的——這是我們的感覺，我跟另外一個女人、我的同伴。

當燈光亮起，我們發現眼睛裡充滿淚水，感到困惑的我們，用餐巾抹去了這些淚水。情緒高漲的男人取笑我們。不過我很肯定，因為看了這種舞而感動的女人，會比因而興奮的男人，更快控制好自己的情緒。

子午線

有一個女人，叫茵潔比兒，沿著本初子午線旅行。她來自冰島，至於這趟旅程則是從謝德蘭群島[42]展開。她抱怨沒辦法按直線行進。但這是理所當然的，因為這完全取決於公路及船班，或是鐵道分布。不過她盡量遵守一個原則——以「之」字形的方式，守著這條線，往南前進。

她在跟我說這些事的時候，是如此充滿熱情，描述得如此精采，讓我不敢開口問她為什麼要這麼做。話說回來，在這種情況下對方的回答會是什麼？想也知道是：「為什麼不？」

當她說話的時候，我在想像中看見一個畫面——有顆水珠正從球體的表面滑下。

然而，這樣的想法依舊讓我覺得不安。子午線明明就不存在啊。

一個世界

我有一位女性好友是詩人。很不幸的是，她從來就不懂得靠自己的詩維持生計。誰可以拿詩句來當飯吃？所以，她開始在一間旅行社工作，而因為她的英文說得很好，就成了美國線的導遊。她做得得心應手，所以別人推薦她去帶最難纏的旅客。她在馬德里接他們，帶著他們一起飛往馬拉加，然後搭渡輪到突尼斯。這種旅行團通常人數不多，大約十個人左右。

這種案子她都很樂意接，平均一個月會有兩次。在這種時候，她喜歡在飯店裡平平靜靜地睡飽覺。參觀古蹟的事她得自己準備，所以她會看很多資料。她也會偷偷寫點東西。有時候，當她的腦子裡出現某個特別有趣的想法、句子或聯想時，她知道自己得馬上寫下來，不然這樣的乍現靈光就會永遠從她的腦中溜走；隨著年紀的增長，記憶會漸漸衰退，在她的腦子裡製造空洞，因此她會起身去廁所，坐在馬桶上把一切寫下來。有時候，她會寫在自己的手上，只記一些字母，也就是所謂的記憶力培養法。

她並不是阿拉伯國家與文化的專家，但是她很高興自己的遊客也不是這方面的行家。她研究了相關的文學和語言學。

「世界只有一個，我們別給自己找麻煩。」她說。

42 謝德蘭群島（Shetland Islands）：大不列顛群島最北端的島嶼。

我們不需要專家，只要擁有想像力就好。偶爾，旅遊行程中會出現一些空檔，讓他們必須在幾乎沒有遮蔭、渺無人煙的地方，坐上幾個小時，因為吉普車的剎車線剛好斷了，她就得想辦法轉移旅客的注意力。在這種時候，她會開始說歷史給他們聽。他們也希望從她那裡聽到這些故事。有一些，她是從波赫士那裡借的，然後稍微粉飾一下，增添點戲劇效果。有一些，她是從《一千零一夜》裡頭找的，不過這些她也會再加上一點自己的東西。她說，要找就得找還沒拍過電影的那種歷史。想不到，這種歷史竟然還很多。她會為所有的事物都添上阿拉伯色彩，詳細介紹阿拉伯人的服飾細節、菜餚和駱駝種類。他們大概不是很專心聽她說，因為她幾次弄錯史實，卻沒有任何人提出，所以最後她也不再在意說得是否正確。

後宮——曼朱的故事

後宮之內，迷宮重重，光靠言語無法描述。既然無法訴諸言語，那麼也許可以用蜂箱裡的巢板、蜿蜒的腸道、身體的內臟、耳朵的通道來形容；螺旋管道、盲腸、闌尾、各條柔軟的圓形通道，都通往一間隱藏屋室的入口。

後宮的中心隱於深處，一如蟻丘，全是蘇丹母親的房間，如子宮般鋪滿地毯，沒藥的薰香縈繞，而取代壁紙的道道涓流，則讓這個空間常保清涼。從中心往一旁延伸出去的，是整排未成年男嗣的房間；畢竟，在慾念尚未一劍劃破他們珍珠般的羊膜前，他們也還是女人，被女性特質包圍。在男嗣的房間之後，是一座座開展的中庭，而每個中庭裡都有以複雜階層排列的窄屋供妾室居住——最少被臨幸的女人在最上層，就好像她們遭男人遺忘的身軀，該經歷一種神祕的天使化過程。最年長的女性則緊挨著屋簷底下住——她們的靈魂不久將會升天，而曾經豐盈的身軀也將乾皺如薑。

走道、前庭、庭院中祕密的僻靜處、迴廊、院子，在這片豐富的建築之中，年輕的掌權者擁有許多專屬的臥室，每一間都設有皇家盥洗室，讓他可以比較放心地在尊貴的奢華中，進行帝王式的排遺。

他在每天早晨離開母親們的懷抱，投身世界，像個超齡的孩子剛開始學步，稍嫌晚了些。這個孩子穿著豪華長袍扮演自己的角色，然後在夜晚來臨時，帶著解脫的心情回到身體之中，回到自己的蜿蜒腸徑之中，回到妾室柔軟的陰道之中。

他從長老院回來。那是他治理這個沙漠之國的地方。他在那裡接見使節，主持這個地區小國的政務；小國已搖搖欲墜，論政於事無補。所有的消息都令人膽戰心驚。三大強權發生衝突，場面血腥自不在話下；他得在這個輪盤之中挑一個顏色下注、選一邊站。問題是，他該以什麼為選擇標準——求學地？文化情感？語言的同質性？不只如此，還有一群人不斷加深這股不確定性——他每天早上都會接待的人，都是商界人士、買辦、參事和狡詐的顧問。他們蹲坐在他面前裝飾華麗的座墊上，擦拭額頭的汗水，由於他們老是戴著木髓盔，每個人的額頭都出奇的白，與植物長在地下的根莖顏色相似——象徵這些人惡魔般的來歷。有些人包著頭巾與纏頭，不斷把弄長鬚，沒意識到這樣的舉動只會讓人聯想到謊言與騙局。所有的人都有求於他，向他推薦自家的談判服務，說服他做出唯一的正確選擇。這讓他的頭都發疼了。這個小國的規模不大——只是礫漠上的幾座綠洲裡，加起來不過十幾座的村落罷了，擁有的天然資源僅是幾座露天鹽礦。它不靠海，沒有任何港口，沒有具戰略意義的岬角或海峽。這個小國裡的女性居民種植鷹嘴豆、芝麻與番紅花，她們的丈夫則用車隊載送遊客與商人穿過沙漠去南方。

他對政治向來沒興趣，根本不了解它有什麼迷人之處，讓他偉大的父親為它奉獻一生。但無庸置疑的是，他不記得父親在與沙漠遊牧民族交手的幾十年間，有建立過這麼一個規模不大的小國。父親之所以會在眾兄弟中選他繼承王位，只因為他的母親是父親的妻子中最年長的，也是一位很有野心的女人。母親為他坐穩了這份她礙於先天的限制、無法掌握在自己手中的王權。與他競爭非常激烈的那名手足慘遭不幸，被毒蠍刺傷而死。他的姊妹毫無地位可言，他甚至對她們的認識不深。當他看著女人的時候，總會謹記任何一位都可能是她的姊妹，而這以一種奇怪的方式，讓他的胸中充滿平靜。

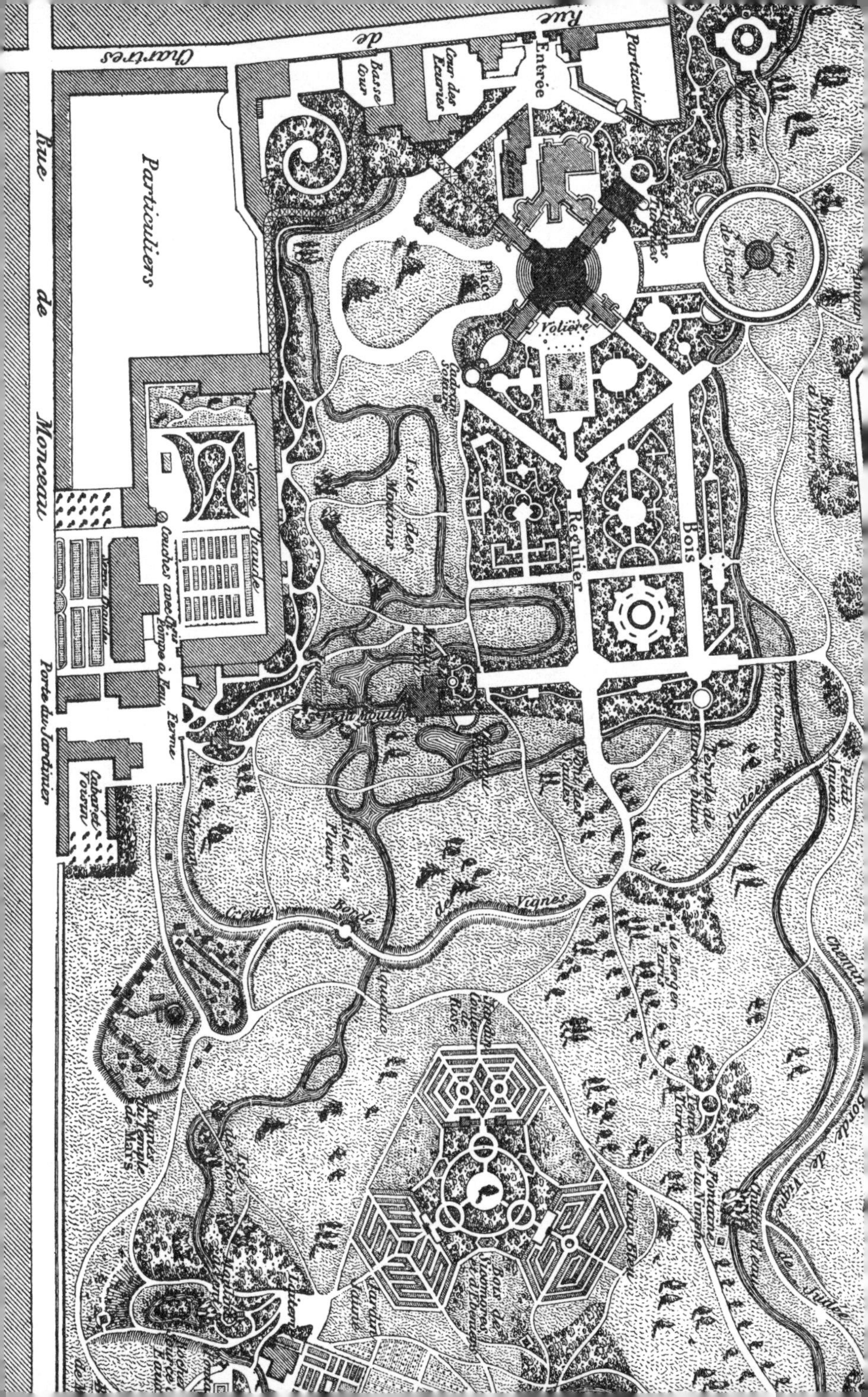

Rue de Chartres
Particuliers
Rue de Monceau
Entrée
Basse Cour
Cour des Ecuries
Particuliers
Place
Volière
Jeu de Bague
Isle des Moutons
Régulier
Bois
Serre Chaude
Ferme
Porte du Jardinier
Cabaret Voisin
Pont Chinois
Petit Aqueduc
Temple de Marbre blanc
Isle des Fleurs
Vignes
Jardin Bleu

他在長老院這群陰沉的大鬍子男人中，沒有任何朋友。每當他出現在議事廳裡，他們都會突然沉默，所以他總是覺得他們在密謀對付他。而他們想必也真的在這麼做。按禮節來回幾次問候後，他們會開始討論事項，而他們拋給他的目光裡，總有著勉強遮掩的輕蔑與反感，卻反過來要求他給予贊同。有時他會覺得——不幸的是，這個頻率越來越高——他們看他的短暫目光裡，夾帶著頗為實質的敵意，如刀子般銳利。根本上，他們要的不是他在最後作答的「准」或「不准」，而是想試探他是否還應該繼續占據議事廳中央，這個具有特權的位置；想看看他這一回會不會發出任何屬於自己的聲音。

他們想從他這裡得到什麼？他們試圖蓋過彼此的吼聲、滿溢的情緒、爭論邏輯，這些他沒辦法逐一追蹤，寧可將注意力放在他們當中，一個包著美麗番紅花頭巾的人，那剛好是淡水資源部部長。又或者放在另一個相貌極糟的人身上；那人長滿一大片灰鬍子的臉，有著病態的蒼白，叫人不注意也難。他一定是病了，而且不久於人世。

死亡——這個字引發排山倒海的厭惡，衝擊年輕的當權者；他不該去想這件事，現在他感覺唾液在口中積聚，而喉頭虛軟地收縮著——與性高潮相反。他得逃離這裡。

所以，他已經知道該怎麼做，不過這一切他都瞞著自己的母親。

快入夜的時候，她來找他；即使是她，也得先向他信賴的兩名守衛——皮膚黝黑如烏的宦官勾戈與馬勾戈通報。她來看他的時候，他正在他那些年幼朋友的臂彎裡，享受美好的片刻。她在他腳邊一塊織工精美的座墊坐下，手環因碰撞而發出聲響。她的身上抹滿香油，每個動作都引起一波香味。她說她什麼都知道，可以幫他踏上這趟旅程，前提是他要帶她一起上路；還問他知不知道，如果把她留在這裡，就等於是判了她死刑。

「沙漠裡有對我們忠心的親戚，他們一定會接待我們。我已經派一個人帶消息去給他們。我們在那邊等風頭過後，再把屬於我們的東西都帶上——黃金和寶石——變裝往西走，去港口那邊，然後從那邊永久消失。我們去歐洲定居，但是不要走太遠，這樣在好天氣的時候，才可以看見非洲的海岸。兒子，我還要幫你照顧孩子呢。」她說。想必她相信這趟逃亡能夠成功，不過，帶孫子這件事她就不相信了。

他還有什麼好說的呢？他一邊撫摩朋友們絲緞般的小巧腦袋，同意了母親的計畫。

然而，在這蜂箱裡畢竟無法保密，所有的消息都會以六角形的方式，透過壁爐、廁所、走廊與庭院，傳向每一片巢板。消息隨著鑄鐵盆裡飄升的溫暖空氣傳開。人們之所以在鑄鐵盆裡燒木炭，是為了讓冰冷的冬日好過些，因為有時從內陸和山巔吹來的空氣是如此凍人，就連馬約利卡陶製夜壺[43]裡的尿液，都會結上一層薄冰。消息沿著妾室的住所層層傳開。所有的妾室，包括以那些已天使化的，都開始打包自己存攢不多的積蓄，竊竊私語，開始爭吵車上的位子。

在接下來的幾日，看得出來，宮殿有了生氣，已經許久沒有這麼多的動靜。但不管是「猩紅頭巾」，還是「稀疏落腮鬍」，都完全沒注意到這個現象，這讓我們的王感到奇怪。

43馬約利卡陶器：錫釉陶器。原本指產自馬約卡島（Mallorca）的陶器；自十六世紀開始，亦指義大利產的錫釉器皿及其仿製品。其特色為以多種顏色在乾燥、未燒結的錫釉上著色，最後再塗上一層透明的鉛釉。

他想，他們比他原先以為的還要愚蠢。

而他們想的也正是同一件事——他們的君王，比他們到目前為止所觀察到的還要駑鈍，而他們對他的內疚也就不會像原本那麼深。因為，有支陣容浩大的軍隊正從西方走水路與陸路過來——他們私下竊語。那好像是成千上萬的一群人。他們好像宣告向世界發起聖戰，打算征服我們，而對他們來說，最重要的是耶路撒冷，那裡有他們先知的遺骸。他們所向披靡——他們貪得無厭，隨時準備就緒。他們會掠奪我們的房屋，姦淫婦女，燒毀宅邸，玷污清真寺。他們會撕毀所有的協議與合約，他們既善變又貪婪。現在的重點顯然不是任何墳墓，如果是的話，我們大可以把其他的墓地都送給他們，快來拿吧，我們這裡有很多墳墓可選。如果他們有興趣的是墓地，那就讓他們自己來拿吧。不過現在已經很清楚，這只不過是藉口；他們想要拿的，是所有活的東西，而不是死的東西。而似乎只要他們的船隻一靠到我們的碼頭，遠航而來，被太陽曬白，被海鹽漂淡，皮膚上罩著一層薄鹽的這群人，會用大聲、嘶啞的語言叫囂——因為他們不會說人話，也看不懂人字——然後跑到我們的城市，撞開我們的家門，打破橄欖油罐，搶奪我們的儲糧，然後，呸、呸，把手伸進我們女人的長褲裡。不管我們以何種方式打招呼，他們都不懂得回應，而他們眼睛裡的淺色虹膜，似乎已被徹底沖刷，一片空白。有人說，這是一個在海底誕生的部落，受海浪與銀魚撫育；而實際上，他們看起來像是被拋棄在岸邊的木塊，皮膚被海水染色太久，呈現骨色。但也有人說，這不是真的——果真如此，那麼他們的統治者，那個有著紅色落腮鬍的人，怎麼會在格克蘇河44的水流中溺斃？

他們低聲私語，口氣從原先憂心忡忡，轉為譏諷。我們的統治者是沒指望了。當然，他的父親是個好君王，如果是他的父親，就會馬上派一千名騎兵上戰場，武裝城牆，為我們準備飲水與儲糧，以防我們遭到圍城。不過這個王……有人一提到他的名字，便吐了一口口水，害怕自己可能會說出口的話語，便不再開口。

良久，眾人皆默不作聲。一人撫順落腮鬍；另一人盯著地板上的複雜圖樣瞧，彩色的陶瓷排成了一座迷宮。另外一個人則用單一根指頭，撫摸他那有綠松石精美鑲嵌的刀套，在上頭凸起的細小表面來回撫摸。這群英勇的顧問與部長，今天是商議不成什麼事了。外頭已經站滿守衛——來自宮殿的軍隊。

這個夜裡，思緒在長老院官員的腦中靜靜翻攪，像植物一樣茁壯，轉瞬成熟——不久將開花結果。早上，傳令兵策馬前去晉見蘇丹；他宣稱帶來人民的請求，要求蘇丹想起這個通常遭人遺忘的小國。同時，長老院開會決議，為了所有公平正義之人與阿拉子民的福祉，謹此罷黜無能君王——利劍快速墜下的景象逐漸清晰——並請求武裝支援，對抗從西方逼近，多如荒漠之沙的異教徒。

而就在同一個夜晚，母親從毛皮與毯子底下，從與年輕君王一同就寢的孩子們身下，把兒子拖了出來。她搖醒睡夢中的他，要他穿上衣服。

「一切都準備好了，駱駝已經在待命，你的兩匹坐騎都已上好鞍，帳篷也都已經捲好、塞在馬鞍底下了。」

兒子開始抱怨，發起牢騷——沙漠裡沒有碗盤，沒有炭爐，沒有地毯，他要怎麼過？他的孩子們

44 格克蘇河（Göksu）：位於土耳其南部，流入地中海。

要睡在哪裡？沒有專用的盥洗室，沒有宮殿景觀的窗戶，沒有水晶般清澈的噴泉。

「你會死的。」母親低聲說。她壓下額頭，上頭出現一道垂直的皺紋，像匕首一樣銳利。她的低語著實像爬蟲的聲音，而這嘶聲是來自水井邊一條聰明的蛇。「起來！」

隔著幾道牆，匆促的腳步聲來來去去，那是已經把積蓄打包好的妻妾，年紀輕的包袱較大，年紀大的則比較小，免得讓人逮到話柄。看，就這麼一個簡單的小包袱，只有珍貴的被巾、耳環和手環。這會兒她們蹲在門口的簾幕之後，等人來帶她們。等了頗長一段時間後，她們心急地從一扇窗戶往外看，而東方的沙漠上方已出現粉色光芒。她們看不見寬廣的沙漠，看不見它粗糙的沙舌已紛紛舔上宮殿階梯，因為她們的窗戶都只開向庭院的內部。

「你的祖先撐起自己帳篷的那根木棍，曾是世界的主軸、世界的中心。而你在哪裡撐起自己的帳篷，那裡就會成為你的王國。」母親說，並推著他往門口走。在這之前，她從來不敢用這種方式碰他，但現在這個手勢告訴他，自過去的幾個小時起，他已不再是番紅花小國的統治者。

「你要帶哪一個妻子上路？」她問，而他遲遲沒有回應，只是把一小群孩子攬到自己身邊。這些小男孩和小女孩都是一個個的小天使，夜裡他總是以他們赤裸細瘦的小身子當被；最大的男孩不過十歲，最小的女孩只有四歲。

妻子？不會帶什麼妻子，不管是年紀大的，還是年紀輕的，都不會帶；她們適合宮殿。他從來沒有特別需要過她們。之所以會與她們同寢，原因就如同他每天早上都得看那些長滿落腮鬍的顧問一樣。貫穿她們豐盈的臀部，她們肉感的隱蔽之處，未曾帶給他多大的歡愉。最讓他覺得噁心的，是她們毛髮叢生的陰部與高聳挺立的胸脯。所以他一直很謹慎，不讓任何一滴珍貴的種液掉進這些可悲的器皿中，免得浪費任何一滴生命。

他很確定，因為有他抑止汁液的舉措，因為有讓他在睡夢中擷取力量的細瘦孩童身軀，因為有他們噴吐在他臉上的甘甜氣息，總有一天，他會永生不死。

「我們把孩子帶上，我的小寶貝，我的十幾個的小天使，讓他們把衣服穿上，幫我。」他對母親說。

「你這個傻子，」她壓低聲音說，「你想帶孩子一起走？帶著他們，我們在沙漠裡連幾天都撐不過。

「你有聽見逐漸往這裡逼近的腳步聲和低語嗎？沒時間磨蹭了。我們抵達之後，你再在那邊找孩子，找更多的孩子。這些就留在這裡，他們不會有事的。」

然而，她看見兒子的主意已定，氣極敗壞，不斷抽噎，並攤開雙手站到門口。兒子朝她走近；這會兒兩個人四目相瞪。孩子們排成半圓圍在他們身邊，有些抓著他的半件長衫。他們的目光平靜、漠然。

「有我，就沒有他們。」母親脫口而出。當這些話語掙脫她的唇瓣，當她從外部看著這些話語時，她試著用舌頭將它們捲回來，但已無法觸及。

就在那時，她的兒子猛然一拳打在她肚子上，打在那多年前作為他第一個居所的地方，那充滿豔紅與猩紅的柔軟空間。他的拳頭裡有一把刀。女人逐漸前傾，一片黑暗自她額上的皺紋順臉孔傾瀉而下。

沒時間拖延了。勾戈和馬勾戈把孩子分別放到駱駝上，那些年紀比較小的，則像鳥一樣，放進籃子裡。他們將貴重物品綁起來，捲起珍貴的布料，為了掩人耳目，還用帆布再包裹一層；第一線曙光碰到地平線時，他們已經上路了。起初，一道道長影從沙丘滑至沙丘，只將路徑留給知曉祕密之人，這是沙漠給予他們的餽贈。隨著時間流轉，這片陰影將不斷縮減，最終消失殆盡，車隊也將抵達他們所追求的永生。

曼朱的另一則故事

有一個遊牧民族部落，幾世紀以來，都住在基督教和穆斯林村落之間的沙漠裡，也因此學會了許多事情。每逢饑荒、乾旱或危難的時候，他們就不得不向附近的村落尋求庇護。然而，在這之前，他們會先派出一名探子，透過樹叢觀察這些村落的習俗，根據村落裡的聲音、味道和服飾，辨別這是穆斯林還是基督徒村莊，接著帶著這個消息回到部落。在這種時候，人們就會從行囊裡拿出所需的道具，走進綠洲，扮成是跟對方同一個信仰的手足。這方法屢試不爽，他們每次都獲得幫助。

曼朱發誓，這是真的。

埃及豔后

我跟十幾個女人一起搭巴士，她們從頭到腳包得一身黑，只有透過一道縫隙，才能看見她們的眼睛——那精心畫上的美麗彩妝，讓我感到驚訝不已。那是埃及豔后的眼睛。她們透過塑膠吸管，儀態萬千地喝著礦泉水；吸管消失在黑色布料的皺褶裡，在當中的某處找到那想像中的嘴巴。為了讓我們的旅途比較愉快，巴士裡播放電影，片名是《古墓奇兵》，我們看得很入迷。體態輕盈，有著發亮的臂膀與大腿的蘿拉．卡芙特[45]，解決了好幾名全副武裝的士兵。

非常長的一刻鐘

飛機上的8:45到9:00，在我看來是過了一個小時，或者更久。

45 蘿拉·卡芙特（Lara Croft）：《古墓奇兵》的主角。

驢子阿普列尤士

一名養驢子的業者向我吐露心聲。

養驢子這件事是這樣的。這是一項昂貴的投資，費工，回報慢。淡季沒有觀光客的時候，得有錢餵牠們，保養牠們的皮毛，得讓牠們維持整潔。深棕色的這頭是公的，一家之主。有名女性遊客把牠叫做阿普列尤士[46]。這頭則是叫尚－雅克，不過牠是母的。而毛色最淺的這頭，叫尚－保羅。還有幾頭驢在屋子的另一邊。現在淡季，只有兩頭驢在工作。但只要早上一出現車流時，我就會在遊覽車抵達之前，把牠們帶出來就定位。旅客中最糟糕的是美國人，因為他們大部分都過重，甚至對阿普列尤士來說，他們常常也是太重。美國人的體重是別人的兩倍。驢子是聰明的生物，能馬上評估重量，看見美國人從遊覽車下來時，那渾身發熱、衣服上有大片汗漬、穿著及短褲的模樣，顯然就開始躁動。我有一種感覺，牠們其實是用氣味來區分遊客，即使他們的體重在可以接受的範圍內也一樣。但這樣一來就產生許多問題，牠們會開始亂踹，不斷發出叫聲，公然翹班。

不過，我的牲口都很好，是由我親自養大的。讓顧客擁有美好的回憶，對我們來說是很重要的事。我自己不是基督徒，但我明白這對他們而言畢竟是行程中的亮點。他們來這裡，就是為了騎著我的驢子，去探訪某個約翰用河水為他們的先知施洗的地方。他們怎麼知道那個地方剛好就是這裡？好像他們的書裡是這麼寫的。

媒體代表

早上發生一起謀殺事件。一人死亡，數人受傷。屍體已被移走。警方用紅白色的塑膠帶將現場圍起。封鎖線後方可以看見地面有幾處大片血漬，蒼蠅圍繞其上。有部重型機車倒地，不遠處的汽油上泛著彩虹光澤；旁邊還有一袋水果，散落四處的橘子沾了髒污與油漬。再過去一點的地方有些凌亂：一隻涼鞋、一頂看不出是什麼顏色的鴨舌帽；還有手機殘骸，原本是螢幕的地方，現在成了一個破洞。

許多人站在封鎖線前，一臉驚恐地看著眼前的景象，幾乎沒有交談，即使有，也是竊聲私語。警察在收拾好的現場等著，因為有個重要電視臺的記者要來採訪。他好像特別想拍下血跡。他好像已經在趕來現場的途中。

46 阿普列尤士（Apuleius）：古羅馬時代的作家、哲學家，著有小說《金驢記》（又名《變形記》），描寫一個年輕人誤食藥物變成驢子後，遭遇磨難的故事。

阿塔圖克的改革

有一次，才到傍晚，我便已躺在床上，因為我走了一整天、看了一整天、聽了一整天。那時的我，想起了亞莉珊德拉和她的報導。我突然開始想念她。我想像她跟我在同一個城市裡，袋子擺在床邊，正在睡覺，沐浴在她的銀髮光暈中。亞莉珊德拉，正義的使徒。我在背包裡找到她的地址，我要為她記下我在這裡得知的一件邪惡至極之事。

上個世紀的二〇年代，當阿塔圖克47正勇於進行改革時，伊斯坦堡是個充滿半野生流浪狗的城市。當時甚至出現一個特殊的品種——中型犬，短毛，顏色很淺，不是白色就是奶油色，或是兩色混合，一色為底，一色為斑。這些狗住在港口的碼頭上，住在咖啡館與餐廳之間，住在街道與廣場上。牠們總是彼此互咬，在垃圾堆裡東翻西找；這些沒人要的狗重拾天性——就像野狼與胡狼一樣，成群結隊，推舉領袖。

然而，對阿塔圖克來說，把土耳其變成一個文明國家是件很重要的事。因此，特殊部隊在幾天之內捕捉了數千隻狗，並將牠們載到附近一座沒有人煙，也沒有植物的小島上，把牠們留在那裡。在缺乏淡水又完全沒有任何食物的情況下，牠們互相殘殺了約三、四個禮拜。伊斯坦堡的居民，尤其是陽臺面向博斯普魯斯海峽的屋主，又或者是到海邊的鮮魚餐廳用餐的人，都聽見了從那座島傳來的哀號，並飽受波浪送來的可怕惡臭之苦。

夜裡，我的腦中開始出現越來越多犯罪證據，多到讓我冷汗直流。比如那隻凍死的小狗，牠之所以會凍死，是因為牠住在一間僅用放倒的錫製浴缸充數的狗屋裡。

47 阿塔圖克（Mustafa Kemal Atatürk）：有「土耳其國父」之稱的凱末爾將軍，一戰後帶領土耳其改革，步入現代化國家之列。

爭鬥

世界越來越黑暗——兩個男人在我旁邊這麼聊著。依我看來，他們是去蒙特婁參加會議，而與會的都是海洋學家與地球物理學家。似乎從一九六〇年代以來，太陽輻射的強度已下降了百分之四。地球上的光線平均以每十年百分之一．四的速度在消失。這個現象並沒有強烈到讓我們自己發現，而是輻射計偵測到的。例如，輻射計顯示從一九六〇年至一九八七年間，抵達蘇聯的太陽輻射減少程度高達五分之一。

光線變暗的原因是什麼？沒有人知道確切的答案。一般的說法是空氣污染、煤煙與氣溶膠造成。

我睡著了，看見一個可怕的景象：地平線後頭冒出一個巨大雲團——證明遠處有一場無止境的大戰正在進行，殘酷、無差別；摧毀世界。不過，別緊張，我們——至少目前還是——在一座幸福的島上：湛藍的海水與蔚藍的天空。腳下是溫暖的細沙和一顆顆圓鼓鼓的貝殼。

但這是比基尼環礁[48]。一切轉眼便會死亡、燃燒、殞落，就算在最好的情況下，也會產生可怕突變。存活下來的人，會生出怪物般的孩子：頭部相連的連體嬰，兩個身體共用一個大腦，兩顆心臟共用一個胸腔。還會出現額外的感知能力：匱乏感。嘴巴嚐到不存在的事物的味道。特殊的預知能力。知道什麼事件不會發生。鼻子嗅聞到不存在的事物。

暗紅的光芒逐漸壯大，天空轉為棕色，變得越來越暗。

蠟像收藏

每一趟朝聖的目標，都是另一個朝聖者；這一回是蠟做的朝聖者。

維也納，約瑟夫博物館，展示主題是人體解剖蠟像，才剛整修過。在降雨的夏日，來到這裡的人除了我之外，還有另一位遊客。那是名中年男子，頭髮是全然的灰色，戴著金屬框的眼鏡。他只對一尊蠟像感興趣，在那裡花了十五分鐘的時間，接著便帶著一個讓人猜不出所以然的笑容消失了。而我則是打算在這裡待久一點。我帶了筆記本跟照相機，口袋裡甚至擺了咖啡糖和一條巧克力棒。

我踩著細小的步伐在玻璃展示櫃之間緩緩行走，以免碰觸到哪個展示品。

第五十九號模型。一個兩公尺高的男性，沒有皮膚。他的身體由肌肉和肌腱編織而成，鏤空的形體非常漂亮。頭一眼看到這個模型，會讓人反射性地感到震撼——失去皮膚的身體，本身看起來便給人一種又痛、又刺、又燙的感覺，就好像小時候膝蓋磨破皮，露出底下血淋淋的一片。這個模型的一側肩膀往後推，右手則高舉過頭遮住眼睛，動作優美得像一尊古老雕像——那姿勢就好像他在大太陽底下看東西、看著遠方。我們在各種畫面中都看過這個姿勢——這是看向未來的樣子。第五十九號模型其實可以擺到附近的藝術博物館；老實說，我不知道為什麼要把它交給這個會令它蒙羞的解剖博物館。它應該要擺在最上等的藝廊裡，因為這是一個雙重的藝術作品——天才般的蠟像製造手法（毫無

48比基尼環礁（Bikini Atoll）：太平洋島國馬紹爾群島的堡礁，一九四〇到五〇年代，美國在此多次進行原子彈與氫彈試爆。

疑問，這是自然主義美學的最高成就），還有作品本身的設計。作者是誰？

第六十號模型展示的也是肌肉與肌腱，但我們的注意力主要集中在比例完美的柔軟腸帶，其光滑的表面反射著博物館的窗戶。直到過了一會兒，我才驚訝的發現，這是一個女人，因為她有一個變態的垂飾——她的腹部底下被人貼了一小塊灰色毛皮，當中稍顯粗糙地標示了一條長型細縫。顯然這個模型的作者想讓不諳解剖學的觀賞者了解，眼前看的是一副女性的腸道。灰色毛皮是一個毛茸茸的戳記、性別的符號、女性的標識。第六十號模型把血管系統與淋巴系統作為腸道的光環來介紹。大多數的血管都依附在肌肉上，但有一部分則是以凌空懸掛的網狀大膽展示，也正因如此，這些紅色細線所交構的分形奇蹟，才得以完整呈現在世人眼前。

再過去是各種手、腳、胃和心臟。每個模型都仔細擺在一小塊散發珍珠光澤的絲綢布上。像兩個海葵一樣從膀胱中長出來的腎臟。以三種語言寫成的標示牌「下肢及下肢血管」。下腹淋巴網絡和淋巴結，就像星星和別針，被一隻不知名的手拿來裝飾在單調的肌肉上。淋巴系統可以作為設計珠寶的範本。

安息在這蠟像收藏館中心位置的，是這個最漂亮，讓戴金屬框眼鏡男人如此感興趣，即將鎖住我半小時注意力的第二百四十四號模型。

一個躺著的女人，形體幾乎完整，身體只有一個地方遭到破壞——敞開的腹部向我們這些朝聖者，展示裡頭壓在橫隔膜底下的生殖系統，有兩顆卵巢擁抱的子宮。這裡也讓人蓋上了毛茸茸的性別戳記，十足的畫蛇添足。這很明顯就是一個女人。陰阜上精心罩著仿製毛髮，再下去一點的地方，是萬般小心製作的陰道開口，很難看得見，只有堅持不懈的人，不怕蹲在兩隻指頭粉紅的精巧腳掌前，才能一窺究竟，就好比那個戴眼鏡的男人。而我心想：「還好那個人已經走了——現在輪到我了。」

這女人有著一頭色澤明亮的披散髮絲，雙眼微閉，雙唇微開，隱約能看見牙齒。脖子上——一串珍珠。而挨在珍珠底下那對全然無辜的肺，光滑，有如絲綢，震撼了我；它們一定從來沒吸過菸草所排出的濃霧。這可能是天使的肺。心臟，對切成兩半，露出自己的雙重天性，兩個心室裡都鋪著絲絨般的紅色組織，生來就是要不斷重複單一的動作。肝臟包裹著胃，就像一對巨大的血唇。腎臟與輸尿管同樣映入眼簾，讓人聯想到曼陀羅根，依附子宮生長。子宮是一種賞心悅目的肌肉，纖細勻稱，很難想像曾幾何時，竟有人相信它會在身體裡遊蕩，讓所有人心驚膽戰。無庸置疑的是，身體裡的器官都經過謹慎包裝，以便長途旅行。而她的陰道也一樣，沿著形狀切開，揭露當中的祕密，短短的甬道，盡頭是死路，感覺上全然無用，只因它壓根不是通往身體內部的途徑。陰道的盡頭，是一個沒有出路的內室。

我在窗前堅硬的長椅坐下，與一整群沉默的蠟像相對。精疲力盡的我，讓自己被感動的浪潮淹沒。箍緊我喉頭的是哪種肌肉？它叫什麼名字？是誰發明了人體？因此，誰擁有發明人體的永久版權？

布勞醫生的旅行（一）

布勞醫生是個有著一臉灰色落腮鬍、斑駁灰髮的男子，他出遠門去參加會議。會議的內容與醫學標本製作有關，主題是人體組織的塑化過程。在座椅上調整好舒適的姿勢後，他便戴上耳機聽巴哈的清唱劇。

他洗出來的那張照片上的女孩，現在跟著他一起旅行。她頂著一頭滑稽的髮型——背後的頭髮剪齊到脖子的高度，但前面的頭髮比較長，落在光裸的肩頭。這樣的髮型遮去了妖豔的臉龐，只看得見頭髮底下，一道清楚畫在光滑臉龐上的紅棕色唇線——這令布勞醫生很喜歡。他對那對嘴唇的喜愛，就如同那副身軀的迷戀——纖細、緊實、胸脯小巧；絲絨般的胸腔表面，有著傲然堅挺的乳頭。她的髖部也比較苗條，但大腿頗為豐盈，有力的雙腿老是吸引著他。「大腿中的力量」，他可以這樣為他私人易經的第六十五卦命名。擁有強力大腿的女人，就像胡桃鉗一樣——布勞醫生在心裡想著——進到這樣的雙腿間，不會有粉身碎骨的危險；進到這樣的雙腿之間，不會像在拆除炸彈。

這讓他感到興奮。他本人又瘦又小，但喜歡拿生命冒險。

他為她拍這些照片的時候，有股亢奮席捲而來。他也是光著身子，所以這個狀態慢慢變得明顯，甚至一清二楚。不過，他沒有因此感到羞恥，因為他的臉藏在相機後頭。他是個有著相機臉孔的機械牛頭怪，他是花梗上的單眼透鏡，藉由拉近鏡頭挺立而出，再如機械喇叭般後縮。

女孩注意到布勞醫生的身體狀況，信心大增。她舉起雙手，交疊頸後，藉此抬高無助的腋下；那裡一片空白，不如會陰發育良好。這個姿勢讓她的胸部抬得更高，變得頗為平坦，挺像個小男孩。布勞雙膝跪地，連同擺在臉前的相機一起靠近了些，從下方為她拍照。他的身體在顫抖。她的黑色毛髮刮成直線，讓她的髖部顯得更加苗條，像驚嘆號一樣引人注目，讓他覺得鏡頭好像等一下就會被那道黑線劃傷。

如今，他的勃起已徹底具有意義，女孩喝了點白酒——好像是希臘的松脂酒——坐在地板上，雙腿交叉，藏住那如此令醫生動容的地方。他可以猜想得到那個動作是什麼意思——今晚就讓我們緊緊相黏，貼在地平線吧。

不過，他要的不是這樣。他繼續拍照，但同時也退到窗邊，讓削瘦的裸臂在冰冷的窗臺上靠一會兒。下一個動作，改坐姿，同樣也記錄在鏡頭底下。如同卡拉庫爾羔羊般稚嫩的女孩，綻放一朵微笑，對於醫生準備就緒的身體感到自豪——畢竟這代表她不需近身，就能施展魅力，而這是怎樣的一股力量啊！

不過幾年前，她還是個孩子。那時的她會玩一種魔法遊戲，想像自己可以憑意志力讓物體移動。有時她覺得某根湯匙或髮夾的確彎曲了一釐米，但從來沒有哪個物品像那樣地順從她的意志。

如今在布勞面前的，卻是一個真正的課題。本來就是避無可避的事，現在更是無法阻止——他們的身體向彼此飄移。女孩允許他愛撫自己，並躺了下來。醫生用他細膩的手指輕輕一碰，解除了炸彈。大腿動作形成的卦象開放給所有的詮釋。相機快門發出一聲又一聲的「喀噠」。

投影在乾淨牆面的女性身體——這樣的照片布勞有一系列收藏，數量不下幾十張，又或許已經有幾百張。因為拍攝的地點不同，牆面也有所差異——旅館、民宿、他在學院裡的辦公室，還有他的住所。那些身體基本上皆相似，沒有任何祕密。

但陰道就不一樣了。陰道就像指紋，事實上，其實可以用這些不受警察重視的羞恥器官，進行身分辨識，因為它們每個都是獨一無二。它們如同以形色吸引昆蟲的蘭花般美麗。這是一個多麼奇怪的想法啊。這個如同植物的機制不知怎的，一直留存到人類形成時期。這麼說還太過保守，這一定是個很有效率的機制。應該說，這讓人有一種感覺，這個花瓣的聯想會讓大自然感到開心，讓它如此喜歡，因而將之傳續下去。大自然一定沒料想到人類也會收到心靈這份餽贈，而心靈這如此美妙的發明又稍稍脫離掌控，被藏起來。它把這東西藏在內衣裡，藏在未竟之語中，藏在沉默裡。

他把陰道照片收在有圖案的紙盒裡，那些是在宜家買的紙盒；多年來，紙盒只有設計照流行變動——從一開始八〇年代的明亮、俗氣，到簡約、灰黑的九〇年代，直到今天的復古、流行藝術與民俗風。所以他甚至不用在上頭寫下日期，就能馬上分辨。然而，醫生所夢想的，是建立一系列真正收藏，不光由照片組成。

身體的每個部分都值得記憶，每副人體都值得保存。它竟是如此纖細又脆弱，這簡直太不像話。我們竟然讓它在土壤下分解，或是拱手把它讓給火焰，讓它像垃圾一樣焚燒，這簡直太不像話。如果可以由醫生決定的話，他就會以不同的方式創造世界——靈魂可死，說到底，靈魂為我們留下了什麼？不過，身體則可以不朽。他在心裡想著，如果我們輕率判處人體毀滅之刑，那麼我們永遠不會知道，人類這個物種有哪些多樣性，而每個個體都是獨一無二的。這一點，人類曾經明白，卻沒有保存的工具和方法，只有最富有的人才負擔得起防腐劑。但今天，人體塑化技術這門學問發展得非常快速，而且不斷精益求精。每個人只要有意願，都可以拯救自己的身體免於毀滅，與他人分享自身的美麗、自身的祕密。世界一百公尺短跑冠軍會這麼說：「這就是我神奇的肌肉系統。」最偉大的西洋棋大師會這麼喊著：「這就是我的大腦。看，這裡有兩個不尋常的溝槽，我們就稱之為『勞夫腦迴』。」「這就是我的肚子，從這裡頭誕生了兩個孩子到世界上。」驕傲的母親會如是說。布勞的想像大概就會是這樣。這是他眼中的公平世界，不會輕率摧毀神聖之物，因此他把自己所做的一切，都奉獻給這個願景。

為什麼有人會覺得上述的看法有問題呢？至少新教徒一定不會，不過就算是天主教徒，也不該因為這樣就拉響警報。畢竟，我們有古老證據、有聖髑收藏，而耶穌基督本身可以是人體塑化技術的資助者，祂可以將色紅肉多的心臟展示給我們看。

引擎柔和低鳴，加入醫生耳機中的合唱，意外具有深度。飛機往西飛去，因此夜晚不會在應該結束的地方結束，而是繼續拖延。布勞時不時便拉起遮陽板，查看是否有哪個地方已透出曙光，透出嶄新一日的光亮，透出新的可能。然而，什麼都沒有。螢幕皆已關上，電影也播放完畢。地圖每隔一段時間便出現，上頭有個飛機形狀的小圖案，以龜速飛越被地圖忽視的距離。他甚至一直有一種感覺，這地圖是製圖師芝諾[49]想出來的——每個距離本身都是無窮的，每個點都會開啟另一個不容征服的空

49芝諾（Zeno），古希臘哲學家，以「芝諾悖論」最為人知曉。詳本書〈凱洛斯〉（第三八九頁）。

間，而每個行動都是欺人的假象，我們只是在原地遊走。

外頭的寒冷令人難以想像，高度令人難以想像，將如此笨重的機器抬升至稀薄空氣中的這件事，同樣也令人難以想像。一群天使在布勞醫生的耳機裡，以德文唱著「我們感謝上帝」。

他的左邊坐了一個女人。他瞄了一眼她的手，費了好大一番功夫才克制住撫摸它的衝動。那女人正靠著一個男人的臂膀睡覺。布勞的右邊是一個身材稍微圓潤的年輕男孩，正在打瞌睡，一手垂掛扶手，幾乎碰到醫生的褲子。他同樣也攔下了想要撫摸的衝動。

他坐在兩百個人當中，緊緊塞在椅子上，在狹長的飛機空間裡，跟他們呼吸著相同的空氣。而他之所以喜歡旅行，正是因為如此——人們在旅途中不得不待在一起，緊緊相依，靠攏彼此，就好像每趟旅行的目標，都是另一個旅人。

他被指定與這些人——他看了一下他的錶——再共處四個小時，但他們每個人看起來都像平滑、有光澤的單細胞生物，像法式滾球中的一顆木球。所以，布勞的直覺演算系統唯一一個啟動的接觸方式，是撫摸。用指尖和指腹摩挲，感受平滑而冰涼的曲線。雙掌已不抱希望能在那裡摸到任何裂縫——它們已在小女孩身上嘗試過千百次。沒有任何抓痕。沒有任何暗蓋可以讓指甲小心撬開，邀請他進到裡面。沒有任何隆起、祕密小拉桿或鈕扣，可以按一下就鏗鏘彈開，連動細小彈簧，給他的雙眼看見他所渴求的複雜內部。也許那根本一點都不複雜，也許那很簡單，幾乎不過是表面的相反，只是向內捲曲，自我吸收成一道螺旋。這些單細胞的表面隱藏著巨大的祕密，甚至連一小部分也不透露。其豐富美好的內容令人眼花撩亂，結構則經過縝密包裝——就算是最老練的旅行者，也做不到以這樣的方式收納自己的行李——器官間以腹膜相互隔離，將脂肪組織置於當中的空間，作為一種緩衝，以維持秩序、安全和美觀。就這樣，在飛機上半夢半醒，睡得不甚安穩的他，一直浮躁地在腦中胡亂想著。

這樣很好。布勞感到高興。還有什麼好要求的。從上方觀看世界，欣賞其美麗而寧靜的秩序。這是個防腐的秩序，存在於貝殼與洞穴之中，存在於沙粒與所有固定航班的機艙之中，存在於對稱之中；畢竟幾世紀來，右與左總是吻合，反之亦然。它存在於資訊看版意有所指的燈光之中；基本上，它存在於所有的照明之中。布勞醫生拉高蓋在削瘦身軀上的毯子，一塊刷毛布料，航空公司的所有物，徹底進入夢鄉。

布勞醫生的父親是一名工程師。一如其他共產社會的建築業相關人員，他父親花了許多年的時間，重建戰時遭到摧毀的德勒斯登。在他父親帶他去衛生博物館的時候，他還只是個男孩。小小的布勞在那邊看見「玻璃人」——一個用玻璃做成的人體，那是法蘭茲．沙克[50]以教學為目的而創作出來的東西。兩公尺高的光裸人體，沒有皮膚，以玻璃做出的完美器官依序排放在透明的身體裡，讓人覺得這個玻璃人身上沒有任何祕密。這是為設計出人體這份完美作品的造物者所設立的特殊紀念碑，當中包含輕巧性、獨創性、空間感、品味、美感和對稱性。這個奇妙的人體機器，有著合理的流線外型，內部卻常常有逗趣的設計（耳部結構），有時更是古怪（眼部結構）。

玻璃人與小布勞成了朋友——至少在男孩的想像裡是這樣。它會去看他，坐在他的房間裡，翹起

50 法蘭茲．沙克（Franz Tschakert）：德國的合成材料專家，在一九三〇年代做出著名的人體模型「玻璃女人」。

腳，讓他看著它。有時它也會彬彬有禮地往前傾，讓男孩抓取它身上其中一個部位，仔細研究一番，看玻璃肌肉是怎樣謹慎包覆骨骼，而神經又是在哪個部位消失。它變成他的朋友，他沉默的玻璃玩伴。就如同許多小孩一樣，他們都有一個想像的朋友。

在小布勞的幻想中，玻璃人會活過來，但不是經常，甚至可以說只有偶爾。布勞還年輕的時候，就不喜歡太過充滿活力的東西，最多只到某種程度。那時他跟玻璃人會在大人要他把房間的燈關上後，躲進被子底下，無聲交談一整夜。談什麼呢？布勞已經不記得了。至於白天，它會當他的守護天使，在學校碰到打架的時候，它會用隱形的方式陪伴他。在男孩的想像中，它總是隨時準備好要對不是他朋友的人發動攻擊；對班上去植物園旅遊時，找人麻煩的孩子發動攻擊。他們去植物園旅遊的時候，會分成小組，而這些小組通常都很無聊又很累人，主要就是不斷地等大家集合。這樣的小組，這樣的集體社交活動形式，布勞從來就沒有特別喜歡過。

耶誕節的時候，他從父親那裡得到一個塑膠製的迷你版玻璃人，那與原本的玻璃人完全沒得比，倒像是一尊小神像，提醒他真品的存在。

小布勞的空間想像力很豐富，這後來對他在解剖學上很有幫助。多虧有這份想像力，他可以控制玻璃人的隱形狀態。只要他覺得它身上有哪裡值得細看，就可以在那個部位打燈；要是他覺得當下有哪個部分沒有意義，就可以讓它消失。正因如此，那尊玻璃形體有時候會顯現出以筋肉組成的人體，沒有皮膚，沒有臉孔，只有交纏在一起，因施力而脹大的肌肉與拉開的筋膜。不知不覺中，小布勞學會了整套解剖學。實事求是、行事嚴謹的父親見了，很是驕傲，已能非常具體想見兒子的未來——醫生、科學家。男孩生日的時候，收到一份漂亮的彩色解剖圖；而復活節的時候，復活節之兔為他帶來了真人大小的人體骨骼模型。

在布勞還年輕的時候，不管是上大學的階段，或是剛畢業的那段時期，他都到處旅行。他幾乎看過所有開放參觀的解剖收藏。他就像個搖滾樂團歌迷一樣，不斷追隨馮．哈根斯[51]的腳步與其惡魔般的展覽，最後終於認識大師本人。這些旅行就像一個又一個的圓，每次出門轉一圈，最後都還是回到同一個出發點，而一切變得明瞭——這些旅行的目的地並非遠在天邊，而是近在咫尺，就在身體內部。

他在大學主修醫學，但很快便覺得乏味。他對疾病不感興趣，更別說是治療。但是，死亡的身體不會生病。他只上解剖課，這門課讓女孩子們嚇得花容失色，尖叫連連；其他人不願參與的練習，他也總是自願操作。他的論文題目是解剖史。他與一名同年級的女同學結婚，她在成為小兒科醫師後，把大部分的時間都花在醫院上，而這對他來說非常便利。等她達到自己的目標，生下一個女兒後，布勞已經是學院的助理教授，開始到處去參加會議和訓練。因此，她為自己找了一位婦科醫師，並帶著孩子搬過去。對方有棟大房子，地下室還有間診療室。藉這種方式，他們成功完成人類繁衍的階段任務。

與此同時，布勞寫下一份出色的博士論文《以矽樹脂生物塑化技術保存之病理標本：解剖病理學教學之創新補充》學生戲稱他為「甲醛」。他專門研究人體解剖標本與組織保存的歷史。為了收集論文題材，他去過幾十家博物館，最後在柏林定居，得到一份好工作，為當時正在籌備的柏林醫學史博

51 馮．哈根斯（Gunther von Hagens）：德國當代解剖學家，因成立公司販售宣稱用志願者的屍體製成的標本而備受爭議。

物館編撰館藏目錄。

私底下，他過著簡潔便利的生活。自己一個人住，感覺絕對比和他人同住來得好。至於性需求，他則找女學生解決。（每次開頭，他總會很謹慎地先邀對方喝杯咖啡。）他知道校園裡不允許這樣的事，不過他以社會生物學的角度出發，認為這是他天生的地盤，而那些學生畢竟都是成熟的女人，知道自己在做什麼。他的外貌不錯──英俊、乾淨、沒有半點鬍渣（有時他會留落腮鬍，但也都小心保養），而她們──像貓一樣，好奇心重。他大概不是塊談戀愛的料，總是使用保險套，沒有過度的需求，因為他的慾望發洩有很大一部分是透過自我昇華。所以他在這塊生活領域上沒有任何一點問題，沒有任何一塊污點，沒有任何一絲過錯。

起先，他把博物館的工作當作是大學教書工作之外的喘息時間。當他走進夏里特醫院院區的中庭時，在專人養護的草坪跟修剪成各式形狀的樹木之間，他有一種感覺，自己到了一個在某種意義上是永恆的地方。他身處在一個大城市的正中心，卻沒有任何一點噪音、沒有一分倉促傳進這裡。他覺得很放鬆，還吹了口哨。

閑暇之餘，他主要把時間花在博物館的地下室。這些地下室都很巨大，和醫院其他建築的地下室是相連的。這些通道常被物品阻塞，最常見的是擺滿一地的架子，以及陳舊的展示櫃和鐵櫃，天才曉得那裡頭以前都放了什麼，最後流落到這裡，空空蕩蕩，不知道有多久時日。然而，有些走道仍舊可以通行，最後他打了幾把鑰匙，學會利用這些走道在整個院區移動，還靠這些走道，每天早上走到醫院的自助早餐吧。

他的工作是從灰塵堆和博物館倉庫的陰暗深處裡，把標本罐或以其他方式保存的展示品找出來，並以專業的方式為它們建檔。這項工作，有一位名叫坎帕的老先生幫了他很多忙。坎帕早過了退休年齡，但博物館卻每年都與他續簽工作合約，因為除了他，沒人摸得清這麼大量的庫藏。

他們一個架子、一個架子整理。坎帕先生會先仔細清理罐子表面，同時注意不去損壞標籤。他們一起學會解讀美麗、古老的斜體文字。標籤上通常是人體或疾病的拉丁文名，也會有這些被製成標本的器官原先的主人姓名縮寫、性別與年紀，有時也會記載職業。如此一來，就可以知道這個尺寸驚人的腸腫瘤，是來自某個女性裁縫的肚子，名字是A.W.，五十四歲。不過，這些資料常常是模糊不清。很多時候，酒精標本的蓋子上用來密封的火漆已經脆化，有空氣跑進去，溶液變得混濁，讓漂浮其中的標本被一層濃濃的白霧完全包覆，只得將這樣的標本銷毀。在這種時候，由布勞、坎姆及博物館的員工所組成的委員會，以書面方式同意進行。之後，坎姆先生會把腐壞的人體部位從罐子裡撈出來，拿去醫院的焚化爐。

有些標本需要特別照料（如果罐子已經有些受損），布勞會把這樣的標本帶去他小小的實驗室，在那裡以最謹慎的方式將標本拿出來清洗，然後仔細檢查，從當中取出樣本（他會把它們冷凍），放進新的罐子裡，而且是最好的罐子，裡面的液體也是他自已調的新式溶液。如此一來，他所賦予標本的就算不是永生，至少也是大幅度延長的生命。

當然，這裡有的不只是裝在罐子裡的標本。也有放在抽屜裡，沒有任何資料的骨頭、腎結石和某些化石碎片，有木乃伊化的甲蟲與其他動物，狀態都很不好。小型的毛利人頭部收藏。人皮面具，總共有兩個，很是嚇人，最後也進了焚化爐。

然而，他跟坎帕在這裡一起找到了幾個在考古學上具有珍貴意義的稀有物，比如他們有四度發現十七、十八世紀之交勒伊斯[52]的著名收藏，當年那一系列的收藏分散各地，沒人知道其最後下場如何。不幸的是，其中一個收藏品半身無心體（acardius hemisomus），大可成為現今每種畸形學收藏中的一個經典標本，卻因為玻璃罐身有裂縫，只得淪落到進焚化爐的下場，無可挽救。不過委員會在看到這標本如此嚴重分解時，有那麼一會兒，甚至思考是否應該為其舉辦某種形式的葬禮。

這個發現讓布勞非常高興，因為自己得以對菲德里．勒伊斯的調合劑進行多項測試。這位十七世紀末的荷蘭解剖學家所做出來的調合劑，在當年的效果非常好——可以保存標本天然的顏色，不會令標本腫脹，而這是當時的溶液保存過程中最怕的一點。布勞發現，那些溶液的組成除了南特產的白蘭地與黑胡椒外，還有薑。他寫了一篇文章，加入「勒伊斯調合劑」成分這個舊題的討論。「勒伊斯調合劑」，這散發臭味的液體，本該為浸泡其中的物體保證永生，至少在肉體上應當如此。從那時起，坎姆便開始把這些地下收藏叫做「醃黃瓜」。

他跟坎帕一起發現——因為這個標本是他在某天早晨拿給他的——某個不尋常的標本，讓布勞連著幾個月都在處理它，好徹底了解保存液的成分與作用方式。那是一條手臂，屬於男性，很強壯（肱二頭肌圍五十四公分），長四十七公分，切口很平整，顯然是要展示上頭的刺青——一條比例頗為精確的彩色鯨魚自海浪（以巴洛克式優雅精確展現的白色浪脊）中現身，朝天際噴發一朵水花。這幅圖畫刺得很完美，尤其是天空，從手臂外面看像是一片強烈的藍，但越靠近腋下，顏色越暗。這個玩弄色彩的手法，在透明的溶液中保存得非常完好。

這個標本上頭沒有描述。罐身看起來像是在十七世紀的荷蘭製作，所以形狀是圓柱體，因為當時還沒有技術製作長杜體的玻璃。標本以馬毛懸吊於木蓋之下，看來好似漂浮在溶液之中。奇怪之處，似乎是溶液本身……雖然布勞第一眼看，覺得這是十七世紀初的東西，荷蘭製的，但那溶液不是酒精。那是一種水和甲醛的混合物，並加了少量甘油。到這裡，可以說，這是非常現代的東西，完全就像現在所用的三號開氏保存液[53]。由於這種混合液不會像酒精那樣蒸發，所以標本不需完全密封。他在罐子上的封蠟發現指紋，這讓他非常感動。他想像這些微幅波動的細小紋路及迷宮形狀的天然印章，曾經屬於某個像他這樣的人。那人對待這條手臂與圖案並不草率，可以說悉心照顧。他沒有再深入追查整條手臂歸屬何人，當時又是誰在這條手臂上刺了這個圖案。

布勞與坎帕兩人也經歷過恐怖的時刻——布勞把這件事說給某個一年級的女學生聽，並滿意地發現對方驚訝地瞪大雙眼，瞳孔變得深沉迷濛，而這在社會生物學家看來，是一種對情慾感興趣的表現。

有些走道已被封死，有人在其中一條發現幾副裝在木箱裡的剝製木乃伊，狀態非常不好。木乃伊的皮膚已完全轉黑、龜裂，許多地方縫線斷裂，裡頭的填充物海草也撒了出來。身體萎縮乾癟，衣著上的蕾絲與衣領已是灰塵的顏色，但在當時想必是既貴重又繽紛的服飾。原是別致的皺褶與緞帶裝飾，成了一團發爛的布料，隱約露出底下幾處的珍珠釦。因脫水而張開的嘴巴裡，有乾草跑出來。

他們找到兩具這樣的木乃伊，尺寸不大，看起來像孩童，但仔細檢查過後，布勞斷定他們是——

52 勒伊斯：全名菲德里·勒伊斯（Frederik Ruysch），十七世紀的荷蘭植物學家與解剖學家。

53 三號開氏保存液（Kaiserling solution III）：德國病理學家 Johann Carl Kaiserling 所發明之保存液，能在保存組織與病理標本的同時，維持標本原有的顏色。

感謝上帝——黑猩猩，被人以非常低劣的方式製成標本，完全是門外漢的手法；這種標本買賣在十八、十九世紀頗為常見，要說他們的推測屬實，自是很有可能。當年有人體木乃伊的買賣，也因此出現不少系列收藏，人們最常嘗試的是保存不尋常、特殊的東西，比如其他人種或患有嚴重殘疾的人。

「將屍體剝製是最簡單的保存辦法。」布勞帶著兩名女學生參觀地下室的臨時收藏時，如是賣弄道。儘管坎帕反對，布勞還是對她們提出邀請，而對方也滿心接受。布勞指望兩人當中，至少有一人會接受他的葡萄酒之約，然後為他增添新的照片收藏。「留下來的部分其實只有皮膚，」他接著說，「所以這已經不完全是『軀體』這個字所指的意義。這只是身體的一部分，外在的形體，套在乾草人偶上。木乃伊是一種頗為可悲的軀體保存方式，僅維持『軀體就在我們眼前』的表象。實際上，這很明顯是種手法、馬戲團的把戲，因為以這種方式保存下來的只有形體與外皮，事實上卻是破壞軀體，也就是與保存的理念相悖。這是種野蠻的行為。」

對，他們鬆了口氣，這些不是人體木乃伊。如果是的話，他們可就有麻煩了，因為法律明文禁止國立博物館保存完整的人類屍體（遠古時代的木乃伊不包含在內，但即便是那些，社會上也已經有反對聲浪出現）。如果這些是像他們一開始想的那樣，是人類與孩童，那麼等著他們的就會是複雜的官僚程序與麻煩。醫學院和醫學大學整理收藏，卻碰上這種棘手發現的例子，他已經聽過很多次。

約瑟夫二世[54]皇帝在維也納建了這樣一系列的收藏。他決定把每個特異的東西、每個脫離世界正軌的表現、每個失去控制的物質，都蒐集到他的珍奇室裡。他的繼位者法蘭茲一世[55]沒有半點猶豫，就將某個黑皮膚、叫安吉羅・索利曼[56]的大臣填製成標本。現在這名統治者的賓客，都可以觀賞大臣只纏著草製布條的木乃伊。

約瑟芬．索利曼致奧地利皇帝法蘭茲一世的第一封信

先父安吉羅．索利曼是忠心服侍受我們愛戴的約瑟夫皇帝，也就是陛下伯父的僕人，而我帶著沉痛的心情，摻混極大的難堪，要向陛下提出請求。之所以會如此難堪，要歸咎於一件發生在先父身上的邪惡之事。與此同時，我也懷抱著巨大的希望，但願這只是某種可怕的誤會。

關於我父親的一生，陛下您很清楚，而且我也知道陛下認識他本人，看重他多年來的付出與工作。尤其是他作為一名忠心的僕人與西洋棋大師，陛下就跟陛下的伯父先帝約瑟夫，以及其他人一樣，都賞識他、敬重他。

他有許多優秀的朋友，他們重視他的思想和心靈素養、絕妙的幽默感，以及他那顆善良的心。陛下的伯父曾欽點莫札特為其編寫歌劇，而我父親則是多年來一直與莫札特先生保持密切關係。我的父親同時也是一位外交官，向來以謹慎、目光遠大和睿智聞名。

---

54 約瑟夫二世（Josef II, 1741–1790）：是哈布斯堡—洛林王朝的奧地利大公，在一七六五年加冕為神聖羅馬帝國皇帝。

55 法蘭茲一世（Franz I,1768–1835）：神聖羅馬帝國的末代皇帝（時稱法蘭茲二世，一七九二到一八〇六在位）。法國大革命和拿破崙的崛起加劇了德意志諸城邦的分化，為了對抗拿破崙即將稱帝的野心，法蘭茲二世於一八〇四年成立奧地利王國，是第一任皇帝，改稱法蘭茲一世。

56 安吉羅．索利曼（Angel Soliman）：出身在非洲北部，在一七五三年到維也納，與皇室交好。過世後，遺體被製成標本，成為展覽品，直到一八四八年被大火燒毀。

我斗膽在此信中簡短描述父親的著作，並以此呼喚仁慈的陛下您對他的記憶。我們每個人都擁有獨一無二的故事，在時間的旅程中留下屬於自己的痕跡，而這是最能展現我們身為人的一件事。然而，就算我們沒有為君王、沒有為國家或是為任何人有任何付出，我們還是擁有帶著尊嚴入殮的權利，將造物者的創造——人體，歸還造物者手中。

我的父親出生在一七二〇年左右的非洲北部，但是他早年的生活都陷在無知的黑暗中。他曾多次提過自己不太記得童年生活，他的記憶幾乎只能溯及十幾歲、被人賣去當奴隸的年紀。這是他記憶最深刻的事，每次跟家人說起，他的臉上總是有著驚恐。他告訴我們他在海上的黑暗船艙裡航行許久的事；說一名被迫與母親及近親分離的年幼孩童，眼前所上演的但丁地獄場景。他的父母大概去了「新世界」，而他一個黑人小男孩、一個黑皮膚的玩偶，像隻馬爾濟斯或波斯貓一樣，被人換過一手又一手。為什麼他鮮少提起這件事？在他升上他的職位後，難道不是該反過來，多說一點、說大聲點？我認為，他的沉默要歸因於一份可怕的信念——也許是一份他自己也沒意識到的信念——認為如果將痛苦的事實快速從記憶中抹去，那麼這些事實便不再擁有力量，不再追捕我們，而世界也會因此變得更好。既然人們不會得知，一個人可以對另一個人做出何等可怕又殘酷的事，他們就可以保持純真。然而，在我父親死後，發生在他遺體上的事，證明他錯得離譜。

經過多次悲傷又充滿戲劇性的轉折，他被賣到科西嘉島，讓人帶去宮殿，而這要感謝列支敦斯登親王的妻子。就這樣，他去了維也納。親王夫人對這孩子百般喜愛，也許甚至是——我斗膽使用這個字眼——真心愛他。多虧親王夫人，他受到紮實的教育與悉心的呵護。他對自己遙遠的異國出身沒有特別的記憶，身為他唯一的女兒，我從沒聽他提過先祖的事，甚至從沒看他思念過往。他的一整顆心，都奉獻給了陛下的伯父。

再說，眾人對他的印象，向來是傑出的政治家、睿智的議員、富有魅力的人。他的身邊總是有朋友圍繞。他受人喜愛，也受人尊敬。他很慶幸自己擁有那份殊榮——約瑟夫皇帝的友誼。人稱二世的約瑟夫皇帝，也就是陛下的伯父，多次交付他的，都是需要擁有極大智慧才能完成的任務。

他在一七六八年與我的母親瑪格達蓮娜·克里斯提阿尼結婚。她是一位荷蘭將軍的遺孀。兩人一起度過了十幾年幸福的婚姻生活，直到母親辭世。我是這段關係唯一締結的果實。父親在盡心服務許多年後，決定自恩人列支敦斯登親王的勤務辭職，但仍舊與宮廷保持關係，為皇帝服務。

我很清楚人類的善心與樂於互助的天性，對我父親有多大的助益。許多人一生的故事，開頭都像我的父親一樣不幸，最後殞落、流逝於世界的紛亂之中。黑皮膚的奴隸所生的子女中，沒多少人有機會達成像我父親這麼高的成就，擔任如此重大的職位。但也正因為這樣，他的例子是如此適合展現我們作為上帝之手所創造的生命，都是祂的孩子，也是彼此的手足。

眾多先父的友人已就此事致信陛下，他們都和我一同請求陛下發還我父親的遺體，允許他以基督教的方式下葬。

懷抱希冀的約瑟芬·馮·福伊希特斯勒本

毛利人的習俗

毛利人會在家人過世後，把他們的頭做成木乃伊保存，以供生者追思。木乃伊的製作過程包括蒸發、煙燻與上油，頭部經過這些流程後，就能連同頭髮、皮膚及牙齒，以良好的狀態保存。

布勞醫生的旅行（二）

人群正在順著長長的通道走出飛機，跟著箭頭與電子指標前進。這兩者緩緩將乘客分成兩群，一群已經抵達目的地，另一群則要繼續上路。一條條涓細的人流匯入巨大的航廈，然後再重新分流。這樣的無痛分流將他帶往手扶梯，接著是一條又長又寬的走道，在那裡，電動步道讓原先的流暢加快速度。趕時間的人善用科技的好處，這會兒在電動傳輸帶上跳入另一個時間——以不疾不徐的步伐向前邁進，趕過其他的人。他走過玻璃隔間的吸菸室，裡頭的癮君子經過長途飛行，終於得到渴望已久的尼古丁，一臉幸福地向癮頭屈服。對醫生來說，他們是獨特的種類，有不同的生活環境；不是生活在空氣之中，而是煙霧與二氧化碳的混合物中。他隔著玻璃看著他們，心中有著微微訝異——作為玻璃容器裡的生物，他們在飛機裡給人的印象是他們與他如此相似，卻在這裡露出他們不同的生物本性。

他遞出自己的護照，官員以專業的目光快速將他打量一番，對照兩邊——照片上的跟櫃臺前的臉孔。對方顯然沒有任何疑問，因為布勞醫生順利獲得放行，進入他國領土。

他搭乘計程車來到火車站，在那裡的售票口出示他的電子車票。由於還有兩個多鐘頭才發車，他走進一間散發油耗味的酒吧，點了魚，在等待的時候，觀察周遭的人。

這個車站沒有什麼特殊的地方。發車時刻表上方的大型螢幕播放著相同的廣告——某種洗髮精與各種信用卡。熟悉的標誌讓人對這個陌生的世界產生安全感。他餓了。像塑膠的飛機餐沒有在他的體內留下任何可見的痕跡，他覺得飛機餐好像不是一種物質，而是只憑形體與氣味組成的東西；天堂裡的食物大概就是這個樣子。那是給餓鬼吃的食物。但現在這一大塊煎魚加配菜，這一大塊煎成金黃的白肉，為醫生細小的身軀補充元氣。他也點了葡萄酒，這邊給的都是小小的隨身瓶，差不多是一杯的量。

他在火車上睡著了，但這並不是多大的損失，因為這輛緩慢火車駛過的只有一座城市、幾條隧道與市郊。路上行經的高架橋與車庫，都有著風格雷同的塗鴉——市郊的容貌讓人錯以為是身在別處。醒過來時，他看見海——一條介於港口的起重機、一些醜陋的倉庫建築與船塢之間，明亮、狹長的藍色帶子。

「親愛的先生，」她寫給他，「我必須承認，您的問題與提問的方式，在我心中喚起很強烈的信任感。知道自己在問什麼的人，本身就已經有辦法回答所提的問題。也許您需要的是那一小撮諺語，好加在秤重盤上，讓天秤倒向一側。」

他思忖著她所指的是哪一小撮諺語。他仔細查過字典裡關於這個字的解釋，沒有找到任何與「撮」或「天秤」有關的諺語。她的姓是丈夫的，不過名字挺有異國風情——塔伊娜，這可能表示她來自某個具有異國風情的遙遠國度，說的是同樣具有異國風情的語言，而那裡的人應該經常使用「撮」與「天秤」這兩個字詞。「當然，我們最好可以碰個面。到目前為止，我一直試著查閱您的檔案及您所有的文章。我非常歡迎您的到訪！這裡是我丈夫到最後都一直還在工作的地方，他的影子依然隨處可見。這對我們的談話一定有所幫助。」

那是一座規模不大的濱海城市，有一條柏油路環繞海岸。就在最後一個寫姓名的門牌快到前，計程車駛離道路往下開，朝海邊前進。他們經過好看的木屋，每間都有露臺與陽臺。他在找的那間房子，原來是這條碎石路上最典雅的那間大房子，有低矮圍牆環繞，上頭爬滿某些當地的攀緣植物。外頭的閘門是開的，但他要司機在路邊停下，自己拉著行李箱往灑滿礫石的車道走。院子打理得很整潔，當中的焦點是一棵宏偉的大樹。毫無疑問，那是棵針葉樹，卻有著落葉樹的外表，像棵橡樹，葉片因為某種原因而萎縮，變成針狀。他從來沒看過這樣的東西，近乎白色的樹皮讓人聯想到大象的皮膚。

他敲了門，但沒有人回應，所以他在木造的前廊等了一會兒，心中不甚踏實。然後，他鼓起勇氣，壓下門把。門扉開啟，放他進入寬敞的客廳。與他正對面的那扇窗，完完全全填滿了海景。一隻紅毛大貓出現在他的腳邊，對著他叫一聲後便跑到戶外，完全沒打算理會客人。醫生很確定這屋裡沒有其他人，於是他擱下行李箱，走到外頭的前廊等待女性屋主。他在那兒站了約莫一刻鐘，欣賞那棵巨樹，接著他慢慢開始在屋子周邊走動。這幢屋子就跟附近的其他房子一樣，外頭圍著一圈木造露臺，上頭（就像全世界一樣）擺著堆滿枕頭的輕巧家具。他在後頭發現一座院子，草坪經過悉心修整，周圍種滿盛開的灌木。他認出其中一種是香氣芬芳的金銀花。在鵝卵石小徑的帶領下，他發現一條通道，想必是直接連向海邊。他猶豫了一下，便向前走去。

海灘上的沙看起來幾乎是白色，又細又乾淨，時不時可看見當中躺著白色貝殼。醫生猶豫著是否要脫掉鞋子——穿鞋子走進私人沙灘，他覺得這樣似乎有些不禮貌。

他看見遠處有個人影從水中走出，那是背光的角度，太陽雖已低垂，但光線依舊熾烈。女人的身上穿著深色連身泳衣，在岸邊彎下身拿毛巾將身體包住，用其中一角擦拭頭髮，然後把涼鞋拎在手上，往受到驚嚇的醫生那邊走去。當下，醫生不知所措。轉身走開？還是去找她？他比較傾向在安靜的辦公室裡與她碰面，這樣比較正式。可是她已經來到他的面前，伸出一隻手與他打招呼，並用疑問的語調說出他的姓氏。她的身高中等，年紀將近六十，殘酷的皺紋在她曬黑的臉孔鑿下刻痕，看得出來她一點也不怕曬。如果她不是曬成這樣，看起來一定會比較年輕。她的淺色短髮貼在臉和脖子上。包在身上的毛巾長度及膝，底下露出一雙同樣也曬黑的腿和拇趾外翻的腳板。

「我們進屋去吧。」她說。

她要他在客廳坐下，自己則消失了幾分鐘。醫生因為緊張而臉色微微脹紅，感覺自己好像是在廁所找到她，好像自己逮到她正在剪指甲。碰見她幾乎光裸的老邁身體，碰見她的腳掌與濕髮，徹底打亂了他的準備，不過她好像一點也不介意。過了一會，她回來了，身上穿著淺色褲子與T恤，身材有些豐腴，手臂肌肉鬆弛，皮膚上散布痣與胎記，一手還不斷撥弄濕潤的頭髮。他原先對她的想像，並不是這個樣子。他以為像莫雷這樣的人的妻子會不一樣。是怎樣呢？個頭高一點、人謙虛一點、與眾不同；穿著胸口有花邊領飾的真絲上衣，脖子上掛著寶石浮雕。那是一個不會在海邊游泳的人。

她在他的對面坐下，雙腳往後縮，把一小碗巧克力推到他的面前。她自己也拿了一塊，一邊吃，一邊吸吮。他把她打量一番。她有眼袋，甲狀腺功能低下，也可能僅僅是眼窩的肌肉鬆弛。

「所以，就是您。」她說。「請提醒我，您到底是做什麼的？」

他快速吞下整塊巧克力；不打緊，他再拿第二塊就好了。他再一次自我介紹，簡短說明自己的工作與發表。他提到自己不久前才出版的《保存史》，還說在寄給她的檔案中也附了一本。他說了些讚美她先生的話。他說莫雷教授在解剖學的領域裡完成了一場革命。她用一對天藍色的眼睛專心地看著他，臉上掛著一朵滿意的淺笑；他可以將這個笑容解釋為友善的表現，也可以解釋成一種諷刺。她的人與她的名字相反，沒有半點異國風情。他腦中出現一個想法——這不是她；現在跟他講話的人是個廚娘，或是女傭。結束自我介紹後，他緊張地搓了搓手；如果可以選擇，他情願自己能忍住，不要透露如此明顯的證據，讓對方知道自己有精神官能症。一路搭車過來的襯衫還穿在身上，讓他覺得自己一身風塵，而她好像看透他的心思，突然跳了起來。

「我帶您去房間。這邊請。」

她領著他上陰暗的二樓，然後給他指了一道門。她率先進入房內，拉開紅色窗簾。從窗戶望出去是一片大海，在陽光的照耀下，房間呈現一片橘色。

「請把這裡當成自己家，我去準備點吃的。您一定累了，對吧？這一趟飛得還順利嗎？」

他禮貌性地簡單回應一下。

「我到樓下等您。」她拋下這麼一句後，便離開了。

他不是很清楚，這到底是怎麼發生的——這名個頭不高、穿著淺色褲子與鬆垮T恤的女人，以某種讓人察覺不到的手勢，甚至可能只是挑了挑眉，就把整個空間與醫生所有的期待和想像，全都重新調整。讓他這整趟累人的旅程、事前準備好的說辭和預先設想的場景，都變得完全不重要。她按照自己的方式來。設下條件的人是她。醫生眼睛連眨都沒眨便屈服了。已經放棄的他，快速沖了個澡、換過衣服，便下樓去。

晚餐她提供的是烤黑麵包丁配沙拉和烤蔬菜。素食主義者。還好他在車站吃了那條魚。她坐在他對面，雙肘靠著桌面，一邊用指尖把麵包丁碎屑壓扁，一邊說著關於健康飲食的事，說麵粉與糖的壞處，說她都在附近的有機農場買蔬菜、牛奶和楓糖漿，說她都用楓糖漿來取代糖。不過葡萄酒倒是很好喝。平常沒有喝酒、人本來就已經疲憊的醫生，在兩杯葡萄酒下肚後，便覺得自己醉了。他不斷在腦中構想接下來要說的句子，卻總是被她搶先一步。在酒瓶快見底的時候，她跟他說了她丈夫過世的事。快艇相撞。

「他才六十七歲。屍體全毀，什麼也做不了。」

他以為這下她會痛哭失聲，但她只是又拿起一塊麵包丁，把它捏碎，放進剩下的沙拉裡。

「他沒準備好要死，不過話說回來，這種事又有誰是預先準備好的呢？」她陷入了一小段沉思，然後說：「不過我知道，他會想要有一個配得上他的學生，一個不只是有能力，還要像他一樣，熱中自己的工作。您也知道，他是一個完全獨來獨往的人。沒有留下任何遺囑，沒有交代任何事。我該把標本都捐給博物館嗎？已經有幾家博物館跟我聯絡了。您知道有哪家比較值得信任嗎？現在塑化標本界有太多不好的風氣，可是今天不管做什麼，根本就不需要直接從絞刑臺拉屍體。」她嘆口氣，把沙拉的葉子捲成一個精緻的小卷，然後送進嘴巴。「可是，我知道他會想要有人繼承他的衣缽。有一些計畫他才剛開始進行，我試著自己完成，但我沒有像他那麼多的力氣與熱忱……」她起了頭，卻又猶豫了。「這不重要，這件事不急。」

他點了點頭，壓下心中的好奇。

「不過您處理的主要是歷史標本，對吧？」

布勞等到她的話聲盡落，才快速走上樓，興奮地端來自己的筆電。

他們把盤子移到一邊。不一會兒，螢幕亮起冷光。醫生不安地想著自己桌面上有什麼，有沒有留下什麼火辣的圖像，可是他不久前才剛整理過。他暗自希望她已經看過自己寄給她的東西、翻過他的書。這會兒，兩人都把身子探向螢幕。

他們在看他的工作內容時，他覺得她看自己的目光裡有著讚賞。他暗暗在腦中記下──兩次。他把令她印象深刻的東西都記下來。她是個行家，問的問題都很專業，醫生沒預期她會有如此的知識。她的皮膚散發淡淡的身體乳液味道，是年紀較大的女性會用的那種，很好聞，像爽身粉，是純真的氣味。她的右手手指，也就是她用來觸碰螢幕的那根指頭，有一個奇怪的戒指裝飾，上頭有一顆眼睛，看起來像是人眼的形狀。她的手背已經爬滿豬肝色的暗斑；這雙手和她的臉一樣，也是飽受太陽摧殘。他想了一下，該用怎樣的技術，才能把陽光對皮膚造成淺淺皺褶的這種效果保存下來。

接著他們到扶手椅那兒坐下，她從廚房端來半瓶紅酒，給彼此各倒了一杯。

他問：

「我可以去看看實驗室嗎？」

她沒有馬上回答，也許是因為嘴巴裡含著紅酒，就像之前吃巧克力的時候那樣。最後，她說：

「那離這裡有一段路。」

她站起身，開始整理桌面。

「您累得都快睜不開眼了。」

他幫她把盤子放進洗碗機後，轉身拋了句不太清楚的「晚安」，才如釋重負地走上樓。他在鋪好的床緣坐下，一翻身便倒下，沒有力氣把衣服脫掉。耳畔尚傳來她在露臺叫喚貓兒的聲音。

隔天一大早，他把每件事都非常仔細地做好——洗過澡；把髒衣服摺成方塊狀，收進袋子裡；打開行李，把東西擺到架子上，襯衫則都用衣架掛起來。他把鬍子刮乾淨，抹上保濕乳液，在腋窩塗上他最愛的止汗劑，在已經轉灰的頭髮上抹了點髮膠定型。只有一點令他躊躇，他該穿上涼鞋嗎？但他還是覺得穿有鞋帶的鞋子，會比較好。最後，他靜悄悄（不知道為什麼）走下樓。她一定起得更早，因為廚房的吧臺上已經擺著烤麵包機，跟幾片待烤的麵包，還有一罐果醬、一小碗蜂蜜，以及奶油。這是他的早餐。咖啡壺裡已經裝著咖啡。他站在露臺上，一邊吃著烤麵包，一邊看著大海，猜想她一定又跑去游泳，所以一定會從這個方向回來。他傾向在她看見自己之前，先看見她。他才是想要留意他人的那個人。

他暗忖她會不會同意讓他看實驗室。他很好奇。就算他什麼也沒跟他說，他也可以從看到的東西，多少有些聯想。

莫雷的技術是祕密。醫生當然有自己的一些猜測，甚至可能已將近揭曉謎底。他曾在美因茲看過他的標本，之後在佛羅倫斯的大學參加國際組織保存會議時也看過。他可以猜想得出莫雷是怎麼保存屍體，卻不知道定色劑的化學成分，不知道它是以怎樣的方式在組織裡發揮作用。是不是需要事前準備，有預先處理的手續？用來取代血液的化學藥劑是在什麼時候加入？又是怎樣加入？內臟組織該如何塑化？

不管莫雷（還有他的妻子——而她有參與其中的這一點，現在越來越可以肯定了）是怎麼做的，他的標本都很完美。組織保留了天然的顏色與一定的塑化彈性。這些標本都很軟，但硬度也夠讓身體維持各種形狀。除此之外，這些標本很容易分離，教學效果非凡──可以把它們拆開，再重新組合。保存下來的器官可以在身體裡進行無止境的旅程。以屍體保存的歷史觀點來看，莫雷的發現具有革命性的意義，無人能出其右。馮．哈根斯的生物塑化技術是這個領域跨出的第一步，但在今天看來，似乎已經沒那麼重要。

她再度裹著毛巾出現，這一次是粉紅色的，而且不是出自海中，而是浴室。她甩了甩濕漉漉的頭髮，然後在廚房流理臺旁的位子坐下。臺面上的金屬杯裡正熱著牛奶。她上下動了動濾網攪拌棒，手勢緩慢，直到牛奶發泡，「嘶」地一聲冒到發燙的陶瓷板上。

「睡得好嗎，醫生？要喝咖啡嗎？」

太好了，咖啡。他感謝地接過馬克杯，讓她為他倒進奶泡。她跟他說那隻紅貓的故事，而他則假意聽得津津有味。他們之前也有一隻紅貓，在那隻貓死的當天，這隻紅貓不知道從哪裡跑來他們家，還坐到沙發上，就好像牠原本就住在這裡。之後，這隻貓就這麼留了下來。所以，其實他們並沒有感覺得有哪裡不一樣。

「這就是生命的力量。剛空出來的位子還留有餘溫，便馬上由另一個個體取代。」她嘆氣道。

可憐的布勞寧可馬上進入正題。他向來就不擅長談天。人們為了不讓社交場合變得沉默所提起的話題，向來讓他感到乏味。他只是想要喝完這杯咖啡，然後去圖書館；他想看看莫雷工作的地方，還有他看過的書。他的架上有擺他──布勞──的《保存史》嗎？他是以怎樣的方式獲得如此卓越的發現？

「有趣的是，他也跟您一樣，是從研究勒伊斯的作品開始。」

沒錯，他當然知道這一點，但是他不想打斷她。

「他在他的第一批作品發表中，證實了勒伊斯曾試圖保存完整的人體，採行的方式是排除人體內的天然體液，再以蠟、滑石及動物脂肪的混合物取代，但前提是要當時的技術能辦得到。經過這種準備程序的人體，就像其他的部分人體標本一樣，要泡進『冥河水』中。看起來，這個想法之所以不可行，是因為缺少大小合適的玻璃器皿。」

她快速朝他瞥了一眼。

「我把那份作品拿給您看。」話一說完，她便用端著咖啡的手試圖推開滑門。他出手幫她，而她則替他拿馬克杯。

門後是藏書室，那是一個漂亮、寬廣的房間，裡頭有一面又一面的書櫃，從地板一直延伸到天花板。她直接走向其中一個書櫃，抽出一本不是很大的活頁冊子。布勞快速翻過書頁，看得出來對當中的內容很熟悉。話說回來，他從來沒專注在濕式標本過，這是一條死路。以威廉·貝克萊為例，英國人，戰艦將軍，勒伊斯為他塗抹濕潤的防腐劑，但他感興趣的只有屍僵方面的問題。而這副當時受到極大讚賞的軀體，之所以能擁有完好的外表，祕密正在於此。縱使勒伊斯拿到這副身軀已死亡數日，呈現徹底僵硬的狀態，他卻成功為其塑造極度自然的外表。顯然他雇用了數名專家為屍體細心按摩，以舒緩屍僵現象。

不過這裡讓布勞感興趣的，卻是完全不同的東西。他把冊子還給她，好專心去看那個地方。窗戶底下擺著一張巨大書桌，對面則陳設了幾個玻璃展示櫃。標本！布勞壓不下內心的興奮，拔腿走過去，甚至不知道自己何時來到了這些櫃子前。她大概不是很高興他沒給她時間，讓她以博物館的方式慢慢介紹鋪陳，然後再來到他這會兒馬上要看的展示櫃前。

「這個您一定不知道。」她沒好氣地指著一隻紅貓說。紅貓靜靜地看著他們，其坐姿說明了牠同意以這樣的方式存在。另一隻貓，活的那隻，跟在他們後頭跑進來，這會兒像在照鏡子一樣，盯著自己的上一任看。

「請碰碰看，把它拿起來看看。」包著粉色毛巾的女人鼓勵醫生道。

布勞用發顫的指頭將玻璃門推到兩側，碰了碰標本。那隻貓是冷的，卻不僵硬。在指腹的觸摸下，貓毛微微陷了下去。布勞小心翼翼地抓住標本的胸口與腹部，將它拿了起來，就好像平常在抱活貓一樣。他有一種奇怪的感覺。那隻貓的重量跟活貓一樣，落在醫生手上的觸感也跟活貓一樣。那是一種幾乎讓人難以置信的體驗。他看著她，臉上的表情卻讓後者哈哈大笑，再度甩了甩微濕的頭髮。

「你看，」她說，並且不再使用敬語，好像標本的祕密在兩人之間建立起信任，讓他們成為血脈相連的親戚關係。「把它放在這裡，然後翻過來。」

他小心翼翼地完成指示，而她站在一旁，把手擺到貓的肚子上。

在體重的壓力下，貓的身體慢慢拉直，不一會兒便在他們面前成大字型躺著。這是活貓絕對不會擺出的姿勢。布勞碰了碰柔軟的貓毛，雖然明知不可能，他卻覺得好像還是溫的。通常這種標本的眼睛都會用玻璃珠替代，但他注意到莫雷並沒有這麼做，而是以某種神奇的方式，將這對貨真價實的眼睛保存下來；它們看起來只有些微發濁。他碰了碰標本的眼瞼——是軟的，手指一壓便微微凹陷。

「這是某種凝膠。」他說，不過比較像是自言自語，而不是在對她講話，但她已經將貓兒肚子上的切縫指給他看。稍稍一拉，縫線便繃開，露出整個內部。

他像在碰世界上最脆弱的摺紙一樣，用手指的最尖端輕輕拉開貓兒的肚子，露出腹膜，而腹膜也任憑他開啟，就像這貓是以不知名的珍貴異國材料做成的一本書。他看見從孩童時代便總是讓他幸福、滿足的景象——器官一個接著一個，完美排列，包藏在一股神聖的和諧中，自然的色彩營造了絕對幻覺，讓人以為是打開的是活體的內部，讓人以為參與了當中的祕密。

「請您打開胸腔，來，快啊。」她在他的肩頭低語，鼓勵他。他甚至聞到她口中的味道——咖啡與某種甜甜的、不清新的氣味。

他當然是從善如流。纖細的肋骨在他的手指施壓下微微讓步，而那份幻覺是如此完美，他甚至預期能看見跳動的心臟。與此同時，一聲「喀嚓」響起，有個東西亮起紅光，然後發出刺耳的旋律。布勞醫師認出那是皇后樂團的知名歌曲。「I want to live forever.（我想要永遠活下去。）」歌聲從貓的身體裡傳出。他嚇得往後一跳，雙手伸直擋在胸前，內心混雜著厭惡與驚嚇，就好像自己在無意間傷了這隻躺在他面前、四肢大開的動物。女人雙掌一拍，笑得好不開心，對這個惡作劇很滿意，但布勞的臉色大概太過嚴肅，因為她斂起笑意，一手擺到他背上，說：

「沒事，這只是他開的玩笑。我們不想要讓場面變得太悲傷。」她的藍色眼眸中還帶著笑意，但口氣中已無半點玩笑。「對不起，對不起，沒事了。」

醫生勉強報以淺笑，然後癡迷地看著標本組織以肉眼幾乎不可辨的速度，慢慢回到原本的模樣。

對，她把他帶去實驗室。他們開車沿著沙灘，一路顛簸到一片石造建築群。之前港口還有營運的時候，這裡曾經是漁品加工廠，他們把這個地方變成幾個寬敞的空間，有貼滿瓷磚的乾淨牆面，門也改裝成像車庫一樣，以遙控操作。這裡沒有窗戶。她打開燈，布勞看見兩張大桌，臺面皆包了金屬板，還有幾個玻璃櫃，裡頭全是玻璃罐與工具。架上擺滿了耶拿玻璃[57]做的燒瓶。「木瓜蛋白酶。」他唸出其中一個瓶子的名稱，心中同時感到訝異。莫雷拿這個酶來做什麼？是要分解什麼？「過氧化氫酶。」有輸液用的巨型注射器，也有注射人體用的那種小巧注射器。他不敢提問，只把這一切記在腦中。現在還不是時候。金屬浴盆、地板上的排水口，這樣的室內設計不只讓人聯想到手術室，也聯想到屠宰場。女人把漏水的水龍頭轉緊。

「還滿意嗎？」她問。

他以攤平的掌心劃過桌面，然後走向一張辦公桌，上頭還擺著一些散放的文件與某種曲線圖。

「這裡的東西我都沒有動過。」她用鼓勵的口氣說，就好像自己是一間待售屋的屋主。「我只有把沒完成的標本丟掉，因為它們開始腐敗了。」

他感覺她把一隻手放到了他的背上，瞬間斂下視線。她往他貼近，而她站的位置似乎讓她的胸脯觸碰著他的襯衫。他感覺到一陣惶恐的腎上腺素襲來，他的身體不顧他的意願掙扎著要往後退，而他在最後一刻制止了自己的身體。不過他找到了開脫的藉口——被他碰到的桌子晃了一下，上頭的那些小型玻璃安瓿瓶差點掉到地板，他在最後一刻抓住那些安瓿瓶，以這種方式將自己從兩人因身體近距離接觸而產生的尷尬中解救出來。他很確定，這一切都不是刻意的，她只是無意間靠到了他身上。與

57 耶拿（Jena）：位於德國中部，光學工業城市，有知名的鏡片、玻璃製造廠。

此同時，他覺得自己像個年輕男孩，兩人之間的年齡差距突然變得很大。

她不再那麼興致勃勃地想為他介紹和解釋細節；她拿出手機，撥了一通電話。在通話中她提到了什麼租金，並跟對方約了星期六碰面。這段時間裡，他貪婪地東瞧西瞧，審視每個細節，把一切都烙在記憶中。他把實驗室的所有設備，包含每一個小瓶子和每一個工具擺放的位置，都記在腦海中的地圖上。

午餐時間，她跟他說了莫雷的故事、每日例行事項和一些小怪癖。（他聽得很專心，覺得自己得到一種非凡的殊榮。）午餐過後，她說服布勞去海邊游泳。對此，他不太滿意，他寧願靜靜坐在藏書室裡，再一次欣賞那隻貓和整個空間。不過，他不敢拒絕她。他還試著用「沒有泳衣」這個理由來做最後的無謂抵抗，但是她不接受這樣的說詞。

「放心吧，這是我的私人沙灘，沒有人會來。你就裸泳吧。」

然而，她自己還是穿上了泳衣。於是，布勞醫生脫掉毛巾底下的三角褲，然後以最快速度泡進水中；海水的冰冷讓他一時無法呼吸。他的泳技不好。他沒什麼機會把游泳學好。他根本就不喜歡運動。因此，他不太放心地在水中上下跳躍，不斷確保自己踩得到底。而她則以漂亮的自由式游向大海，然後又立刻返回。她朝他潑水，而他則吃驚地瞇起眼。

「你在幹什麼，來游泳啊！」她嚷道。

他醞釀了一段時間要跳進冰冷的水中，最後以絕望的心態順從她的要求，就像一個不想讓父母失望的孩子。他游了一小段距離，然後回頭。就在那時候，她一掌拍在水面上，獨自繼續往前游。他在岸邊等她，冷得全身發抖。當她渾身滴水走向他時，他壓下了視線。

「你為什麼不游泳？」她用開心的語調高聲問。

「因為很冷。」他只這麼答了一句。

她仰頭大笑，露出上顎，完全沒有覺得不好意思。

他在房間裡小睡了一會兒後，仔細做起筆記，甚至畫了莫雷實驗室的布局，感覺自己有點像〇〇七情報員。洗掉一身海水，刮掉鬍子，換上一件乾淨的襯衫後，他覺得輕鬆許多。下樓後，他發現她還沒來。藏書室的門是關的，門上的鑰匙是鎖上的，所以他不敢進去……他走到屋前，與那隻貓玩耍，但貓兒後來不再理會他。最後，他終於聽見廚房傳來動靜，便從花園的方向走進去找她。

莫雷夫人站在廚房的吧臺前，挑揀綠色的沙拉葉。

「沙拉配烤麵包丁和起士，你覺得怎樣？」

他熱切地點了點頭，卻根本沒有自信自己能吃飽。她為他倒了一杯白酒，而他同樣沒有自信地將杯子湊到嘴邊。

她跟他講了意外發生的經過，說他們在海中找了好幾天的屍體，最後還說了屍體找到時是什麼模樣。聽完這些，他已經沒有任何胃口。她還說，她成功保留了一小塊損傷最輕微的組織。她身上穿的是一件飄逸的灰色連身長裙，雙側開叉，胸口深開，露出長滿雀斑的身軀。他再度覺得她要開始哭了。

不管是沙拉，還是起士，兩人幾乎都是在無聲的靜默中吃完。然後，她抓住他的手，而他則呆住了。他抱住她，藉此藏匿在她面前的自己。她親了一下他的脖子。

「不要用這種方式。」他脫口而出。

她不明白他的意思。

「那要用什麼方式？我要怎麼做？」

但他掙脫她的擁抱，從沙發站起身，紅著臉，不知所措地看著四周。

「告訴我，你想怎麼做？」

他已徹底放棄，承認自己已經沒什麼好繼續假扮下去，承認自己已沒有力氣，承認現在一口氣發生太多事，因此他轉過身背對她，低聲說：

「我不行。這對我來說太快了。」

「這是因為我的年紀比較大。」她站起身，喃喃說了這麼一句。

他不太確定地出聲反駁。他想要她靠著他，但不要碰觸他。

「年齡的差距其實沒有那麼大，但是……」他聽見她在收拾桌子。「我已經有對象了。」他撒謊道。

就某種意義來說，這的確是事實，事實總是就某種意義而言；他的確有一個對象。他已經結婚了，有妻子、有姻親、有血親。玻璃人和腹部敞開的蠟女，索利曼、法格納[58]、維薩里[59]、馮．哈根斯及莫雷，天曉得還有誰？為什麼他還要去招惹這副已有年歲的溫暖身軀？把自己的身體埋進其中？目的是什麼？他覺得自己得馬上離開，也許甚至今天就走。他一手耙過頭髮，扣好襯衫。

她深深嘆了口氣。

「所以呢？」她問。

他不知道該怎麼回答。

一刻鐘過後，他帶著自己的行李箱站在客廳，準備好要離開。

「我可以叫計程車嗎？」

她坐在沙發上閱讀。

「當然。」她說，並拿下眼鏡，比了比電話的位置，然後再度回到書本中。由於不知道電話號碼，他感覺得最好的做法是走路到外頭的招呼站；這附近哪裡一定有招呼站。

就這樣，他比預期的時間提早到達大會會場。經過一段長時間與飯店櫃臺交涉後，他成功要到房間，整個夜晚都泡在酒吧裡。他在飯店的餐廳裡喝掉一小瓶葡萄酒，然後在床上放聲大哭，像個小孩一樣。

接下來的幾日他聽了許多報告，也提出了自己的報告。他的報告標題是「生物塑化技術之病理標本保存：解剖病理學教育之創新輔助」。那是布勞的博士論文摘錄。

他的講座頗受歡迎。最後一晚的晚宴上，他認識了一位親切、英俊、來自匈牙利、研究畸形的學者，而對方向他坦承自己收到莫雷夫人的邀請，正打算要過去拜訪。

「去她在海邊的房子。」他刻意強調「海邊」這兩個字。「我決定要把這兩趟旅程接在一起，畢竟那裡離這裡不遠。」他說：「她丈夫留下來的東西，現在都在她手上。要是我能看見實驗室的

58 法格納（Honoré Fragonard）：十八世紀的法國解剖學家。

59 維薩里（Andreas Vesalius）：十六世紀的知名解剖學家，著有《人體的構造》。

話……你知道，關於化學成分，我只有一套理論。她好像跟美國的一間博物館有聯絡，遲早一定會把全部的東西，連同所有的文件紀錄都送出去。要是可以現在就拿到他的文件……」他夢想著，「哈，特許任教資格就搞定了，甚至說不定還可以拿到教授資格。」

混蛋，布勞心想。除非這世上只剩下這個人，不然他絕對不會跟對方坦承自己才是第一個去那邊的。他看見對方塗了某種凝膠而閃閃發亮的深色頭髮，還有藍色襯衫的兩邊腋下有幾點小汗漬，已經微微突起，但線條還不算太糟的小肚子，窄臀，清新明亮的肌膚上有著茂密毛髮的陰影。因為葡萄酒的關係，他的雙眼已經渙散，閃著勝利近在眼前的光芒。

放蕩者的航班

一張張對陽光乍現感到意外並發紅的北方臉孔。因鹹水和每日在沙灘待上幾個小時而顏色轉淡的頭髮。一個個裝滿汗濕、髒污衣服的袋子。隨身行李袋中，最後一刻在機場買給親友的紀念品和免稅店買的一瓶烈酒。一竿子全是男人，在一股不言而喻的氣氛中，相鄰入座。他們在座位上調整好舒適的姿勢，繫上安全帶——準備入睡，要把之前熬的夜補回來。他們的皮膚還散發著酒味，這兩個禮拜的酒精還沒完全消化——幾個小時的飛行過後，整架飛機將會清楚聞到這股氣味。另外還有性興奮後留下的汗味。如果是高明的犯罪學家，還可以找到更多蛛絲馬跡——纏在襯衫釦子上的一根黑長髮；食指跟中指縫裡的有機物質，屬於人類，是外來的ＤＮＡ；棉質的內衣纖維上有幾片細微的表皮；肚臍裡有微量的精液。

飛機還沒起飛前，他們與左右兩旁的人交談幾句，謹慎表達自己對此次行程很滿意——說太多似乎不合適，畢竟他們都是自己人。只有一些人，一些不識相的人，會追問價格與服務範圍，然後——得到滿意答覆——進入小憩。原來他們付的價格頗為便宜。

朝聖者的特徵

一個很久以前認識的人，跟我說他不喜歡獨自旅行。他的重點在於自己看到一些不尋常、新奇、美麗的事物時，就會很想跟他人分享。要是沒有這樣一個人跟他分享，他便會覺得不快樂。

依我看，他不適合當一名朝聖者。

約瑟芬・索利曼致奧地利皇帝法蘭茲一世的第二封信

一直沒收到陛下的回信，所以就讓我膽斗再寫一封信給陛下吧，這回更放肆些，叫您聲兄長。請別視為僭越。

因為，不管神的身分為何，祂當初在創造我們的時候，不就是把我們都當成彼此的手足嗎？祂之所以公平為我們分派責任，不就是要我們在照看祂創造的生命時，以正直、奉獻的方式去完成這些責任嗎？祂將陸地與海洋交給我們照顧，讓一些人從事工藝，另一些人治理國家。祂讓一些人出生在良好的環境，擁有健康與美貌；另一些人則是有著比較差的出身，比較沒那麼成功的人生。受到身而為人的限制，我們沒辦法回答這是為什麼，只能去信任這當中有祂的智慧，所有的人都是以這樣的方式，作為祂複雜建築中的單一部分。我們沒有能力去臆測屬於我們的命運，不過——我們必須相信——少了這些部分，這個龐大的世界機制將無法妥善運作。

就在幾個禮拜前，我成了一位小男孩的母親。我和丈夫將他命名為愛德華。然而，這份身為人母的巨大喜悅，卻染上一份擔憂——我兒子的外祖父從未獲得最終的安息。他的遺體未能安葬，被陛下您放在皇家珍奇屋裡展示，供好奇的目光觀賞。

出生在理智的時代，是我們的福氣。這是個特別的世代，清楚展現上帝最完美的創造——人類的思想，可以清除世上所有的迷信與不公，讓世上的每位居民都獲得幸福。我父親在世的時候，全心全意為這個理念奉獻，深信人類的理智是我們身而為人所能擁有的最大力量。而被他的臂膀呵護長大的我，相信這一點——理智是上帝所能賜予我們最好的餽贈。

父親過世後，我整理他的書信，找到陛下您的前任，同時也是您的伯父約瑟夫陛下，親筆寫給他的信。上頭有一段文字值得注意，請恕我斗膽引用：「人生而平等。我們從父母身上只繼承了我們作為動物的生命，而這樣的生命——正如我們所知——不論是在國王、親王、城民或農民之間，都沒有絲毫差異。天地之間沒有任何法則——無論是上帝的或自然的——可以牴觸這份平等。」

我該從何去相信這段文字呢？

如今的我，已不再是向陛下請求，而是哀求，求陛下將我父親的遺體，歸還給我們家族。他被剝奪了一切的名譽與尊嚴，被解剖、填製成標本，近乎野生動物般被展示，以滿足人類的好奇。我也要以其他被填製成標本的人體之名，向「皇家自然奇觀室」請命。就我所知，他們沒有人可以為他們做這件事；他們沒有任何親近的人，也沒有家人。也就是說，我要為那只有幾歲大的無名小女孩，還有不知是何方人士的喬瑟夫．哈默爾及沛特羅．麥克．安吉歐請命。我甚至不知道這些是什麼人，連用簡短幾句話來講述他們不幸的人生也沒辦法。然而，身為安吉羅．索利曼的女兒，身為一個不久前才升格為母的人，我覺得自己虧欠他們這份基督教徒該有的作為。

約瑟芬．馮．福伊希特斯勒本

舍利

一名美麗、光頭、穿著灰色長袍的女尼，傾身探向一個小小的聖髑盒。裡頭的緞枕上，擺著某位開悟者火化後的結晶。我站在她旁邊，一起看著這個小小的物體。藉由固定在上頭的放大鏡，我們看見這所謂的遺體精華，是個形狀很小的東西，一顆小石子，大小不會超過一顆沙粒。多年之後，這位女尼的身體大概也會變成一顆沙粒；我的——不，我的不會這樣，我沒有修行。

然而，想到這世上有多少沙漠和沙灘，我不該因此而感到一絲惋惜。不過，要是這些地方都是用開悟者的遺體精華堆積而成的呢？

菩提樹

我認識了一個來自中國的人。他跟我說了頭一次飛去印度處理公務的過程。那次他有很多重要的拜訪與會議。他在公司負責製造某種頗為複雜的電子儀器，可以長時間保存血液，甚至用來安全運輸準備移植用的器官，而現在他正跟人談判，要在印度設立分部與銷售據點。

最後一晚，他跟他的印度合夥人提到，自己從小就夢想能去看佛陀悟道成佛的菩提樹。他出生信仰佛教的家庭，不過，當時中華人民共和國是不能提到宗教信仰的。然而，等到可以自由信仰宗教時，他的父母竟轉而皈依基督教在遠東的分支。他們覺得基督教的神對自己的信徒比較友善，比較——我們老實說——有效率，而且跟著這個神比較容易致富和站穩腳步。但是那個人並不贊同這樣的觀點，所以留在了先祖的信仰——佛教裡。

印度的合作夥伴很能理解他的想法。他點點頭，為對方再倒了些酒，最後所有人都盡興買醉，將簽約與談判的壓力抒發一空。憑著最後一點力氣，踩著虛軟搖晃的腳步，走去飯店的桑拿清醒一下——畢竟他們明天早上還有工作要做。

隔天早上，有人捎了一個訊息到他的房間——那是一張小紙條，上頭只有兩個字：「驚喜」，以及他在印度的合夥人的名片。飯店前停著一輛計程車，把他載去一個地方，而那邊已經有一架直升機待命。就這樣，在經過幾十分鐘的飛行後，他來到一個聖地，也就是佛陀悟道成佛的巨大無花果樹下。

他高貴的西裝與潔白的襯衫消失在朝聖者的人群裡。他的身體依舊記得酒精的苦澀、桑拿的熱氣，以及在新穎辦公桌的玻璃桌上，默默簽署文件時的窸窣聲。還有他在紙上寫下姓名時，鋼筆所發出的刮擦聲。然而，在這裡，他覺得自己迷失了，像個小孩一樣無助。一個個高度只到他的肩膀，渾身裝扮得像孔雀般五顏六色的女人，不斷推著他往前，要他順著那道人流移動。作為佛教徒，如果有時間的話，他一天都要持咒幾次，現在卻讓他感到害怕。他說，他會盡力將自己的持咒與善行迴向給有感知的眾生，幫助眾生悟道。一時間，他覺得這根本就沒有希望達成。

當他看見那棵樹的時候，老實說，他感到很失望。他的腦中既沒有出現任何一點的想法，也沒有任何一句祈求。他朝這個地方膜拜，行了很多次禮，捐了不少香油錢，沒過兩個鐘頭，便回到直升機那裡。中午過後，他的人已經在飯店了。

沖澡的時候，他站在水流下，讓流水洗去他身上的汗水與塵埃，還有一股詭異的香甜氣味；那是來自人潮、攤販、軀體、無處不在的焚香，以及放在紙盤上販售，人們直接用手抓著吃的咖哩。他發覺自己每天都在看讓悉達多太子如此震撼的事——疾病、老化和死亡。而什麼事也沒發生。他身上沒有任何改變，而且說老實話，他已逐漸習慣了。然後，他一邊用蓬鬆的潔白浴巾擦拭身體，一邊想著，他根本就不確定自己是不是渴望能悟道。不確定自己是不是真的想在一瞬間看見整個真相；像放射線一樣照射世界，看見裡頭的虛無。

不過，他當然——就如同當天晚上，他跟大方的友人保證的那樣——十分感謝這份禮物。然後，他從西裝外套口袋裡，小心翼翼地抽出一小片稍微脆開的葉子；兩個男人都彎下身，虔誠注視。

我的旅館

我看著每一樣東西，讓自己再度熟悉它們的存在，用全新的目光審視它們，就好像自己在這之前從來沒見過這些物品，讓自己去發掘每一處細節。我很訝異旅館的主人對花朵如此照顧有加——每一朵花都又大又美，葉子充滿光澤，土壤濕度適中，而那崖爬藤更是令人印象深刻。這間寢室是如此之大，床單是確實漿過的白色亞麻布，不過質料倒是可以用比較好一點的。換個角度想，亞麻布是洗過的樹皮，不需要熨平或整燙。另一方面，樓下圖書室可就有趣了。事實上，它完全合乎我的喜好，我所需要的書籍，裡頭都有，就好像我本來就應該住在這裡。光是這間圖書室，就可以讓我在這裡停留久一些。

而奇怪的巧合是，我在櫃子裡找到一些衣服，剛好就是我的尺寸，大部分的是深色系，就像我喜歡的那樣。那些衣服很適合我。黑色的連帽上衣，又軟又舒服。至於真正讓我開始不解的，是我在床頭櫃上找到我的維他命，還有耳塞，廠牌還是我最喜歡的。以上這些就真的太超過了。

還有一點我也很喜歡，就是旅館主人不會在這裡出現，早上也沒有任何客房清潔人員來敲門，沒有任何人在這裡遊蕩。這裡沒有什麼櫃臺，就連咖啡都是我在早上按照自己喜歡的方式用咖啡機煮，加上奶泡。

對，我找到一家相當不錯，價錢又公道的旅館。也許地點有點太過偏僻，離冬天會積滿白雪的主要道路很遠，不過如果是開車旅行，這點就沒有太大問題。從高速公路下來要走到S市，然後沿市區道路開十幾公里，再在G市轉進一條栗樹道，接到一條田間碎石路。如果是冬天的話，就得把車子停在最後一個消防栓，步行去旅館。

旅遊心理學：閱讀（二）

「大家好。」一個女人開場，這一回的講者比較年輕，穿著迷彩裝，頭髮紮成滑稽的樣式；顯然才剛通過碩士口試。「各位可能在機場或火車站參加過我們的教育計畫，聽過我們的講座。而正如我們在前幾場提過的，我們大部分時候都在不自覺中體驗空間與時間，且無法歸類為外部或客觀的體驗。人之所以會有的空間感，是因為可以移動。而時間感則是因為人做為生物，會經歷不同階段的變動，因此，時間只是一連串的變化。

「地點被視為空間，是時間當中的停頓，是我們的感知暫時停止在物體結構上。相對於時間，這是一個靜態的概念。

「在這樣的理解下，人類的時間可以分成幾個階段，就像空間中的連續運動停頓下來，就像一個完整的地點被分割。這樣的停頓會把我們定錨在時間的流逝中。睡夢中的人會不知自己身在何處，同時也會立刻喪失時間感。在空間中的停頓越多，我們遊歷的地方就越多，主觀上也就有更多時間在流逝。時間透過停頓區分階段，而這種停頓我們通常叫做插曲，指獨立、單一的事件，每一個這樣的事件都是從零開始，每個開頭與結尾都是獨立的。可以說——這種事件不會有續集。」

話說到這裡，第一排的聽眾好像有了動靜，因為不斷傳來廣播開始呼叫尚未登機的旅客的雜音；有人聽見自己的名字，連忙抓起手提行李和免稅商店的購物袋，一路碰撞著左右的人趕緊離開。我立刻查看自己的登機門，所以沒聽見講座進行到哪，費了一番功夫，才又把自己的注意力拉回那個女人的論點中，而她已經開始講旅遊心理學的實務面。她知道我們聽夠了先前那些奇怪又複雜的理論。

「在旅遊心理學的實務上，通常會檢視地點所象徵的意義。各位請看一下這塊發亮的板子，上面寫著飛抵機場的名稱。你們有沒有想過，『冰島』是什麼意思？『美國』是什麼意思？你們把這些地名說出口的時候，心裡會同時想到什麼？

「這類的自我提問，在地理精神分析上來說特別有用，可以深入探究地點的意義，進而解讀所謂的旅行計畫——也就是個人的旅行路線，以及旅程的深層含義。

「儘管表面上相似，但是地理精神分析或旅遊心理分析不會提出像移民官那句：『你來這裡做什麼？』我們的提問是針對議題的道理與意義，而我們依據的原則是——我變成我所參與的東西。我是我正在觀看的東西。

「這就是前人朝聖的道理。追尋並抵達聖地這件事本身帶給我們神聖感，洗滌我們的罪惡。當我們前往不神聖、罪惡的地方，也會發生一樣的事嗎？如果是去空曠、悲傷的地方呢？去歡樂、有創意的地方呢？難道不是因為……」女人如此說著，但是站在我後頭的兩對中年人不斷低聲交談，有那麼一刻還讓我覺得，他們談話的內容比講者說的還要有趣。

從那些對話裡，我得知這是兩對夫妻，正在交換彼此的旅遊感想，其中一對試圖說服另一對：

「你們一定要去加勒比海，尤其是古巴，要趁卡斯楚還在統治的時候去。等他死後，古巴就會變得跟其他國家一樣了。現在還能在那裡見識到一點真正貧窮的樣子，還有他們開的那些車！你們真的要趕快規劃旅程了，因為卡斯楚現在好像病得很重。」

同胞

在女人結束這一階段講座的同時，旅行者也開始發問，卻都問得很保守，沒問到該問的事——至少我看起來是這樣。不過，我自己沒有勇氣發言，所以我離開那裡，去附近的一間酒吧喝咖啡。酒吧裡已經有一小群人，他們交談時所用的，竟然是我的語言。我狐疑地朝他們瞥了一眼，他們看起來跟我很像。是，那些女人有可能是我的女性同胞，所以我為自己找了一個離她們最遠的位置，然後點了杯咖啡。

像這樣在陌生的地方遇見自己的同胞，我一點也不覺得開心。我假裝聽不懂自己的語言，寧願不讓人認出。我從一旁看著她們，暗自竊喜她們不知道自己所說的話全都被旁人聽懂了。我用眼角餘光觀察他們，然後消失。

一名疲憊的英國男子若有所思地向我坦承，自己也有同樣的想法。他喝了不只一杯啤酒，對每個進入酒吧的人都仔細審視。我跟他聊了一會兒，不過我們沒有太多話題好聊。

對於在某個陌生地方遇見自己同胞這種事，我一點也不覺得開心。

旅遊心理學（完結）

「各位先生、女士，我們都見證了人類的『自我』是如何發展，如何變得越來越清晰，如何漸居主導地位。在過去，『自我』幾乎沒有意義，常常模糊消失，服從集體。『自我』被囚禁在角色與公約的框架之中，被壓在名為傳統的壓榨機之中，順服一切要求。而現在，『自我』將膨脹壯大，吞併世界。

「曾幾何時，諸神處於人的身心之外，不可碰觸，是來自另一個世界，就像祂們的使者——天使與惡魔一樣。不過，人類的自我爆發，將諸神納進身體之內，安置在海馬迴和腦幹之間的某個地方，松果體和布洛卡區之間的某個地方。只有這樣，在人體內每一處黑暗、寧靜的角落裡，在每一道大腦的縫隙中，在突觸與突觸之間的空蕩空間中，諸神才能生存。於是，一門新興的知識領域開始研究這種迷人的現象，而這門領域便是旅遊心理神學。

「這個發展日益蓬勃——我們所虛構出來的事物對現實的影響，不亞於非我們所虛構出來的事物。現在還有人會在真實世界來去嗎？就我們所知，有些人會透過貝托魯奇[60]的電影去摩洛哥遊歷，透過喬伊斯筆下的世界去都柏林遊歷，透過以達賴喇嘛為主題的電影去西藏遊歷。

60 貝托魯奇（Bernardo Bertolucci）：義大利導演，一九九〇年的作品《遮蔽的天空》在摩洛哥拍攝，描述一對美國夫妻試圖在旅途中找回戀愛時的熱情。

「有一種特定的症候群叫司湯達症候群，指一個人處在著名的文學或藝術地點時，由於感受過於強烈而產生昏厥或虛軟的現象。有些人會誇耀自己發現全新的未知之地，在這種時候，我們會嫉妒他們至少可以短暫體驗最為真切的現實。不過，這樣的地方一如他處，終究會被我們的思想吸收，進而轉化成記憶的一部分。

「所以我們必須重新並且堅定地提出同一個問題：這些人要飄蕩至何方？要去哪個國家、哪個地方？其他的國家變成了一個內部的綜合體，一團交錯的意義集合，而厲害的地理精神分析師三兩下便能解開，立刻做出解釋。

「我們的任務是拉近各位與實用旅遊心理學之間的距離，鼓勵各位使用我們的服務。各位先生、女士，你們不用害怕咖啡販賣機旁，或者是免稅商店附近的安靜角落。在這些臨時診所裡，各位可以獲得快速、低調的分析。會打擾各位的，只有偶爾出現的班機廣播。這樣的診所，不過就是兩張椅子，用地圖做的帷幕隔起來罷了。

「『所以，你要去祕魯？』地理精神分析師會這樣問各位。我們很容易把他跟收銀員，或辦理登機的工作人員搞錯。『所以，你要去祕魯？』

「然後他會幫各位做一個簡短的關聯測試，仔細觀察哪個字眼才是線頭。這種分析不用花很長時間，不會用非必要的話題拖延，不會挖掘病人祖宗十八代的罪過，只要一個診次應該就足夠了。

「祕魯，但為何想去那裡？」

人體最強壯的肌肉

世界上有些國家的人說的是英文。不過，他們並不像我們會把自己的語言藏在手提行李和化妝包裡，只有在旅行的時候、在國外，或是面對外國人的時候才會說英文。雖然我們很難想像，但英文對他們來說是真正的語言，通常也是唯一的語言，他們沒有另一種可以對照，可以在疑惑時當作參考的語言。

他們在這個世上該有多困惑啊。說明書、最愚蠢的歌曲裡的每一個字、餐廳的菜單、毫無意義的商業書信、電梯的按鈕——每一樣都會使用他們的語言。他們說話的時候，可能隨時有人聽得懂，而他們寫的東西，也大概需要特別加密。無論他們走到哪，所有的人、所有的事，都可以無限制的接觸他們，無一例外。

我聽說，現在已經有一些計畫要保護他們，甚至可能從那些已經不存在，沒有任何人需要的語言裡，挑一個比較小眾的給他們使用。這樣他們就可以擁有屬於自己的語言。

說話！說話！

說話！不管在室內、在室外、對自己、對他人，說話！敘述每個情況，為每個狀態命名，思索字彙，嘗試使用，這是把灰姑娘變成公主的那隻玻璃鞋。把話語當作籌碼，像在押輪盤上的數字，說不定這一次會成功？說不定這一次會贏？

說話！抓住別人的袖子，叫他們坐在對面，聽我們說話。然後我們角色互換，變成他們的聽眾，聽他們「說話、說話」。不是有人說，「我說故我在」嗎？「因為說話，所以存在」？

說話的時候，要盡可能使用各種方式，譬喻、寓託、停頓、未竟之語，不要在意句子突然中斷——彷彿動詞之後突然出現懸崖。

不要處於任何意義不明、欠缺描述的狀態；不要關上任何一扇門扉，用粗話將這些門扉一腳踹開，即使是通往讓我們覺得可悲又可恥、寧願遺忘的那扇門也一樣。不要為自己的任何一次失足、任何一份罪惡感到羞恥。說出口的罪，可以獲得原諒；說出口的人生，可以獲得救贖。聖齊格蒙特、聖嘉祿和聖雅各教我們的，不就是這樣嗎？沒學會說話的人，將永遠被囚禁在困境之中。

青蛙與飛鳥

有兩種世界觀，一種是青蛙視角，一種是鳥瞰景象。介於這兩者之間的任何一種觀點，都只會造成混亂。

這是某家航空公司的廣告摺頁，上面畫了幾座漂亮的機場。這些機場只有從上方俯瞰時才具有意義。這跟納斯卡高原[61]上的巨大圖形一模一樣，在創造之初，便是以能在空中飛行的物體作為藍圖，像現代化的雪梨機場，外觀便是飛機的形狀。我想，這樣的解套方式有些陳腐，飛機降落在飛機裡，方式成了目的地，工具成了結果。不過，以巨大象形文字為形的東京機場，就讓人感到困擾。這是什麼字母？我們沒學過日文字母，所以我們不會知道我們的到來代表什麼意思，不會知道他們會用哪個字來歡迎我們。他們會用什麼字蓋印在我們的護照上？一個巨型問號嗎？

中國機場的情形也差不多，會讓人聯想到當地的文字。我們得學會這些字，知道怎麼排列，怎麼組成變位字——說不定這樣就可以揭露一些意想不到的旅行智慧。又或者，我們可以把它們當作易經裡面的六十四卦，這樣一來，每一次的班機降落，都會變成一個預言。第四十卦——解，解放。第三十六卦——明夷，蔽光。第十卦——履，踩踏。第十七卦——隨，跟隨。第二十四卦——復，轉折

61 納斯卡高原（Nazca）：位於祕魯。美國考古學家保羅・科索（Paul Kosok）在一九三九年發現高原的地表有許多以溝槽排列的幾何與動物圖形。

這種扭曲的東方形而上學我們好像很有興趣，不過還是算了吧。

我們看一下舊金山機場，這樣的機場才是我們所熟悉的，讓我們信任，讓我們馬上有家的感覺。我們看到的是脊椎的橫斷面，圓形的機場中心就是脊髓，關在單一成圈，堅硬又安全的骨殼裡；而呈放射狀向外拓展的神經根，則通往編了號的登機門，從這裡向外展開；每一道登機門的盡頭，都有隻袖子，將我們導入飛機。

那法蘭克福呢？這個巨大的轉運空港是個國中國嗎？它會讓你們聯想到什麼？對，對，它跟晶片——就是電腦裡那種薄薄的板子——是同一個模子畫出來的。各位親愛的旅人，在這裡，我們不會有任何疑問，他們會跟我們說，我們是什麼。世界上的每個單一神經衝動，每一刻中的單一瞬間，勉強能算得上是這一刻中的一部分。而這樣的一刻，可以從正變負——又或者相反——把一切維持在永不止息的流動中。

線、面、體

我常常夢想能從旁觀察別人，又不會被別人發現。窺視一切。成為一名完美的觀察者。就像我曾用鞋盒做成的暗箱一樣，透過黑暗的密閉空間，從光線透進的微小瞳孔，為我拍下一小塊世界。我是經過訓練的。

做這種訓練最好的地方是荷蘭——那裡的人篤信自己活得坦蕩蕩，不認同窗紗或窗簾，所有的窗戶在入夜後都會變成一個個的小螢幕，裡頭的演員則演出自己的夜晚。在「生活」這個共同的主題之下，一整串沐浴在溫暖黃光中的場景，一幕幕各自上演。這是荷蘭的風情畫，生活的實況。

有個男人出現在門邊，單手拿著托盤，將它擺到桌上；兩個小孩和一個女人圍坐在桌前。他們用餐時間很長，沒有聲音，因為這個劇場的音響沒有作用。接著他們轉移陣地到沙發上，專心看著發亮的螢幕，但是對我這個站在街上的人來說，看不出那到底有什麼吸引人的地方——我只看見閃爍的燈光和一些小小的畫面；時間太短，距離太長，我無法理解。有一張臉激動地動著嘴巴，風景，另一張臉……有一些人說我看的這些場景是無聊的玩意，什麼事也沒發生。然而，我卻很喜歡看這些場景，比如腳掌不斷玩弄室內鞋的動作，或者那讓人驚訝的打呵欠動作。或者在絨毛玩偶上找遙控器，找到之後安分、軟垂下來的那隻手。

站在一旁觀看的時候，只能看見世界的片段，不會有其他的東西。有些時刻、零碎時間或某個瞬間，僅短暫存在便會崩解。生活？沒有這種東西；我看見的是線、面、體，以及它們在時間中交替上

泰陵
康陵
茂陵
裕陵
庆陵
献陵
长陵
景陵
定陵
昭陵
德陵
悼陵
石象生
碑亭
大红门
石牌坊

場。至於時間則像是一種測量細微變化的簡單工具，像學生用的尺，刻度簡單——總共只不過三個點：過去、現在和未來。

阿基里斯腱

一五四三年是個新時期的開始，但很不幸的，沒有人注意到這點。這不是什麼整數的週年，也不是世紀的尾聲。以生命靈數來看，得到的結果也不有趣，只是數字3。然而，在這一年，哥白尼發表了《天體運行論》的頭幾篇，維薩里則發表了《人體的構造》一書。

當然，這兩本書並沒有涵蓋所有知識，但又有哪一本書真的能包羅萬象呢？哥白尼的太陽系並不完整，少了部分行星，比如靜靜等待時機，直到法國大革命前夕才被發現的天王星。至於維薩里的書裡，則是缺了許多人體特定的解決機制、各部位間的距離、關節的連接，以及連接小腿與腳跟的那一塊小肌腱。肌腱。

這世界內部與外部的地圖，皆有人描繪。已經問世的，能啟發眾人的心靈，繼續將這世界的基本線條與平面刻畫在地圖中。

時間來到一六八九年的十一月，很溫暖，午後。菲利普．費爾海恩正做著他平常會做的事——坐在桌前。光線透進窗戶，在他坐的地方打下一塊光影，就好像是特別為這個場合設計的。他研究拉開擺在桌上的組織——被尖針固定在木板上的灰色神經。他一邊觀察，一邊用右手畫下所見之物，但視線卻根本沒移向紙張。

因為所見即所知。

與此同時，有人來到門前，使得小狗惡狠狠地吠叫。縱使不情願，菲利普也不得不從桌前起身。他的身體已經適應了他最愛的姿勢——俯首標本之上。現在他得用那條健康的腿撐住自己，再從桌子底下拉出權當另一條腿的木頭枴杖。他一步一步走向門口，安撫狗兒。門前站著一名年輕男子，而他花了一點時間才認出那是自己的學生——威廉．凡．霍爾森。對於這種拜訪，他一點也不覺得開心，話說回來，不管是哪種拜訪，他大概都不會欣然接受。即便如此，他還是一步一木腳，敲著鋪在地上的石板，退至玄關，邀客人進屋。

霍爾森的個子很高，有一頭蓬鬆的鬈髮，臉上總是帶著笑意。他把途中買的東西放在廚房的桌上——一塊起士、一大塊圓形麵包、一些香腸，還有一瓶葡萄酒。他說話的聲音很大，炫耀自己手中有票，而這也正是他來訪的原因。菲利普得不斷克制自己，才不會露出那種突然置身可怕噪音之中的人，臉上會展現的不耐表情。話說回來，關於這親切的男孩來訪的原因，他想玄關矮桌上那未拆的信裡應該有提到。趁著客人張羅吃食的時候，身為屋主的他巧妙地把那封信藏起來，打算假裝自己不知道當中的內容。

他也會假裝自己找不到女主人，但其實根本就沒去找。而來人口中提到的名字，他也會假裝自己在腦中全都對得上臉，但其實他的記性沒那麼好。他是魯汶一所大學的校長，但已窩在鄉下埋怨自己的健康許多年。

他們一起在壁爐裡生火，然後坐下來吃東西。費爾海恩原本吃得不太情願，但幾口下肚後，胃口顯然好了許多；葡萄酒跟起士和肉很對味。霍爾森把票拿給他看。兩人盯著票，沒說話。菲利普走到窗前，調整鏡片，好把複雜的圖畫與文字看得更清楚些，因為就連這票本身，也是個藝術之作。上方的文字底下，有個出自勒伊斯大師之手的漂亮圖畫——人類胎兒的骨架合集。其中兩副圍著石頭與枯枝坐，手中拿著某種樂器，一個看起來像喇叭，另一個像豎琴。如果細看那些糾結的線條，便可在當中找到更多的骨骼與頭顱，每個都是又小又精細，懂得細心觀察的人，想必都能從中組合出更多的迷你胎兒。

「很美，對吧？」客人從主人的肩後探頭問。

「哪裡美？不過就是人骨。」菲利普脫口應道。

「這可是藝術。」

然而，菲利普並沒有打算繼續討論下去，眼前這位和當初凡．霍爾森在大學認識的那個菲利普．費爾海恩，已是判若兩人。屋主與客人的對話有一搭、沒一搭的，而且可以感覺得出來，屋主的心思似乎放在別的事情上。也許孤寂將他的思緒拉成又長又直的帶子，從最初的想法不斷延伸，讓他習慣在內心自我對話。

他從前的學生沉默了一段時間，最後開口問：「菲利普，那個還在嗎？」

費爾海恩的工作室位在這棟屋子的附屬建物裡，與玄關以一扇門相通，外觀看來較像是擺滿雕版的印刷廠，有製作染劑的大盆，牆上掛著一套又一套的雕刻刀具，到處都是處理完畢、放著風乾的版畫，地板上則丟著一團又一團的麻線。客人在不自覺中走到一些紙張旁，上頭印有肌肉與血管、肌腱與神經，精心標示，一清二楚，很完美。這裡還有菲利普用來觀察血管束的顯微鏡，鏡片的打磨出自本尼迪克特．史賓諾沙[62]之手，是羨煞旁人的上等貨。

工作室裡只有一扇面南的窗戶，但尺寸很大。窗下有張乾淨的寬桌，上頭則是一個多年來一直擺在那裡的標本。一旁可以看見一個空玻璃罐，裡頭裝了三分之二的麥色液體。

「如果我們明天要去阿姆斯特丹，就幫我把這些東西收好。」菲利普說，然後又埋怨道：「我本來可是在工作。」

他開始用修長的手指，輕輕拔掉將組織與血管拉開固定的小木釘。他的手動作又快又輕，像是一雙蝴蝶收藏家的手，而不是屬於解剖學家，也不屬於在硬質金屬上雕刻圖畫，再用強酸將之轉化成版畫負片的蝕刻師。霍爾森只是拿著那個裝有酊劑的大玻璃罐站著；標本的各個部位好像回家一樣，緩緩沉入略帶棕色的透明液體當中。

「你知道這是什麼嗎？」菲利普出了聲，並用小指的指甲比著骨頭上方，一個顏色比較淺的部分。「摸摸看。」

客人將指頭伸向沒有生氣的組織，但沒有碰到，而是停在半空中。這個部位的皮膚被人切開，以出人意表的方式揭露裡頭的內容。不，他不知道這是什麼，但是他猜測道：

「這是比目魚肌，連接骨頭的端點部位。」

對方看著他好一會兒，好像在尋找合適的字眼。

「從這裡開始是阿基里斯腱。」他說。

「阿基里斯腱。」凡．霍爾森重複這幾個字，就好像是要把它們背下來一樣。

他拿一塊小抹布將手掌擦了擦，然後從一疊紙中抽出一張，上頭有以四個面向繪製的圖解，精確

62 本尼迪克特．史賓諾沙（Benedictus de Spinoza）：十七世紀著名的西方哲學家，以打磨光學鏡片維生。

到令人難以置信——小腿與腳掌構成一個整體。這畫面叫人感到驚奇，它們以前並不是以這樣的方式連接在一起。在人體解剖圖中，這個部位以前根本沒有任何東西，僅僅以某種不清晰的圖樣帶過，他甚至已記不得是什麼形狀了；本來小腿與腳掌之間所有的部位是分開的，現在都接起來了。以前怎麼可能會沒看到這塊肌腱呢？這真是太讓人難以置信了，竟然要像逆流而上，尋找河水源頭那樣，才能發現自己的身體裡有這個部位。手術刀也同樣的道理，要沿著血管追血流，才能確認開端何在。就這樣，一塊又一塊的空白，被人一一畫在繪圖紙的網格上。

人們在發現新事物後，都會為之命名。人們在征服新對象後，都會加以教化。這一小塊白色軟骨，自此將臣服於人類的律法，讓我們好好調教。

然而，讓年輕的霍爾森印象最深刻的，還是那個名字。那其實很有詩意。他雖然是學醫的，但其實是個詩人，寧可去寫詩。這個名字才真的在他腦中打開了童話般的畫面，彷彿他眼前是一幅幅來自義大利的畫布，上頭滿是精力充沛的仙女與神祇。還有比這個更好的命名嗎？當年的忒提斯女神，就是抓著小阿基里斯的這個部位，把他浸到斯堤克斯河裡，期盼他能永生不死。

菲利普．費爾海恩或許發現了一個隱形秩序的蹤跡——也許我們的身體裡裝著一整個世界、一整篇神話？也許存在著某種巨大與渺小兼具的鏡像，而人體將所有的一切結合在體內——故事與英雄、神祇與動物、植物的秩序與礦物的協調？也許我們應該以這個方向來命名——阿提米絲肌、雅典娜大動脈、赫菲斯托斯錘骨與砧骨、墨丘利螺旋體。

他們在天黑兩小時後上床睡覺，兩人睡在同一張床上，雙人床，想必是上一任屋主留在這裡的，因為菲利普從來沒結過婚。夜裡很冷，所以他們得再加上幾張綿羊皮，屋內的濕氣使得空氣中全是羊脂與羊圈的味道。

「你得回萊登去，回大學去。我們都在等你。」霍爾森開啟話題。

菲利普・費爾海恩解開皮帶，將木腿放到一邊，說：

「會痛。」

霍爾森明白他指的是擱在小桌上的那條斷肢，但菲利普・費爾海恩指的地方是再過去一些，已不存在的身體部位，是那個只有空氣的地方。

「是傷疤在痛嗎？」年輕的霍爾森想確認。不管是什麼在痛，都不會減少他對這個削瘦、脆弱的人的強烈同情。

「我的腳在痛。我覺得有股痛楚順著骨頭蔓延，而我的兩個腳掌簡直要把我逼瘋了。大腳趾跟關節都又腫又燙，皮膚也很癢。喔，這裡。」他彎身指著床單上一個小小凸起的地方。

威廉沉默不語。他能說什麼？接著，兩人都躺到床上，把鋪蓋拉到脖子蓋好。屋主吹熄蠟燭，消失在黑暗中，然後又摸黑說：

「我們得研究、研究我們的這種痛覺。」

跟一個靠枴杖移動的人一起行進，不可能走得太快，這也是可以理解的。但菲利普很堅強，要不是他有點微跛，義肢又在乾巴巴的黃土路上敲得聲聲響，很難發現這人少了一條腿。走得慢也有好處，他們可以談天。清爽的早晨，路上的人車，東升的太陽被細長的白楊抓傷了圓盾——在這樣的氣氛下走路，很舒適。在半路上，他們攔下一輛載著蔬菜要去萊登市場的馬車搭便車，因此有了更多時間，能在一家叫「皇帝腳下」的餐館好好吃頓早餐。

之後，他們從運河的碼頭登上一艘由精壯馬兒在陸上拉著跑的船；他們的座位是最便宜的，位在甲板的遮陽篷底下。由於天氣很好，這趟旅程成了一次純粹的享受。

他們的事，我就先這麼擱著——兩人搭著駁船前往阿姆斯特丹，頭上的帳篷在水面投下一塊陰影，不斷隨船移動。兩人都穿著黑色服飾、上過漿的細麻白領。霍爾森的比較華麗整潔，而這頂多代表他有個會為他打理衣物的妻子，或是他請得起僕人，大概就只有這樣。菲利普反向而坐，舒適地靠著背，健康的那條腿是彎的，裝飾在黑色皮鞋上的暗紫色蝴蝶結已微微受損，木枴杖則靠在駁船木頭甲板的節瘤上。田野、種著柳樹的草地、排水溝、小型碼頭的棧橋、蓋著蘆葦的木屋。在不斷掠過的風光裡，他們相對而坐。棲息在岸邊的天鵝，彷彿一艘艘小船。微微的暖風吹拂著師生倆帽子上的羽毛。

我要補充的只有一點，霍爾森與大師相反，沒有繪畫天分。他是個解剖學家，每次解剖都會聘請專業畫師。他的工作方式是靠確實的筆記，內容詳盡到他自己在看的時候，所有的畫面都會浮現眼前。用文字描述也不失為一個好方法。

再說，作為解剖學家，他盡力據實遵循史賓諾沙先生的教誨。他的研究方式在這裡一直受到極度推崇，後來卻遭到禁止，而他的方式是——把人當作線條、平面與塊體來看待。

菲利普・費爾海恩的故事
——由他的學生與親信威廉・凡・霍爾森寫成

我的老師是位大師，一六四八年出生在法蘭德斯。他父母的房子看起來就跟當地一般的房子沒什麼兩樣，由木頭打造。用來蓋屋頂的蘆葦，跟小菲利普的瀏海一樣，切得平平整整的。而現在這個家庭的成員穿著木鞋在上頭「叩、叩」走，宣告自己的一席之地的，是不久前才鋪好的黏土磚。每逢星期天，費爾海恩一家人會把木鞋換成皮鞋，踩著兩旁栽種白楊的道路走去教堂。到了那裡，他們會坐在老位子上，等待牧師到來。他們會用辛勤工作的手，充滿感激地去拿祈禱手冊。單薄的冊頁與細小的字母讓他們更加堅信，這些東西比脆弱的人生還要來得長久。來自費赫布的牧師總是以「虛空的虛空」這幾個拉丁字作為布道的開場白，已經可以把它們當成招呼語，而年紀小小的菲利普也確實是這麼理解的。

菲利普是個冷靜、安靜的男孩，在家裡幫忙父親打理農事，但沒多久，他便很清楚自己不會跟父親走上同一條路。他不要每天早上將牛奶加入用牛胃磨製的粉，好做出一大輪、一大輪的起士，也不要把乾草耙成一座又一座的整齊小山。他不要在早春的時候，去查看開墾過的犁溝裡有沒有積水。來自費赫布的牧師讓菲利普的父母明白，菲利普是個很有能力的孩子，等他從教會學校畢業後，應該讓他繼續求學。就這樣，這名十四歲的男孩開始了他在聖三一中學的學業，而事實證明，他很有繪畫天分。

有些人可以看見細小的事物，有些人只看見龐大的事物，如果這是真的，那麼我確定費爾海恩是屬於前者。我甚至認為他的身體打從一開始，就只有處在這一個姿勢的時候，才感覺最舒服——俯首案前，雙腳抵著椅腳上的木條，背脊弓起，手拿著根羽毛筆。那支筆對遠處的人體沒有半點興趣，只打量近處，專注在局部的國度裡和點線細節的宇宙中，而那也是圖畫誕生的地方。蝕刻版畫——在金屬上留下細小痕跡與記號。美柔汀銅版畫——在任一表面平滑的金屬板上作畫，為其增添歲月感，直到這表面擁有睿智的樣貌。他跟我說過，成品的正面總是出乎他的意料。他也不斷重複自己的信念，說左邊與右邊是兩種完全不同的世界。事實上，這兩者的存在應該讓我們意識到，我們天真以為是現實的東西，其實有多麼可疑。

即便如此擅長作畫，滿腦子都是雕刻、蝕刻、染彩與印刷，二十幾歲的費爾海恩還是動身前往萊登修讀神學，之後再像來自費赫布的牧師那樣，成為一名神父。

但是，在更早一些的歲月——這和他跟我說的，那部擺在他桌上的完美顯微鏡的事有關。每隔一段時間，來自費赫布的牧師都會帶他出門去找一名磨鏡片的師傅，沒多遠，大概就拐過幾條路的距離。那是一個厲害的猶太人，牧師每次提到他，都說他是個被自己人詛咒的人。那人在一棟石屋裡租了個房間，費爾海恩還小，還沒辦法加入他們的對話。話說回來，那些話他也不是很懂，但那人在他眼裡是如此特別，所以每回出門，對他來說都是件大事。那個磨鏡片的師父大概是異國出身，有點奇怪。他穿著一件長袍，頭上戴著頂又硬又高的帽子，而且從來沒有拿下來過。他看起來就像一根棍子，像個直立的箭頭——菲利普是這樣跟我描述的，他還開玩笑說，如果把這個怪人放到田野上，他就可以充當大家的日晷。去拜訪他的有各式各樣的人——商人、學生，還有教授。那些教授會坐在大柳樹下的木桌前，沒完沒了的跟他討論事情。有的時候，主人或是哪個客人會來場講座，但也只是為了要重新炒熱討論的氣氛。菲利普記得主人說話的方式就像在唸書一樣，非常流暢，不會結巴。他會堆疊出冗長的句子，小男孩常在轉眼間便聽丟了當中的意思，但他本人卻是掌握得很完美。牧師跟菲利普總是會帶點吃的去，而主人會請他們喝摻了很多水的葡萄酒。從那些拜訪裡，他記得的就只有這些了。史賓諾沙對他來說，永遠都是他如此樂意為之朗讀、與之辯論的大師。天曉得是不是因為頻頻接觸條理分明的思維，接觸思考的力量與理解的需要，才將年輕的菲利普推上前往萊登修讀神學的這條路。

我很確定，我們不懂得去辨認上帝的雕刻筆在人生的另一面，為我們雕出怎樣的命運。它們必須變成適合人類的形體——黑白分明，才會出現在我們面前。上帝寫作的時候，用的是左手，寫的是鏡像文字。

一六七六年，也就是菲利普念大學的第二年，他跟一名寡婦租了她家二樓的狹小房間。五月的一個傍晚，他踏著狹窄的樓梯爬上自己的樓層時，被一根釘子勾破褲子，也傷了他的小腿——他在隔天才注意到——但傷勢不重。他的皮膚上被釘子的尖端劃了一道紅痕。這條幾公分長的傷口上，有幾顆血珠裝飾，這是粗手粗腳的「雕刻師」在細緻的人體上留下的作品。幾天之後，高燒開始侵蝕他。

當寡婦終於為他叫來醫生，才發現那小小的傷口已受到感染，邊緣已發紅腫脹。醫生開了敷料給他，並要他喝雞湯補充體力，但隔天傍晚情況便已明朗——感染已經壓不下來，這條腿從膝蓋以下必須切除。

「我每個禮拜都為人截肢。你還有第二條腿。」醫生似乎想試著讓他開心點。這名醫生，也就是我的叔叔迪克．柯林克[63]，後來成了他的朋友。幾天前，菲利普才為他做了幾幅解剖版畫。「你會有根木頭做的枴杖，走起路來最多就是比現在還要大聲一點點而已。」

柯林克是荷蘭最頂尖，說不定也是世界第一把交椅的解剖學家——菲德里．勒伊斯的學生，所以截肢的手術做得很標準，也很流暢。他俐落地將該切除的部分從身體分離，骨頭鋸得很平整，血管也以燒紅的鐵棍確實燙合。但在手術開始之前，病人抓住友人的袖子，堅持要保留切下的腿；他一直都是個很虔誠的教徒，所以他一定是相信我們死後身體會復活，會在基督的時代，以我們死亡時的肉體形態從墳墓起身。他跟我說，當時的他非常怕他的腳會獨自復活；等日子到了的那一天，他想要讓自己的身體以完整的形態下葬。如果換作是普通的醫生，而不是我的叔叔；如果這是從街上隨便找來的一個人，一個會割疣、也會拔牙的尋常理髮師，一定不會同意這個奇怪的要求。切下來的斷肢通常會被人包在白布裡，送去墓園，慎重放進小洞裡，沒有任何宗教儀式，事後甚至不會留下任何紀念碑。但我的叔叔在病人被酒精迷昏，陷入沉睡的時候，小心翼翼地處理了那條腿。他靠的主要就是某種注射劑，但他的老師從來沒有透露過成分。叔叔移除了血管與淋巴腺裡所有壞死的血液與壞疽。在把斷肢以這種方式排空清乾後，他把它放進一個玻璃容器中，裡頭有用南特白蘭地和黑胡椒調成的溶液，可以永久保存斷肢不致腐敗。當菲利普從酒精麻醉中醒來，友人把泡在白蘭地裡的腳拿給他看，完全就像女人在生產後，醫生會把剛出生的孩子抱給母親看那樣。

寡婦的小屋位在萊登的一條小巷子中，費爾海恩在租來的閣樓裡逐漸恢復健康，而照料他的人一直都是那名寡婦。唉，要不是她，天曉得這件事最後會演變成什麼樣子。病人情緒低落，很難說得清是因為逐漸癒合的傷口不斷傳來痛楚，還是因為他身體的新狀態。畢竟，他在二十八歲的年紀就成了瘸子，而他的神學研究也失去了意義——少了一條腿，他不可能成為神職人員。他不讓人通知他的父母這件事，對於自己讓他們如此失望，感到非常羞愧。迪克多次去探望他，同行的還有他的兩名同事，但相較於病人本身的病痛，兩人似乎對擺在病人床頭的斷肢，來得還要更有興趣。感覺上，這個人體的碎塊現在擁有獨立的標本生活，泡在酒精裡，永久昏迷，逕自作著跑步的夢，夢著清晨露濕的草地，夢著海灘上溫暖的沙粒。另外也有幾個他認識，同樣修讀神學的學生來看望他，最後菲利普對他們說，自己已經不會再回去唸書了。

在客人一一離開後，小屋的主人芙樂兒太太出現在菲利普的房間裡。我後來認識了她，覺得她是一位天使。菲利普在她那裡還繼續住了好幾年，後來才在萊茵斯堡買棟房子，搬去那裡定居。她拿來了藥物跟一個裝滿熱水的錫壺。雖然病人不再發燒，傷口也不再出血，她還是細心清洗他的整條腿，協助他清理身體。然後，她為他穿上乾淨的襯衫與褲子。他的左邊褲管她已事先縫起，而被她那雙巧手碰過的東西，看起來全都那麼自然、那麼整齊，就好像上帝原本創造出來的就是這個樣子，就好像

63 迪克・柯林克（Dirk Kerckring）：十七世紀的荷蘭解剖學家。

菲利普．費爾海恩天生就沒有左腿。當他得起身到尿壺解手時，他會靠著寡婦強壯的肩膀；起先他覺得非常尷尬，但後來也習慣成自然，就如同其他一切與她相關的事一樣。幾個星期之後，她帶他下樓，跟她的兩個小孩一起，四個人在廚房笨重的木桌前用餐。她的個子高挑，身形健美。像法蘭德斯大多數的女人一樣，有一頭明亮蓬鬆的鬈髮藏在布帽下，但總是有一綹頭髮會溜出來掛在她的後背或是前額。我猜想，當孩子們在夜裡天真地進入夢鄉後，她會去找他，就好像是拿夜壺給他一樣平常，然後躺上他的床。對此，我一點也不嫉妒，因為我認為，每個人都該盡可能去照應彼此。

秋天，當菲利普．費爾海恩的傷口已經完全癒合，殘肢上也只剩淡淡的紅印，便每天早上撐著枴杖，一路敲響萊登的石磚道，去大學的醫學中心上課；他開始在那裡念解剖學。

沒多久，他便晉身評價最高的學生行列，因為沒有人可以像他這樣，善用自己的繪畫天分。對於生了一雙木眼的人來說，頭一眼看到肌腱、血管與神經這樣的人體組織，感覺就像是看到一團混亂，他卻可以將眼前的事物搬到紙上。他也臨摹了維薩里百年著名的解剖圖，而且成果非常出色。這是將他自己的作品引介給外界的最佳契機，讓他聲名大噪。對他的學生來說，包括我自己在內，他就像是一位父親，充滿關愛，但也不乏嚴厲。我們在他的監督下進行解剖，而他用銳利的眼與靈巧的手，帶我們順著各種途徑，在這世上最複雜的迷宮裡探索。學生對他的評價是個性果斷、知識淵博。行雲流水的筆尖在他們看來就像是一種奇蹟。繪畫從來就不是重製——想要看得清楚，必須要知道該怎麼看，必須要知道該看哪裡。

他這個人向來比較沉默寡言，而現在回想起來，我可以說，在某種程度上，他並沒有與我們同在，而是專注在自己的世界中。他慢慢減少講課，轉而投入自己的工作室，孤獨地工作。我常常去他在萊茵斯堡的家拜訪他，滿心歡喜將城裡的消息、大學裡的謠言與八卦帶給他，然而我注意到他變得越來越木然，只專注於一個主題。他那條拆成了好幾個部位，以全世界最仔細的方式研究過的腿，平常不是立在到床頭邊的玻璃罐裡，就是分解開來擺在桌上嚇人。當我意識到自己是唯一一個他還保持聯絡的人，也就明白菲利普已踏過了那條看不見的界線，再也沒有回頭的餘地。

中午過後沒多久，我們的駁船在阿姆斯特丹的紳士運河停靠。我們從碼頭直接前往目的地。時序已經入冬，所以運河的氣味不若夏日時那般讓人難以忍受。在一片牛奶般濃重的暖霧中行走，是件頗為舒適的事，霧氣緩緩飄升，露出清爽的秋季天幕。我們轉進猶太區裡的一條窄巷，想找個地方喝啤酒。還好我們在萊登吃了豐盛的早餐，因為我們經過的每家餐館都高朋滿座，要等很久才會有人來服務。廣場市集的攤位當中，有間估稱貨物重量的測量所[64]，而勒伊斯在其中一間商業塔樓裡辦了私人解剖劇場，我們要去的地方就是那裡，但時間比票上印的早了約一個小時。雖然主辦方已不再開放感興趣的人入場，入口前還是圍了好幾群想參觀的人。我好奇地觀看他們，因為當中有許多人的外表與衣著，說明了勒伊斯教授的名聲早已跨出荷蘭。我聽見以各種外國語言交談的聲音，看見有人頭上戴著法國的假髮，有人外套袖子裡露出英國的蕾絲花邊。還有許多學生也來到這裡，他們的座位一定是比較便宜、沒有編號的那些，因為他們已經擠在入口，想搶到最好的位子。

一直有人過來與我們交談，都是菲利普在大學任教的時候，我們所認識的人——市議會的高階成

64 測量所（De Waag）：建於十五世紀，是阿姆斯特丹現存最古老的非宗教建築。

員與公會的外科醫師。他們很好奇這會兒勒伊斯又想出了什麼要給眾人看。最後，我們的門票贊助人，也就是我的叔叔，走了過來。一身整齊黑色衣著的他，真誠地與菲利普打了招呼。

那個地方讓人聯想到露天劇場，長椅成環形排列，逐排加高，最後一排幾乎都要碰到天花板。場內的照明良好，準備周全，全都是為了這一場表演。從入口看起的每面牆和表演廳裡，都立著動物骨架。以金屬線連接的骨骼撐在不顯眼的架子上，讓人覺得這些骨架好像隨時都會重新活過來。當中也有人的骨架——一具是跪著的，雙掌高舉向天祈禱，另一具則是擺出思考的姿勢，單手支頭，手上的每塊細小骨頭都用金屬線仔細串連。

在觀眾帶著窸窸窣窣的交談聲，與鞋子拖地的摩擦聲走進廳內，依序坐到門票上指定的位子時，他們也會經過一些玻璃櫃，裡頭展示著品味出眾的雕像，而那也是勒伊斯知名的作品。「縱使年輕，也難逃一死」，我讀了其中一尊雕像底下的標示。這件作品展示的是兩副一同玩耍的胎兒骨架模型：精緻的小巧手骨與完整肋骨堆成一座小山，同樣精巧細緻的乳色骨頭與泡泡般的小巧頭骨則繞著小山擺放。與他們相對的是另一個團體組合，約莫四個月大的人骨模型，站在石堆上（我看得出那是膽結石），而石堆上則是長著泡過標本液、經過乾燥的血管（最粗的那根血管枝上，停著一隻金絲雀的剝製標本）。左邊那副人骨拿著一把迷你鐮刀，再過來的那副則是擺出充滿哀傷的姿勢，一小條手帕就拿在空洞的眼眶前。手帕的材質也是某種經過乾燥的組織，也許是肺部組織？不知何人以多愁善感的手，為這套展示品加上鮭魚色的蕾絲裝飾，並在纖細的絲帶上寫下：「為什麼我們得思念這世上的事物？」也因此大概很難會有人被這種展示手法嚇到。表演還沒開始，這個展覽就已經先讓我感動，因為我覺得自己看到的陳設充滿感情，並不屬於死亡，而是屬於某種更微小的死亡縮影——既然他們都還沒出生，又怎麼能以嚴肅的方式死亡？

我們跟其他的貴賓一起坐在第一排。

場地的正中央擺著一張桌子。在一片緊張的耳語中，桌上已擺好一具解剖用的屍體，上頭還附著一塊散發光澤的淺色布料，讓人幾乎看不出屍體的形狀。我們的票上已經預告這件事，就像一道美味的佳餚，像餐廳的招牌菜：「屍體借助勒伊斯博士的科學天賦，得以保存並重現自然的色彩和柔軟度，展現新鮮、近乎活體的效果。」關於這特殊酊劑的成分為何，勒伊斯保密到家；想必是讓菲利普・費爾海恩的腿，至今仍保存完好的同一種物質的改良版。

沒多久，所有的位子都有人坐，主辦方最後又放了十幾名學生進場，大多數都是外國人，他們這會兒靠著牆與骨架標本同站，在這奇怪的組合中，拉長脖子，希望至少能看見點什麼。就在表演即將開始之際，幾名穿著高雅外國服飾的男子，坐到了第一排最好的位置。

勒伊斯教授在兩名助手的陪同下出現。他簡短開場後，兩名助手同時將屍體的遮布從兩端抬起、掀開。

驚呼此起彼落，也是意料之內的反應。

那副人體的主人是名苗條的年輕女性；就我所知，那是第二場在大眾面前舉行的解剖。到目前為止，只有在解剖課上才能從事這樣的行為，而且只能用男性的人體。我的叔叔在我們的耳邊悄聲說，那好像是個義大利娼妓，那個女人殺了自己剛出生的孩子。從離解剖臺不到一公尺遠的第一排座位看過去，她那黝黑、光滑、完美的皮膚，好像帶著粉色光澤、很新鮮。耳朵和腳趾的尖端都微微泛紅，就好像她在一個冰冷的地方躺了太久，被凍著了一樣。她的身上大概塗有某種油液，也許那是勒伊斯保存手續的一部分，因為她渾身發亮。她的肚子從肋骨以下是凹陷的，而在這副纖細苗條的身體之上，有一小座隆起的維納斯丘，好像那是身體中最重要、最具特色的骨骼。那是個令人動容的景象，就連對解剖已習以為常的我，也有同樣的感受。我們解剖用的屍體通常都是不在乎自己，把生命與健康當玩笑的死刑犯。這副屍體之完美，令人震撼；在此，我真的不得不佩服勒伊斯，可以成功取得狀態如此良好的屍體，並以如此良好的方式進行事前準備。

勒伊斯對著現場發言，一一唱名所有在場的醫學博士、解剖學教授、外科醫師與政府官員，接著開始這場課程。

「各位先生，歡迎你們今天來到這裡，也很感謝現場有這麼多人。感謝地方行政首長的慷慨，我會在各位的眼前，揭露大自然隱藏在我們身體裡的東西。而且，這絕對不是出於想在這可憐的身軀上發洩負面情緒的渴望，也不是基於要對這副身軀犯下的過錯進行懲罰的需求，而是要讓我們可以認識自己，了解造物者之手把我們做成什麼樣子。」

他也向在場的觀眾坦承，這副身體已經死亡兩年，意思就是說，在這段時間裡它一直躺在太平間，由於有他自創的方法，成功將它保存下來，到今天都還是很新鮮的狀態。當我看著那副光裸、無助的美麗身軀時，覺得喉頭緊鎖，但我明明不是看見人類屍體會有任何感覺的人。然而我心想，俗話說，心想事成，一個人可以擁有一切，擁有各種身分；因為人站在創造者所有創作的正中央，我們所處的世界就是人類的世界，而不是上帝或其他任何一方的世界。只有一件事我們沒辦法擁有——永生，而上帝明鑑，我們的腦中怎麼會出現永生不死這樣的念頭呢？

第一刀，他很專業地沿腹壁遊走；右邊顯然已經有人覺得不舒服，因為短暫傳出一陣騷動。

「這名年輕女性是吊死的。」勒伊斯說道，並將屍體抬起，讓我們看見她的脖子；上頭的確有一道平行的痕跡，線條很淡，讓人很難相信那就是死因。

一開始，他的注意力放在腹腔的器官。他一一介紹消化系統，但在轉移陣地到心臟前，他先讓所有人瞧了瞧再下去一些的部位。他從維納斯丘底下挖出生產過後擴大的子宮。而他做的所有動作，都像是魔術表演，就連對身為他同行，隸屬於同一個公會的我們來說也一樣。他明亮修長的手掌不斷畫圓，動作流暢，與市集上的魔術師如出一轍。眾人入迷的目光皆跟著那雙手遊走。這副嬌小的身軀在觀眾面前打開，以揭露身體當中的祕密，而且充滿信任，相信這樣的一雙手不會對自己作出任何傷害。勒伊斯的評論簡短、連貫，容易理解。他甚至開了玩笑，但很優雅，完全沒有損害到他的權威。那時我才了解這個表演的核心——展示他的人氣。勒伊斯用這些圓形的手勢將擁有心智的人類變成了一副單純的血肉之軀，並當著我們的面揭開它的祕密；將它分解成基本的零件，就好像在拆一個複雜的時鐘。死亡的威嚇消失。沒有什麼好怕的。我們是一種像惠更斯時鐘那類的機械裝置。

表演結束後，備受震撼的人們沉默地離開，而那具屍體剩餘的部分，則被人以同一條布慈悲地覆上。但是，當人群一來到雲層已被太陽驅空的外頭，便開始較能放膽交談，而受到邀請的人——這當中也包括我們——則去地方行政官那裡參加事先準備好的宴會。

然而，菲利普依舊陰陰沉沉的，沒有說話，看起來對美味的食物、葡萄酒或菸草，都沒有半點興趣。老實說，我也不是很有興致。如果有人以為我們解剖學家可以在每次解剖完後便回到日常生活，那麼這個人可就想錯了。有時候，就像今天這樣，我的心裡會「湧起」一股情緒，我把它叫做「身體真相」。那是一種奇怪的認定。雖然身體已明顯死亡，雖然靈魂已不存在，但那軀殼當中，還是存有某種強烈的實體。當然，已經斷氣的身體便是屍體，我指的比較像是它依舊保有自己的形態這個事實——這個形態以它自己的方式活著。

勒伊斯的課程揭開了冬季的序幕，現在測量所會定期舉辦講座、研討會、活體解剖，同時開放給學生與大眾參加。在有新鮮人體可取時，也會由別的解剖專家操刀，公開舉辦屍體解剖，因為目前只有勒伊斯懂得提前準備屍體，甚至是提前兩年就開始準備——就像他今天聲明的那樣，而我卻覺得難以信服——也只有他可以不必害怕夏日的高溫。

如果我隔天沒有一路陪著菲利普．費爾海恩回家——先搭船，再走路——就永遠不會知道他哪裡不舒服。但是我從他那裡聽來的事，還是讓我覺得很奇怪、很不尋常。身為醫生和解剖學家，這種現象我已經聽過幾次，但我總是把這種痛覺，歸咎為神經過於敏感和過度瘋狂的想像所引起。但另一方面，我認識菲利普已經很多年了，要說判斷的精準度與觀察的確實度，無人能出其右，就連法官也無可比擬。即使是世界最微小的細節，只要以正確的方法運用智慧，借助合適、清楚、明白的理念，便可獲得真實而實用的相關知識——在五十年前笛卡兒教授數學的同一所大學裡，他是這樣教我們的。由於賦予我們各種認知能力的，是最為完美的天神，祂不可能是個欺騙者；如果我們適當地運用這些能力，就一定會通達真相。

手術過後的幾個禮拜開始，每到夜裡，當他的身體放鬆，滑入意識與夢境間的模糊地帶，四周充滿不知安分的畫面，這些如同在昏睏心靈裡遊走的旅人時，他的痛就會發作。他一直有種左腿麻掉的感覺，而自己得把它調整到適當的姿勢。他覺得腳趾上好像有千萬隻螞蟻在爬，有種很不舒服的刺痛感。他在半夢半醒間翻來覆去。他想要動一下腳趾，卻意識到自己無法完成這個動作，遂整個人清醒過來。他坐在床上，掀開被子，看著發痛的位置——那是膝蓋以下約莫三十公分的地方，就在發皺的床單上方。他閉上眼睛，試著去抓一抓，但是他什麼也碰不到。手指在空氣中抓耙，無法給費爾海恩帶來一絲撫慰。

曾經，在絕望的浪潮湧來，在痛楚與搔癢逼得他快要發瘋的時候，他站了起來，抖著雙手點燃蠟燭，靠著單腳跳著，把裝有斷腿的容器搬到桌上。芙樂兒曾百般請求他把這東西搬到閣樓不成，便拿了一塊碎花布蓋在上頭。他從裡頭拿出斷肢，就著燭光試圖找到疼痛的原因。這條腿現在看起來小了點，因為白蘭地的關係，皮膚的顏色轉棕，但趾甲依舊飽滿圓潤，而且費爾海恩覺得它們好像長長了些。他坐到地板上，把雙腿伸直，將斷肢貼近左膝正前方擺好，然後閉上眼睛。現在他靠著摸索來到發疼的地方，他的手碰到一塊冰冷的肉——卻沒有摸到痛處。

他正在繪製人體圖鑑，很有系統，持續不懈。

首先是解剖。他仔細準備用來素描的原型：露出一塊肌肉，再來是神經束和血管分布，然後把樣本拉展開來，形成四個面：上、下、左、右。他使用纖細的木針來幫助自己處理那些複雜且十分薄透的部位。一直到做完這些事情，他才走出房門，仔細清洗並擦乾雙手，換掉外衣，然後帶著一張紙和一支繪圖筆回來，好在紙上理清頭緒。

他以坐姿進行解剖。他試著不讓樣本的體液影響畫面的清晰度與精確度，但沒能成功。於是先盡快畫在紙上，接下來才安下心去處理細部，一條神經接著一條神經，一條肌腱接著一條肌腱，仔仔細細。

截肢顯然傷了他的健康，因為他常常變得虛弱、憂鬱。左腿的疼痛不斷折磨他，他把它稱做「幻痛」，卻不敢向任何人提起，怕自己會成為神經錯覺與精神錯亂的受害者。這件事要是被人知道，他一定會失去自己在大學的崇高地位。他很快便開始行醫，也被外科醫師公會接納。少了一條腿，讓他比別人更常被叫去進行各種截肢手術，就好像他本身就是手術成功的保證；更甚者，缺腿的外科醫師會為病人帶來——如果可以這麼說的話——好運。他發表了許多關於肌肉與肌腱的詳細著作。一六八九年，他受邀擔任大學校長，搬去魯汶，那個裝著腿的容器也被他用麻布緊緊包裹，放進行李。

而我，威廉．凡．霍爾森，就是在幾個寒暑後的一六九三年，被印刷師父當作信差，把《人體解剖學》拿去給費爾海恩看的人。這本墨漬未乾、厚厚實實的大型解剖圖鑑，是他的第一本著作，裡頭蒐集了他二十年來的心血。每一幅版畫都是以完美的手法製成，清晰分明，附帶解說，甚至讓人有種感覺，人體在這本書裡被人用某種神祕的工序，排除容易腐敗的血液、淋巴、那些可疑的液體與生命的雜質，一路蝕刻到其核心。讓人覺得人體在白與黑的絕對安靜中，揭露了自己完美的秩序。《人體解剖學》讓他聲名大噪，幾年之後，這本著作重新印刷，且發行量更大，並成了教科書。

一七一〇年的十一月，我被菲利普・費爾海恩的僕人叫去，那是我最後一次出現在他的家門前。老師當時的狀態很糟，幾乎無法與他交談。他坐在南向的窗前，看著窗外，但我很確定，這個人唯一會看到的，就只有他內心的景象。對於我的到來，他沒有反應，只是看著我，沒有半點興趣，沒有任何動作，然後把臉轉向窗戶。他的腿擺在桌上，或者該說，那是那條腿剩下的東西，因為它已經被拆解成上百塊、上千塊，數都數不盡的細小部位，肌腱、肌肉和神經都被拆至最小的結構，擺滿了整個桌面。僕人是個嚇壞的單純鄉下男孩，根本不敢進去主人的房間，一直站在他的背後向我打暗號，只靠嘴唇蠕動，無聲評論他的反應。我用盡畢生所學檢查菲利普的狀態，但是診斷的結果並不樂觀。看起來，他的大腦已經停止運作，讓他的情感反應變得冷漠。長久以來他都受憂鬱症所苦，這我畢竟是知道的，而現在黑膽汁的高度已升及他的腦部，原因也許是他稱做幻疼的那些痛覺。上次我帶了一些地圖來給他，因為我聽說治療憂鬱症效果最好的方式，就是看地圖。我為他開了油膩飲食的醫囑，好幫助他增添氣力、緩和情緒。

我在一月底得知他的死訊，便立刻趕去萊茵斯堡。我到的時候，他的屍體已清洗完畢，鬍子也刮除乾淨，躺在棺木中，準備好要下葬。在已收拾整潔的屋子裡，有些來自萊登的親戚進進出出。我向僕人詢問那條腿的下落，但對方只是聳了聳肩。窗下那張巨大的桌子已被人用鹼液刷洗過。菲利普生前一再重複要跟那條腿一起下葬，當我試著追問那條腿的情況，他的家人卻把我打發走。他們沒有把那條腿跟他葬在一起。

為了讓我開心點，也讓場面不那麼緊繃，他們給了我許多費爾海恩的文檔。葬禮於一月二十九日，在弗利爾貝克的修道院舉行。

寫給斷肢的信

費爾海恩過世後，我收到幾張讓我困惑的紙張。我的老師在他人生最後的幾年，把他的思緒以信件的方式寫給某個特定的收件人；無論是誰看了這些信，想必都會把它們視為他已發狂的證據。然而，這些速記的內容肯定不是寫給外人看的，而是便於書寫者的記憶。如果仔細閱讀當中的內容，便可發現那是一份旅程紀錄，書寫者前往某個未知之陸，嘗試將其地貌描繪成圖。

我花了很長一段時間去思考，自己該拿這份意外的遺產怎麼辦，但我後來決定不要將它以任何形式發表。他是一位傑出的解剖學家與畫家，發現阿基里斯腱及其他幾個至今沒被注意到的身體部位。作為他學生與友人的我，寧願他以這樣的面貌流芳百世。讓我們記住他每一張美麗的版畫，不要再說出我們不可能全盤理解他人生活這樣的評論，並且反駁他死後在阿姆斯特丹和萊登傳得沸沸揚揚的流言——大師似乎是發瘋了。我希望在此呈現當中的幾段內容，證明他並沒有發瘋。然而，我確信菲利普患了某種與他那份無法解釋的痛楚有關的偏執。而這份偏執是種預感，相信有某種個別的語言存在。那是種無法重複的語言，如果我們大膽運用，便能揭露真相。因此，我們必須在他人看來或許是荒唐與瘋狂的領域中，追逐這份預感。我不知道為什麼，這個真相之語對某些人來說有如天籟，對其他人來說卻變成數學符號或樂譜。但也有一些人，真相之語是以非常奇怪的方式對他們發言。

在寫給斷肢的幾封信裡，菲利普盡可能用條理分明、不帶情緒的方式去證明，既然身體與靈魂在本質上同為一物，同屬於主宰一切的永恆上帝所擁有的特質，它們之間一定有某種造物者設計的對應之處。事實上，個體與整體性的關係，就是讓他最感興趣的地方：身體與靈魂這兩種如此不同的物質，是以什麼樣的方式在人體內結合、相互作用？是以什麼樣的方式，讓可伸展的身體與不可伸展的靈魂產生因果聯繫？痛楚是如何形成，又是從何而來？

比方說，他寫下：

「既然我的腿已跟我的身體分離，泡在酒精裡，那麼究竟是什麼喚醒了我，讓我感受到痛楚與麻刺？沒有任何東西在磨刺它，它沒有理由感到痛苦，這種痛楚完全無法用邏輯解釋，卻是真實存在。現在在我看著它的同時，也能感受到它，感受到腳趾內有股難耐的燒燙感，就好像我把這些腳趾泡進熱水一樣。而這份認知是如此真實，如此理所當然，就好像如果我閉上眼，就會在自己的想像中，看見一個小木桶裡裝著燒得極燙、高達腳踝的熱水，還有我泡在裡頭的腳掌與腳趾。我摸了摸這個曾是我身體的一部分，如今經過防腐，但依舊有骨有肉，真實存在的肢體——我感覺不到它。可是，我卻感覺得到某種不存在的東西，但它所在的位置就以物理意義來說，只是一片空。那裡沒有任何可能引起知覺的東西。我感覺發出痛楚的，是一種不存在的東西。一個幻象。一種幻痛。」

起初，這樣的文字組合對他來說感覺很奇怪，但後來他開始變得樂意使用這個字眼。他也詳盡記載每次解剖這條腿的過程。每一回，他都把它分解得更為徹底，不久之後，這條腿只剩下用顯微鏡才能觀察的部分。

「身體是一種徹頭徹尾神祕的東西。」他寫道。「一如打磨鏡片的史賓諾沙在書中提出的論點，雖然我們能確切描寫身體，卻不代表我們真正認識身體。史賓諾沙之所以要打磨鏡片，就是為了要讓我們能夠更近距離檢視每樣物體。他之所以發明極度困難的語言，就是為了要表達自己的想法。因為，常言道，所見即所知。

「我想了解，而不是僅屈服於邏輯。在幾何學論點裡屬實的這種外部證據，對我來說有什麼意義？這僅是一種表象，提供符合邏輯的結果與心智樂見的規則。先是甲，甲之後是乙，先有定義，然後是公理與經過編號的陳述，一些額外的結論——這種論證會讓人聯想到圖鑑上，以出色的手法畫下的圖樣，上頭的各個部位皆有字母標示，一切看起來既清楚又明白。但是，我們依舊不知道這一切是如何運作的。」

然而，他相信理智的力量。還有，他的個性是把事情視為必然，而不是偶然。若非如此，他就是在自我否定。他不斷鼓吹我們必須相信自己的理性，因為那來自上帝，而上帝可是完美的，怎麼可能讓我們配有會欺騙我們的東西？祂不是騙子！我們就像萬物，是上帝的一部分，如果我們以正確的方式使用我們的智慧之力，就能得知關於上帝的一切，得知關於我們自身的一切。

他一再堅持在理智的分類裡，最上乘的其實不是邏輯，而是直覺。一旦我們以直覺認知事物，便能馬上發現，世間萬物各自有其決定性的必要性，而所有必要的東西皆無可取代。當我們真正意識到這點，便會體驗到極大的解脫與淨化。我們不會再因為失去財物而有所不安，不會再因為時光流逝、老化和死亡而有所不安。如此一來，我們將能控制自己的感情，獲得內心的平靜。

我們只須忘卻想要評斷好壞的原始渴望，就如同文明世界的個人，必須忘記報復、貪婪、慾望等原始衝動。上帝，也就是自然，既不好也不壞。是不當使用的智慧，讓我們被情感玷污。他相信我們所擁有的、關於自然的一切知識，其實都是關於上帝的知識。是這份知識將我們從悲傷與絕望中解放，從對我們來說形同地獄的嫉妒與恐懼中解放。

的確，他對待那條腿的方式，就好像在對待一個活生生的獨立個體，這點我不反對。從他身上分離的腿，獲得了某種惡魔般的自治權，卻同時也跟他保留了痛苦的連結。我也承認，這些都是他信件裡最讓人不安的片段。但我同時也非常肯定，這只是比喻，是某種思緒的簡述。他想指的應該是，原本完整的東西，被打散成了個體，但彼此間仍會以一種難以探究的無形方式，強烈連結。而這個連結的本質尚屬未知，想必也會躲過顯微鏡的審視。

然而，我們顯然只能信任生理學與神學。這是認知的兩大支柱。至於兩者之間的關係，根本就不重要。

所以，在讀菲利普．費爾海恩的筆記時，必須記住這個人不斷為自己那份原因未明的痛楚所苦。當我們要去閱讀他的文字時，就讓我們謹記這一點吧：

「為什麼我會痛？是因為——就像打磨鏡片的師傅說的，而他可能只有在這一點上是對的——身體與靈魂在本質上，是某種更為巨大的共同體的一部分，是某種物質的不同狀態，而這種物質跟水一樣，可以是液體，也可以是全然的固體。為什麼這個不存在的東西會讓我感到痛？為什麼我會有股失落感，覺得有所缺乏？或者說，我們註定要作為一個整體，每個分塊、每個片段，都將只是表象，現於表面，而底下的計畫則維持完整、不受改變？甚至連最小的片段都還是屬於整體嗎？如果世界像顆巨大的玻璃球落下，碎成好幾百萬片——難道在這巨大、強大、無窮盡的某物裡，不會留有整體嗎？

「我的痛楚就是上帝嗎？

「我的一生都花在旅途上。我進入自己的身體遊歷，進入自己的斷肢。我製作了一幅又一幅最完美的地圖。我根據最上乘的方法學，將研究對象拆解至最基本的零組件。我算過肌肉、肌腱、神經和血管的數量，用的是自己的雙眼，但也借助了更為敏銳的顯微鏡之眼。我覺得，自己連每一個最微細小的部分，都計算到了。

「今天，我可以向自己提出這個問題：『我致力尋找的是什麼？』」

旅行說的故事

我這樣用講的好嗎？或這樣比較好——把天馬行空的思緒用迴紋針夾起來，不用故事表達自我，而是以一個簡單的講座，一次一個想法，一句一句說清楚，在之後的段落中，再把它跟其他部分銜接起來。我可以使用引述和註腳，逐步建構我想表達的事，把結果按大綱或章節次序收錄；我會驗證早先建立的假設，最後再把這些論點像新婚之夜過後的床單一樣，晾在眾人面前。我會是自己文章的主人，可以問心無愧地收取稿費。

我認同女性助產士、女性園丁所扮演的角色，其功勞最多就是播種跟之後枯燥的除草工作。

故事有其慣性，永遠都不可能完全掌控。故事要的，是像我這樣的人——沒自信、不果斷、容易受操弄。天真的人。

三百公里

我夢到自己從上方俯看散布在山谷與山坡上的城市。從這個視角可以清楚看見，這些城市都是樹木砍伐後留下的樹墩，而這些樹當初想必都是巨大的紅杉和銀杏。我思忖著，既然這些樹墩可以容下整座城市，那麼這些樹必定高聳參天。興致一來，我試著用在學校裡學到的簡單公式，來計算這些樹當初的高度：

A之於B就像
C之於D

AxD=CxB

若A是樹的斷面，B是樹高，C是城市面積，那麼D就是我所要求的城市樹木高度。假設樹的底部斷面面積為1平方公尺，高不超過30公尺！城市面積（或者該說是小型村落）則算它1公頃（也就是10,000平方公尺）：

1-30

10,000 -D

$1 \times D = 10{,}000 \times 30$

這樣得到的結果就是300,000公尺

我在夢裡得到這樣的答案。當初樹的高度是300,000公尺。這睡夢中的算術恐怕不能當真。

三萬荷蘭盾[65]

「這又不是很多。假設世界和平，英國人不會逮捕荷蘭船隻，造成無止境的訴訟糾紛，一個商人跟殖民地買賣一年的收入，就是這麼多。這是一個挺合理的數字。另外還要再算上牢固的木箱跟運輸費用。」

沙皇彼得大帝一世[66]，花在收藏菲德里．勒伊斯歷年標本的金額，就是這麼多。

一六九七年，沙皇帶著一大團整整兩百人的隨從，在歐洲遊歷。每樣東西都讓他看得目不轉睛，但最吸引他的是各式各樣的珍奇屋。或許他也有某種症候群。向路易十四提出會見遭拒後，沙皇在荷蘭定居了幾個月。他幾次匿名帶著幾個體格結實的人，一同去測量所觀賞解剖劇場。教授以手術刀將一副副的囚犯身體展開，完整呈現在群眾面前，他行雲流水的刀法叫沙皇看得一臉專注。菲德里．勒伊斯教導沙皇將蝴蝶做成標本，兩人的關係也因此親近了些；可以說，他們成了朋友。

不過，最讓沙皇喜愛的，還是勒伊斯的收藏——幾百個關在玻璃罐裡，懸浮於溶液之中的標本，是拆解成塊的人體器官奇觀、人為製造的器官小宇宙。在他看見人類胚胎的時候，一股顫抖穿過全身，那景象是如此令人著迷，讓他無法移開視線。還有那充滿戲劇性、想像力十足的人骨排列方式，給了他沉思的好心情。他必須將它們納為己有。

一個個大玻璃罐被仔細裝箱，並塞入麻絮作為緩衝，再用麻線綁好，由馬兒載去港口。一整天，十幾名水手都忙著把這些珍貴的貨物放到甲板下，卻一個粗心大意，毀掉一具珍貴的無頭畸胎，讓親自監督他們裝貨的教授怒不可遏。教授通常不會保存畸變胎，但這個標本經過教授精心製作，重獲美感和協調感，是個很少見的標本。如今，標本的玻璃罐被打破，保存標本用的著名溶液灑在石磚路上，滲進石塊間，而標本則在骯髒的街道上滾，有兩個地方裂了開來。玻璃碎片上，只見由教授的女兒親手仔細製作的標籤，上頭有道黑色的框線，框中有用拉丁文寫成的花式字樣「怪物般的人類無頭畸胎」。這種標本很少見、很特殊，真是可惜了。教授用手帕把標本包起來，一跛一跛地帶回家。也許還有辦法能做點什麼。

收藏賣掉後，屋子裡變得空蕩蕩的，成了令人哀傷的景象。勒伊斯教授朝著這空蕩蕩的空間看了許久，注意到木架上有一些深色污漬——這些都是立體罐子的平面投影，在無所不在的灰塵中留下的痕跡，只剩寬度與長度，沒有一點關於罐中物的提示。

他很早便開始從事標本製作，如今已年近八十，而那些收藏是他近三十年來的工作成果。我們可以在某個叫貝克[67]的畫作裡，看見才三十二歲的他，在城裡教授最上乘的解剖課。畫家成功捕捉年輕的勒伊斯臉上的表情細節——自信和屬於商人的狡猾。沒錯，準備好要解剖的軀體，是年輕男性的屍

65 荷蘭盾（gulden）：從十三世紀開始流通的荷蘭貨幣，直到二〇〇二年被歐元取代。

66 彼得大帝一世：在一六八二到一七二五年間統治俄羅斯，在位時推行政治、經濟和軍事改革，在文化與科學方面積極西化，奠定俄羅斯在近代成為強國的基礎。

67 貝克：全名亞德里安・貝克（Adriaen Backer），荷蘭畫家。

體，以透視收縮的角度來看還很新鮮；那身體看起來像是活的——皮膚的顏色是粉奶色，一點也不像屍體，彎起的一邊膝蓋讓人感覺是一個具有人性的動作——屍體光溜溜地躺在一道道陌生的視線前，卻直覺地遮住身體令人害羞的部位。那是約里斯．范．伊伯倫的身體——一名被判了刑的盜賊。感到羞恥卻無力自保的死亡身軀，與身穿黑衣的殘酷外科醫師，形成讓人不安的對比，展現了教授在三十年過後，是以什麼樣的方式致富——他所發明的溶液能長期保存人體組織的新鮮度。勒伊斯用來保存他稀有解剖標本的，可能就是同一種成分的液體；那些標本看起來就像是活的。雖然目前他的感覺格外良好，內心深處卻擔憂自己可能已來不及重製這個液體。

教授的女兒正在安排幾名女孩打掃。這名五十多歲女子全心全意為他奉獻，有一雙藏在乳色蕾絲底下的纖細手掌，幾乎沒有人記得她叫什麼名字，光是「勒伊斯教授的女兒」，或是打掃的女孩稱呼她的「小姐」，對她來說便已綽綽有餘。不過，她的名字我們記得，夏洛塔。她有權能為父親簽署文件，而且那些簽名都讓人分不出差別。雖然擁有如此纖細的一雙手和蕾絲，以及深厚的解剖知識，她並沒有跟父親一起被載入歷史，不會像他一樣恆久存在於人類的記憶與教科書中。就連她如此盡心盡力、佚名製作的標本，也都存在得比她長久。美麗又微小的胎兒標本，在金色的溶液裡——在冥河——度過它們天堂般的寧靜人生，而這些也全都存在得比她長久。對她來說，這些標本中最為珍貴的，稀有如蘭花的，要數那些擁有額外的一雙手或一雙腿的標本，因為她跟父親相反，讓她著迷的是那些有缺陷與不完美的東西。她透過收買助產士，成功追查到的小頭畸形胎兒，或是從外科醫師那裡，取得過度生長的龐大腸管。省裡的醫師也紛紛向勒伊斯教授的女兒，兜售特殊的腫瘤、五條腿的牛隻幼崽和頭部相連的雙胞死胎，然而她最感謝的是城裡的助產士。她是一位好客戶，但也懂得講價。

她的父親會把生意交給她的哥哥亨利克。每天早上夏洛塔走下樓時，都會看見一幅畫，而亨利克就在那畫上。這幅畫與第一幅畫已相隔了三十年。在這幅畫裡，他的父親已是名成熟的男性，留著精心刮過、末端平整的落腮鬍，戴著假髮。這一回，他的手裡拿了一把手術刀，舉向一副已被剖開的嬰兒身體；嬰兒的腹膜已妥善分開，露出整齊的內臟。這個嬰兒讓夏洛塔聯想到她喜愛的娃娃，有著陶瓷般蒼白的小臉蛋，布做的身體裡則塞滿了木屑。

她未婚，但日子也就這麼過了，畢竟她把一生都奉獻給父親。撇開那些美麗、蒼白，在酒精裡漂浮的孩子不算，她不會有任何後代。

她一直都覺得很遺憾妹妹瑞秋被安排出嫁。姊妹倆向來一起製作標本。不過，跟科學相比，瑞秋向來都比較受藝術吸引。她不想把兩隻手泡在福馬林裡，血液的氣味讓她覺得噁心，所以她負責為標本的玻璃罐加上花紋裝飾。骨頭的組合方式，尤其是那些最為細小的骨頭，也是由她構想，並以各種充滿巧思的標題為它們命名。然而，在她跟丈夫搬去海牙後，便剩下夏洛塔獨自一人。至於兄弟，則不算數。

她以一隻手指滑過木架表面，在上頭留下痕跡——等會兒就會被那些辦事牢靠的女孩用抹布洗掉。她很可惜那套收藏，她的一生都奉獻在那上頭。為了不讓僕人注意到自己的淚水，她把頭轉向窗戶，看見城裡的動靜一如以往。她擔心在那遙遠的北方，標本罐不會獲得適當的收藏或保存。

用來密封標本罐的火漆，在標本保存液的濕氣影響下，有時會失去密封性；在這種情況下，酒精會蒸發掉。她把這一切都非常仔細地寫在一張又長又詳實的信函裡，放到那套收藏中。她用的是拉丁文，但是他們那邊有人會讀拉丁文嗎？

今夜，她是無法入睡了。她很擔心，就像剛送一群兒子出遠門去大學讀書那樣擔心。然而，經驗告訴她，治療擔心最好的良方就是工作；工作本身便包含愉悅與獎勵。她要那群嬉鬧的女孩安靜。她嚴肅的形象讓她們感到害怕。她們一定以為像她這樣的人，會直接上天堂。

但是，她去天堂做什麼？她在解剖學家的天堂裡要做什麼？這樣的天堂又暗又無聊，清一色穿暗色衣服的男人，成群站在敞開的人體前，一動也不動，讓人幾乎分不出他們與黑暗的差異。白色的領子在他們臉上微微反射亮光，看得出他們的表情很滿意，甚至帶著勝利。她是孤單的，其他人對她來說並不重要。因此，她並不擔心失敗，也不會為了成功而興奮。這會兒她大聲清了清嗓子，給自己壯膽，然後裙襬一旋，揚起一團灰塵，走了出去。

只是，她並沒有回家，而是被拉往另一個方向，往海邊，去到了港口。過沒多久，她便瞧見遠處東印度公司那又高又瘦的艦隊船桅。那支艦隊停在錨地，幾艘小船在它們當中轉來轉去，把貨物載進港口。那些木桶與木箱上頭都有代表東印度公司的縮寫「VOC」，並且蓋了章。長期受烈日曝曬，全身因汗水而閃亮亮的男人，裸著上身，踩著舷梯，將一箱又一箱的胡椒、丁香與肉豆蔻搬下船。這裡的海水、漁獲與太陽的氣味裡，都摻了肉桂。她沿著岸邊走，一直走到看見遠方的三桅船，那是俄羅斯沙皇的船。於是，她快速走過，不想看見那艘船，也不想去想像那些標本現在就擺在某個黑暗的船艙裡，四周充滿魚腥味，又髒又亂。她不想去想像那些標本一直被不知道是屬於誰的手碰觸，得在那裡頭待上許多天，沒有光線，沒有人類的眼睛觀賞。

她加快腳步，一直走到船塢，在那裡看見船隻準備出航。這些船在不久之後，便會在丹麥與挪威的海域航行。這些是完全不同的船隻，跟屬於東印度公司的那些不一樣。東印度公司的船都經過裝飾，塗著鮮明的色彩，船首有美人魚和神話人物的雕像。這些則是非常簡單、粗糙……

她眼前所見是招募的場景。兩名穿黑衣、戴棕色假髮的政府官員，坐在岸邊一張展開的桌子前，面前則站著一群為數不少的志願者——他們是附近村莊的漁夫，衣衫襤褸，滿臉鬍子，從復活節開始就沒洗過澡，顱骨都很長。

她腦中出現一個瘋狂的想法——她可以穿上隨便一件破舊男裝，在手臂塗上發臭的油，把臉弄黑，把頭髮剪掉，然後跑去排在隊伍裡。時間是慈悲的，隨著歲月流逝，逐漸縮小男人和女人間的差異。她知道自己不漂亮，從她那已經有點下垂的臉頰，和嘴唇兩端的法令紋來看，她是有可能被當成男人的，畢竟嬰兒和老人看起來都一樣。所以，還有什麼在阻擋她？笨重的連身裙？大量的襯裙？讓她不舒服，把她可憐的頭髮緊緊箍住的白色尖錐高帽？又老又瘋的父親？他貪婪的攻擊？用一根瘦骨嶙峋的指頭，把一枚錢幣順著木桌往她移，要她用來持家？已經決定要把一切從頭來過的父親，將這個瘋狂的念頭藏得很好——而她必須準備好。他們要在幾年內，重新製造出一系列的收藏。他們會付錢給助產士，讓她們留心，不要錯失任何的分娩或流產病例。

她可以明天就登船。聽說東印度公司一直都在找水手。她可以登上其中一艘船，而那艘船會載她去整個艦隊的根據地特塞爾島。為了盡可能載越多的絲綢、瓷器、地毯與香料，東印度公司的船隻都很笨重，船腹龐大，非常有分量。他們倒是可以再為這些船畫上大嘴，看起來就十分像鴨子了，畢竟鴨嘴都是很貪吃的。她的個子挺高，骨架大，胸部則會用布條裹緊，可以當個最低階的水手，不會有人發現。就算事情曝光，他們也早在一望無際的大海上，前往東邊的印度，他們又能拿她怎麼辦呢？

最多就是在某個文明的地方把她趕下船，比如巴達維亞，那裡好像——她在版畫上看過——有成群的猴子跑來跑去，會在屋頂上坐過來、坐過去。那裡一整年都有水果生長，就像天堂一樣，而且是如此溫暖，根本就不用穿絲襪。

她就這麼想著，就這麼沉浸在自己的想像中，但後來她的注意力被一個體型龐大的男人拉走。對方光裸的臂膀與身軀上滿是刺青，有各種彩色圖案，主要是船艦、帆船與膚色黝黑的半裸女人，好像這人把一生的歷史穿上身，寫在自己的身體上；那些圖畫一定是代表他的遊歷與愛人。夏洛塔無法從他身上移開視線。男人往背上丟了好幾捆用灰色帆布縫成的東西，然後踩著舷梯，將這幾綑東西搬進一艘不太大的船裡。他大概感受到她的視線，因為他快速看了她一下。他臉上有的既不是笑容，也不是皺眉，因為她對他來說不是很吸引人。一個狗眼看人低的黑衣女人。但是，她沒有辦法將眼睛從刺青移開。她在他的肩頭看見一條彩色的魚，那是巨大的鯨魚。因為水手的肌肉正在活動，她有一種感覺，好像這條鯨魚是活的，而且是以一種前所未聞的方式跟這個人共生，活在他的皮膚上，永遠跟他黏在一起，從他的肩胛往他的胸部方向旅行。這副結實龐大的身體十分強烈地衝擊她的印象。她感覺到雙腳變得又慢又重，而身體從下方開始打開——這就是她的感覺——她的身體向那肩膀打開，向這條鯨魚打開。

她咬緊牙關，腦中甚至出現「轟」的一聲。她開始沿著運河往家的方向走，但最後她放慢腳步，停了下來。一股奇怪的感覺籠罩她，好像這水淹過了岸。緩緩地，先用第一波浪潮探索擴張的位置，之後就比較放膽撲上來，淹進石磚路，填滿石磚間的縫隙，然後隔了一會兒，抵達房舍的第一道階梯。夏洛塔明顯感受到自然元素的重量——她的裙子吸滿了水，變得像鉛一樣重，讓她動彈不得。她全身的每一吋都可以感受到這場洪水，而且她還看見措手不及的船隻紛紛撞向樹木，總是與水流相對的船首，現在都失去了方向。

沙皇的收藏

俄國帆船的貨艙裡，載著整齊排放的收藏品，在隔天黎明收錨出海。船隻平安穿過丹尼斯海峽[68]，十幾個晝夜後，迎來波羅的海。好心情的船長思忖著是否要購買荷蘭工匠製的天文鐘，因為他對這種東西的興趣，向來都比航海還要多，而且在內心深處，他情願當個天文學家，或地圖製圖師，去觸碰人們的視線與船隻都不可及的地方。每隔一段時間，他會下貨艙檢查珍貴的貨物是否安放原位。然而，哥得蘭島[69]附近一帶的天候有變，一場不是太過激烈的暴風雨後，風停了，空氣凝滯在海面上，被八月最後的溫暖化為一塊巨型的大氣琥珀。他們降下船帆，如此維持了數日。為了讓水手保持忙碌，船長要他們把纜繩捲起又鬆開，叫他們刷甲版，到了晚上，則要他們演習。但是，入夜後，這份權力的輪廓總會變得模糊，而他自己則會躲進他舒適如繭的艙房——一部分是因為他不想面對暴躁又粗魯的水手，一部分是因為那本他要獻給兩個兒子的旅遊日誌。

待在寂靜大海的第八天，水手開始躁動，因為他們發現在阿姆斯特丹買的蔬菜，尤其是洋蔥，品質很差，而且大部分都發了霉。伏特加的儲量已經見底，船長甚至害怕去看甲板下，存放木桶的地方是什麼樣子，不過大副的報告聽起來著實不妙。船長不安地聽著夜裡甲板上的跺踏聲。一開始都是單一的腳步聲，接著變成好幾雙腳的碰撞聲，後來他聽見統一的跑步聲與富有節奏的叫喊（難道他們在跳舞嗎？），最後變成醉酒後的粗啞吼叫。此起彼落的歌唱聲聽來如此哀傷、充滿沉痛，讓他想起某些海洋動物的哀號。這樣的狀況維持了幾個漫長的夜晚，幾乎每每到天明。白天，他看見他們微微浮腫的眼睛、發脹的眼皮與閃躲的視線。然而，不管是他，還是大副，都認為如此重大的問題，不適合在夜晚靜止不動的大海上處理。他靜靜等著。直到第十天，當夜裡那些放肆的行為變得讓人無法忍受時，他還在陽光能把他的肩章與徽章照得一清二楚時，把那個叫卡伍金的帶頭者抓起來。

不幸的是——他吊著一顆噗通狂跳的心發現——部分貨品已遭到損壞。船上載運的幾百個玻璃罐裡，有十幾個被打開，而裝在裡頭的液體——極烈的白蘭地——已被喝個精光。標本則都平安無事，有些散落在地板上，有些卡在行李與用來鋪墊的蘆草之中，他沒有細看。出於厭惡與恐懼，他獨自在他的艙房裡嘔吐。接下來的那個夜裡，他不得不把武器拿在手，看守貨艙的入口，而情勢差點就演變成暴動。八月的炙熱，還有平滑的海面，還有貨物本身，都讓人發狂。

最後，船長沒得選擇——他下令把剩餘的東西用布袋縫起來，然後親自把它們丟下船舷。而此舉就好像揮動巫師的魔法棒一樣，海水受到小點心的安撫，「啵」的一聲動了起來。一陣風自瑞典陸地的某處吹來，把沙皇的帆船推往家的方向。

回到彼得堡後，船長不得不寫下密報。卡伍金被判絞刑，而整船的收藏品即使有所殘缺，還是被安安全全送到特別為其準備的地方。

船長則因為沒有看管好運輸過程，連同家人被送到遙遠的北方度過餘生。他在那裡組織了小型的鯨魚探勘隊，為製作更精確的新地島地圖貢獻一份心力。

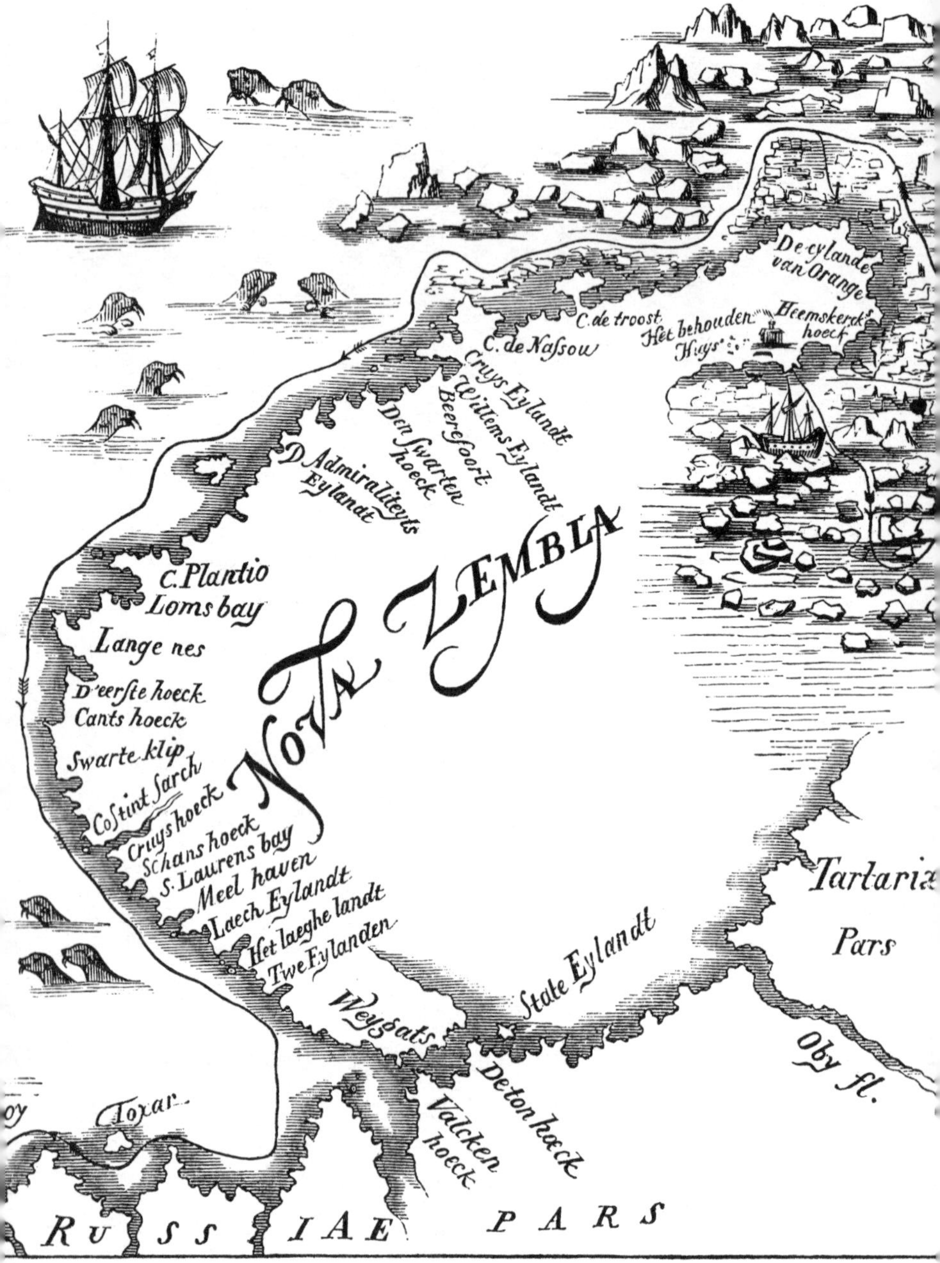
De eylande van Orange
C. de troost
Het behouden Huys
Heemskercks hoeck
C. de Nassou
Cruys Eylandt
Willems Eylandt
Beerefoort
Den Swarten hoeck
D. Admiraliteyts Eylandt
NOVA ZEMBLA
C. Plantio
Loms bay
Lange nes
D'eerste hoeck
Cants hoeck
Swarte klip
Costint Sarch
Cruys hoeck
Schans hoeck
S. Laurens bay
Meel haven
Laech Eylandt
Het laeghe landt
Twe Eylanden
State Eylandt
Weygats
Tartaria Pars
Oby fl.
Deton hoeck
Valcken hoeck
Toxar
RUSSIAE PARS

伊爾庫次克—莫斯科

伊爾庫次克—莫斯科的班機，於早上八點自位於西伯利亞的伊爾庫次克起飛，於同一個鐘頭飛抵莫斯科——同一天的早上八點。這剛好是日出時間，所以整段航程都是黎明。所有的人得以停留在這一刻，停留在這偉大、寧靜、寬廣如西伯利亞的「現在」中。

這該是用來懺悔一生的時刻。時間在機艙之內流轉，卻不會外洩於機艙之外。

68 丹尼斯海峽（Danish straits）：銜接北海和波羅的海之間的海峽。

69 哥得蘭島（Gotland）：波羅的海中最大的島嶼。

暗物質

起飛後的第三個小時，我的同伴從廁所回來，而我得起身讓他回到裡面的位子。我們繞著天氣、亂流和食物聊了幾句。不過，在起飛後的第四個小時，我們還是向彼此自我介紹。他是物理學家，上完課要搭機回家。當他脫下鞋子，我注意到他的襪子在腳跟邊上破了一個大洞。物理學家的物理身軀以這樣的方式對我眨眼，而我們也從這一刻起，比較自在地談天。他跟我聊了許多關於鯨魚的話題，聽得出來這是他很在意的事，不過實際上，他從事的是別種工作。

暗物質——這是他的研究工作。這是一種我們知道它的存在，但不管用哪種工具，都碰觸不到的東西。證明這個物質存在的證據，是靠複雜的計算所得；關於它的事情，可以從各種數學結果得知。一切都指出，宇宙的四分之三充滿了這樣的物質。相較之下，我們的物質，亮物質，這種我們所熟知，組成我們宇宙的物質，顯得稀薄許多。而暗物質則到處都是——這個襪子破了一個洞的人這麼說——就在我們身邊，在我們的周遭。他看向窗外，用眼神指向我們底下亮得讓人睜不開眼的雲層，說：「那邊也有。到處都有。最糟糕的是，我們不知道這是什麼，又為什麼會存在。」

當下，我想為他介紹飛去蒙特婁開會的氣象學家，便站起來，用目光搜尋他們，不過想當然耳，我在下一秒便想起，他們搭的不是這班飛機。

行動建構現實

機場的玻璃牆上有個無所不知的大型看板：

МОБИЛЬНОСТЬ СТАНОВИТСЯ РЕАЛЬНОСТЮ.（行動建構現實。）

我們要堅持認為，這只是一個手機廣告。

雲遊者

地獄在夜晚降臨世界。它做的頭一件事是扭曲空間，讓一切變得更為緊密、紮實，不可移動。細節一一消失，物體失去了自己的面貌，變得矮胖、模糊；這很奇怪，白天的時候可以說它們是「美麗的」或「實用的」；現在它們卻讓人聯想到笨重的塊體，難以臆測它們的用途。但是，在地獄裡，這些都不切實際；白日中的各種形體，不同的色彩明暗，原來都沒有意義。要這些做什麼？扶手椅的乳白色面料、壁紙上的葉片圖樣、窗簾上的流蘇裝飾，這些東西的作用是什麼？扔在椅背上的洋裝，上頭的綠色有什麼意義？當它還掛在商店裡展示的時候，那道將它來回掃視的滿滿渴望目光，如今已叫人難以理解。那上頭已沒了鈕扣、勾釦或按扣；手指在黑暗中碰到的，只是某種隆起、粗糙、結塊的僵硬布料。

然後，地獄會無情地把人拖出夢境。有時，它會在夢裡塞進一些令人不安的景象，有的很可怕，有的帶著嘲諷意味，比如被斬首的腦袋、所愛之人的浴血身軀、燒成灰燼的人骨。是啊，它喜歡出人意表，但它最常做的，是把人硬生生叫醒，讓人在張開眼後看見一片黑暗，然後思緒開始翻滾，而盯著黑暗虛無的視線，則是這些翻滾思緒的先鋒。夜晚的大腦是潘妮洛普，在夜裡仔細拆掉白日編織的意義之毯。有時，這只是一條線。有時，這是複雜的圖案，可以拆解成質因數——經線及緯線；緯線會被移除，只留下一條條筆直的平行線、世界的條碼。

在這種時候，一切變得顯而易見——夜晚會恢復世界天然、原始的面貌，沒有任何添飾。白日是種奢侈，而光線僅是一個微小特例、一個疏忽、一種失序。一切其實是陰暗的，近乎全黑，是靜止的、冰冷的。

她在床上坐直，一顆汗珠在胸口引起搔癢。睡衣貼著身體，好似一層蛻落的皮膚，不久便得捨棄。安奴詩卡在黑暗中側耳傾聽，佩提亞的房間傳出輕嗚。雙腳在地上遍尋不到室內鞋，但她沒多堅持，打算直接光腳跑去兒子房間。她看見身旁有個人形暗影動了一動，發出一聲嘆息。

「怎麼了？」男人意識朦朧地問，然後又把自己丟進枕頭裡。

「沒什麼。是佩提亞。」

孩子的房裡有一盞小燈，她才剛點亮，便看見他的眼睛。那是一雙十分清醒的眼睛，在光線仔細雕鑿過的臉龐上，感覺像是從黑暗深谷裡望向她。一如往常，她下意識碰了碰他的額頭——沒發燒，但被汗水沾得黏黏的，有些發涼。她小心抱起男孩，讓他坐著，並為他按摩背部。兒子的頭靠在安奴詩卡肩上，她聞到他的汗味，知道他很疼。每當佩提亞覺得痛的時候，身體散發出來的味道就會不一樣，她已經學會辨認了。

「你可以忍到早上嗎？」她輕聲問，口氣充滿關切，但隨即意識到自己問了一個多麼愚蠢的問題。為什麼要他忍耐？這樣有什麼意義？她伸手從床頭櫃拿了一排藥丸，擠出一顆，放到男孩嘴裡，然後給他一杯溫水。男孩喝下去，嗆到，所以她隔了一會兒才再給他喝一次，而這次她更小心了。藥丸等一下就會發揮作用，她把男孩癱軟的身體放回床上，讓他向右側躺，然後把他的膝蓋彎到肚子前，覺得這樣他會比較舒服。她貼著床沿在他身邊躺下，把頭枕到他細瘦的指頭上。她聽見空氣被他吸進體內，在肺裡停留，然後從鼻子呼出。她一直等到這個過程變得規律、輕鬆、自主，才輕輕起身，躡手躡腳回到床上。其實她寧願留在佩提亞的房間睡覺。丈夫還沒回來前，她一直都是跟兒子睡，那樣比較好，她可以睡的比較安穩，醒來時可以看見孩子的臉，不必每晚都要打開雙人沙發床，就讓它擺著沒人用吧。不過，丈夫畢竟是丈夫。

他離開兩年，在四個月前回家。他是穿著便服回來的，跟他離開時穿的是同一套，現在已經有點退流行了，不過，看得出來，那身衣服還很新。她聞過那身衣服——沒有任何味道，也許有點濕氣，這是牢牢鎖在倉庫裡、沒有任何動靜的味道。

他回來後，整個人完全變了，而她也馬上注意到。這份變化，一直維持到現在。頭一晚，她審視過他的身體——也變得不一樣了，比較硬、比較大、比較多肌肉，但奇怪的是，很虛弱。

她撫摩過他肩頭上和頭髮底下的傷疤，他的頭髮明顯變得稀疏、發白。他的雙掌變得很厚實，指頭也比較粗，好像做過體力活一樣。她把它們放到自己光裸的乳房上，但它們卻依舊沒有具體行動。她伸出一隻手，試著邀他共赴雲雨，然而他依舊安靜地躺著，呼吸是如此平穩，讓她感到羞恥。

夜裡，他喉頭會發出某種怒吼，然後醒過來，坐在黑暗中。過了一會兒，他會站起來，走去酒櫃，為自己倒杯伏特加。然後，她會聞到他呼吸中的蘋果味，而他會請求她：「摸我，摸我。」

「告訴我，那裡是什麼樣子，這樣你會比較輕鬆，告訴我吧。」她在他的耳畔低語，以滾燙的氣息引誘他。

但是，他什麼也沒說。

當她在照顧佩提亞的時候，他會穿著條紋睡衣在屋裡走來走去，喝著咖啡——而且是很濃的咖啡——看著窗外。然後他會到男孩的房間看一下，有時會蹲在兒子身邊，試著跟他有某種接觸。之後，他會打開電視，拉上黃色的窗簾，白天的光線也因此顯得病態、凝滯、開始發熱。直到中午左右，佩提亞的護士要來了，他才會換下睡衣，但也不是每一次都會這樣。有時他就只是把房門關上，把電視的聲音也一起關在了裡頭，變成一種惱人的雜音，一種向世界發出的挑戰，卻一點意義也沒有的雜音。

他們每個月都固定會有錢入帳，而且金額還不小，足夠支付佩提亞的醫藥費，買近乎全新的二手輪椅，還有雇用護士。

她不用照顧男孩，可以休息一天。等一下她的婆婆就會來，就不知她是要來看誰——是看兒子，還是更讓她心心念念的孫子？婆婆會把格紋塑膠袋放在門口附近，從裡頭拿出一套家居服——尼龍長袍與拖鞋。她會去查看一下兒子，問他一些事，而兒子只會直盯著電視，頭也不回地應答「有」或「沒有」。與兒子的交流僅僅如此，沒必要多花時間，所以她會找去孫子。她得幫他梳洗，餵他吃飯，幫他換掉被汗水浸濡的床單，給他吃藥。把衣服拿去洗後，她會開始做飯，之後再陪孩子玩。如果天氣好，就可以把小男孩抱到陽臺去，不過從陽臺看出去沒什麼好風景就是了。一棟棟的公寓就像灰色的巨大珊瑚礁——依靠在巨大的莫斯科的模糊地平線——長在乾枯的海中，裡頭住滿了會移動的有機生物。但男孩總是把視線移往天空，掛在胖嘟嘟的雲層上，跟著雲層一起飄移，直到雲層出了視野之外才停止。

安奴詩卡很感謝婆婆每個星期來這麼一天。臨出門時，她在婆婆絲絨般的柔軟臉頰上快速親了一下。她們碰面的時間就只有這麼長，每次都在門邊，而她在那之後總是立刻跑下階梯，越接近一樓，腳步越發輕盈。她有一整天的時間可以運用，卻根本不是用在自己身上，而是去處理幾件事——付賬單、採買用品、領佩提亞的處方箋、去墓園，最後再搭車去這個不人道的巨大城市的另一端，坐在黑暗中痛哭一場。這著實花上她好一段時間，到處都在塞車，所以她從擠滿人的公車上，隔著玻璃往外看那些有著黑色車窗的大型轎車，在眾人都在路上走走停停的情況下，以某種惡魔橫行的方式，輕輕鬆鬆地往前行進。她看到一個又一個的公園裡，滿滿都是年輕人。她看到一個又一個的流動市集上，都在賣便宜的中國商品。

她每次都在基輔站換車，從地下月臺走出來時，總是經過許多人。然而，沒有任何人引起她的注意，沒有任何人像那個奇怪的人物這樣，讓她害怕。那個奇怪的女人站在出口的地方，後頭是一片剛開始作業的建築工地，而遮住開挖基地的安全圍欄上貼滿了廣告，其程度之密集，讓人覺得這些廣告似乎都在尖叫。

人行道剛鋪好地磚，與圍牆間有一條長形空地，女人沿著空地來回走。透過這種方式，她見證了川流不息的行進人潮，接待由疲憊、匆忙的行人組成的閱兵隊伍——這些人大多是才剛從工作地點出發，正在返家旅程的半路上，或者相反。他們等一會兒就要轉換交通工具，從捷運轉搭公車。

那個女人身上穿了許多東西，衣著打扮不似常人。她的褲子上還套了幾件裙子，以多層次的方式搭配，每一件裙子底下都會露出另一件裙子，層層相疊。她的上半身也一樣有很多層次——一件襯衫、幾件鋪毛真皮背心，還有幾件普通背心。最外層是灰色的絎縫鋪棉外套，極度精緻的簡約風格——彷彿遠東的寺廟或勞改營建築風格。這一切湊在一起，有一種美感，安奴詩卡甚至很喜歡，感覺這些色彩經過精心搭配，但也許不是出自常人的選擇，而是高級訂製服——集褪色、鬢邊、剝落於一身。

不過，最奇怪的是她的頭，不僅用一塊布條包得密不透風，還緊緊戴著一頂飛行帽，還有，她的臉也是蒙著的，只看得見一張不斷高聲咒罵的嘴巴。這副景象讓安奴詩卡如此震撼，以至於她從來沒試著去理解在那些咒罵之間還有什麼內容。這會兒，她也照舊與那女人錯身，但腳步加快，深怕被對方糾纏，怕在那連珠砲的咒罵中，可能會出現自己的名字。

這是宜人的十二月天氣，人行道都是乾的，除過雪，而安奴詩卡腳上的鞋子也很舒適。她沒有坐上公車，而是步行過橋，如今正沿著多線道的馬路大步走，覺得自己好像走在一條沒有搭建任何橋梁的大河邊。這樣的大步快走讓她覺得高興，至於哭的事情，她會等到進了她所屬的東正教教堂，在黑暗的角落裡再進行。她總是跪著，一直維持這種不舒服的姿勢，直到感覺不到自己的腳，從麻木進入第二階段，也就是灼熱與疼痛交加的時候才停止。這對她來說，根本就不算什麼。然而，這會兒她把包包斜揹過肩，緊緊抱住一個大塑膠袋，裡頭露出同樣是塑膠做的花朵，那是要拿去墓園放的花。她盡量什麼都不去想，尤其是不去想她離開的那個地方。她已經接近城裡最高級的地區，不乏讓她轉移視線的目標——這裡到處都是商店，裡頭苗條光滑的假人，一臉不在乎地展示最貴的服飾。安奴詩卡停下腳步，欣賞一個女用皮包，上頭縫了上百萬個彩珠，還有薄紗與蕾絲裝飾，真可謂上帝的傑作。最後，她來到一間藥局，在那裡要等一下才能拿到她所需的藥。那些藥對於舒緩症狀，效果微乎其

море
ѡкианъ
море инденское
Полдень вторая часть нарицает
са африка среднаго ноева сы
на хама жребие конецъ же
ей достизаетъ асирскаго
языка идочерныго моря
идопонтиїскаго ѿстро
ва сдругою страну
ѿчерного моря идо
едиопския пучины
астритскою стра
ну ѿегипта идо
великаго моря
идошкианск
ия пучины
полуденныи
море
ѡкианъ

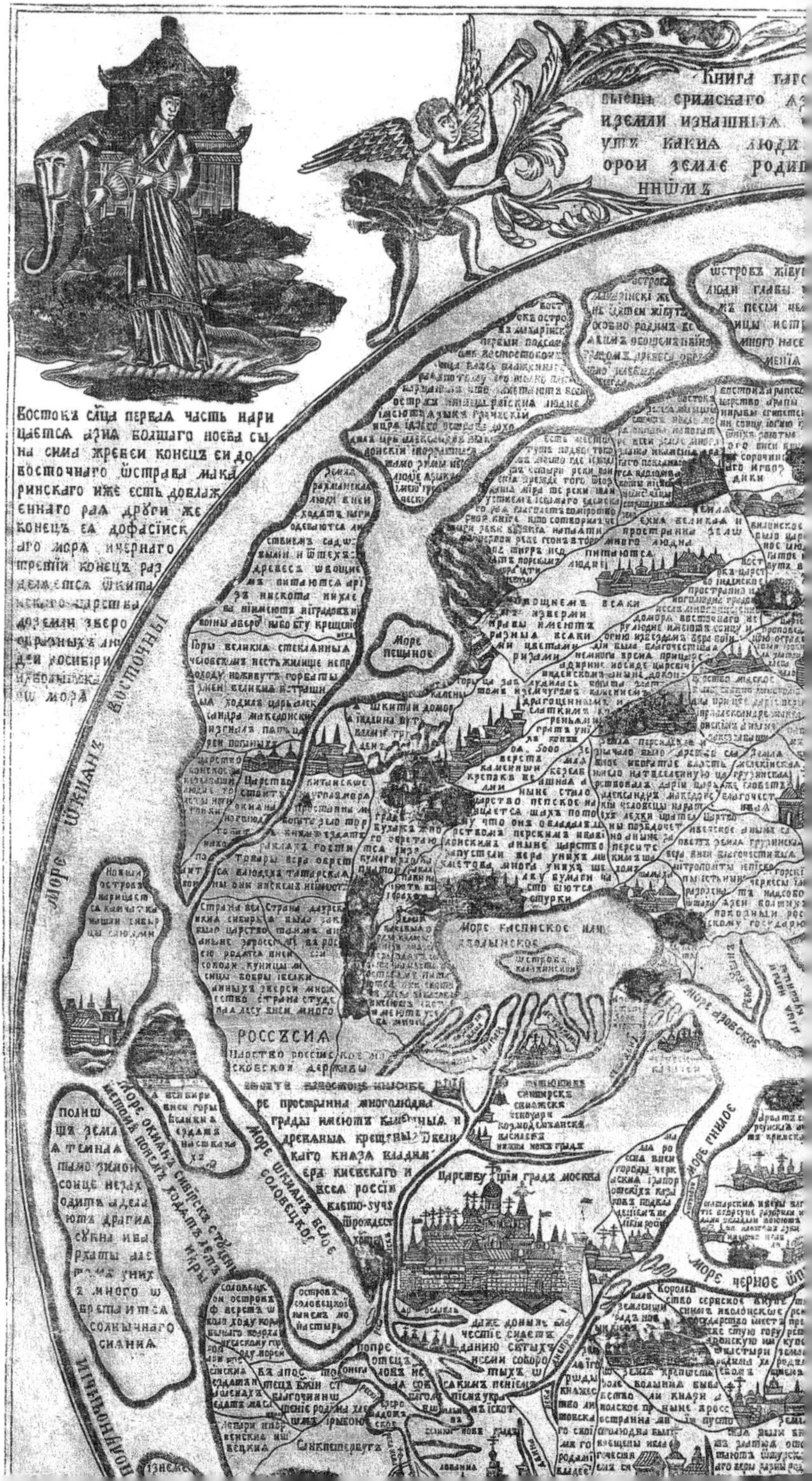

Море Пещиное
Море Каспиское
Море Азовское
Море Черное

微。

她在路邊的攤子買了一小包餃子，坐在廣場的長椅上吃。

她所屬的東正教教堂不大，裡頭有很多人，都是遊客。年輕的神父通常會在教堂裡忙進忙出，宛如商人打理自己的貨品。他以說唱的方式講述早已背得滾瓜爛熟的課題，瘦長的身材在人群中硬是高出一個頭，好看的落腮鬍是淺色的，讓人聯想到一圈奇異的光環，從他的頭頂落到胸口。安奴詩卡放棄原本的打算，畢竟在這麼一堆遊客中，要她怎麼去祈禱跟掉眼淚？安奴詩卡等了又等，但又來了另一批遊客，因此她決定要為自己的眼淚另謀他處——再過去一點的地方，還有一間東正教教堂，小小的、舊舊的，通常沒有開放。她曾進去過，但不喜歡——裡頭的寒冷與濕木頭味讓她卻步。

不過，她現在沒得挑三揀四，必須找個地方解放淚水。那得是個狹窄的地方，但不能空蕩蕩的。那裡必須有某種因生命而顫抖、張著的巨大雙臂，能讓她感覺得到、大過於她的力量。安奴詩卡也必須感覺到他人的目光，讓自己的淚水被看見，讓自己的傾訴不會成為枉然。那可以是一雙雙畫在木頭上，總是張著，不會對任何事感到疲乏的眼睛；那樣的眼睛永遠都是平和的，就讓它們一瞬也不瞬地為她見證吧。

她拿走三根蠟燭，在罐子裡丟了一些錢幣。第一根蠟燭是給佩提亞，第二跟是給沉默的丈夫，第三根是給穿著免熨長袍的婆婆。這裡點的蠟燭不是很多，她借用一旁的燭火點燃自己的三根蠟燭，為自己在右邊相中一個地方，一個黑暗的壁龕，好讓自己不會影響到那些在這裡祈禱的年長女性。她快速畫了三次十字聖號，並以此展開她的哭泣儀式。

但當她抬眼祈禱時，黑暗中出現一張臉對著她——一幅黑暗聖像的巨大臉龐。那是一塊正方形的木板，掛得很高，幾乎就在教堂的圓頂下，而上頭有張線條簡單、以棕灰色調畫成的耶穌基督臉孔。那是一張黑暗的臉，在黑暗的背景上，沒有任何光環，也沒有荊冠，只有一對發光的眼睛直直盯著她，一如她想要的那樣。不過，安奴詩卡預想的目光不是這樣，她期待的是一對充滿愛意的溫柔眼睛；這道視線讓她覺得自己動彈不得，被催眠了。在這道視線的注視下，安奴詩卡的身體逐漸蜷縮。這道視線從天花板流瀉而下，在這裡短暫停留。它來自遠方，來自最深的黑暗——那裡是神之所在，是它躲藏的地方。這個上帝不需要任何軀體，祂只有一張臉，而她現在必須跟那張臉面對面。這是一道具有穿透性的視線，用一把代表痛苦的螺絲起子轉進她的頭，在她的腦內鑽出一個洞。那可能不是拯救者的臉龐，而是溺水者的臉龐，而這名溺水者原來並沒有死亡，只是藏到水下，躲避無所不在的死亡。都怪不明就裡的水流，如今祂浮向水面，意識清醒，超然自覺，並且說：「看啊，這就是我。」但是，她不想看祂，她壓下了視線。她不想知道神是弱者和輸家，祂輸了，在世界的垃圾堆裡到處躲藏，躲進那些散發惡臭的深淵。現在沒什麼好哭的，這裡不是掉眼淚的地方。這個上帝不會幫助她，不會支持她，更不會安慰她、洗滌她或救贖她。溺水者的視線落在她的頭頂，她聽見喃喃低語。地底深處傳來雷鳴，教堂的地板底下傳出震動。

她幾乎一夜沒睡，一整天也幾乎沒有進食，因此身體變得虛弱，眼中流不出淚水，只剩乾涸的淚道。

她快速起身離開，手腳僵硬地筆直走向地鐵。

感覺上，她好像有過什麼體驗，好像有什麼穿過她的身體，好像有個像弦一樣的東西在她體內繃緊，甚至發出沒有人聽得見的清脆聲響——音量很小，只給她的身體聽。這是一場在脆弱的貝殼形音樂臺上演奏的簡短音樂會。不過她依舊豎耳傾聽，將所有的注意力向內集中，導向內部，卻只聽見自己的血液在耳中脈動。

手扶梯不斷往下，她有一種感覺，這會無止境地持續下去；有人往下，有人往上。一般人看見旁人的臉時，通常都只是目光掃過，但先前的景象依舊讓安奴詩卡的雙眼僵直，無所適從——她的視線停在每個經過的人身上，而每張臉都像一巴掌打在她的臉上，又重又狠。她快承受不了這個景象，她得像車站出口前那個全身包得密不透風的女人一樣，把自己的眼睛遮起來，還要像她一樣開始高聲咒罵。

「可憐可憐我吧。」她低聲說，然後把手指扣在電扶梯的扶手上。扶手移動的速度比階梯還快，要是安奴詩卡不趕快放手，她會摔下去。

她看見螞蟻般的沉默人潮搭手扶梯往上、往下，肩並肩，擠在一起。每個人都像溜滑索般移動到自己的位置——在遙遠的某處郊區，在第十層樓。在那裡，人們可以把被子拉高到頭，跌進由日夜的碎片組成的夢境。而事實上，這個夢境到了早上不會消失，碎片會排成各種拼貼畫、各種色塊；有些組合很高明，可以說是經過深思熟慮的結果。

她看見肩膀的脆弱、眼瞼的纖細和唇線的善變，而這份善變不費吹灰之力便能扭曲表情。她看見手掌有多麼軟弱、腳有多麼軟弱，無法將軀體帶往任何目的地。她看見心臟穩定跳動，有些較快，有些較慢，但都是尋常的機械性運動。肺葉讓人聯想到骯髒的塑膠袋，她聽見窸窸窣窣的呼吸聲。所有的衣服都變得透明，所以她看著衣服底下的人體與混亂的熵締結誓約。我們的身體貧瘠而醜陋，是註定遭到磨碾的材料，無一倖免。

電扶梯直接將這些生命體載往不可測量的深淵。這些是地獄犬的眼睛——牠們蟄伏在電扶梯終端的玻璃狗屋裡。這些是騙人的大理石與圓柱，它們其實是龐大的惡魔雕像——有些拿著鐮刀，有些拿著麥穗——那粗壯的腿，有如圓柱和巨人的臂膀。一輛又一輛的拖拉機——這些地獄機器會拖來鋸齒狀的銳利刑具，在大地身上造成無法痊癒的傷勢。四面八方都是擁擠的人群，在恐慌中高舉著手求援，張大著嘴高喊。地鐵站的地底下，一盞又一盞的水晶吊燈照出死寂的黃光，這裡正在進行的是「最後的審判」。老實說，負責裁量的法官這裡一個也看不見，卻可以處處感覺到他們的存在。安奴詩卡想要退縮，逆流上奔，但電扶梯不放她走，她得一路搭到底，沒有任何商量的餘地。當著她的面，地底列車嘶聲張開大嘴，黑暗隧道將她吸進體內。但深淵畢竟無所不在，甚至是在城市的高樓裡，在摩天大廈的第十層跟第十六層，在尖塔的最頂端，在天線的最尖端。她已無處可逃，那全身包得密不透風的女人在句句咒罵間所高喊的，不正是這一點嗎？

腳步虛浮的安奴詩卡肩抵牆面，毛料大衣沾上了白色灰泥，被牆壁留下印記。

她得換車。天色已暗，她只能隨便找一站下車，因為隔著巴士的窗戶，什麼也看不見——寒氣已在上頭畫下銀色枝椏。但這條路線她早就會背了，不會弄錯。只要再穿過幾個廣場——她走捷徑——就會到她的公寓了。然而，她放慢了腳步。她的雙腿開始抵抗，不想將她帶到目的地，步伐越來越小。安奴詩卡停了下來，抬頭看見家裡的窗戶內燈火通明。他們一定在等她。因此，她邁出步伐，但沒一會兒，又停了下來。冷風穿過她的大衣，掀開大衣的下襬，以冰冷的指頭抓住她的大腿。它的愛撫就像剃刀，也像破碎的玻璃。她的雙眼被寒氣凍出的淚水，順著雙頰往下流，卻是稱了風的心意，讓它有理由在她臉上又刺又刮。安奴詩卡快速往樓梯的方向走，卻在走到公寓門邊的時候掉頭，拉高外套領子，快步離開。

基輔站很冷，只有在大候車室或廁所裡才比較暖和些。當巡邏人員走過她身邊的時候（他們總是踏著放鬆的步伐慢慢走，彷彿在濱海大道上漫步一樣），她心虛地站著，假裝在看時刻表。她不知道自己為什麼要害怕，畢竟她沒有做任何壞事。話說回來，巡邏人員感興趣的是別件事。他們精準地從人群裡抓出一群穿皮夾克、深色皮膚的男人和他們的同伴——一群包著頭巾的女人。

她在車站出口前遠遠看見那個全身包得密不透風的女人，還在那裡來回踱步。由於不斷咒罵，女人的聲音已顯得沙啞；事實上，就連那些咒罵也已經讓人聽得一頭霧水。所以，好吧——她猶豫了一會兒後，平靜地朝那女人走近，在對方面前停下。女人只愣了一下，顯然對方隔著蒙在臉上的布料，也可以很清楚地看見她。安奴詩卡再往前走一步，與她的距離近到可以聞見她的氣味，那是灰塵味、霉味和油耗味。女人越說越小聲，最後失了神，不再出聲。原先的踱步換成了搖擺，好像她自己沒有辦法停下來。她們面對面站了一會兒，沒有任何動作，身旁人來人往，但是沒人在乎，只有某個不認識的人往她們的方向瞥了一眼。人們在趕時間，他們的列車等會兒就要發車。

「妳在說什麼？」安奴詩卡問。

全身包得密不透風的女人訝異地吸氣、吐氣，一動也不動。接著，受到驚嚇的她開始往旁邊移動，踩著結冰的泥濘，朝建築工地通道的方向走去。安奴詩卡跟著她走，跟著她的鋪棉大衣，跟著她步伐細碎的毛氈靴，不讓她離開自己的視線，只跟她隔著幾步距離，免得她逃跑。女人回頭查看，試著加快腳步，接著幾乎改用跑的，但是安奴詩卡比較年輕，也比較有力氣。她的肌肉很有力，不知道多少次電梯壞掉的時候，她都是獨自一人把佩提亞連同輪椅搬上搬下。

「喂，妳！」她時不時叫喚那女人，但對方完全不理她。

她們穿過房子與房子之間、一個又一個的庭院，經過一個又一個的垃圾堆與被人踐踏的草皮。安奴詩卡不覺得累，只是搞丟了裝著掃墓要用的那袋花，但她沒時間回去找。

最後，女人蹲下來，呼吸又急又喘，久久無法調適。安奴詩卡在離她幾公尺的地方停下，等對方站起來，轉向自己。她輸了，她得投降。的確，對方轉過頭看安奴詩卡，而安奴詩卡也看見對方的臉。女人拉下蒙住眼睛的布料。她有一雙天藍色的瞳孔，裡頭滿是恐懼，看著安奴詩卡的鞋子。

「妳想從我這裡得到什麼？妳為什麼要追我？」

安奴詩卡沒有回答，覺得自己好像捕獲了一隻大型動物，一條肥滋滋的魚，一條鯨魚，現在卻不知道該怎麼辦；她為這個戰利品感到遺憾。女人很害怕，顯然出於恐懼，所有的話都連珠砲似的脫口而出。

「你是警察嗎？」

「不是。」安奴詩卡說。

「那妳到底是為了什麼？」

「我想知道妳在說什麼。妳一整天都不知道在說什麼，而我每個禮拜進城都會看見妳。」

此話一出，對方的回答也放膽了些：

「我什麼話也沒說。別來煩我。」

安奴詩卡伸出一隻手探向她，想幫她起身，但那隻手卻改變初衷，撫摸了對方的臉頰。溫暖、舒服、柔軟。

「我沒有惡意。」

對方被她的碰觸嚇了一跳，先是僵住不動，後來似乎被那手勢撫慰了，笨手笨腳地站了起來。

「我餓了。」她說。「我們走吧，前面就有一個亭子在賣吃的，那裡的焗烤麵包都很便宜，妳買點東西給我吃。」

她們肩並肩走著，沒有交談。安奴詩卡在亭子買了兩個長麵包夾起司與番茄，但也留心不讓對方逃走。她自己不能吃，把烤麵包拿在身前，模樣像在拿笛子，好似等會兒就要演奏一首冬季旋律。她們坐到矮牆上，女人只顧自己吃，之後又二話不說，拿走安奴詩卡的麵包。她是一個上了年紀的女人，比安奴詩卡的婆婆還要老，皺紋從額頭斜斜跑向下巴，在兩頰留下抓痕。她吃東西不方便，因為沒了牙齒。番茄片從兩塊麵包中間掉出來，她在最後一刻笨拙抓住，小心翼翼塞回原位，然後用嘴唇一大口、一大口掰下麵包吃。

「我沒有辦法回家。」安奴詩卡冷不防地說，然後看著雙腳。她甚至有點意外自己說了這種話，而且現在才意識到這話是什麼意思。女人給了不清不楚的回應，但在吞下口中的麵包後，又問：

「妳有地址嗎？」

「我有。」她說，並把地址背出來：「庫茲涅次卡街46號78室。」

「那就把這地址忘了吧。」滿嘴食物的女人指揮道。

沃爾庫塔。六〇年代接近尾聲時她在這裡誕生。那些現在看起來老舊的住宅大廈，當時才剛蓋好。她記得它們當初嶄新的面貌——以粗糙灰泥塗抹的牆面、水泥味，和絕熱用的石綿，還有表面光滑的PVC塑膠地板。然而，在寒冷的天候下，一切都比較快老舊。冰點以下的溫度摧毀了牆面緊密的結構，減緩了電流在其中持續循環的速度。

她記得冬天那令人無法張目的白。流放時期的那片白與銳利的光線邊緣。這樣的白之所以存在，只是為了替黑暗創造框架，而黑暗所占的範圍，絕對遠比白要來得多。

她的父親是一間大型供暖廠的火伕，母親在食堂工作，所以他們的生活算不上是最糟的——母親總是會帶食物回家。現在，安奴詩卡想，那裡的人都被一種怪病所苦，那是一種巨大的哀傷，蓋在衣著底下，藏在體內深處。也許那不只是哀傷，但她在腦中找不到合適的字眼。

他們住在一棟八樓大廈的七樓，裡頭有許多戶，但隨著她漸漸長大，上方的樓層也越來越空。人們搬去比較宜居的城市，通常是莫斯科，但也有其他地方，只要離遠這裡就好。留在這裡的人則往底下移動，占據已搬空的屋子，樓層越低越好，因為這樣比較溫暖，比較貼近人群，比較貼近地面。在持續幾個月的極地冬季裡，住在八樓，就好像吊在世界的水泥天頂，處在一顆冰凍的水珠裡，位在冰寒地獄的正中心。她最後一次去看妹妹和母親的時候，她們是住在一樓。父親早就過世了。

安奴詩卡可以進入莫斯科一所不錯的教育學校，這是她的幸運，但沒能完成學業，則是她的不幸。要是她有畢業，現在就是老師，說不定這樣就永遠不會認識那個成為她丈夫的男人，他們的基因就不會結為有毒的混合體，就是這罪魁禍首害佩提亞受到感染，帶著無藥可解的疾病來到這世上。

安奴詩卡多次試著與上帝、聖母、殉道者聖帕拉斯克娃、所有的聖幛，甚至是某種不明的世界或命運交易，不管對象是誰，只要能成功就好。我來代替佩提亞，我來承接他的病痛，讓我來死，讓他恢復健康吧。不止如此，她還賭上其他人的性命——她沉默寡言的丈夫（讓他在那裡被亂槍打死吧）和她的婆婆（讓她腦溢血吧）。當然，她的這份提議沒有得到任何回應。

她買了車票，搭手扶梯往下。四周依舊滿是人潮，要從市區返家睡覺。有些人在車廂裡便已打盹，沉睡中的吐息在玻璃窗上製造出霧氣，可以用手指在上頭畫點東西，隨便畫什麼都可以，不重要，反正等一下就會消失。安奴詩卡搭乘的列車即將抵達終點站「西南站」。下車後，她在月臺上站了一會兒，好讓自己的大腦理解這班車，就是她剛剛搭過來的這班車，會原車返回。因此，她坐回原本的位子，就這樣來來回回坐了好幾趟，後來才改搭環狀線。這會兒，她的車順著環線繞行，在近半夜時抵達她家的那站——「基輔站」。在那裡，她一直坐在月臺上，直到地鐵站要關了，才有名兇巴巴的女警衛來叫她離開。她不情願地走出站，因為外頭的氣溫是零下，凍得刺鼻。不過，她在車站旁找到一家小酒吧，裡頭有電視機自天花板垂吊，一張張尺寸不大的桌前，零零散散坐著徬徨的旅客。她點了一杯茶加檸檬片。一杯，然後叫了第二杯，後來又叫了紅甜菜湯，味道不是很好，水水的。她單手撐頭，小睡了一會兒。她很開心，因為腦子裡沒有任何思緒，沒有任何擔憂，沒有任何期待，也沒有任何希望。這是一個很好的狀態。

頭一班車還是空的，然後每到一站，就有越來越多的人上車，最後車廂變得擁擠萬分，安奴詩卡被夾在背對她的彪形大漢中間。由於抓不到把手，她被判處讓這些不知名的身體撐著她的刑罰。然後，人潮突然消失，到了下一站，車廂已變得空蕩蕩，只剩下區區幾人。這讓安奴詩卡學到，有些人不是在終點站下車。她也下車，然後換車，但她隔著窗戶，看見有些人逕自在車廂末端找位子坐，把提袋或背包——通常是麻布做的，舊舊的——放在腳邊。他們會閉上眼睛小睡，或打開某些食物的紙包裝，畫下幾次十字，喃喃說了幾句，然後帶著虔誠的心開始咀嚼。

她不斷換車，因為怕有人會注意到她，可能會抓住她的手，大力搖晃她，或者更糟，會把她關在某個地方。有時候，她只是走到月臺的另一邊，而有時候，她會換月臺；在那種時候，她會搭手扶梯，穿過地下道，但從不去看指標，徹底隨性。比如說，她會坐車去清塘站，從索科利尼基線換去卡盧加—里加線，然後搭車去梅德韋德克沃站，最後又坐回城市的另一邊。她會在廁所停留，排清體內的負擔，但目的是要讓自己看起來比較整潔，而不是因為她有這樣的需求（老實說，她沒有），也避免因為衣著不整，引起哪隻在手扶梯底端的玻璃狗屋裡看守的地獄犬注意。她懷疑牠們已經學會張眼睡覺。她在賣東西的亭子那裡買了一包衛生棉、一塊肥皂、一條價錢最低的牙膏和一支牙刷。她搭環狀線在車上睡了一整個下午。傍晚，她走樓梯到地面，想看看會不會碰到車站前，那個全身包得密不透風的女人，但是沒有，她不在。天氣很冷，比昨天還冷，所以她鬆了口氣，回到地面下。

隔天，全身包得密不透風的女人在原本的地方，僵著兩隻腳左右搖擺，高嚷讓人聽不清楚的咒罵。位在通道另一邊的安奴詩卡站到對方的視線裡，但對方顯然沒有看見她，只沉浸在自己的悲痛中。最後，安奴詩卡趁四周暫時沒人，站在她的面前。

「來吧，我買麵包給妳吃。」

被她從恍神中拉出來的女人先是一僵，然後雙手在袖子上擦了擦，原地踏步，就像凍到骨子裡的攤販那樣。她們一起走向賣食物的亭子。安奴詩卡打從心底高興自己看見她。

「妳叫什麼名字？」她問。

對方忙著吃麵包，只動了動肩膀。然而，過了一會兒，對方滿口食物說：

「加俐娜。」

「我叫安奴詩卡。」

她們的對話就僅止於此。最後，當零下的氣溫趕著她們往回走去車站時，安奴詩卡又問了一句：

「加俐娜，妳都在哪裡睡覺？」

全身包得密不透風的女人要她在地鐵關門後去賣食物的亭子那裡等。

一整晚，安奴詩卡都搭著同一條線，漠然看著自己的臉，映在以地下隧道的黑色牆面為背景的車窗上。她認得的人至少已經有兩個。她不敢去跟他們說話。其中一人搭了幾站——他是個高瘦的男人，不是很老，甚至也許還很年輕，很難說。他的臉上覆著稀疏的淺色落腮鬍，長度直達胸口。男人戴著一頂有遮簷的帽子，是常見的列寧帽，已經有些破舊，身上是灰色長大衣，口袋塞得滿滿的，還有一個已經泛白的背包。此外，還有綁鞋帶的高筒鞋，從裡頭露出的手工襪子，而棕色褲管則塞在襪子裡。看起來，那人好像沒有特別注意什麼，只是沉浸在自己的思緒中。他快手快腳往月臺一跳，感覺好像趕著要去某個遙遠但確切的目的地。安奴詩卡在月臺上也看過他兩次。一次是他在完全沒有人的車廂裡睡覺，那車廂看起來好像已經要開去過夜休息。第二次他也在打盹，額頭靠著玻璃，呼吸將魔法白霧噴在上頭，擋住了他的半張臉。

安奴詩卡記得的第二個人是一名老人，行走有些困難，拿著一根棍子——說好聽些，是枴杖，一根末端彎曲的粗手杖。他進車廂時，得一手抓著門，這也是他最常獲得幫助的時候。人群裡——雖然不太情願——總是有人讓位給他。他看起來像個乞丐。安奴詩卡試圖逮住他，就像她之前逮住那個全身包得密不透風的女人一樣。但她成功辦到的，就只有跟他在同一個車廂裡，搭一段時間的車，在他面前站了大概半個小時左右。還有就是她已牢牢記下他的臉上，以及衣著上的每個細節，但不敢去找他說話。這個男人頭低低的，沒去理會周遭發生的事。後來下班的人潮將她捲走，而她也任由那條以氣味與觸碰組成的暖流將自己帶走。一直到出了閘門，她才重獲自由，好似地底下的世界把她當異物一樣吐了出去。現在她得買票才能回去，而她知道，她的錢不久就會花光了。

為什麼她會記得他們？我想是因為以某種方式來說，他們都是固定不動的人，他們的行動方式與眾不同，比較慢。其他人就像河水、潮流，從一個地方流到另一個地方，產生漩渦與波浪，但這些型態都不持久，在消失之後，便遭河水遺忘。相較之下，那些逆流移動的人則變得清晰可見。因此，河水的法則也不適用在他們身上。我想，這就是安奴詩卡如此受到吸引的原因。

地鐵收班後，她在側門等那名全身包得密不透風的女人，在她幾乎要放棄的時候，那個女人終於來了。她的眼睛是蒙住的，包裹層層衣服的形體看起來像個小木桶。她要安奴詩卡跟她走，而安奴詩卡也從善如流。她很疲倦。老實說，她一點力氣也沒有，最希望的就是隨便找個地方坐下。她們走過鋪在開挖地面上的鐵板便道，經過被鐵板圍住、貼滿海報的工地，然後走去地下通道。過了一段間，她們走在一條狹窄的走道上，裡頭溫暖得很舒服。女人在地上指了一個位置，安奴詩卡便和衣躺下來，隨即進入夢鄉。一直以來，她都希望可以好好睡上一覺，腦中沒有任何思緒翻攪，睡得又深又沉。當她終於得償所願，漸漸進入沉睡時，方才在狹窄走道上看過的一小幅圖，又回到她的眼簾底下停留了一會兒。

一個黑暗房間。裡頭有道敞開的門，通向另一個明亮的房間。那裡有一張桌子，沿桌邊坐著人。他們的手都擺在桌面上，指頭伸得筆直。他們就這麼坐著，在全然的靜默中看著彼此，一動也不動。她覺得其中一個人，是那名戴著列寧帽的男人。

安奴詩卡睡死了。什麼也吵不醒她，不管是任何窸窣作響、從牆後頭傳來的嗚咽、床板移動的尖銳聲或電視聲，都吵不醒她。她睡得像塊石頭一樣，不斷受到浪花拍打；也像一棵傾倒的樹，長滿青苔與菌絲。這會兒，在快醒過來之前，她做了一個滑稽的夢——她在把玩一個彩色的化妝包，上頭畫著小象與小貓，而她把它放在手上翻來轉去。然後，她突然把它從手上放掉，但化妝包根本沒有落下，而是淩空掛在她雙掌間。安奴詩卡發現自己根本不用碰到它，就可以把玩它，可以用意志力移動它。這是一個讓人心情很好的感受，當中有非常多的樂趣，而她已經很久沒有感受到這樣的樂趣了。事實上，她從童年開始就沒有過這樣的樂趣了，因此她是在一股好心情中醒來。這會兒，她看見這裡根本不是像她昨天以為的那樣，是什麼廢棄的員工旅社，而是一個尋常的鍋爐室，也難怪這裡會這麼溫暖。她是睡在瓦楞紙上，旁邊有一堆煤炭。她看見一小角的報紙上，擺著四分之一塊的麵包，已經不太新鮮，還有塊份量不小、抹滿碎辣椒的豬油。她想這是加俐娜給的，但她先去骯髒又沒有門的廁所方便，洗好手，才回到食物前。

喔，真好，真的很好，走進緩緩加溫的人潮。每件大衣與鋪毛真皮外套，都散發出每個家庭的氣味——油煙味、柔軟精的味道、甜甜的香水味。安奴詩卡走過閘門，讓自己被第一波浪潮推動。這一次是加里寧線。她站在月臺上，感覺進站的列車推動車前的地下暖空氣。車門開啟，她進到車內，被擠在人體之間，連扶都不用扶。列車轉彎的時候，她也順著動力方向擺動，像草叢裡的一根草那樣搖擺。她是麥田中的一根麥稈。下一站，還是有人上車，但車廂裡其實已擠得水洩不通，連一根火柴都塞不進去。安奴詩卡閉上眼睛，覺得自己好像被人抱在手上，四面八方都有善良的手擁著她，百般呵護，搖晃她，安撫她。然後，大部分的人在某一站突然下車，她只得靠自己的雙腳站立。

接近終點站的時候，車廂幾乎已經完全清空，她找到一份報紙。一開始，她頗為狐疑地看著它，也許她根本就忘了怎麼閱讀，但後來她把它拿在手上，不安地翻閱。她讀到有個模特兒因厭食症而死，當局正考慮要不要禁止過瘦的女孩上伸展臺。她還讀到關於恐怖份子的消息——又一次失敗的恐怖攻擊；那些恐怖份子的住家裡有TNT炸藥跟點火器。一群鯨魚失去方向感在沙灘擱淺，即將死亡。警察透過網路追查一群戀童癖。天氣即將轉冷。行動建構現實。

這份報紙有點不對勁。這一定是種假報紙，經過變造。每一個句子讓人在讀完後都難以忍受，覺得痛苦。安奴詩卡的眼中充滿淚水，豆大的淚珠不斷往報紙滴，瞬間被粗糙的紙張吸收，像皺紋紙一樣。

安奴詩卡在地鐵從地下駛出地面的地方，把臉貼在玻璃上看。整個城市的色彩從骯髒的白到全然的黑，盡是一片灰色調，輪廓由長方體、正方體、不規則的塊體和交織纏繞的線條組成。她用視線追蹤高壓電線與纜線，然後把視線移到屋頂上，算起天線的數量。她閉上眼，再張開，發現世界從一個地方跳到了另一個地方。就在天色即將轉黑的時候，她再度來到同一個地方。在幾分鐘的短暫片刻裡，她看見低垂的太陽從白色的雲團後頭露臉，用紅色的光輝照亮大樓，但光線只探及大樓頂端和最上面的幾層樓；那些大樓看起來就像是一根根巨大的火把。

然後她坐在月臺大型廣告底下的長椅上。她吃掉最後幾口早餐，在廁所梳洗後，回到自己的位置。尖峰時間等等就開始了。早上搭車往那個方向的人，現在會搭車回這個方向。整個車廂裡只有一個人——那個戴帽子的男人。他站像根柱子一樣站得直挺挺的。列車啟動，微微扯了他一下，然後被地底的黑暗大口吞沒。

「我買麵包給妳吃。」安奴詩卡對著全身包得密不透風的女人說。原本不斷擺動身體的女人，再度因安奴詩卡的舉動而僵住片刻，好似她只能在靜止的狀態下消化字句。過了一會兒，她往賣食物的亭子那邊走去。

她們靠在賣食物的亭子後側，站著吃東西。全身包得密不透風的女人在吃之前，先畫了十幾次的十字，然後行了個禮。

安奴詩卡問她昨天靜靜坐在鍋爐室裡的那些人是誰，女人再度僵住，這一回她的嘴裡還有一口麵包。她回了一句不相干的話，類似「怎麼會？」接著突然氣沖沖地說：

「小妞，妳給我滾遠一點。」

於是，安奴詩卡走開了。她一直搭捷運搭到半夜一點。到了地鐵關門的時間，地獄犬趕著人們離開，她則在某個地方附近走來走去；她覺得那是去溫暖的鍋爐室的入口，卻沒有找到。因此，她往車站的方向走，從身上掏出最後一點錢，靠著幾個塑膠杯裝的茶和紅甜菜湯，雙肘堅強抵著層壓板做的桌面，就這麼度過了夜晚。

她一聽見鐵閘打開的刺耳聲，就在售票機買票，然後搭手扶梯往下。她在列車的玻璃窗裡看見自己的頭髮已油膩膩，完全看不出原本的髮型，而坐到她旁邊的乘客臉上大多有著不情願的表情。有時，驚慌的感覺會在她的腦中閃過片刻，怕會碰到認識的人，但是他們應該不會搭這條線，不過為了以防萬一，她找的都是角落的座位，倚在牆邊。話說回來，她又有什麼認識的人？郵差、樓下商店的那個女人、住對面的那個男人；她甚至不知道他們叫什麼名字。她想要像那個全身包得密不透風的女人一樣，遮住自己的臉，事實上，這是個好主意——她把窗簾拉到眼睛上，將自己的視野局限到最小，也盡量讓自己不被別人看見。她被旁人撞了好幾次——但這樣甚至讓她覺得很舒服。有人示意般碰了碰她。有個年紀比較大的女人站在她旁邊，從塑膠袋裡拿出一顆蘋果，微微一笑，遞給她。

她在文化公園站的餃子攤前站著，一名頭髮剃得很短的年輕男孩買了份餃子給她。她向對方道謝，沒有拒絕這份善意，但其實她的口袋裡還有幾毛錢。她目睹了許多事件：警察逮捕了一個穿皮外套的男人。有對夫妻一直在吵架，兩個人都喝醉了。一個年輕的女孩，青少女，在切爾基佐沃站上車，不停啜泣，喊著「媽媽、媽媽」，而車上其實沒有人敢去幫她，後來也已經來不及了，因為女孩在共青團站下車。她看見有一個人逃跑，那是個身材矮瘦的男人，一路碰撞行人，但是在樓梯前被人潮擋住，在那裡被另外兩個人抓住，雙手遭到反扭。有個女人大聲哭鬧了一會兒，說自己的東西全都被人偷了，偷得一乾二淨，然後她的聲音越來越遠，越來越小聲，最後消失在空氣中。那一天她看見那個眼神空洞、身形僵硬的老人兩次，他坐在光線明亮的車廂裡，從她面前閃過。她甚至不知道天色早已暗了，路燈與建築物內的燈光都已點亮，黃色的燈光滲入寒冷、凝滯的空氣中；這一天，她徹底錯過了陽光。她在基輔站走出地面，往建築工地的臨時通道方向走，希望能遇見那個全身包得密不透風的女人。

那女人待在老地方，做她平常做的事——繞著某種圓圈或八字形來回踱步，時不時高嚷她每次咒罵的內容，而罵的對象大概是一旁的那堆濕布。安奴詩卡在女人面前站了許久，最後女人終於注意到她，轉而沉默不語。然後——雖然她們沒有約好——兩人一起快步行走，就好像要趕去某個地方，而如果她們的速度不夠快，那個地方便會永遠消失。她們沒有說話。橋上的風有如女拳擊手，打在兩個女人身上。

在阿爾巴特街上一家賣食物的亭子那裡，可以買到很美味的布利尼，不是很貴，卻會滴出油汁，而且還淋有鮮奶油。全身包得密不透風的女人把錢幣放到一個玻璃小碟子上，得到兩份熱騰騰的布利尼。她們為自己找了個地方，好安靜地享用美食——在矮牆上。安奴詩卡著魔似地看著一群年輕人。氣候雖然很冷，他們卻全都坐在長椅上彈吉他跟喝啤酒。他們發出的噪音比歌聲還大，不斷對著彼此大吼大叫，嬉戲打鬧。兩個年紀很輕的女孩子騎在馬上。對，這不是常見的景象。那些馬很高，被照顧得很好，想必是剛從馬術學校出來。兩名女騎士的其中一人朝那些彈吉他的年輕人打招呼，然後把韁繩收在手中，俐落地跳下馬，與那群男孩說話。另一人拚命想跟趕時間的遊客要錢給馬買食物——至少她是怎麼對他們說的——但他們也聯想到女孩想買的應該是啤酒。那馬兒看起來不像沒飯吃。

全身包得密不透風的女人用手肘撞了她一下，說：

「吃吧。」

然而，安奴詩卡沒辦法將視線從這一幕移開，她貪婪地看著那些年輕人，布利尼在她的掌心冒煙。在他們所有人的身上，她都看見佩提亞，他們跟他是同一個年紀。在那一刻，佩提亞回到了她的體內，就好像她從來沒把他生到這個世上一樣。他蜷縮在她身體裡，像顆石頭一樣沉重，讓人發痛，不斷在她體內脹大、成長——她大概必須把他再生下來一次，這一回要透過皮膚上的每一個毛孔，把所有的汗都逼出來。暫時，他往她的喉頭逼近，被困在肺裡，不管用什麼方法都沒辦法脫困，只能靠她啜泣才能解套。喔，對，她一點也吃不下什麼布利尼，她是滿的。佩提亞原可坐在那裡，把一罐啤酒握在掌心，伸高遞給騎馬的女孩，然後整個身體往後倒，哈哈大笑，但他卻卡在她的喉嚨裡。他原可自由活動，把腰往前彎到自己的鞋子，把雙手舉高。他原可把一隻腳放到馬鐙上，另一隻腳大力一劃，躍上馬背。他原可坐在這牲畜上，順著街道騎一段，把背打得直挺挺，笑容滿面，讓小鬍子在他上唇漸漸投下一道暗影。他原可用跑的上樓梯，再像暴風一樣跑下來，畢竟他跟那些男孩是同樣的年紀。而她，一個母親，會擔心的則是他的化學可能只有兩分。他會考不過上大學的資格考，最後下場跟他的父親一樣，找工作很困難。而他的妻子一定不會喜歡，還有他們會太早生小孩。

這沉重的鉛海已在她體內翻湧到令她無法忍受，她比著手勢朝女孩跑去。對方正想穩住不耐煩的馬兒，抓著牠的口銜，把牠的頭拉低，好壓制牠不要亂動。當馬兒掙脫開來，女孩便用馬鞭一把抽在牠的背上，大喊：

「該死的，給我站好！你這畜生，給我站好！」

就在那個時候，安奴詩卡手中淋著鮮奶油的布利尼掉了下去。她雙手握拳，衝向正在和馬搏鬥的女孩，冷不防便揍了下去。

「不要碰牠！不要碰牠！」她大聲尖叫，喉頭因過度用力而縮緊。

男孩們全被這副景象嚇呆了，過了一會兒才反應過來，並試圖拉開這個穿格子大衣、突然發狂的女人，但另一個女人已經趕過來幫她。那是個全身包得密不透風的瘋婆子，從頭到腳穿的都是破布。兩人企圖奪走女孩手中的馬鞭，並試著將女孩推開。女孩沒預料自己會碰上這樣暴怒的攻擊，不斷尖叫，用雙手遮掩頭部。受驚的馬兒不斷抬高前腳，大聲噴氣，掙脫女孩的掌控，從阿爾巴特街的正中央跑走（幸好這個時間步行街上幾乎是空的）。牠的馬蹄聲在建築物的牆面間擊出回音，讓人有種街頭鬥毆或罷工行動正在進行的感覺，住戶紛紛打開窗戶查看。但是，在街道的另一邊已經可以看見兩個警察。他們原是一邊慵懶地走著，一邊討論電腦遊戲，反正也沒什麼事發生，在看見這場混亂後，立刻拉高警戒，警棍一抓，衝了過去。

她們坐在派出所裡，等一名態度不是很好，紅臉警察寫好她們的口供，再叫她們。

「點頭。」全身包得密不透風的女人說。「快動。」

「點頭。」也許是出於恐懼，接下來的幾個小時，全身包得密不透風的女人一直說個不停。腎上腺素喚醒了她的舌頭。她對著安奴詩卡的耳朵竊竊私語，不讓任何人聽見，不管是那個遭小偷的人，或是那兩名黑皮膚的年輕妓女，還是這個一隻手按著頭上傷口敷料的男人，都一樣。安奴詩卡則是不停地哭，眼淚一直順著臉龐流下；看得出來，再過不久，她的眼淚就會哭乾了。

然後，在輪到她們的時候，紅臉的警察轉頭對另一間房的某人大喊：

「又是那個老是在外頭遊蕩的女人。」

那頭的人回答道：

「把她放了，但是把另外那個記下來。鬧事。」因此，警察對全身包得密不透風的女人說：

「妳這個女人，下次我們就把妳載到城外，載到一百公里外，聽懂了嗎？我們可不要有什麼邪教徒在這裡。」

至於安奴詩卡，他則跟她要了證件，然後要她重複自己的名字、父名、姓氏與地址。還要她給地址，就好像他完全不知道該怎麼看那證件一樣。安奴詩卡用指尖碰著桌面，闔上眼睛，好像在背詩一樣，背出了自己的資料。地址她重複了兩次：

「庫茲涅次卡街46號78室。」

她們兩人被分別放走，相隔一小時。先是那全身包得密不透風的女人，然後等安奴詩卡走出派出所的時候，那女人已不見蹤影。這也沒什麼好奇怪的，天氣非常寒冷。她在巡邏站附近晃來晃去。她的雙腳不斷趕著她，它們可是會帶她沿那些寬廣的街道，走去每條街道的源頭，也就是它們從丘陵地形的城外郊區流出的地方，而在這些源頭之後開展的，已經是不同風景——以呼吸自娛的巨大平原。

然而，安奴詩卡的公車來了，她在最後一刻趕上它。

人們已從自己所在的地方出發，即使太陽尚未從地平線升起，早晨的人潮卻已盤踞了大街小巷。安奴詩卡搭著公車在市郊繞了很久，然後她站在公寓前，看著自己的窗戶，很高。窗戶都還是黑的，但是當天空開始轉亮，她看見家的廚房裡亮了燈，而就在那時，她走進了公寓。

全身包得密不透風的女人說了什麼

是的，動起來，快動吧。只有這樣你才能躲過他。那個主宰世界的人，沒有掌管行動，而他知道我們的身體在行動中是神聖的，只有在那種時候，在你動的時候，你才能躲過他。他所統治的是不動與靜止的東西，是沒有意志與沒有生氣的東西。

所以，動起來吧，點頭，搖擺，走路，跑步，逃跑。只要你一忘記，一停下腳步，他的巨大雙手就會抓住你，把你變成人偶，用他的呼吸，用惡臭的煙霧，用城外一座座的大型垃圾場，將你包圍。他會把你繽紛的靈魂變成從報紙或紙上剪下的一縷幽魂，無足輕重；他會用火焰、疾病與戰爭來威脅你；他會不斷恐嚇你，直到你不得安寧，不再入睡。他會在你身上標記，把你登進他的紀錄簿，給你這個墮落的證件。他會用不重要的東西來占據你的思緒：要買什麼？要賣什麼？哪裡比較便宜？哪裡又比較貴？從那個時刻起，你會開始擔心瑣碎的事——汽油的價格，還有這對支付貸款又會有什麼影響。你的每一天都會過得很痛苦，就好像活著是一種懲罰，但是為了誰做的壞事，又是怎樣的壞事、什麼時候做的，這些你永遠都不會知道。

很久以前，沙皇曾試著改革世界，但失敗了，世界也直接落入反基督徒的手中。那真正的神祇、善良的神祇——上帝，遭到世界驅逐，而擁有神力的聖器也紛紛被打碎；那份神力被大地吸收，消失在深處。但是，在祂竊聲宣告自己的躲藏時，有個正義之人聽見了祂的聲音；那是一名叫做厄伍菲繆士的士兵，他把那些話記在了腦中。夜裡，他丟掉機關槍，褪去制服，解開裹腳布，脫下鞋子，裸著身子站在天幕下，好像自己是上帝創造出來的一樣。然後，他跑進森林，穿上外衣，逐村遊走，宣揚這黑暗的消息。你們要逃啊，從屋裡動身吧。雲遊者，你們走吧，因為只有這個方式，才能避開反基督徒的陷阱。任何一場對抗反基督徒的戰役，都註定會是敗仗。留下你們的身外物，拋下你們的土地，上路吧。

因為在這世上所有的一切，只要有其固定的位置，國家、教堂、人類的政府，所有在這地獄中擁有形體的一切，都是他的僕役。所有經過定義的，從這裡到那裡的，被納入欄位中的，被寫在紀錄裡的，被編號的，被登錄的，發過誓的；所有的一切，被聚在一起的，被擺出來展示的，被貼上標籤的。所有的一切，會使人停留的：房子、扶手椅、床、家人、土地、播種、栽種、觀察如何生長。計畫、等待結果、制定時間表、維持秩序。所以，既然妳已經不小心生了孩子，就把他們養大吧，然後上路；既然父母隨興要你存在，就把他們下葬吧——然後，去吧。走得遠遠的，走出他的呼吸範圍，走出他的電纜、電線、天線與波段，不要讓他靈敏的儀器追蹤到你。

誰停下來，就會被石化；誰打住腳步，就會像昆蟲一樣被釘住，心臟被木針刺穿，手心與腳掌會被穿孔，釘到門檻和天花板上。

那名叛亂者就是這樣死的。他遭到俘虜，身體被釘到十字架上，像昆蟲一樣動彈不得，展示給人類的眼睛與非人類的眼睛看，尤其是要給非人類的眼睛看，因為每個表演都是他們的最愛；也無怪乎他們每年都會重複這樣的演出，一邊慶祝，一邊對屍體祈禱。

這就是為什麼所有的暴君——地獄的僕人——血液裡有著對遊牧民族的憎恨。所以他們才會監視吉普賽人和猶太人，所以他們才會強迫這些自由的人搬到特定的地址，而這種地址對我們來說，是種判刑。

他們的重點是要建立沒有彈性的秩序，是要讓時間的流逝變成只是一種表象。是要讓每天都變得重複，變得沒有分別。是要建立一部巨大的機器，裡頭的每個生物都必須找一個自己的位置，執行僅是表象的動作。機構與辦公室、印章、規章、階級與軍銜、軍階、申請書與駁回書、護照、號碼、卡片、選舉結果、促銷與集點、收集、交換物品。

用條碼固定世界，給每樣東西一個標籤，就讓大家都清楚這是什麼貨物、又要多少錢吧。讓人們無法辨識這陌生的語言吧。讓機械與自動機器來判讀它吧。讓它們在深夜的大型地下商店裡，逕自判讀它們的條碼詩篇吧。

動吧，動啊。行走的人，是受到保佑的人。

約瑟芬・索利曼致奧地利皇帝約瑟夫・法蘭茲一世的第三封信

陛下至今仍舊音訊全無，想必是國事繁忙，但我依然想繼續嘗試，向陛下請求憐憫。距上一封寫給陛下的信，已過了兩年，而我至今尚未能等到答覆。因此，我要再次提出請求。

安吉羅・索利曼是陛下的僕人，是為帝國奉獻心力的外交官，是一個睿智、廣受尊敬的人。而我是他唯一的孩子，我所請求的，是對我的憐憫。因為，我的父親，我父親的遺體至今未能以基督教的方式下葬，而是——遭到解剖與填製——被當作標本放在皇宮裡的「皇家自然奇觀室」展示，而知道這個事實的我，日日難以安心。

我在兒子出生後，便患上疾病，病況不斷惡化。這件事與我的病一樣，都如此令人絕望，而我擔心自己最終無法修補這件事。在這裡用「修補」這個字是再恰當也不過了，因為——我斗膽提醒陛下——我的父親在死後遭人剝皮，填製成陛下收藏品中的一件展示物。陛下拒絕了一位年輕的母親，但也許不會拒絕一名將死之人。

離開維也納前，我去看過那個可怕的地方。因為，在那段時間裡，我嫁給了陛下的僕人——軍事工程師馮・福伊希特斯勒本先生，而他的部隊把我們帶去了國家的北界——克拉科夫。所以，我去了那裡，看見了我的父親。我可以說，我是去地獄探望我的父親，因為身為一個基督徒，我篤信少了身體的靈魂，沒有辦法在最終的審判裡復活。這份信仰——相對於某些人的看法——也告訴我，身體是神聖的，是我們所擁有的最大恩賜。

自從上帝成為人類，人類的身體便永遠維持聖化，而整個世界化身為一個人的形體。要接觸另一個人或這個世界，沒有其他途徑，唯有透過身體。若是基督當初沒有接受人的身體，我們便不會得到救贖。

我的父親被當作動物一樣剝皮，塞進稻草，跟其他同樣被填充過的人體擺在一起，放在獨角獸的殘骸、蟾蜍怪物、在酒精之中漂浮的雙頭連體嬰，以及其他怪誕之物當中。陛下，我看著那些擠破頭就是為了要親眼瞧瞧你的收藏品的人，當他們觀看我父親的皮膚時，我瞧見他們臉上興奮的潮紅，聽見他們讚頌你的魄力與膽識。

當你去欣賞自己的展示品時，請也走到他——安吉羅．索利曼的面前，走到這位就連死後也繼續為您服務的僕人面前。那雙如今被人用稻草草率填充的手，曾經觸摸過我、抱過我。那如今已風乾塌陷的臉頰，曾經磨蹭過我的臉。這一副曾經愛人、也被愛的身軀，後來被風濕病擊倒，而你的醫生從那個臂膀為他放血。這具標著我父親姓名的人類遺骸，曾經是一個活生生的人。

我常常思考，甚至每個夜晚都不得安睡——究竟是出自怎樣的原因，讓先父的遺體遭受如此殘忍的對待？

難道只是因為膚色的關係？黑的、深的膚色？這有可能嗎？難道白皮膚的人去野蠻國家時，也會碰上同樣的情況——被填製成標本，擺出來供人觀奇嗎？難道只要有人長得不一樣，不管是外表還是內在，或是任何形式上的不同，普世認同的法律與習俗在其身上就不適用了嗎？難道這些法律僅是為了相同的人而創設的嗎？但是這個世上明明就充滿了不同的民族。千里之外的南方，住著不同於定居北方的人，而生活於東方的人，也異於生活於西方的人。若法律是只適用於同一種人的常規，那又有什麼意義呢？我們的船隻與金錢可及之處，所有人都該恪守律法，無一例外。難道陛下您會因為自己的朝臣是白皮膚，就把他填製成標本嗎？身為一個人最基本的權利便是入土為安，若是你剝奪我父親的這份權利，不就等同於質疑他身為一個人嗎？

一般都認為統治者想要統治人民的心靈，但我卻不這麼看。心靈在現今來說是個太過抽象、難懂的概念。如果上帝——願祂寬恕我的怨恨——是為時鐘上緊發條的人，也就是鐘錶師，又或者祂的確是自然之靈，完全以非人類又朦朧的方式現身，那麼心靈便成了一個尷尬而可恥的概念。有哪個當權者會想要統治這樣縹緲不定的東西？有哪個理性的當權者，會渴望去統治未受各個實驗室證實的東西？

人類真正的權力只跟人體有關。這點無庸置疑，陛下，實際上也是如此運作。國家與邊界的劃設，叫人留在清楚界定的空間裡；簽證與護照的存在，控管人行動與移動的天性。規定賦稅的掌權者，可以干涉他的臣民要吃什麼、要睡哪裡、要穿亞麻還絲綢。哪副軀體會比較重要、哪副會比較不重要，也是由你規定啊，陛下。乳娘的胸脯脹滿乳液，分配的滋養卻有所多寡。山丘宮殿裡的孩子可以吸吮飽足，而山谷村落裡的孩子——啜飲殘存的乳水。當你在簽署戰爭法令的同時，也正把幾千副的身軀往血窪裡丟啊，陛下。

有權掌控身體的人，確實就是王者，是生之王，也是死之王，甚至凌駕世上最大之國的帝王。這也正是為什麼我以這樣的方式對你說話，把你當作一個租用生死之人，一個蠻橫僭取之人，而且這不是請求，而是要求。把我父親的身體還來，讓我可以安葬他。陛下，我會如同一道來自黑暗的聲音，一直陪伴著你。甚至在我死後，我的低語也將永不停歇，讓你不得安寧。

約瑟芬・馮・福伊希特斯勒本

非人類之手所創造的東西

看過薩利爾人[70]展後，非出自人類之手所創造的物品展對我來說，已經沒什麼稀奇可言。在那些展品當中，有某些書籍受到山洞的濕氣影響而膨脹，彷彿是自發性地生長，每隔一段時間會讓正義之人發掘它們的下落，再隆重地搬移至廟宇中。繪著上帝容貌的聖像也一樣。只要把一塊表面抹了土的乾淨木板放在一旁擺著，靜靜等待就好。有時，神的臉孔可能會在夜裡出現在那上頭，從底部探出來，從最深的黑暗之中、從潮濕萬分的世界地基底下流瀉而出。因為我們可能是住在一部巨大的相機裡。沒錯，被關在一個黑色的盒子裡，只要能在裡頭挖出一個小洞，或者只憑一根針穿進箱子，外頭的圖案才會從光線之中掉進來，在相機裡頭的感光世界留下痕跡。

還有一個關於一尊小佛像的故事。祂似乎會憑空出現，形狀十分完美，由最上等的金屬製成。唯一要做的，就是把祂身上的泥土清掉。祂是一尊坐佛，托掌枕頭。這尊佛像帶著幾乎難以察覺的笑容，微微的，摻了點嘲諷，就好像剛聽見一個微妙的笑話那樣。這個笑話的精妙不在於最後一句，而是隱藏於說笑話者的吐息之中。

70薩利爾（sarir）：大約在五世紀到十二世紀，位於北高加索地區、以基督教信仰為主的國家。

血液的潔淨

我在布拉格的飯店裡遇見一個女人，是來自另一個半球的海島居民。她跟我說——

人類的身上總是黏著數百萬計的細菌、病毒和疾病，雖然這是無可避免的事，不過至少可以嘗試去改變。在歷經讓全球聞之變色的狂牛症之後，有些國家引進了新的法規；她島上的居民不管是誰，只要去過歐洲，就再也不能捐血。從法律的角度來看，可以說，這樣的人已經被判了無期徒刑，而她現在就是面臨這種情況，再也不能捐血。這是這趟旅行的代價，而且還沒算上機票的花費。她已經不再乾淨，失去了名譽。

我問她，這樣是否值得？為了看幾座城市、教堂和博物館而犧牲血液的潔淨，這樣是否有意義？

她慎重的回答我，每一樣東西都有代價。

藝術間

每一趟朝聖的目標，都是另一個朝聖者。這一回，我馬上便認出夏綠蒂那隻溫柔的手。長形的玻璃罐有個看起來像雕刻品的蓋子，罐子裡漂浮著一個小小的胎兒，閉著眼，掛在兩根馬鬃上，小腳丫碰著染成紅色的胎盤殘餘。靜止不動的海底世界覆蓋了這一切——所有的東西都讓人聯想到海洋，就連這個場景內的主體——胎兒——也一樣。我們來自水中。夏綠蒂想必是出自這個原因，在罐子的石板蓋上擺了貝殼、海星、珊瑚和海葵，而乾燥海馬的一顆眼珠，則被分配到中心的位置。

還有一個標本也吸引了我的注意——保存在冥河水中的連體嬰，旁邊則是他們經過乾燥處理的骸骨。這是大幅節省材料的證據——一個成雙成對的身體、兩個標本。

君士坦丁之手

來到永恆之城後，頭一個吸引我注意的，是一個賣包包和皮夾的商販——長相俊美、皮膚黝黑。我買了一個紅色的小零錢包，因為我原先使用的那一個，在斯德哥爾摩被偷了。第二個吸引我注意的，是擺滿明信片的攤子。光是那些明信片上頭的景色，就可以讓人停下腳步，把剩餘的時間都花在臺伯河畔的陰涼處，或許還可以從那些昂貴的小咖啡館挑一間，點個紅酒來喝。風景明信片上有著全景的老舊廢墟——裡頭包含著雄心壯志，要在一小塊切割下來的空間中，盡可能展示越多內容。但它們逐漸被專注在局部細節的照片取代，而這或許是個好點子，因為可以舒緩疲憊的思緒——這個世界充滿太多事物，所以最好專注在細節上，而不是整體。

噴泉上頭一處漂亮的裝飾、坐在古羅馬建築飛簷上的一隻小貓、米開朗基羅大衛像的生殖器。一隻石刻雕像的巨大腳掌，凹凸不平的軀體雕像，叫人馬上開始猜想這身體配的，該是怎樣的一張臉。黃赭色牆上的單扇窗戶。還有最後，沒錯，一個單指向天的手掌，很怪異，像是從某個不尋常的身體上，被人從手腕處剝離——那是君士坦丁大帝的手掌。

橫豎我也已經受到這張明信片感染——一個人的確應該注意他在看的是什麼，在一開始就要注意！從那個時刻起，不管在哪，我都會看見某個指向某處的手掌，成了這個細節的奴隸，被它掌控。

半裸的戰士雕像，只戴了展示性的頭盔和一支長矛在手，另一隻手則指著上方的某個東西。兩個小天使像，用油膩膩的小指頭引導眾人的注意力，指著他們的頭上——那裡有什麼？不只這樣，兩個笑到彎腰的女性遊客，她們的手指向高級旅館前的一群人——因為李察．吉爾和妮可．基嫚正從裡頭走出來。至於在聖彼得廣場上，這種指著某處的指頭，放眼望去，有幾百根。

鮮花廣場上，我看見一個女人因炎熱的天候而在水龍頭前石化，一根指頭擱在耳朵旁，就好像在試圖回想年輕時的一段旋律，而且耳邊已響起第一個音符。

然後，我注意到一個坐在輪椅上的男人，年紀很大，生病了，由兩個女孩推著。老人呈現癱瘓的狀態，有兩根透明塑膠管從鼻子裡跑出來，消失在黑色的背包裡。純然的恐懼在他臉上凝結，而他的右手以一根嶙峋的指頭，指著某樣東西，那東西大概就在他的左肩後面一點點。

繪製不毛之地的地圖

詹姆士・庫克71出發前往南方海域觀察金星凌日。金星不只為他展現自身的風采，還有荷蘭人塔斯曼72發現的陸地。從他的紀錄，水手們得知這塊陸地一定在這一帶的某處。他們每天看著金星，每天犯著同樣的錯誤——把雲層當作陸地。每到夜裡，他們會聊著這座神祕之島，說既然有金星在天上照看，那座島一定很漂亮。而作為金星眷顧之地，那座島也一定還有其他一流的特點。當時每個人都有自己對那座島的想像。

船上的大副是大溪地出身，他很確定這塊陸地會像他的夏威夷一樣——溫暖，屬於熱帶氣候，充滿陽光，有長而無止境的沙灘環繞，四處都是花朵、藥草和坦裸胸脯的美麗女人。船長來自約克郡（這點他很引以為傲），而事實上，如果這裡跟家鄉一樣，那他也沒什麼好反對的。他甚至思忖著位於地球另一邊的陸地，是否以某種通訊方式，某種同屬星球的親密關係，某種相似度而相互連結——如果不是淺顯易見，就是一定是以另一種比較深奧的方式表露。船上的雜役則夢想著島上有山群，是片尖起的山地，高聳入雲，有著白雪覆蓋的頂峰，而群山之間會有肥沃的山谷，滿是吃草的綿羊，還有乾淨的溪流，鱒魚悠游其中（他大概是挪威來的）。

而人們就是在一七六九年十月六日，透過他的眼睛看見了紐西蘭。

自此，奮進號不斷前進，而島嶼的樣貌從雲層中一寸一寸顯現。每個夜裡，庫克船長帶著感動將它搬上紙頁，畫出一張張的地圖。

繪製地圖的這幾年間，他們碰上許多冒險，並以生動的方式紀錄下來。有人突然想到，這麼一塊非凡的陸地，上頭一定有人居住，而隔天他們便看見灌木叢上方有煙霧飄升。他們開始害怕登陸尋找糧食可能會遇上困難，想像有一頭頭好戰的野豬。結果就在同日清晨，陸上出現了一群恐怖又可怕的人。他們的臉上有刺青，舌頭外露，晃著長矛。他們開槍射了其中幾個人，以明確展現力量並劃下階級高低——這群探險家就是在這個時候受到攻擊。

紐西蘭，似乎就是最後一塊我們自己捏造出來的陸地。

71 詹姆士．庫克（James Cook）：十八世紀英國的航海家、探險家、地圖製圖師。曾三次航行太平洋，尋找當時「未知的南方大陸」南極洲。

72 塔斯曼（Abel Tasman）：荷蘭探險家、商人。在荷蘭東印度公司的資助下遠航，發現了塔斯馬尼亞島、紐西蘭。

另一個庫克

一八四一年，積極倡導禁酒思想的湯瑪士，以徒步的方式從家鄉拉夫堡，前往十一哩遠的萊斯特參加禁酒大會。與他同行的還有幾位紳士。那段路又長又累人，於是庫克有了一個想法——奇怪的是，在他之前竟然沒有任何人想到這麼一個簡單但經典的點子——下一次的大會，他要為這些沒有組織的旅人租下一趟鐵路旅程。

一個月過後，他成功為一個有幾百名成員的團體籌備第一趟旅遊（不過是否所有人都是去參加禁酒大會的，就不得而知了），第一間旅行社就此而生。

湯瑪士是為人類烹調出新領域的兩位廚師[73]之一。

在空氣中溺斃的鯨魚

又一條迷失方向的鯨魚游進淺灘的消息一傳開，澳洲所有的海濱村民都來到海邊。他們自動輪班為牠脆弱的皮膚澆水，鼓勵牠回到海中。幾名作嬉皮打扮的年長女性認為她們知道該怎麼做，似乎只要對牠說：「我的兄弟——又或者是我的姊妹——去吧，去吧。」還有，要閉上眼睛，與牠分享自己的能量。

一整天下來，海灘上不斷有細小的人影來來去去，「就讓海水把牠帶回大海深處吧。」人們用船網套住鯨魚，想靠蠻力把牠推回海裡，可是這巨大的動物變成一塊癱軟的重物，一個完全沒有求生意志的物體，無怪乎人們會說這是自殺。還有一小群社運人士也來到這裡，他們認為應該要讓這種狀態的動物死亡。為什麼自殺行為是人類的特權？這點有待商榷。也許每個物種的生命都有其極限，肉眼不可見，一旦超過，便會自我耗盡；就讓如今正在雪梨或布里斯本制定的動物權利憲章，把這一點納入考量吧。親愛的兄弟們，我們賦予你們自我結束生命的權利。

一群可疑的薩滿教徒駕車來到垂死的鯨魚身邊，為牠進行某種儀式；業餘攝影師和喜歡捕捉驚心動魄場面的人，也來到這裡。還有一名鄉村學校的女教師，帶了班上的學生來，讓孩子們以「鯨魚再

73 探險家詹姆士・庫克（James Cook）和旅遊業者湯瑪士・庫克（Thomas Cook）的姓氏皆為英文 Cook，該字本身另有廚師之意。

見」為主題來寫生。

鯨魚死亡的過程，通常需要幾天的時間，而這段時間裡，已經足夠岸邊的居民與這樣平靜、巨大、意志堅不可摧的生物產生感情。總是有人會為牠取名字，最常見的，都挺像人類的名字。當地的電視臺會現場連線，全國都會參與鯨魚的死亡過程，而多虧有衛星訊號，甚至連全球都會看見。海灘上這個生命體的困境，會占據三大洲的所有新聞版面。藉著這樣的機會，電視上會播放全球暖化與環保相關的電影。大學生們會在課堂上討論。而政客會把保護自然的議題，與自己的選舉政見連結。鯨魚為什麼會擱淺而導致死亡？魚類學者與生態學者會回答這些問題，每個人都有自己的一套理論。生態系統遭到破壞。水資源遭到污染。海底核子試爆，但沒有任何一個政府願意承認。也許鯨魚是跟隨大象的腳步，自願結束生命。老化？沮喪？哺乳類動物的腦部對黑暗壓力很有抵抗力。畢竟，不久前才發現，鯨魚的大腦與人類的大腦差別並不是很大，除了相似程度之外，鯨魚的大腦裡有些區塊是智人大腦裡所沒有的，而那些區塊都是在額葉最好、最發達的部分。

最後，這個死亡成為事實，了無生氣的屍體也該從海灘上移除。這個部分，參與的人已經沒有那麼多；事實上，已經沒有任何人見證。只有穿著亮橘色衣服的工作人員，把鯨魚屍體肢解，搬上拖車，然後載往不知名的地方。如果有所謂的鯨魚墓園，那麼他們一定是把牠載到那裡去。

比利，一條虎鯨，溺斃在空氣中。

人類萬分悲痛。

不過也有些鯨魚最後成功獲救。在幾十位志工全心全意的奉獻努力下，這些鯨魚深深吸一口氣，回到開闊的海洋。在這種時候，可以看見牠們是多麼開心，用牠們知名的噴水方式，將海水灑向天空，然後潛進海洋深處。這場景，讓整座沙灘都為之歡欣。

幾個星期後，這些鯨魚在日本海岸被捕獲，而牠們光滑美麗的身軀，也變成了狗兒的飼料。

上帝的領域

她幾天前就開始打包行李了。東西成堆擺在房裡的地毯上，想要走去床邊時得小心腳步，穿過一堆又一堆的襯衫、內褲、捲成球狀的襪子、摺得直角分明的褲子，還有幾本她路上要看的書——就是那種現在很多人在談論，但她一直沒時間讀的小說。另外還有一件保暖的毛衣，以及她為了這次旅行買的冬靴——畢竟她要去的地方正值嚴冬。

衣物雖然只是身外之物，但不可或缺——它們有如無法透視的柔軟蛻殼，可多次使用，是這副五十多歲脆弱身軀的保護殼，是抵禦陽光與好奇目光的連身防護裝。當她踏上長途旅行，得在遙遠、遙遠的地方待上幾個星期，得去世界邊緣的時候，這些都是必要的東西。她就著一張清單，把東西一一擺在地板上。這張清單是她在知道自己得出遠門後，花了好幾天時間，抓住每個難得的空檔寫下的。因為，人須言而有信。

在把東西仔細裝進紅色行李箱時，她得坦承，自己需要的東西並不多。每一年，她都發現自己旅行時需要的東西越來越少。被她淘汰的東西有：洋裝、造型慕斯、指甲油和所有美甲用品、耳環、旅行熨斗、香菸。這一年，她意識到自己已經不需要衛生棉。

「不用送我去機場。」她對著轉身面向自己、還沒從睡夢中清醒的男人說。「我會搭計程車。」

她用手背拂過他細緻蒼白的眼瞼，在他的臉頰上親了一下。

「到了之後打電話，不然我會擔心死。」他含糊地說，頭也落到了枕頭上。他昨晚在醫院當班，碰上一場意外，病人死了。

她穿上黑色的褲子和黑色的亞麻休閒衫，套上鞋子，然後把皮包往頭一套，斜背在肩。這會兒，她一動也不動地站在走廊上，自己也不知道為什麼。她的家人老是說，出門旅行前，一定得先坐下來一分鐘，這是以前波蘭邊境一帶的習俗；但是，這裡，在這個小小的前廳裡，沒有可以坐的地方，沒有椅子。所以，她就這麼站著，調整自己體內的時鐘，把計時器設定好，也就是設定成世界時鐘的模式。現在她已配備周全，這個有血有肉的人體精密時鐘，與她的呼吸一起無聲地滴答響。她突然回過神，抓住行李箱的把手，像看東西看得失神的孩子，一把將門打開。就這樣，出發。她上路了。

皮膚黝黑的計程車司機小心地將她的行李放進後車廂。她覺得他有幾個動作是不必要的，太過親暱。她有一種感覺，他把行李箱放進後車廂的時候，好像還輕輕地撫摸箱子。

「所以您是要出去玩嗎？」他露出一排白色大牙，笑著問道。

她給了肯定的答案後。司機透過後照鏡回了一個更大的笑容。

「去歐洲。」她拋出這麼一句，而計程車司機則是用一半驚呼、一半嘆息的方式，表達了他的欽佩。

他們行駛在沿著海灣建造的公路上，時逢開始退潮，海水緩緩揭露爬滿貝類的岩石底部。太陽的光芒讓人睜不開眼，熱度也十分燙人，得注意不要曬傷。此刻，她想著園子裡的植物，心裡覺得可惜，不知道丈夫是否會遵守承諾，真的幫它們澆水。她想著橘子（它們會不會等她回來——會的話，她就可以把它們做成果醬），想著剛開始成熟的百香果；也想著藥草——它們被趕到園子裡最乾燥、都是石頭的地方，但它們大概很喜歡，因為今年的龍蒿長得特別好，就連晾在園子裡的衣物也吸滿了龍蒿的澀味與清香。

「十元。」計程車司機說。她付了錢。

她在當地的機場櫃臺出示機票，先託運行李，只留下一個隨身攜帶的背包，然後踏著不疾不徐的腳步走向登機處。乘客已開始登機，有些帶著小孩，有些帶著狗，有些帶著裝滿食物的塑膠袋，所有的人都一臉想睡的樣子。

當小小的飛機升空，將她載往主要機場時，她看見的景象是如此美麗，讓她有那麼一會兒，被籠罩在高升的情緒之中。「高升」這個可笑的過時字眼，用在這個情境裡很滑稽，因為她真的高升了，升到雲層的高度。這些島嶼和沙灘都屬於她，而且這份從屬關係不亞於她跟她的手掌與腳掌。在岸邊捲出泡沫的海水、大小船隻的殘骸、浪潮起伏的柔和海岸線、綠色的島嶼內部，這些都是她的內臟。「God's Zone」，這座島的居民是這樣喚它的。上帝的領域。祂將全世界的美麗搬到這裡，現在把美麗免費分送給居民，沒有設下任何條件。

抵達機場後，她去上廁所並洗把臉，然後盯著在免費網路使用區排隊的幾個人看了許久。旅途中的人們在這裡短暫停留，傳訊息給親近的和不親近的友人，讓他們知道自己的行蹤。她甚至想過自己也可以走去那堆螢幕那裡，敲下自己的伺服器名稱，然後是email，檢查有誰寫信給她。不過她知道自己會在那裡頭找到什麼，而且都沒什麼有趣的內容：跟她目前進行的旅行計畫有關的事、澳洲朋友傳來的笑話、孩子們偶爾寄來的信件。而讓她踏上這次旅程的寄件者，已經有段時間沒消息了。

所有的安檢程序都讓她感到訝異，因為她很久沒搭飛機了。她和她的背包都被X光機掃描。她的指甲剪遭到沒收；她覺得很可惜，因為那把指甲剪頗好用的，她已經用了很多年了。負責安檢的官員用專業的目光，試著去判斷有沒有哪個乘客的身上其實裝了炸彈，尤其是臉比較黑的那些人，或者是那些包著頭巾、開開心心、嘰嘰喳喳的女孩。看起來，她要前往的這個世界，這個她目前人就站在邊境黃線前即將抵達的世界，是用不同的法律在治理，而這個世界陰沉憤怒的低語，甚至傳到了這裡。

通過護照查驗後，她在免稅商店買了點東西。她找到自己的登機門——十號，她面對登機口坐下，試著讀點東西。

飛機準時起飛，輕輕鬆鬆。也就是說，奇蹟再度出現。這架像建築物一樣巨大的機器，成功滑出大地的懷抱，穩穩衝向天際。吃完味如嚼蠟的飛機餐後，所有人馬上開始準備睡覺。少數幾人帶著耳機觀看電影，內容是關於一群勇敢科學家的奇幻旅程，他們在某種「加速裝置」裡被縮成細菌般的大小，現在在病人體內旅行。她對著螢幕，沒帶耳機，很入迷地看著那些奇特的畫面——場景看起來像在海底，胭脂紅的血管通道，不斷脈動的狹窄動脈，當中具侵略性的淋巴細胞讓人想到外太空來的訪客，而溫和、碗狀的紅血球細胞則像是無辜的綿羊。

一名男性空服員拿著只加了一片檸檬的滿滿一壺水，謹慎走動。她喝了一杯。

下雨的時候，水沿著公園小徑流動，將這些小徑沖洗乾淨，帶來許多細緻的淺沙，可以在上頭用樹枝的尖端寫字；而這些沙子也渴望人們在它們身上留下紀錄：孩子們可以在上頭畫格子玩跳房子，畫穿蓬蓬裙、螞蟻腰的公主；而幾年之後——畫謎題，畫祕密，畫愛的象形文——從三角形的頂端垂直拉下一條線，線兩旁分別寫著彼此的名字，代表兩人恩恩愛愛。每次在飛機裡，她總是這樣——從鳥瞰的視角看見自己的一生，看見那些地面上的人認為已被忘得一乾二淨的特殊時刻。這是種老套的閃現機制，機械化的往事回憶。

收到這封電子郵件的時候，她並不知道那是誰寄的，不知道躲在這個姓名底下的人是誰，又為何要用這麼保密的方式與她接觸。這個「記憶空白」持續了十幾秒鐘，而她應該為此感到羞愧。那封信——按她後來的看法——貌似一封耶誕賀卡，裡頭有著祝福，在十二月中旬，第一場酷暑開始的時候，抵達她這裡。但這封信顯然超脫常規，從真空管的另一端向她喊話，聲音悶悶的、不清楚。她沒有完全聽懂，有些句子也讓她感到不安，比如說：「生活對我來說，就像是一種早就失控的噁心癮頭。妳有戒過菸嗎？」有，她戒菸了。那不是一件容易的事。

這封信在她的腦海中占據了好幾天，寄件人是她在三十多年前認識，但後來沒再見過的人。她在年輕的時候，明明就死去活來地愛了這個人兩年，如今卻把他忘得一乾二淨。她很客氣地回了信，用朋友的口吻，一種完全不同的語調。而從那時候起，她每天都會收到信。

她以平常心收這些信，而它們顯然喚醒了她腦中某個沉睡的部位。這個部位保存了當年的歲月，把它們分割成畫面、零碎對話和縷縷氣味。現在，每一天當她轉動鑰匙，開車去上班時，腦中就會開始播放那些收錄在腦中的片段，那些用劣質攝影機拍攝的影片，畫面不是已經褪色，就是只有黑白兩色。那些場景都具代表性，但沒有任何秩序或邏輯可言，沒有按照順序，讓人不知該拿它們怎麼辦。他說他們一起出城——應該說是出小鎮——去一座山坡，那裡有高壓電線，所以從那裡開始，他們的每一句話都有嗡嗡聲相伴，就好像那是一道和弦，在強調這場散步的重要。低沉單調的聲音。一股不會升高，也不會降低的壓力。他們手牽著手。那是他們開始接吻的時期，而能用來形容那些吻的字眼，沒有別的，就只有「奇怪」這兩個字。

他們就讀的中學是一棟又舊又冷的建築，總共有兩層，教室沿著寬敞的走廊成排蔓生。所有的教室看起來都差不多——有三排課桌椅和與之相對的教師辦公桌。覆著一層墨綠橡膠的黑板可以上下開合。值日生在每堂上課前都必須把擦黑板的海綿沾濕。牆上掛的全是黑白男性肖像，只有在物理教室可以找到一張女性的臉孔——瑪麗亞·斯克沃多夫斯卡—居禮，以證明兩性平等。這一排又一排掛在學生頭上的臉孔，想必是要提醒他們，學校不知道是碰上了怎樣的奇蹟，成了偉大科學家庭的一分子，縱使只是一所省級學校，卻繼承了最棒的傳統，隸屬於萬物皆可描述、解釋、證明、舉例的世界。

七年級的時候，她開始對生物感興趣。她在某個地方找到一篇文章——也許是父親偷偷塞給她的——內容跟線粒體有關。

很有可能，在遠古時代的原始海洋中，原本獨立存在的個體被其他的單細胞生物抓住，被迫為宿主工作。演化認可奴役——而我們就是這樣來的。那篇文章裡寫的就是這樣的內容，用的是像這樣的字眼——「被抓住」、「被逼迫」、「奴役」。說真的，這一直困擾著她。這是一種從一開始就預設有暴力存在的假設。

高中的時候，她就已經知道自己會成為生物學家，因為她很熱中於學習生物與化學。上俄文課的時候，她寫了很多小紙條，內容是滿滿的八卦，由班上的男同學從椅子底下傳給她的好朋友。波蘭文課總是讓她覺得百般無聊，直到三年級，她愛上同班的男同學，情況才有所改變。對方的姓名與那封電子郵件的作者一樣，而她現在試著回想對方的臉孔。看起來，就是因為這樣，她沒有學到多少關於實證主義和青年波蘭運動74的事。

她每天的旅程，是在一個曲線優美的弧形上進行鐘擺運動，八公里長的海岸，前往、返回，從家裡前往工作地點，然後再返回家裡。這趟旅程，大海每次都會參與，而且她可以大膽地說，她的旅程就是海洋之旅。

然而，工作的時候，她會停止想那些郵件，做回她自己，沒有迷濛回憶的容身之地。每次只要把車開出家門前的車道，加入公路的車潮時，她就會有點亢奮，因為有這麼多東西在實驗室和辦公室裡等著她。這就是她所熟悉的建物外觀——低矮的玻璃帷幕建築。這棟建築校正了她的意識，而她的大腦也開始更有效率地運作，變得專注，像一部上好油的引擎，不會有任何差錯，次次都抵達目的地。

她參加了一項針對黃鼠狼和負鼠的大型害蟲研究計畫。牠們是人類在無意間帶來這個島的，現在卻在特有種的鳥類聚落間造成破壞，主要是食用鳥類的卵。

她的工作團隊負責測試給這些小型哺乳類食用的毒物。他們把毒素注射進鳥蛋中做成誘餌，再分別擺在特殊的木箱裡，放到森林與樹叢中。毒素必須快速作用，致死方式人道，而且還要能快速分解，免得這些動物的排泄物會毒害昆蟲聚落。這種如水晶般清透的毒劑，對這個世界來說完全無害，只會針對害蟲，只會選擇特定的有機物種類，完成任務後便自動中和，是生態界的〇〇七情報員。

這就是她在做的事。她製造出這樣的物質，而這花了她七年的時間。

他從某個地方得知這件事。想必是在網路上讀到這個消息。網路上什麼都有。如果網路上找不到你，就好像你根本不存在。你得在網路裡至少有個小小的紀錄，就算只是在高中的畢業生名單上也好。而他一定是用很簡單的方式找到她，因為她從來沒改過姓[75]。所以，他一定是直接在搜尋引擎打上她的姓氏，然後就出現好幾頁搜尋結果，還有她的文章，還有她給學生看的年度課表，還有她在生態學界的動靜。起先她以為這就是他跟自己聯絡的原因，完全沒有多想，就跟他在郵件中討論了起來。

在這麼一架跨洲際的大型飛機上要入睡，是一件很難的事。她的雙腳又麻又腫。她睡睡醒醒，反倒更喪失了時間感。夜晚有可能持續這麼久嗎？這讓已經糊塗的人體覺得訝異。它離開了地面，離開了屬於它的地方，離開了太陽東升西落的地方，而松果體，它隱藏的第三隻眼，則仔細紀錄它在天空的動作。天色終於開始轉亮，飛機的引擎聲音也改變了音調，從耳朵已經習慣的男高音，轉成音調較低的男中音與男低音；比她想得還要快，這部巨大的機器終於靈巧地朝地面下滑。在走空橋進航廈的時候，她感受到這裡的空氣有多麼炎熱，硬是從每個縫隙擠進來，又黏又濕。她的肺不斷抵抗，想把這濕黏的熱氣擠出去。所幸，她不需要與它交手。下一班飛機幾乎在六小時後就會起飛，她打算在機場打發這段時間，試著小睡一下，找回時間感。然後，等著她的是下一段要飛半個晝夜的航班。

74 青年波蘭運動（M oda Polska）：指十九、二十世紀之交，波蘭文學、音樂及藝術的現代化運動。
75 波蘭女性在婚後通常會改從夫姓，或在原本的姓氏後頭冠上夫姓。保持原本姓氏的人為相對少數。

她常常在想那個男人，無預警寫了信給她，然後一封接著一封，直到兩人開始通信，字裡行間充滿未竟之語與推想。這種事通常不會明寫，但對於曾有過肢體親密接觸的人，得保有某種意義上的忠貞，她是這麼理解的。他是因為這樣才與她聯絡嗎？想必沒錯。失去童貞是一件一次性、不可逆的事，沒辦法重來一次；所以，不管一個人想或不想，不管這個人的整個意識形態為何，這都會變成一種大事。當初的過程她記得一清二楚：短暫而強烈的痛楚、一道切口、一道傷疤；一個光滑的鈍器竟能造成如此傷害，直叫人感到訝異。

她也記得大學旁邊那些乳灰色的大型建築。不管是怎樣的天氣或季節，黑暗的藥房裡總是亮著燈，擺著一個又一個老舊的棕色大玻璃罐，每個上頭都仔細貼著標示內容物的標籤。治頭痛的黃色藥丸六排一落，用橡皮筋綁著。

她記得那些塑膠製成的橢圓形電話，最常見的是黑色或桃花心木色，上頭沒有撥號盤，只有搖桿，而電話的聲音則讓人聯想到小型龍捲風，在多條深長的纜線隧道之間盤旋，好召喚需要的聲音。

她很訝異自己可以這麼清楚看見這些畫面——這是她人生中的第一次。她一定已經老了，因為大概只有進入老年，這些鉅細靡遺刻畫在腦中深處的記憶才會浮現。目前為止，她都沒有時間去想這些過往發生的事；往事在她眼中是一條模糊的長帶子。現在她釋放這部影片，發掘當中的細節——人腦是很巨大的。就連母親留給她的小皮包，也保存在她的腦中，那是個產自戰前的棕色小皮包，裡頭的柔軟隔層是用上過膠的材質做成，還有看起來像寶石一樣的漂亮金屬扣。皮包裡又滑又涼，把手放進去時會有一種感覺，好像過往的時光被遺留在裡頭。

第二架飛機是要飛往歐洲的，比之前搭的還要大，座位有兩層。搭乘這架飛機的是度完假、皮膚曬成古銅色的遊客，努力想把古怪的紀念品——覆著民族圖騰的長鼓、草帽、木雕佛像——塞進座位上方的行李架。她的座位是整排座位的正中間，擠在兩個女人之中，是個很不舒服的位置。她把頭靠在椅背上，但她知道自己是沒得睡了。

離鄉背井讀大學的他們來自同一個小鎮，他學的是哲學，而她則是生物學。每天下了課，他們都會見面。這座大城市讓他們有些害怕，不知所措。有時候，他們會偷溜進對方的宿舍，有一次——現在她回想起來——他甚至是從排水管爬上三樓。她也記得房間號碼——321。但是大城市和大學在她的生命中只停留了一年，她才剛考完試，他們就搬走了。父親賤賣了自己的診所——一張牙科診療椅和一些金屬玻璃櫃、高壓滅菌鍋及器具。想到這裡，她很好奇這一整套設備現在在哪裡。垃圾場？上頭的乳色塗漆是否還在脫落？母親把家具一一賣掉。在處理財產的過程中，沒有絕望，也沒有悲傷，而是不安，因為說到底，這是要展開新生活。當時的他們都比現在的她年輕（而當時的她一點也不覺得他們是老人），準備好要接受冒險，不管待在哪裡都一樣——瑞典、澳洲，說不定是馬達加斯加，不管是哪裡，只要能遠離六〇年代末期，一點也不友善的荒謬共產國家裡，那種會讓人得幽閉恐懼症的腐爛北方生活就好。父親認為這個國家不適合人類，不過他在餘生裡卻總是對它百般思念。而她想離開，就像每個十九歲的女孩一樣，想要邁向世界。

這個國家不適合人類，卻適合小型哺乳類生物，適合昆蟲與飛蛾。她睡著了。飛機懸浮在乾淨、凍人，會殺滅細菌的空氣中。每一趟飛行都會為我們消毒。每一個夜晚都會為我們淨化。她看見一幅圖畫，不知道它的標題是什麼，但記得小時候看過——一名年輕女性的面前跪著一名老邁的男性，她摸著他的一邊眼瞼。這是父親書房裡的畫，她知道畫冊擺在哪裡——在右邊下面，放其他畫冊的地方。她現在可以閉上雙眼，進到這個房間，透過半圓形的凸窗，可以看見花園。右邊，在與頭部同高的位置，有一個黑色硬膠開關，上頭的旋鈕要用拇指跟食指抓住，然後轉動，得花點力氣才能轉得動。吊燈發出光亮，上頭的五個長型高腳杯燈罩，營造出某種類似旋轉光圈的效果。但是這道天花板底下的光線微弱，位置偏高，她向來不喜歡，寧可打開的立燈，坐到已經磨破的舊扶手椅上。她不知道那是怎麼做出來的，不過立燈的黃色燈罩上，埋著一根根的草梗。作為一個小孩，她以為扶手椅裡住著波波克[76]，那是一種無法形容的可怕生物。現在打開擺在她膝頭的——她回想著——是馬爾徹夫斯基[77]的畫冊，頁面上是一個漂亮年輕女子，拿著鐮刀，表情平和，身前跪著一名老邁男性，而她懷著胸中的愛，闔上他的雙眼。

她的露臺面向一片廣闊的草原，而草原之後，可以看見海灣的天藍水色。潮汐揮灑繽紛色彩，與海水融合，為浪花塗抹銀色亮光。她總是在傍晚走到露臺上，這是當年抽菸留下的習慣。這會兒她站在那裡，看著享受喜悅與歡樂的人們。如果把一幕畫下來，就會出現一幅開心、充滿陽光，也許有些孩子氣的老布勒哲爾[78]。南方的老布勒哲爾。一群人在放風箏，其中一隻風箏的圖案是彩色大魚，又長又細的魚鰭在空中飄游，像鬥魚般優雅。第二隻風箏是熊貓，大大的，橢圓形，飄在一群小不隆咚的人影之上。第三隻是白色大帆船，拉著主人在地上跑的小推車。這風箏多好用啊！這風多有用啊。多好啊。

一群人在跟狗玩，把色彩鮮艷的小球丟給牠們，而熱情無窮盡的狗兒不斷將球撿回來。小小的人影在跑步，騎腳踏車，滑四輪溜冰鞋，圍成一圈踢足球，打排球，打羽毛球，練習瑜伽。五顏六色的車子從附近的馬路開過，後頭掛著拖車，而拖車上載的有小型船、雙體船、腳踏車和行動小屋。微風輕拂，陽光普照，一群嬌小的鳥兒在樹下爭奪被人們遺忘的食物碎屑。

她是這樣理解的：地球上的生命是從有機物的每個原子中所包含的強大力量而發展出來的。目前沒有任何實體證據可以證明這股力量的存在，無法使用最高倍數的顯微鏡，或是精密的原子光譜將它拍下來。這股力量總是自我推展，不斷前進，持續超出自體。這是一部驅動變化的引擎，是一股盲目、強大的能量。若有人試圖將它的目的或意圖歸類，便是對它有所誤解。達爾文以他的理解去詮釋這股能量，但他是錯的。沒有所謂的自然抉擇，沒有所謂的戰鬥，沒有所謂的勝利或為最強者鋪路。競爭，競個頭咧。生物學家越有經驗，花越多時間、越仔細去檢視生物系統裡的複雜組合與連結，就越會強化自己的直覺——在這個發展與推進的過程中，所有的生物都會相互幫忙，相互倚靠。有機生命體會為彼此付出，允許對方利用自己。要說有競爭存在，也只是局部現象，平衡中偶發的擾動。不

76 波波克（bobok）：波蘭民俗中的超自然生物，據信是源自斯拉夫傳說。其體型矮小，相貌醜陋，會恫嚇不聽話的孩子。

77 亞采克·馬爾徹夫斯基（Jacel Malczewski）：十九、二十世紀之交，波蘭象徵主義派的主要畫家之一。

78 老布勒哲爾：本名彼得·布勒哲爾（Pieter Bruegel），十六世紀的荷蘭風景畫畫家，畫風簡單，主題多為日常生活。

錯，枝枒為搶奪光線而相互推擠，根部也為水源爭相深探，而動物則以彼此為食，但這當中卻也有一種讓人類感到恐懼的和諧。讓人有種參加巨體劇場的感覺，好像我們所進行的戰爭，都只不過是種內戰。這個東西——不然還可以用哪個字眼形容？——是活的，擁有幾百萬種特質與完美程度，所以它包羅萬象，沒有任何東西可以自絕於外，每個死亡都是生命的一部分，而且就某種意義來說——沒有所謂的死亡。沒有所謂的紕漏。沒有所謂的有罪者與無罪者。沒有所謂的功勞與罪過、善與惡；想出這些概念的人，誤導了人類。

她回到房間，一聲點擊，他的信就來了。讀著他的信，她想起自己的絕望。原因是寄信的這個人，而那是在很久、很久以前的事了。之所以說絕望，是因為他留下，而她離開。那時候，他有去車站，但她不記得他站在月臺上的樣子，卻知道自己曾經十分珍惜這個畫面。她只記得火車移動的樣子，越來越快掠過的華沙冬季風景，還有一份以「再也沒辦法」這幾個字開頭的思緒。這現在聽起來讓她很有感觸，而且說老實話，她不理解這份痛。這是種良性的痛，就像經痛一樣。有某種東西將其填補完成——也就是說，某種內部過程即將完結，而不必要的東西將會被永遠移除。因此，痛會有，但是種淨化的痛。

他們互相通信了一段時間。他寄來的信都裝在藍色的信封裡，貼著顏色像全麥麵包的郵票。當然他們也計畫過總有一天，他會去她所在的地方。但是，他沒有去——這是理所當然的結果。話說回來，這樣的保證又有誰會相信。之所以這麼說，理由有幾個，但現在看起來好像都不明確，也叫人難以理解——沒有護照、政治因素、一個又一個看不見盡頭的冬季……會讓人陷住，就像陷在冰隙裡，沒有移動的可能。

她剛抵達這裡時，奇怪的愁思便屢屢襲來。之所以說奇怪，是因為引起這份愁思的，只是頗為無聊的事，並不值得思念——人行道水窪上的汽油所產生的霓虹色彩；通往黑暗的樓梯間，吱吱作響的樓梯；又重又舊的門扉。她也想念畫了一圈棕線與寫著「合作社」[79]字樣的琺瑯瓷盤；學生餐廳就是用這種的盤子，盛裝淋了奶油、撒了糖粉的懶人餃[80]。然後，隨著時間的流逝，這份愁思滲進了新的土地，就像打翻的牛奶，沒有留下任何痕跡。她完成學位，修得專業學分。她到世界遊歷，嫁了人，生下一對雙胞胎，婚姻一直維繫到今天，而兩個孩子不久也將擁有自己的小孩。所以，看起來，記憶就像個塞滿紙張的抽屜。有些紙一點也不重要，只紀錄一次性事件——洗衣店的單據，買冬靴的憑證，買烤麵包機的憑證——麵包機早就下落不明。但是，也有其他的憑證，是多次性的，證明的不只是事件，而是完整的過程——孩子的預防接種手冊、學生證（是本小冊子，裡頭的頁面有一半都蓋滿了註冊章）、中學畢業考證書、裁縫課程結業證書。

他寄來的下一封電郵裡，寫到自己其實人在醫院，但已經知道過節的時候可以回家，不用再回去那裡。所有能做的都做過了、檢查過了、預防過了，所以他現在可以回家待著，而他住的地方在華沙附近的鄉村。他還寫到那裡正在下雪，整個歐洲都被嚴冬籠罩，甚至時不時傳出有人凍死。他甚至把自己的病名也寫了，但是是波蘭文，所以她根本就不知道那是什麼病，因為她不知道這種病的波蘭文

79合作社（Spolem）：波蘭共產時期的連鎖超市，現今仍有少數的店面在營業。

80懶人餃（pierogi leniwe）：波蘭家常餃子的一種。麵團混白起士搓揉成條，斜角切塊，水煮食用。由於白起士的關係，味道感帶酸，口感鬆軟，沒有內餡。

說法。「妳記得我們承諾過對方什麼嗎？」他寫道。「妳記得妳離開前的最後一晚嗎？我們坐在公園的草地上，當時很熱，是六月，我們的考試都考完了，而且都是最高分，城市在白天被烤成高溫，現在把混著混凝土味的熱氣釋放出來，就好像在流汗一樣。妳記得嗎？妳帶了一小瓶伏特加來，但是我們喝不完。我們承諾彼此會再見，說不管發生什麼事，我們都會再碰面。還有一件事——這妳是否也記得？」

她當然記得。

他有一把骨製手柄的小型瑞士刀，其中一個功能是開塞鑽，當時他就是先用這個打開伏特加（那時的酒瓶都塞了木塞、上了火漆），而現在他用開塞鑽在掌上劃了一道長長的傷口，位置看起來是在虎口，而她拿走他手上的螺旋金屬尖刺，也對自己做了同樣的事。接著，他們血碰血，傷口貼著傷口。這年少輕狂的浪漫手勢叫做歃血為盟，想必是出自當時哪部熱門電影或者書籍，或者是叫什麼溫內圖的[81]。

現在她仔細檢查自己的手掌，先看一隻手，然後是另一隻手，因為她不記得是哪隻手，不記得是左手還是右手，但她什麼也沒找到。時間能治癒的不只是這樣的傷口。

她當然記得那個六月的夜晚——隨著年紀的增長，記憶開始慢慢打開它的全像投影深淵，像在拉繩子一樣，畫面一道接著一道，而那些都是接下來的每一個小時與每一分鐘。靜止的畫面開始轉動，起先速度緩慢，不斷重複相同的時刻，這讓人想到從沙中取出遠古遺骸的過程——起先是看到單一的骨骼，但同一時間，小巧的刷子也刷出其他部位，最後整個複雜的結構會被取出來重見天日。而關節與其連接的部位，就是支撐時間這個身體的架構。

她與家人離開波蘭搬去瑞典，那是一九七〇年，當時她十九歲。兩年後，他們認為這樣離波蘭太近了，洋流、愁思、瘴氣、讓人不適的空氣，頻頻越過波羅的海而來。父親是個厲害的牙醫，母親是牙科技師——像他們這樣的好手世界上的每個國家都會接受。不管一個地方的居民有多少人，總是得再乘上牙齒的數量，這樣才好評估自己在那裡存活下來的機會。而且離波蘭越遠越好。

這封電子郵件她也回了，而且是懷著訝異確認自己記得那古怪的承諾。而他的回覆在隔天早上便來了，就好像他在那邊，在另一端，一直迫切地等待，在電腦桌面的某處已藏著文稿，只等著把它加進郵件。

「妳試著想像一下一股持續不斷的痛，身體每天都越來越不能動。即便如此，我都還可以忍耐，但腦中的那個想法卻叫我難以承受——我只剩下這份痛楚，沒有其他東西，也不會得到任何補償。每個鐘頭對我來說，都糟過上個鐘頭。也就是說，我是朝著某種讓人無法想像的黑暗前進，朝著某種由幻覺建構、有十層酷刑的地獄前進，而且不會有任何導覽，不會有人牽著我的手，帶我一起走，跟我解釋原因。因為，這當中並不存在任何原因，也沒有任何懲罰，沒有任何獎勵。」

在接下來的那封信裡，他抱怨自己寫信有多麼困難，寫的又是怎樣的陳腔濫調：「妳知道的，這裡不可能討論這種事。傳統上，人們總是不樂見類似的想法，再加上我的同胞（也還是妳的嗎？）天生就沒有深思的傾向，所以大家通常都會拿我們痛苦的歷史來解釋，說歷史總是苛待我們，欺騙我們，也許這個國家的名字就是這麼來的？[82]當我們的滿腔熱血達到巔峰，情緒的崩解總會隨之而

81溫內圖（Winneto）：德國通俗小說作家卡爾・梅伊（Karl May）筆下的著名印地安人角色，多次被改編成電影。

來——有如準則——我們對這個世界有某種程度的恐懼與缺乏信任，相信強勢的規則擁有救贖的力量，同時又有不願意屈服於我們自己想出來的事的傾向。

「我現在的情況是這樣——我離婚了，跟前妻沒有聯絡，照顧我的是我妹妹，但她絕對不會實現我的要求。我沒有小孩，而這點讓我很遺憾；就算只是為了不讓自己現在有所遺憾也好，當初應該生個孩子。我是個不討喜的人，很不幸，也是個公眾人物，沒有一個醫生敢幫助我。政治圈的醜事層出不窮，而我在其中一件事上成了妥協者，在社會上失去好名聲，這我很清楚，而且我一點也不在乎。在醫院裡，時不時會有人來看我，但是——我懷疑——這些人並不是真的想來看我，或是同情我（我是這麼想的），而是為了那份他們自己甚至沒有徹底意識到的滿足感。『這就是他現在的樣子！』他們會在我的床前這樣邊點頭邊說。我明白這樣的心態，這就是人性。我自己也不是像水晶一樣清透，這一生攪亂了許多事情。我只有一個優點——就是總能把事情安排得很好。我想到最後都善用這個優點。」

她在讀這封信的時候，碰上許多困難，沒辦法理解所有的內容，很多波蘭文根本早就忘得一乾二淨。比如說，她不知道什麼叫做「公眾人物」，得先思索一下，但現在她大概已經知道了。而信中說弄得亂七八糟、傷害自己，又是指什麼呢？

她試著想像他是怎麼寫這封信的。是坐著還是躺著？他那時候看起來怎麼樣？是穿著睡衣嗎？但是，他的身影在她的腦中只留下空洞的輪廓，只有一個剪影，讓她可以透視過去，看見草原與海灣。讀完這封長信後，她去拿了幾個小紙盒，裡頭放著以前在波蘭的舊照片，最後，她找到了他——一個年輕的男孩，頭髮梳得很整齊，臉上有著小伙子的稀疏鬍鬚，帶著一副可笑的眼鏡，穿著一件已經拉鬆的山區居民毛衣，一隻手擺在臉旁——拍這張黑白照片的當下，他一定是在說話。

無獨有偶，幾個鐘頭之後，來了封附著一張照片的信。「很不幸的，寫字對我來說越來越困難。拜託妳，動作快一點。看看我現在是什麼樣子吧。雖然這是一年前的照片，但是妳應該要知道我的樣子。」一個高大的男人，頂著灰色刺蝟頭，鬍子刮得很乾淨，臉部線條柔軟，有點不清晰。他坐在某個空間裡，每個架子上都塞滿紙張。他是個編輯嗎？這兩張照片之間，沒有任何一丁點相似之處，可以當成是兩個完全不同的人。

她不知道這是什麼病。當她在搜尋引擎裡打上波蘭文的病名後，一切變清楚了。原來是這樣！晚上，她問丈夫這個病的事。他跟她詳細解釋這個病的成因、無法治癒，還有它會漸漸讓身體癱瘓。

「為什麼妳要問這個？」他以這句話結尾。

「就是問一下。一個朋友的朋友得這個病。」她避重就輕地回答。接著，儘管心裡不想，她卻訝異自己跟他提起一個歐洲的會議，說那是突然發生的事，自己在最後一刻收到邀請。

最後的這一段航班著實已經不重要，只需要花一個小時——從倫敦飛到華沙。她幾乎沒有注意到這個航班。眾多的年輕人，完成工作後回家。這是一種多麼奇怪的感覺啊——所有人的波蘭文都說得這麼自然。起先，這對她來說是種震撼的發現，就好像她碰上了遠古時代的希臘人。所有人都穿得很

82「欺騙我們」原文用的是片語「把我們帶去田野」（wyprowadza a nas w pole），指被帶去田野的人是被騙的人。波蘭的國名Polska，是由田野，pole，這個詞轉化而來的，因為波蘭國土就是一大片平原。

厚，帽子、手套、圍巾和蓬鬆的外套，就像去滑雪的時候會帶的東西——直到現在，她才明白自己降落在隆冬是什麼意思。

在她走進來的時候，他沒有認出她，而這是當然的。癱在床上的他，看起來筋疲力盡，大概連每塊肌腱都已耗光力氣。他仔細地看著她，知道那是她，卻認不出她；至少她是這麼覺得的。

「賽伍斯。」她說。

就在那時候，他虛弱地笑了，閉上眼睛好一段時間。

「謝謝妳。」

有個女人站在他的床邊，想必就是他提過的妹妹。女人退開，騰出一個位子給她，讓她可以把手放在他的手掌上。他的手枯瘦如柴，整個是斑駁的灰色。他的血液承載的已不是火焰，而是灰燼。

「你看，有人來看你了。」他的妹妹說，口氣完全就像在對一個孩子說話一樣。「你知道是誰來看你嗎？來，您請坐吧。」

他躺在房間裡，從窗戶看出去是積雪的庭院和四棵巨大的松樹。松樹的深處有一道籬笆和一條路。再過去，就是一些貨真價實的別墅，富麗堂皇的建築風格讓她感到訝異，不是她記憶中波蘭的模樣。圓柱、環繞建築的檐廊、打了燈的車道。她聽見引擎哀鳴——某個鄰居的車子發不動。她感覺到空氣中有微微的焦味與煙味。那是來自針葉樹的味道。

他看了看她，笑了一下，但是動的只有嘴唇，邊角微微往上彎，眼神還是很嚴肅。點滴架擺在床的左邊。靜脈注射導管塞在發脹、幾乎萎縮的藍色靜脈裡。

當他的妹妹離開後，他問：

「是妳嗎？」

她笑了一下。

「你看，我來了。」她老早就為自己準備好這個答案，而說出來效果也不差。

「謝謝。我沒想到妳真的會來。」他說，然後吞了下口水，就好像他要大哭了。

她很怕自己現在會變成某個尷尬場景的目擊者。

「拜託，我連一分鐘也沒有猶豫就來了。」她說。

「妳看起來很漂亮，很年輕。只是妳頭髮的顏色變了。」他試著說笑。

他的嘴唇乾裂，她看見床頭櫃上擺著一個玻璃杯，裡頭有根包著紗布的棒子。

「你想喝水嗎？」

他點了點頭。

她把棒子放到水裡沾了沾，然後傾身靠近躺在床上的男人，聞到他身上傳來的氣味——偏甜，不是很好聞。當她輕輕為他沾濕嘴唇時，他閉上了眼。

他們試著交談，但不是很順利。他每隔一會兒就閉上眼睛，而她不知道在那種時候，他還有沒有感覺，還是已經神遊太虛。她的開場類似這樣：你記得當初……但效果不是很好。當她沉默了下來，他碰了她的雙手，請求道：

「說點什麼吧。跟我說說話。」

「這樣的情況……」她試圖找到適當的字眼，「還會維持多久？」

他說可能會長達幾個星期。

「這是什麼？」她看著點滴問。他再度笑了笑。

「三合一。午餐、早餐加晚餐。」

豬排配高麗菜，甜點是蘋果派配啤酒。她在他之後小聲重複了「豬排」，而這個她幾乎已經遺忘的字，讓她感到一陣飢餓。她握住他的手，小心翼翼地擦了擦他冰冷的指頭。陌生的雙掌，陌生的人，她在他身上什麼也認不出來，陌生的身體，陌生的聲音。這也很可能是一場誤會，也許她找到的不是他的家。

「你真的認得出我嗎？」她問他。

「當然。妳沒有變很多。」

然而，她看得出來這不是真的，他根本就認不出她。如果他們可以有機會相處久一點，有多點時間可以熟悉彼此的表情、手勢、肢體動作就好了……只是，這麼做又是為了什麼？她覺得他又失神了一段頗長的時間，眼睛閉上，就好像睡著了。她沒有打擾他。她看著他死灰般的臉，雙眼垂閉，指甲完全發白，就好像這些指甲是用蠟做的，但也不完全是這樣，因為指甲與手指皮膚的界線是模糊的。

過了一會兒，他回來了，看著她，就好像這中間只過了一秒鐘。

「我在網路上找到妳，而且這已經是很久以前的事了。我看了妳的文章，但不是很懂。」他虛弱地笑著。「那些用字都太難了。」

「你真的看過了嗎？」她驚訝地問。

「妳一定很幸福。至少妳看起來是這樣。」

「我是。」

「這趟飛得怎樣？幾個小時？」

她跟他說了轉機跟機場的事。她試著算出是幾個小時，但數字一直兜不攏，畢竟她是飛往西邊，而且時間看起來好像擴增了。她跟他描述自己的家，還有面向海灣的風景。她跟他說了負鼠的事，還有兒子去了瓜地馬拉的鄉村，要在那邊的學校教一年英文。她說她的父母不久前相繼過世，兩個人過得很充實，都白了頭髮，彼此間總是用波蘭文低聲交談。她說她的丈夫專門做複雜的神經手術。

「妳在殺動物，對吧？」他突然問。

她訝異地看著他。過了一會兒，她終於會意過來。

「這是一件很痛苦的事，卻也是不得不為的事。」她說。「你想喝水嗎？」

他搖了搖頭，繼續問。「為什麼？」

她比了一個手勢。似乎不耐煩。

原因當然很清楚。因為人們把飼養的動物帶到島上，彷彿從來就不知道島上有自己的原生生態系統。有些動物是很久以前、超過兩百年前，被人隨性帶過去的；有些動物看起來根本就是無辜的，是逃走的，例如兔子、毛皮動物繁殖場的負鼠跟黃鼠狼，與從屋前的院子溜走的植物——最近她看到路邊長滿血紅的天竺葵。逃走的大蒜在渺無人煙的地方野化，花朵有些褪色，誰知道，也許幾千年之後，這裡會創造出某種地區性的變種。像她這樣的人，辛苦工作，不讓島嶼剩下的世界受到感染；不讓哪個種子從哪個人的口袋隨機來到這座島；不讓香蕉皮上的外界真菌有機會來到島上，否則現在就會已經有一整個生態系統在這些真菌上發展。也要注意每隻鞋子上、健行靴的鞋底上，沒有其他不良移民——細菌、昆蟲、藻類——躲藏。雖然這是一場註定失敗的戰爭，他們卻得好好把守。現在已經不會有任何個別的生態系統，這是必須面對的事實。世界已融成一團漿糊。

海關的規定得遵守。不允許帶任何生物島上。每顆種子都得申請許可。

她注意到他聽得很專注，但這個話題適合這樣的場合嗎？——她沉默地想著。

「說啊，繼續講吧。」他請求道。

他的睡衣敞開，露出胸口一小塊近乎白色的皮膚，上頭有幾根灰色毛髮。她幫他把睡衣拉好。

「看，這就是我的丈夫，還有這是我的小孩。」說著，她從皮包裡拿出錢包，裡頭的透明隔層中擺著照片。她給他看她的孩子。他沒辦法轉動腦袋，所以她幫他微微抬起頭。他笑了一笑。

「在這之前，妳有來過這裡嗎？」

她搖頭表示沒有。

「但我來過歐洲，都是參加學術會議。算起來，一共三次。」

「妳都沒想過要來這裡？」

她想了一下，說：

「我的生命中發生太多事，你知道的，上大學，小孩，工作。我們在海洋邊蓋了一棟房子。」她開始說，但在思緒中聽見父親的聲音——……適合小型哺乳類生物，適合昆蟲與飛蛾……——「就是沒想到。」

他在沉默了一段時間後，問：「妳知道要怎麼做嗎？」

「對。」她回答。

「什麼時候？」

「隨便你想什麼時候。」

他困難地把頭轉向窗戶。「越快越好。明天？」

「好。明天。」

「謝謝妳。」他說，看著她的眼神就好像方才才向她告白一樣。

在她走的時候，一隻被過度餵食的老狗把她聞了一圈。他的妹妹站在寒風中的門廊抽菸。

「您要來一根嗎？」

她明白對方是在邀請自己一談，便拿了一根香菸，但自己卻為這個舉動感到奇怪。那是根很細的涼菸，頭一口讓她傻住了。

「他有服用嗎啡片，所以意識不是完全清醒。」女人說。「您是從很遠的地方來的嗎？」

在那個當下，她發現他並沒有把這個祕密跟妹妹分享。她不知道該說什麼。

「呃，不是。我們以前一起工作過一段時間。」她毫不猶豫地說，甚至沒料到自己懂得撒謊。

「我是個海外記者。」她胡謅這個事實好解釋自己的外國口音。

「上帝真是不公平，不但不公平，還很殘忍，讓他受這麼多折磨。」他的妹妹在說這話的時候，臉上是一種憤怒的表情。「還好您來看他，他很孤單。診所的護士都是在中午前過來，說最好把他送去安寧中心，但是他不想。」

兩人同時把香菸在雪中按熄，連嘶聲都沒有傳出。

「我明天會過來跟他道別，因為我要走了。」她說。

「明天？這麼快？他是這麼開心能跟您見面……而您只待兩天。」女人做了一個動作，就好像想抓住她的手，好像想再多說一句：「不要丟下我們。」

她沒想到這一切來得這麼快，不得不把機票改期。但最重要的那一段航班，從歐洲回家的那一段，沒辦法改，所以她多了一個禮拜的時間。然而，她決定不要留在這裡——最好馬上離開，再說，她覺得在這一片白雪與黑暗中，自己是個外人。明天下午有往阿姆斯特丹與倫敦的機位，她選了阿姆斯特丹。她會把那個禮拜的時間都拿來參觀這個城市。

她獨自一人吃了晚餐，然後穿過主要的街道前往舊城區。她逛著小巧商店展示的東西，裡頭賣的主要都是紀念品跟琥珀做的首飾。那種東西她並不喜歡。而這個城市本身也讓她覺得不可碰觸，太大，也太冷。在城市裡穿梭的人們個個包得密不透風，臉都被領子與圍巾遮了大半，口中不斷呼出一團團的水氣。人行道上積著一堆又一堆結冰的雪。她原本想去看當年住過的宿舍，但放棄這個打算。說老實話，這裡所有的一切都在把她推開。突然，有個現象讓她感到奇怪——人們是如此樂意造訪年輕時候待過的地方，而且是出自本身的意願。但是他們在這裡可以找到什麼，怎麼能確定他們以前到底有沒有來過這裡？在拋下這個地方後，他們有覺得比較好嗎？說不定他們懷抱希望，認為舊地重遊時，記憶會像拉鍊一齒嵌進一齒般確定，將過去與現在咬合在一個穩定的平面上。

而當地的人顯然排斥她；他們根本沒在看她，視線直接略過她。看來，她童年的夢想——變成一個隱形人——實現了。她把童話裡的道具隱形帽戴在頭上，便暫時消失在他人的眼前。

最近幾年她了解到，沒有特色、不起眼才能馬上變成隱形人。只要當一名中年婦女就夠了。這不只是之於男人，也是之於女人，因為她們之間也不會再較勁了。這是一種讓她訝異的全新認知。她感覺他人的目光好像在她的臉上移動，在她的臉頰、鼻子上移動，甚至不用先觸及這些部位，便直接穿過她的身體，他們想必隔著她看見廣告、風景、時刻表。喔，是啊，看起來，她變透明了，而她想，基本上，這為她的生活帶來更多可能性，而她才剛開始學著利用這些轉變。在某些戲劇化的事件中，沒有人會記得她，目擊者的證詞會是「有個女人……」跟「之前還有個人站在這裡……」。在這種事情上，男人比女人更加無情，女人有時候還會注意到耳環，他們則是什麼都不會發現，目光在她身上不會停留超過一秒鐘。偶爾會有某個孩子，不知出於什麼原因，貼到她跟前，徹底且漠然地檢視她的臉，然後別開自己的臉——轉向未來。

她晚上把時間花在飯店的蒸氣室。然後，她睡著了，可說是太快入睡了。時差讓她很疲倦、不對勁，像張孤獨的牌卡被人從原本的牌堆裡抽出來，被混在另一個不一樣的異國牌堆裡。她隔天很早就醒過來，卻被一股恐懼籠罩。她躺著，天色還是暗的。她想起自己的丈夫，想到他是怎樣睡眼惺忪地跟她道別。她在慌張中想著自己再也看不見他。她還想像自己把皮包留在樓梯上，脫掉衣服，躺在他旁邊，貼向他的裸背，把鼻子抵在他的肩頭，就像她喜歡的那樣。她打了電話給他——那邊還是晚上，而他剛從醫院回來。她只提到會議的事。她說天氣很凍，他大概會受不了。她提醒他要去院子澆花，尤其是石堆那裡的龍蒿。她還追問有沒有同事打電話來找她。然後，她去沖澡，仔細把自己洗乾淨，下樓吃早餐。她是第一個用餐的人。

她從化妝包裡抽出看起來像香水試用品的安瓿瓶。路上，她在藥局買了針筒。那挺好玩的，因為她忘了「針筒」這個奇怪的字，說成了「打針」，這兩個字聽起來頗像的。

她搭計程車穿過市區時漸漸了解為什麼自己會有疏離感——這根本就是另一座城市，跟她腦中記得的當初那個城市根本一點都不像，沒有任何可以喚起記憶的地方。沒有一樣東西對她來說是熟悉的。房子都太沉重，太誇張，街道都太寬，門都太堅固。街道不一樣，開在上頭的車也不一樣。還有，她熟悉的不是這個方向。所以她才會一直覺得自己跑到鏡子的另一端，處在不真實的國度，所有的東西都不是真的，所以好像做什麼都可以。沒有人有辦法抓住她的手，把她扣下。她在這些結冰的街道上移動，就像從另一度空間來的訪客，像個比較高等的生物；她得想個辦法把自己縮小，才能塞進這裡。而她在這裡唯一要完成的，就只有那個任務，明顯而無菌的愛的任務。

計程車司機在別墅區所在的小鎮上稍稍迷了路。這個小鎮的名字也很夢幻，千重山——穿過千重山、萬重水。她要司機在轉角後的一間小酒吧停下，並付了車資。

她快步走了十幾公尺，然後吃力地從還沒除雪的熟悉小徑脫身，從門籬走到屋子。如一頂帽子的雪從被動過的門籬掉下，露出了房子的號碼：一號。

幫她開門的還是他的妹妹，雙眼因哭過而紅腫。

「他在等您。」她說，然後消失。「他甚至叫人幫他刮鬍子。」

他躺在換過的床單上，意識清醒，臉向著門口——顯然是在等她。當她在他床邊坐下，握住他的雙掌時，她注意到一件奇怪的事——那兩隻手掌濕濕的，都是汗，就連手背也是。她朝他笑了一笑。

「怎麼了？」她問。

「還好。」

他說謊。他並不好。

「幫我貼上這塊貼布。」他說，並用眼神指向床頭櫃上的一個塑膠盒。「會痛。我們得等貼布的藥效開始作用。我不知道妳什麼時候會來，但是我想在清醒的時候看到妳。如果我先貼了，就會認不出妳。我可能會想，這也許不是妳？妳是那麼的年輕又漂亮。」

她撫著他凹陷的太陽穴。貼布像另一層皮膚一樣，貼在他腎臟上方的位置。她看見一小塊他的身體，飽受折磨，虛弱不堪。她為眼前的景象感到心驚而咬住了嘴唇。

「我會有什麼感覺嗎？」他問道，但她要他別擔心。

「告訴我你要什麼。你想要獨處一下嗎？」

他搖搖頭。他的額頭皮膚乾得像紙一樣。

「我不會跟妳告解。把妳的兩隻手放在我的臉上就好。」他請求道，並虛弱地笑了笑，但表情看起來有點狡猾。

她二話不說便照他的意思做。她感覺到他薄透的皮膚與細瘦的骨頭，還有凹陷的眼眶。手指下傳來陣陣脈動與似乎是出自壓力的顫抖。他的頭骨——精緻的鏤空骨骼結構、完美的塊體，堅固卻也同時脆弱。她的喉頭緊鎖，這是她第一次，也是最後一次近乎掉淚。她知道這樣的觸碰能帶給他舒緩，她感覺到自己安撫了他皮膚底下的顫抖。最後，她移開雙手，而他依舊閉著眼睛躺著。她緩緩壓低身子，在他的額頭上親了一下。

「我是個正派的人。」他把目光鎖在她身上，竊聲說。

她點了點頭。

他請求她說：

「說點什麼給我聽吧。」

措手不及的她清了清喉嚨。他催著她說：

「告訴我，妳住的地方現在是什麼樣子。」

於是，她開始說：

「現在正值盛夏，是檸檬成熟的時候……」他打斷她，說：

「妳從窗戶可以看見海洋嗎？」

「可以。」她說。「海水退潮的時候，會露出貝殼。」

但這當然只是他的花招，因為他沒有打算要聽她說什麼。他的視線有片刻失了神，但後來又回到以往的精銳。就在這個時候，他從非常遙遠的地方看著她，她才意識到他們倆已不屬於同一個世界。她沒辦法說得清當時的情況——恐懼與慌張，或者是正好相反——鬆了一口氣。他模模糊糊竊聲說了些笨拙的感謝，或這類的話，然後進入夢鄉。就在那個時候，她從皮包裡拿出安瓿瓶，將裡頭的液體抽進針筒。她把點滴從靜脈注射導管拔掉，緩緩注射了幾滴進去。他的呼吸停止，很突然，也很自然，就好像之前他胸腔的起伏是種奇怪的異常現象。除此之外，沒有發生其他的事。她用手掌順過他的臉，然後把點滴接回去，撫平她坐的那個地方的床單。然後，她走了出去。

他的妹妹再度站在門廊抽菸。

「香菸？」

這一回，她拒絕了。

「您還會來看他嗎？」女人問道。「他等您等了好久。」

「我今天要走。」她坦言道。在走下階梯的時候，她又說：「請您保重。」

飛機起飛，她的記憶關上。她已經不再想這件事。她的腦中已不再有任何回憶出現。她在阿姆斯特丹過了兩天。這個季節的阿姆斯特丹風大又冷。她在各個博物館閒逛，在飯店過夜，整座城市只剩三種顏色的組合：白、灰、黑。當她在主要的那條街上散步時，碰上一個人體標本解剖展，她被引發興趣，走進裡頭參觀，在那裡度過了兩個小時，細細觀賞以現代科技保存的人體各部位。由於她處在一種奇怪的心智狀態，而且非常疲憊，所以是隔著一片霧看展覽，不甚專心，看見的都只是輪廓。神經根與輸精管，在她眼中像溜出園丁掌控的奇怪植物，塊莖、蘭花、組織蕾絲與繡花、末梢神經系統脈絡、鱗片與細棍、觸角與鬍鬚、堆體、涓流、皺褶、波浪、沙丘、火山口、丘陵、山群、谷地、高原、血管曲流……

在空中，在海洋上方，她在皮包裡找到了展覽的彩色傳單；上頭可以看見一副人體，沒有皮膚，擺成羅丹做的雕像姿勢：一隻手抵著膝蓋、撐著頭，身體呈現怔忡之姿，幾乎像在思考，雖然沒有皮膚與臉部（臉是人體表面最顯著的特徵之一），但還是看得出來，這副身體的眼睛是斜的，有異國風情。然後，沉浸在飛機引擎低調、枯燥、持續不斷的低沉運轉聲中，半睡半醒的她在腦中幻想著不久之後，當這個技術變得便宜，每個人將可以讓自己被塑化。遺體可以取代墓碑，並附上這麼一段文字：「某某人就是以這副身軀旅行了幾年，在這樣與那樣的年歲時，離開了這副身軀。」當飛機下降著陸，一股恐懼與驚慌突然籠罩住她。她的雙手緊緊按住椅子的扶手。

染。

當一身疲憊的她終於抵達自己的國家，踏上那座美麗的島嶼後，在通過海關查驗時，移民官問了她幾個例行問題：她在她去的地方有沒有跟動物接觸，有沒有去鄉下，有沒有可能受到任何生物感

她瞧見自己站在門外，磨掉鞋子上的雪。還有那條餵食過頭的狗，在樓梯上跑來跑去，摩擦她的雙腿。她也看見了一雙手，打開像香水試用品的安瓿瓶。所以，她平靜地點了點頭。

因此，對方要她站到一旁。在那裡，她那雙沉重的冬靴被人用消毒藥劑很認真地清洗一番。

不要怕

我載過一個塞爾維亞族的年輕人去捷克，名字叫內伯沙。一路上，他一直說戰爭的事，讓我開始後悔讓他上車。

他說死亡會標記自己地點，就像狗會在自己的地盤上到處撒尿。有些人可以馬上感覺到這種記號，有些人要一段時間過後才會覺得不自在。每一次的逗留，都會發掘亡者無所不在這微妙之處。他說：

「一開始，你總是先看見漂亮、有生氣的東西。自然、裝飾繽紛多彩的地方教堂、各種氣味等等，諸如此類的東西會讓你心情愉快。不過，這種情形維持得越久，這些事物的魅力會益發消退。你將開始思考，在你之前，是誰住在這間房子裡、這個房間裡？這是誰的東西？是誰刮花床邊的牆面，做這些窗臺的木頭是從哪棵樹切割出來？精雕細琢的小巧壁爐和鋪石庭院是出自誰之手？而這人現在又在哪裡？過什麼樣的生活？環繞水塘的小徑是誰的點子，又是誰想到在窗子底下種一棵柳樹。所有的房子、小道、公園、果園、街道都吸飽了他人之死。當你感覺開始有某個東西把你拉往別的地方，你會覺得是時候該繼續前進。」

他還說，當我們開始移動之後，就沒有時間做這種悠閒的冥想。所以旅行中的人總會覺得一切都很新、很乾淨、未曾被碰觸，而且就某種意義來說，永恆不滅。

當他在米庫萊奇下車後，我對自己重複他那奇怪的名字——內—伯—沙。不要怕。83

亡靈節

旅遊書說這個節日會持續三天，如果是落在週間，政府會把這個節日延長，對學校和政府機構來說，假期就是整個禮拜。這段期間，各家電臺都會持續不斷地播放蕭邦的音樂，因為一般認為這樣有助於集中精神、認真反省。這段期間內，人們通常會前往自家亡者的墳前弔唁。由於最近這二十年來國內進入前所未有的發展盛期和工業化，這表示幾個現代化大城市的居民，幾乎都要離城返回偏遠的省份。所有的班機、火車和巴士的座位在幾個月前就已售罄，之前沒有足夠準備的人，只得自己開車前往先人的墳墓。節日開始的前一天，所有出城的道路便已堵滿車潮。由於這個節日落在八月，在高溫底下塞在車陣中，是件一點也不愉快的事。所以，早就預見所有不便的人們，會帶上自己的行動電漿電視和旅行小冰箱。如果把暗色車窗關上，開冷氣，就可以撐幾個小時，尤其如果有親愛的家人或朋友作伴，外加旅行版的自助餐，那就更完美了。處在這樣的車陣中，甚至可以跟好友視訊，閒聊一番，約定返家後的碰面時間。

人們通常會帶上祭品獻給先祖的靈魂——特別為此而烤的餅乾、水果、寫在一塊布料上的祝禱文。那些留在城市裡的人，會有十分詭異的體驗——大型購物中心全都關門，甚至會將大型電子廣告看板關掉。地鐵的車次會減班，有些車站（比如大學站和證券交易所站）則完全停止營運。速食小吧和迪斯可舞廳全都不營業。城市裡是如此空蕩，以致今年政府決定暫停所有市立噴泉的電子控制系統，說這樣可以大幅度節省開支。

露絲

一個男人在妻子過世後，為自己做了一張清單，列出與她同名的地方——露絲。

他找到的地方還挺多的，不只是城市，還有河流、鄉村、山丘，甚至是一座島嶼。他說自己之所以要這麼做，都是為了她。再說，這讓他重拾信心，覺得她以一種無以名狀的方式存在這個世界上，就算只是透過名字也好。還有，站在名為露絲的山腳下時，他有種感覺，她根本就沒死，她還在，只是不一樣了。

這趟旅程的資金，是來自她的保險。

83 內伯沙，Nebojsza，與波蘭文的 nie bój się（不要怕）諧音。

高級大型飯店的接待櫃臺

我踏著快速的腳步走進去，門房帶著親切的笑容歡迎我。我快速地張望四周，一副來跟人碰面的樣子。我故作姿態，不耐煩地查看手錶，然後一屁股坐在其中一張椅子上，抽起菸來。

這樣的飯店大廳比咖啡廳還要強。什麼都不用點，不用跟服務生爭執，也不用吃任何餐點。飯店在我的面前放送自有的節奏，那是一道漩渦，中心是旋轉門。流動的人河會在這裡停留——原地打轉一晚或幾天，然後繼續流往他方。

不管該來的人是誰都不會來，但難道這樣會貶低我的等待精神嗎？這是一種行動，就像冥想——時間流轉，帶來的新事物不是很多，而場景不斷重複（計程車開來，新的飯店房客下車，門房把行李箱從後車廂取出，帶著電梯鑰匙，和客人一起走向櫃臺）。有時候，場景會重疊（兩輛車從相對的方向同時來，兩名乘客下車，兩名門房從兩輛車的後車廂取出行李箱），又或者是多個場景交疊，造成人潮，場面會變得緊張，可能演變成一場混亂，不過這僅僅是複雜的形況，要馬上化成協調的畫面，恐怕是有些苛求。有些時候，大廳出奇空曠，門房便會與櫃臺的接待小姐打情罵俏，但也只是有一搭、沒一搭，飯店永遠準備好隨時迎客。

我大概會這樣坐一個鐘頭，不會太久。我看見有些人從電梯衝出來，要趕去跟人碰面；這樣的人從一出生就遲到了。有時候，匆匆忙忙的他們會在旋轉門裡轉來轉去，就像在石磨裡一樣，不一會兒就變成粉末。我看見有些人拖著腳步，蹣跚前進，就好像被逼著踏出每一步，每個動作都拖拖拉拉。

女人等著男人。男人等著女人。她們頂著剛上的妝容，但即將到來的夜晚會仔細將之抹去；她們的身上籠罩著香水的芬芳，宛如神聖的光環。他們裝作一派輕鬆，實際卻是繃緊神經，因為今天是住在自己身體中較低的樓層，住在小腹裡。

這樣的等待有時會帶來美麗的禮物——這個男人送女人上計程車。他們是從電梯出來。她的身材嬌小玲瓏，有著一頭深色的頭髮，穿著緊身短裙，但看起來並不流氣。那是一個高雅的妓女。走在她背後的他，身材修長，髮色帶灰，一身灰色西裝，雙手插在褲子口袋。他們沒有交談，彼此間保持一定的距離；很難相信這兩人的黏膜上一刻還彼此擦摩，他用舌頭徹底探查過她的嘴巴。他們走在彼此身邊，他讓她先走進旋轉門石磨。計程車早已收到通知，在外頭等著。女人上了車，一句話也沒說，最多就只是揚起一抹淺笑。沒有任何的「再見」或「我很開心」。他還微微探向車窗，但大概什麼也沒說。也許「再見」根本就是多餘的，顯然他沒有控制好自己的習慣。然後，她搭的車開走了，而他則雙手插著口袋往回走，臉上有著微微的滿意，甚至有一絲笑意。他已經開始計畫夜晚，腦中已經出現電子郵件的地址和電話號碼，不過他還不打算開始行動，想再享受一下這份輕盈，直接走去喝一杯也說不定。

放射點

在經過這些城市的時候，我心裡已經知道，自己得在其中一處落腳。我在腦中不斷思量、比較、評估，但每一次都覺得，它們不是太遠，就是太近。

所以，看起來，還是有這麼一個固定的點，被我當作來回行動的放射中心。而它離什麼太遠、又離什麼太近呢？

橫截面

以橫截面來辨識事物時，每一層都是讓人約略聯想到下一層或上一層的根據；每一層通常都是一種變動，一種修改過的版本。每一層都有助於組成整體，只是從表面看不出來罷了，因為單看每一層的時候，不會讓人想到整體。

每一層都是整體的一部分，不過各有各的規律。立體秩序被困在平面層中，受到限縮，看起來很抽象。甚至可能讓人認為：不管是任何一個整體，以前從來都不曾存在過，現在也不存在。

蕭邦之心

大家都知道，蕭邦是在十月十七日凌晨兩點過世（按英文的維基百科說法，「in the small hours」）。陪在他死亡床榻前的，是他最親密的朋友圈裡的幾個人，還有無怨無悔照顧他到最後的姊姊露得薇卡，以及耶沃維次基神父。那副徹底遭到摧毀的身體，以如此沉默、動物般的方式死亡。而這場生命之戰每延長一次，也只是為了再多擷取一口空氣——這讓神父受到了很大的衝擊。他先是昏倒在旅館樓梯上，然後在日誌中為這位演奏家虛構了一個比較美好的死亡版本，雖然隱約有所覺，卻沒能清楚意識到這是自己心中的叛逆念頭所致。在他寫下的內容裡，有一段蕭邦的遺言：「我已置身幸福的源頭。」這顯然是謊言，但可以肯定的是，這也是一段漂亮、感人的話語。實際上，就露得薇卡記憶所及，她的弟弟什麼話也沒說。話說回來，當時蕭邦早已昏迷幾個小時，最後從他嘴裡脫出的，是一線濃稠的血涓。

這會兒，又累又凍的露得薇卡搭著驛馬車前進。他們快要抵達萊比錫。這個冬天很潮濕，厚重的雲層從西方追趕而來，看來是要下雪了。在巴黎的葬禮過後已幾個月，但是在波蘭還有另一場葬禮等著露得薇卡。蕭邦生前不斷重申自己想埋在祖國；由於他很清楚自己會辭世，所以精心安排了自己的死亡與各場葬禮。

索蘭芝的丈夫在蕭邦死後，便馬上駕車前來——彷彿他老早就準備好，穿上大衣與鞋子，就等著有人來敲門通知。他帶著收納了整個工作坊工具的皮包出現，首先把油脂抹在死者癱軟的手掌上，然後仔細放進木槽中擺好，倒入石膏。接著在露得薇卡的幫助下，為蕭邦做了面具——在他的臉部表情不那麼僵硬，看起來沒那麼死氣沉沉之前。因為死亡會把所有的臉孔，都塑造成非常相似的模樣。

眾人在靜默中悄悄完成蕭邦的另一個要求。在他死後的第二天，波托次卡伯爵夫人派來的醫生，下令把屍體上半身的衣服褪去，然後在屍身赤裸的胸膛周圍塞滿床單，再以熟練的手法拿著銳利的手術刀將它切開。醫生下刀的時候，露得薇卡也在場，她覺得那副身體好像動了一下，甚至嘆了口氣。之後，床單幾乎全沾滿黑色血塊，而她則把臉轉向了牆面。

醫生把心臟放在水盆裡沖洗時，露得薇卡很訝異那顆心臟竟是如此之大，形狀不規則，沒有色澤，幾乎塞不進裝滿酒精的玻璃罐裡，因此醫生建議把罐子換大一點——心臟不應該受到擠壓，也不該觸碰罐身。

車行的晃動讓驛馬車裡的露得薇卡開始打盹。與她對坐的同伴阿聶拉身旁出現一名貴婦。她不認識，卻感覺像是一位舊識，而且是在波蘭的時候就已經認識。對方穿著蒙塵的喪禮裙裝——那是波蘭的寡婦在起義之後[84]開始穿的款式。她的胸口有一枚華美的十字架，臉被來自西伯利亞的冰寒凍得又

84 一八〇七年，拿破崙率軍攻打原被普魯士統治的波蘭，建立華沙公國。拿破崙垮臺後，華沙公國的西部被普魯士管轄，東部歸俄羅斯統治。一八三〇年，波蘭的貴族青年在華沙起義，解救被俄羅斯統治的波蘭人民。期間，雖然一度成立波蘭臨時政府，但最後還是被俄羅斯擊敗。史稱「十一月起義」。

紅又腫，戴著灰色禦寒手套的雙手則抱著一個玻璃罐。露得薇卡發出一聲輕吟，醒了過來，並檢查籃子裡的東西——一切都沒有問題。她調整滑到額頭的帽子，然後用法文咒罵了一聲，因為她的肩頸整個僵掉。原本在打盹的阿聶拉也醒了過來。枯燥的冬季風景，悲傷得可怕。她們看見遠方有些規模不大的村落，那是浸泡在黑暗與潮濕之中的人類聚落。露得薇卡想像自己像某種昆蟲，被可怕的昆蟲學家監視，在一張巨大的桌面上移動。她輕輕一顫，跟阿聶拉要了一顆蘋果。

「我們在哪裡？」她看著窗外問。

「還有幾個小時才抵達。」阿聶拉安撫道，然後把一小顆去年產的、已經發皺的蘋果拿給她。

蕭邦的巴黎葬禮在馬德萊娜教堂舉行，已經安排好彌撒。與此同時，他的遺體則放在芳登廣場，眾多親友皆前往弔唁。教堂的窗戶雖然都拉上了窗簾，太陽還是試著穿進室內，用溫暖的色調狎玩秋天的花朵——紫菀與蜜菊。教堂裡頭只有蠟燭照明，讓人覺得花朵的顏色鮮明飽滿，而往生者的臉也不若白日下蒼白。

沒想到，要實現蕭邦的願望，在他的葬禮上演奏莫札特的《安魂曲》，竟是如此困難。他的朋友動用所有的關係，才找齊頂尖的音樂家與歌唱家。全歐洲最傑出的男低音路易吉．拉布拉什同意演出；他是個逗趣的義大利人，可以模仿任何人的聲音，而且非常到位。而在等待葬禮的其中一個夜晚，一場非正式的聚會上，他所模仿的蕭邦唯妙唯肖，讓在場的人都哈哈大笑，但也不確定這行為是否恰當——畢竟蕭邦的屍骨還沒入殮。不過，最後有人說，這可是證明了眾人對蕭邦的紀念和喜愛，而且透過這種方式，他可以陪伴生者更久一點。所有的人都記得，蕭邦有多愛刻意模仿別人，而且學得又有多好。他有很多天賦，喔，很多。

基本上，情況變得很複雜。馬德萊娜教堂不允許女性唱歌，不管是合唱或獨唱都不行。這是幾世紀以來的傳統——沒有女性，只有男性的聲音，最多只能是閹人（「對教堂而言，就連沒了蛋的男人都比女人好。」負責女中音的義大利歌手葛潔拉．帕尼尼小姐如是評論）。不過，在一八四九年的今天，要去哪裡找閹人？少了女高音和女中音，要怎麼唱《安魂曲》裡頭的〈神奇號聲〉？馬德萊娜教堂的神職人員說了，就算是為了蕭邦，也沒辦法改變這項傳統。

「他的遺體我們還能留多久？上帝憐憫，我們該去找羅馬教會解決嗎？」最後一根理智線也崩斷的露得薇卡大叫道。

由於十月的氣候還挺暖和的，蕭邦的遺體被搬去比較陰涼的太平間。那副身軀躺在昏暗的光線中，是那麼的渺小，那麼的枯槁，且沒有心臟；藏在雪白襯衫裡的，是將胸腔再度關閉、不甚仔細的縫線。

與此同時，《安魂曲》的排練持續進行，蕭邦那些有社會地位的友人，皆不斷以溫和的方式與神職人員溝通。最後，他們協議好，不管是獨唱還是合唱，女性都要站在黑色的帷幕後頭，不能讓信徒看見。對於這個決定，只有葛潔拉一人據理力爭，然而大家一致認為，在這種特殊的情況下，這樣的解套方式，總強過什麼都沒有。

等待葬禮的期間，蕭邦的朋友每晚都會去他姊姊的家，或喬治桑的家懷念他。他們一起吃晚餐，交換城裡的小道消息。那是一段奇怪的平靜日子，好似不屬於一般月曆上記載的日子。

那位葛潔拉．帕尼尼小姐，個頭不大，身材細瘦，有著一頭豐盈的鬈髮，是波托次卡伯爵夫人的朋友，兩人有幾次一起去探望露得薇卡。葛潔拉一邊喝著利口酒，一邊嘲笑男中音和指揮，但也興致高昂地說著自己的事。她是藝術家，有隻腳跛了，因為去年她在維也納的時候，碰上街頭鬥毆，被人打傷。群眾把她的車推翻，一心以為車裡坐的是個上流社會的有錢女人，沒想到會是個演員。葛潔拉對昂貴的車輛和高檔的時髦禮服向來沒有什麼抵抗力，而這想必是因為她出生於倫巴底的鞋匠家庭。

「難道藝術家就不能坐昂貴的馬車嗎？如果一個人的事業很成功，難道就不能讓自己稍微享受一下嗎？」她說話時帶著義大利的口音，聽起來就好像有點結巴似的。

她之所以會碰上這場不幸，是因為她出現在不對的時間、不對的地點。革命情緒高漲的人們，不敢攻擊守衛團團圍繞的皇宮，因而開始掠奪皇室的收藏。葛潔拉看見人民把每間收藏室裡看起來跟貴族的頹廢、奢侈和暴行有關的東西都拖出來。滿腔怒火的人們把扶手椅丟到窗外，撕毀沙發，拆掉牆壁上昂貴的鑲板，也打破擺著考古收藏品的玻璃櫥櫃。他們把化石丟到外頭的石磚路時，連帶把窗戶的玻璃也打破。一整套的半寶石收藏，轉眼便被偷個精光，之後眾人又把目標轉向骨骼收藏品，以及剝製填充而成的動物標本。某個護民官登高一呼，要眾人把人類標本及木乃伊，變成真正的基督教葬禮，或是把這些當權者侵占人體的證據，徹徹底底地摧毀。因此，眾人把那些東西堆成一座小山，隨手找到什麼就燒什麼。

葛潔拉的馬車倒下的方式，不幸造成她的裙撐支架傷了她一條腿，而且顯然割斷了神經，因為她的腿變得癱軟無力。她在描述這些充滿戲劇性的事件時，還拉高裙襬給在場的女性看她的腳——套在附有鯨骨的硬質皮套裡，由數個圓環支撐。

「這就是裙撐的用處。」

露得薇卡對女歌手在葬禮彌撒上的歌聲與表演，打從心底讚賞。就是這名女歌手的動作——拉高鐘形裙襬，揭露罩在鯨骨與傘骨上，那複雜的圓環奧祕——給了她一個想法。

在巴黎的蕭邦葬禮有幾千人參加，送葬隊伍行經的路線得進行管制，讓人潮與車流轉往其他街道。整個巴黎也因為這場葬禮而停止運作。當經過精心準備的《進堂詠》響起，隨著合唱團的聲音衝擊教堂拱頂，人們開始哭泣。《進堂詠》撼動了所有人的內心，但露得薇卡一點也不覺得悲傷；她已經耗盡所有的悲傷，哭乾所有的眼淚，心中只剩怒火。因為，這是怎樣一個可悲又可鄙的世界？這是一個怎樣的鬼地方，叫人這麼年輕就死，叫人有面對死亡的一天？為什麼是他？為什麼是這樣的方式？她把手帕舉到眼前，但不是為了拭淚，而是為了能用盡全力捏住某個東西，也為了要遮去自己那雙沒有半滴淚水，只有熊熊怒火的眼睛。

號角響起美悅之調
穿透隸屬墳塚之域
蒙受召喚王座之前

男低音路易吉・拉布拉什開始唱道，聲音是如此溫暖、充滿思念，緩下了她的怒火。然後，男高音與帷幕後方的女低音加入：

死亡自然同感震驚
造物活活再起之時
為其回應審判之際
具載之書端呈於前
天地萬物詳記其中
據此普世該當應審
故而審判入座之時
暗隱諸事必然昭揭

最後，她聽見葛潔拉拔高的純淨聲音，像煙花一樣，像那條露出的腿、赤裸裸的真相。葛潔拉唱得最好，這是當然，帷幕只稍稍蓋去她的聲音，而露得薇卡想像有個義大利小女孩，懷著充沛的情感，使出全力，抬高頭，頸子上青筋盡現——她在排練的時候，就是看到她這個模樣——把那不凡的聲音從身體裡發出。她的嗓音很乾淨，像鑽石一樣，雖然有那麼一道布幕，雖然有那麼一條腿，她依舊朝那該死的世界唱道：

無所絕於審罰之外
悲慘如我何以言語

誰人又會為我說項

驛馬車在一間客棧前停了下來，那是距離波森大公國國界約半小時路程的地方。這些遠行的女子先在那裡梳洗一番，然後吃了一些東西——冷掉的烤肉、麵包和水果。接著她們往某個方向走去——就像其他旅人想要小解時那樣——消失在路旁的草叢裡。她們先欣賞盛開的三角草，然後露得薇卡從籃子裡，拿出一個裝有棕色肉塊的大罐子，把它裝進以皮繩巧妙編成的網子裡。阿聶拉仔細把皮繩的末端，綁在露得薇卡的裙撐支架上，在裙襬落下後，便看不出在底下有這麼一個寶物。露得薇卡轉了幾圈，然後把裙襬一甩，往馬車的方向走去。

「帶著這個東西，我沒辦法走太遠，」她對同伴說，「它一直撞到我的腳。」

不過，她也沒必要走太遠。她在自己的位子坐下，背打得直挺挺的，也許有點僵硬，但她畢竟是名仕女，是蕭邦的姊姊。是個波蘭人。

邊界的普魯士警官要她們下車，然後把馬車仔細搜過，查看這些女子有沒有夾帶東西進入波蘭會議王國[85]，進而強化波蘭人某些荒謬的獨立情緒。當然，他們什麼也沒有找到。

至於在邊界的另一邊的卡利什，已經有一輛華沙派來的馬車，和幾名友人在等著她們。另外還有幾位這場悲傷儀式的見證人，穿著黑色燕尾服，戴著高帽子，成排而立。那一張張蒼白的哀悼面孔，

85 一八〇七年，拿破崙成立華沙公國。拿破崙垮臺後，在一八一五年的維也納會議上，華沙公國被普魯士王國瓜分的部分，成立波森大公國；劃歸俄羅斯王國的部分，則成立波蘭會議王國。

帶著虔誠的目光，看向每個卸下來接受檢查的包裹。然而，露得薇卡在知情的阿聶拉幫助下，得以片刻遠離人群，把裙子底下的罐子解開。阿聶拉鑽進蕾絲裡，穩穩將罐子拉出來，用把新生兒抱給母親的姿勢，將它交給她。之後，露得薇卡放聲痛哭。

在幾輛馬車的護送下，蕭邦之心抵達了首都。

乾燥標本

每一趟朝聖的目標，都是另一個朝聖者。這一回，橡木架子上方有著漂亮的草寫文字：

微渺之事

神能之處

這裡聚集了所謂的內臟乾燥標本。這種標本的做法，是把器官清理乾淨，然後塞進棉花吸乾。等器官乾燥後，再在表面塗上亮光漆。這種漆跟用來保存圖畫表面的漆是一樣的。亮光漆要多上幾次，等拿掉棉花後，再把標本內部也塗上亮光漆。

不幸的是，亮光漆沒辦法防止組織老化，所以隨著時間的流逝，所有的乾燥標本都會變成類似的顏色，呈現褐色、棕色。

我們這裡就有一個例子——保存完美的人胃，經過撐大，變得像氣球一樣，薄得有如羊皮紙。接著則是腸子，小腸與大腸。好奇這個消化系統曾經消化過哪些美食，有多少動物從中穿過，有多少種子撒落其中，有多少水果從中滾過。

像是給觀賞者的紅利似的，旁邊還有烏龜的陰莖及海豚的腎。

網路國度

我是網路國度的公民，一天到晚忙著在不同的方向之間移動，已不太清楚國內最近的政治議題。各種對話、談判、協商、會議、會晤、高峰會持續進行，一張張巨大的地圖被攤放在各個桌面，人們在上頭用小旗子分別標出已拿下的地方，以箭頭畫出下一場勝利征戰的方向。

幾年前，在我不小心跨越已完全看不清楚，或是僅經過口頭協議而劃定的邊界時，外國網路在我的手機螢幕上註了冊，不過到今天，已經沒人記得那些充滿異國風情的網路名稱是什麼了。我們沒注意到這些在夜裡發生的政變，沒人通知我們投降協議的內容。這支帝國軍團由聽話、服從的官員組成，但關於它的動向，沒人告知帝國的屬民。

我的手機也很聽話，一下飛機，馬上就通知我現在位於網路國度的哪個省份，提供我需要的資訊，表示如果我發生什麼事，會為我提供幫助。它擁有各種有用的號碼，每隔一段時間，碰到情人節或其他節日，它會說服我參加促銷活動跟抽獎。這讓我卸下武裝，也讓我的無政府主義情緒瞬間沉澱。

我要用複雜的心情，談談某次到遠地旅行的事。那裡沒有任何網路訊號。起初，手機驚慌地搜尋任何可以連接的網路，但是沒有找到。它的訊息似乎越來越歇斯底里。螢幕上，「沒有找到網路」一直重複。然後，它放棄了，用正方形的瞳孔呆滯地看著我——看，這個沒用的工具，一塊塑膠。

這讓我清楚想起一幅很舊的圖，上面畫著一個抵達世界邊緣的旅人。情緒興奮的他，丟掉了自己的行囊，然後看著外面，看著網路之外。圖上的這個旅人也許覺得自己很幸福——他看見在蒼穹中，整齊排列的星星與行星，也聽見不同星體的樂聲。

在旅行終點線上的我們，被剝奪了這份禮物。網路之外，只有寂靜。

卍字符號

在某個遠東的城市裡，素食餐廳通常都會標上紅色的卍字符號——代表太陽與生命力的遠古記號。這讓身處異國城市的素食主義者，生活變得非常容易，只要抬起頭，跟著這個符號的方向走就可以了。在這樣的餐廳裡會提供蔬菜咖哩（有各種變化）、印度炸蔬菜、咖哩餃，跟korma料理[86]、抓飯、迷你炸餅，還有我最愛的海苔片包米餅棒。

幾天之後，我就像巴夫洛夫的狗那樣被制約，只要看到卍字符號就流口水。

名字專賣店

我在街上看到一些小小的店面，裡頭賣的是小孩名字，給即將出生的寶寶。想購買這種名字的人，必須在適當的時間提前向店家訂購，並附上確切的受孕日期，還有超音波照片，因為在選擇名字的時候，孩子的性別非常重要。店家會把這些資料記下來，然後請客人幾天後再回來。在這段時間裡，店家會幫這個即將出生的孩子排好星座，然後由大師進行冥想。有時候，名字很快就出現，化成兩三個聲音落在大師的舌尖上，再由口水黏成音節，接著透過大師之手，變身成紙上的紅色文字。有的時候，名字會鬧脾氣，不太願意顯現，只有隱約的輪廓，模糊不清。在這種情況下，很難把這樣的名字關進文字裡，得用上輔助技巧。不過，輔助技巧的具體做法，賣名字的店家向來都不透露。

從店家打開的門往裡看，可以看見裡頭滿滿都是宣紙、佛像和手寫的經文。店家手執毛筆，對著紙張埋頭苦幹。有時候，名字會像一塊墨漬，從天而降，出人意表，清晰完美。對於這樣的開示，只能全盤接受。有時候，孩子的父母對拿到的名字一點也不滿意，希望帶有溫和、充滿樂觀的意思，比如給女孩子的要是月光或善河，給男孩子的要是勇進、大膽或成功。不過，當自己的兒子被佛祖起名為圈圈時，不管店家再怎麼解釋也沒用；不滿意的顧客走出店門，一邊咆哮，一邊走向店家的競爭對手。

86 korma：印度咖哩醬的一種，以優格為基底，加上各種香料製成。

劇情片與動作片

在離家萬里的影音出租店裡，我一邊在架上翻找，一邊用波蘭文咒罵。突然間，一個女人在我面前停下腳步。她個子不是很高，看起來像五十歲，生澀地用我的語言說：

「這是波蘭文嗎？妳會說波蘭文嗎？妳好。」

很不幸地，她會的句子就這麼多。

接著她就改用英文，說她七歲的時候跟父母搬來這裡，講到這裡，又跟我秀了一下波蘭文的「媽媽」。然後，令我不解的是，她開始掉眼淚，指著自己的手、自己的前臂，說她的血液裡有滿滿的波蘭之魂，說她的血是波蘭之血。

這個笨拙的手勢看起來像毒蟲的手勢——她用指頭比著血管，也就是下針的地方。她說自己嫁給一個匈牙利人，就忘了她的波蘭文。她抱了我一下便走開，消失在寫著「劇情片與動作片」的架子間。

人可以忘記語言這件事，讓我很難相信。畢竟，就是因為有語言的存在，人們才能勾勒出地圖。她一定是把它錯放在世界的某個地方，說不定被捲起來，收在放內衣褲的抽屜裡蒙塵；像一時興起買下，卻從沒機會穿過的性感丁字褲一樣，被擠在角落裡。

證據

我遇到幾位魚類學家，他們同時也是神創論者，不過這一點也不影響他們的工作。我們在同一張桌子吃蔬菜咖哩，離下一班飛機還有很多時間，所以我們改到酒吧坐。那裡有一個東方臉孔的男孩正用吉他演奏艾瑞克．克萊普頓的暢銷歌曲。

他們說，肥美的魚——鱒魚、白斑狗魚、大菱鮃、川鰈和整個譜系發展紀錄——都是神創造的。神大概是在第三天創造魚的，連帶也為牠們準備了待挖掘的骨骼遺跡、砂頁岩上的粗糙拓印及化石。

「為什麼要這麼做？」我問：「做這些假證據要做什麼？」

對於我的疑問，他們顯然早有準備，所以其中一個人答道：

「人類描寫神跟神的意圖，就像是魚試著要描寫牠在游的水。」

另一人則在過了一會兒補充道：

「還有牠的魚類學家。」

9號房的鑰匙

甲市裡有一間蓋在餐廳上方的便宜小旅館，我拿到的是9號房。門房給我鑰匙（一把常見的專利銀色鑰匙，鑰匙圈上吊著圓形的號碼牌）的時候，說：

「用這把鑰匙的時候請小心，9號是最常弄丟的。」

這話讓原本正拿著筆填表格的我，停住了手。

「什麼意思？」我問，心中已響起警報。櫃臺後的這個人還真是碰上了絕佳的對象——我，本地的偵探，事件與記號的私家調查員。

他顯然注意到我的不安，因為他用安撫、甚至有點友善的口吻跟我解釋，這沒有特別的意思，只不過依照往例，9號房的鑰匙最常被健忘的旅客弄丟。這點他很清楚，因為他每年都要更新鑰匙紀錄，而他知道9號房的鑰匙得打最多把，就連鎖匠自己也覺得奇怪。

在甲市停留整整四天裡，我一直都把鑰匙的事放在心上。回到旅館的時候，我總是把它放在明顯的地方。出門的時候，我都會把它還到櫃臺人員安全的手上。有一次，我不小心把它帶在身上，就把它放在最安全的口袋裡，而且一整天都一直去摸它還在不在。

不知是什麼樣的法則在掌管這9號房的鑰匙，又是基於什麼的原因，有什麼的後果？說不定那位櫃臺先生的直覺是對的，這不過是巧合。又說不定，事實恰好相反，這是他的錯，因為他下意識一直把9號房的鑰匙，交給健忘、不可靠又耳根子軟的人。

由於車子的班次突然變動，我離開得頗為匆忙。幾天後，我震驚地在自己的褲子口袋裡找到鑰匙——所以我無意間把鑰匙帶走了。我本來想把它寄回去，不過，說實話，我已經不記得那家旅館的地址。只有一件事讓我覺得慶幸——像我這樣的人不只一個。有一小群人，在離開甲市的時候，褲子裡都帶著9號鑰匙。也許我們在不自覺中建立了一種共同體，只是這個共同體存在的目的是什麼，我們猜不到。也許有一天，這個答案會揭曉。餘下的就只有一個事實，也就是門房當初烏鴉嘴說的——他又得去百思不得其解的鎖匠那裡，打一把9號房的鑰匙。

旅行中的立體測量學試驗

大型洲際飛機上，有個人睡得非常不安穩。醒來後，他把臉湊到窗邊，看見下面有一塊寬廣的黑暗陸地，只有零星幾個地方，有一小簇、一小簇微弱的燈光，穿透那片黑暗。多虧有螢幕上顯示的地圖，男人才想到這是俄羅斯，大概是位在中部的西伯利亞。他用彩色格紋毛毯把自己包好，再度進入夢鄉。

底下其中一塊黑色土地上，另一個人正走出木屋，抬眼望向天空，查看明日的天氣。如果從地底下拉出一條假想的直線，就會發現，在那麼一瞬間，這兩個人會同時位在這條光帶上。也許，他們的視線會在上頭出現一下子；也許，這條光帶會穿過他們的瞳孔。有那麼一刻，他們是垂直的鄰居，因為這是一萬一千公尺遠的距離，也就是十公里再多一些而已。這比他與最近村落之間的距離還要短，這比大都市內區與區之間的距離還要短。

令人不安的「甚至」

在車子裡，一路上經過許多大型看板，上面用白底黑字寫著一句英文：「耶穌甚至愛你」。這份意外的支持讓我感到心靈的提升，只是「甚至」讓我覺得不安。

希維博津87

沿著陡峭的海岸線，在葉片尖銳的絲蘭間行進幾個小時後，我們踏著斑駁的陰影來到礫岸。那裡有座小亭子，裡頭有淡水可取用。這座小亭子有三道牆面，佇立在遼闊的荒野之中。亭子裡有長板凳可以歇腿與睡覺。說來奇怪，其中一張長板凳上，有一本黑色塑膠封面的簿子，還有一支ＢＩＣ原子筆，筆管是黃色的。這是一本訪客簽名簿。我把背包和地圖扔開，從最前面開始，貪婪地閱讀裡頭的內容。所有的欄位、筆跡、陌生文字、簡潔資料，這些人被未知的命運牽動緣分，在我之前來到這裡。下一個號碼、日期、姓名，還有「朝聖三問」──出身何國？來自何地？前往何方？結果，我是第一百五十六個到這裡的人。在我之前來過這裡的，有挪威人、愛爾蘭人、美國人、兩個韓國人、澳洲人，最多的是德國人，不過也有瑞典人，甚至……喔，看，有斯洛伐克人。然後，我的視線停在了一個名字上：西蒙・波拉可夫斯基，希維博津，波蘭。我著魔似地看著這串快速寫下的文字，大聲唸出「希維博津」這個地名，至此，我有一種感覺，有人在海洋、絲蘭和陡峭的小徑上方，覆上了一片乳白色的薄膜。這個可笑又難唸的地名，讓被寵壞的舌頭起而造反；柔軟又變態的「希」隨即讓人在朦朧中感受到：像是油布攤放在廚房桌上所散發的寒涼、剛從菜園摘來的一大籃番茄、瓦斯爐的焦味。這一切讓希維博津變成唯一的真實，再無其他。這日接下來的時間，都懸掛在海洋之上──一座巨大的海市蜃樓。雖然我從來沒在那個城市待過，卻隱約看見當中的幾條巷道、一座公車站、一間肉鋪、一座教堂的塔樓。夜裡，思念的浪潮席捲而來，讓人難受，像腸痙攣。我在半夢半醒之間，看見一對陌生的嘴唇，分毫不差地擺出「希維」這個令人難以置信的嘴型。

87 希維博津（Świebodzin）：位於波蘭西部的小鎮。

庫尼次基：土地

夏季在庫尼次基背後闔上，將門用力甩上。庫尼次基這會兒正在適應環境，把涼鞋換成皮鞋，把短褲換成長褲，在桌前削鉛筆，把帳單排好。過去不再存在，成了生命中的碎屑，沒什麼好遺憾的。所以，他現在所感到的痛，一定是虛幻的，不是真實的。這股痛覺來自每一個不完整、破碎的形態，因為人天生就想望完整。除了這樣，沒有其他的解釋方式。

最近，他總是夜不成眠。意思是說，他總是疲倦不堪，夜晚倒頭就睡，但半夜三、四點左右就會轉醒，像多年前水災過後那樣。不過，當時的他知道這失眠的情況從何而來——他被災難嚇壞了。現在的情況不一樣，並沒有任何災難發生，卻出現一個破洞、一道裂隙。庫尼次基知道這情況可以用詞彙來縫補。如果他找到合理、正確、數量合適的詞彙來說明發生的事，這個破洞便能補好，不會留下任何痕跡，而他也能一覺睡到早上八點。有時候，或者說其實只有幾次，他覺得自己聽見某個聲音，聽見一、兩個字，很大聲，很有穿透性。他不只在失眠的夜裡被剝奪詞彙，在忙碌的白天也一樣。某個東西在他的神經元裡發出火花，某種脈動從一個地方跳到另一個地方。思緒不就是這麼一回事嗎？

幻象已紛紛準備就緒，站到了理智的大門前，如同工廠大量製造的現成藝術品。這些幻象一點也不嚇人，不是什麼聖經中的大洪水，也不會演變成但丁筆下的場景，這只不過是水的特性——無可避免、無所不在。屋子裡的牆面吸滿了水，庫尼次基用一根手指探測已成病態的濕軟灰泥，受潮的油漆手上留下了印記。每道牆面上的斑點都成了一張張他不知道國名的地圖。水珠透過窗框滲入，沾濕了地毯。只消在牆面打上一根釘子，馬上就會流出一線細涓，只消打開抽屜，水花頓時飛濺。水說：「拿起石頭，我就在那底下。」一道道的水柱往鍵盤灌，螢幕被水淋灑，畫面轉黑。庫尼次基跑出家門，來到大樓前，看見遊戲沙坑與花圃全都消失，樹籬也不見蹤影。他涉過腳踝深的積水來到車邊，試圖開車離開社區，前往高地，但已來不及了。原來，所有的人都已經被包圍，被困在陷阱裡了。

「一切都平安收場了，開心點。」他對自己說，並在黑暗中起身去浴室。「我當然開心。」他對自己答話。然而，他根本就不開心。他回到溫熱的床上，睜眼躺著，直到天亮。他的雙腳不安分地往某個地方走，自顧自在棉被的皺褶上假裝散步，從裡而外發癢。有時他會陷入短暫的小憩，然後被自己的鼾聲喚醒。他就這麼躺著，看著窗外逐漸轉亮，聽著清道夫和首班公車開始製造噪音，還有電車從首站出發的聲音。拂曉時分，電梯已然運轉，傳出哭喪的尖銳聲響，那是某種被二度空間捕獲的生物所發出的尖銳聲響，往上、往下，從來不會是斜移或橫行。世界向前推移，帶著這個無可補救的破洞，跛著足，蹣跚前進。

庫尼次基與它一起跛腳走向浴室，然後站在廚房的流理臺旁喝咖啡。他叫醒妻子。依舊想睡的她不發一語消失在浴室中。

他發現不睡有一個好處——可以聽她在睡夢中說什麼。藉這個方式，可以聽見她最大的祕密。這些祕密像一縷縷的煙霧，稍不注意就消失，轉眼便不見蹤影，得趁它們在嘴邊的時候抓住。所以，他一邊思考，一邊仔細聆聽。她睡覺的時候很安靜，通常趴著睡，幾乎聽不見呼吸聲。偶爾她會嘆氣，但在這些嘆氣聲中，沒有任何話語。當她從一側翻身到另一側時，手會無意識地尋找另一副身軀，試圖抱住，一條腿也會晃到他的小腹上，在那種時候，他會有一段時間僵住不動，因為如果不這樣，他又該做何解讀？最後，他都把這當作無意識的動作，任由她去。

一切似乎沒有任何改變，只有她的髮色被陽光曬淡，臉上多了幾顆雀斑。可是，當他觸碰她的時候，當他的手掌在她光裸背上游移的時候，他覺得好像有什麼發現。究竟如何，他自己也已經弄不清楚了。這會兒那肌膚變成一種阻攔，變得比較硬，比較緊繃，就像一塊防水布。

他無法任由自己繼續探索下去，他害怕了，收回手。半睡半醒中，他幻想自己找到一塊陌生的領域，一個他在七年的婚姻生活中從來沒注意到的地方，一個令人感到羞恥的地方，那是某種胎記，一塊長滿毛的皮膚，像魚鱗，像羽絨，一種非典型的皮膚組織——那是一種異常。

所以，他退到床緣，看著這個外表是他妻子的形體。社區微弱的照明透進窗內，在這樣的燈光下，她的臉只是一張蒼白的輪廓。他凝視著這塊斑點，慢慢入睡，當他醒來時，寢室已被晨光照亮。破曉的光線帶有金屬感，呈現灰色。有那麼一刻，他震驚地以為她死了——他看見她的屍體，身軀乾枯空洞，靈魂也早已出竅。他並不感到害怕，只是覺得訝異，而且馬上碰了碰她的臉頰，好趕走這個畫面。她嘆一口氣，翻身轉向他，一隻手也擱到了他的胸口上。從那一刻起，她的呼吸變得平穩，但他卻一動也不敢動。他一直等著，等鬧鐘來把他從這個尷尬的情況解救出來。

對於自己的無所作為，他感到不安，不知道是不是該把所有的改變記下來，免得有哪個地方看漏了。他悄悄起身，滑出被單，在廚房的桌子前把一張紙分成兩半，然後寫下「之前」與「現在」。他該寫些什麼呢？皮膚變得比較粗糙？也許她只是老了，或是曬了太陽的關係。她穿的是短袖而不是睡衣？說不定是因為現在的暖氣開得比較大。氣味？她換用新品牌乳霜。

他想起她在島上的那支唇膏，她現在有別支！島上的那支是淺淺的裸色，比較柔和，是嘴唇的顏色；這支是紅色，胭脂紅。他不知道該怎麼描述顏色，這種事他向來不拿手，從來也不知道胭脂紅跟紅色之間有什麼差別，至於紫紅色就更不用說了。

他小心翼翼滑出被單，赤腳踩在地板上，摸黑走向浴室，免得吵醒她。直到進入裡頭，他才准許自己讓明亮的燈光刺得睜不開眼。鏡子前的架上有她的繡珠化妝包，他輕輕打開，好證實自己的懷疑。那支唇膏不一樣。

早上的這齣戲他演得很完美，他自己心裡是這麼想的，「完美。」他忘了東西，得在家裡多留一會兒，多留個五分鐘。

「妳先走吧，不用等我。」

他假裝急著要找某些文件。她在鏡子前穿外套，繫圍巾，然後一手抱起小傢伙。門大聲關上，他聽見他們跑下樓，埋首紙堆的動作也停了下來。門甩上的聲音在他的腦海裡重複迴響了幾次，就像一顆球，「砰、砰、砰」，直到一片寂靜罩下。然後，他深深吸了口氣，把背挺直。寂靜。他覺得這片寂靜貼上他整個人，所以他用緩慢、精確的方式移動。他走到櫃子前，滑開玻璃門，與她的衣服面對面站著。他伸手去拿一件淺色上衣——這件有點太正式，她從來沒穿過。他用手指輕輕刷過那件上衣，接著把整個手貼上去，掌心在絲綢布料的皺褶上游走。然而，這件上衣沒有給他半點提示，所以他又繼續探索，一件接著一件。冬天的毛衣——還裝在袋子裡，這是從洗衣店拿回來的。還有一件黑色長大衣——這件他也不常看她穿。就在這個時候，他腦子裡出現一個想法——這些衣服掛在這裡是要轉移他的注意，混淆他的思緒，誘導他的想法。

他們一同站在廚房裡。庫尼次基切著香芹。儘管不想，他卻忍不住再次提起話題，覺得那些話硬是哽在喉頭，不讓他嚥下去，所以他們又得重複同樣的事：

「所以，發生了什麼事？」

她用疲倦的聲音、強調的口氣說自己已經講過了，說他因為太無聊才會這麼揪著不放：

「拜託你了。我再說一次，我覺得不舒服，大概是吃壞肚子。這已經跟你講過了。」

不過，他沒有就這麼算了：

「妳走的時候沒有不舒服。」

「對，可是後來我就覺得不舒服了，不舒服。」她滿意地重述道。「而且我大概昏倒了一小段時間，小傢伙開始哭，把我叫醒。他嚇到了，我也一樣。我們開始往回走去車子那裡，可是我們走到另一個方向去了。」

「哪個方向？往維斯那邊？」

「對，維斯。不對，我不知道那個方向是不是維斯。要是我知道，就會回頭了，我已經跟你說過上千次了」——她提高音量——「在我知道我們迷路以後，我們就坐在一座小樹林裡。小傢伙睡著了，我也還很虛弱……」

庫尼次基知道她在說謊。他切著香芹，眼睛依舊看著砧板，死氣沉沉地說：

「那裡沒有什麼小樹林。」

她幾乎用吼的：

「當然有。」

「不，沒有。有零星的橄欖樹跟葡萄園，但哪有什麼小樹林？」

一陣沉默落下，接著她突然要命地認真說：

「很好，你把一切謎題都解開了，好棒啊。飛碟把我們帶走，他們在我們身上做實驗，給我們裝了晶片，就在這裡。」她撩起頭髮，露出後頸，眼神冰冷。

庫尼次基刻意忽略她話中的諷刺。

「好，繼續說。」

她說：「我找到一間小石屋。我們睡著了，那時已經入夜……」

「這麼快？那一整天的時間都跑到哪裡去了？妳一整天都做了什麼？」

她繼續自己的說詞：

「……早上我們覺得很不錯，我就想讓你為我們擔心一下，讓你想起還有我們在，就是一個震撼療法。我們就吃葡萄，還有去游泳……」

「三天都沒有吃東西？」

「我不是說我們有吃葡萄嗎？」

「那你們喝什麼？」庫尼次基追問。

這話問得她皺起眉頭。

「喝海水。」

「妳為什麼不講實話就好？」

「這就是實話。」

庫尼次基小心翼翼把飽滿的莖切掉。

「好吧，那接下來呢？」

「沒什麼，我們最後回到馬路，攔到一部車把我們載去……」

「三天後！」

「那又怎樣？」

他猛地把刀子往香芹扔，砧板掉到地板上。

「妳這個女人到底知不知道自己搞出什麼事？直升機去找妳，整個島都動員去找妳！」

「而這是多此一舉。有時候，人就是會消失一會兒，對吧？你根本就不用那麼慌。我不舒服，但是我後來好了，我們可以維持這樣的說法就好。」

「該死，妳到底是發生了什麼事？妳到底是怎麼了？這一切妳要怎麼解釋？」

「這沒什麼好解釋的，我已經把實話跟你說了，但你不想聽。」

她原本是用吼的，但是後來降低了音量：

「告訴我，你是怎麼想的？你以為發生了什麼事？」

可是，他已經不回答了。這樣的對話早已重複過幾次，看來兩人都已經沒有力氣繼續下去。

有時候，她會靠著牆，瞇著眼譏諷他：

「有一輛公車開過來，裡面載滿皮條客，把我帶去妓院。他們把小傢伙關在陽臺上，只給他麵包和水。那三天裡我接了六十個客人。」

這種時候他會把十指緊緊扣在桌面，免得自己出手打她。

有一件事他從來沒有想過，也從來沒有擔心過——他會忘記哪一天發生什麼事，不知道自己在某個星期一做了什麼，甚至不只是某個星期一，而是最近一個星期一、上一個星期一。他不知道自己前天做了什麼。他試著回想去維斯島前的那個星期四，但什麼也想不起來，可是當他集中精神，記憶就慢慢浮現——他們沿著一條小徑走，乾枯的草本植物在他們的鞋子底下發出脆響，完全枯死的草地在鞋子的踐踏下變成飛塵。他也記得一道不是很高的石牆，不過那大概只是因為他們在那邊看見一條蛇。蛇一看到他們便跑了，她要他把小傢伙抱在手上。從那裡起，小傢伙就是由他抱著往上走，而她摘下某個植物的葉子，用手指揉碎，說：「芸香。」就在那個時候，他才發現那裡到處都是這種味道，原來就是這種植物，甚至還有拉基亞[88]。他們還把一根根樹枝，分別放進小瓶子裡，可是他已經說不出他們是怎麼回去的，還有那天晚上怎麼了。他也不記得其他的夜晚，什麼都記不得，腦中沒有任何影像，而要是腦中沒有記憶，就表示事情不曾發生過。

細節、細節所占有的分量，這些他之前從來沒有重視過。現在他很確定，當他把兩者像環環緊扣的鏈子一樣排列，原因加上結果，他知道一切都會明朗。他應該平靜地坐在辦公室，攤開一張紙，最好是一張大尺寸的紙，能有多大就多大——他有這樣的紙，是書的包裝紙——然後把一切用條列的方式記下來。畢竟凡事總有一個真相。

「好，就這樣。」他把包裝的膠帶剪開，把裡頭的書拿出來堆成一落，甚至沒去看那些是什麼

88 拉基亞：克羅埃西亞語為 rakija，是一種由發酵果實生產的蒸餾酒，主要產地為巴爾幹半島。

書。其中有一本是暢銷書，不過他不在乎。他抽出灰紙做的紙板，放在在桌上撫平。這個攤開的灰色平面，有著微微皺褶，讓他感到困惑。他用黑色的馬克筆寫下「邊界」，他們在那邊發生爭執。不過，也許他應該把時間退回到出發之前？不，還是邊界好了。當時他肯定是透過車窗交出護照，那是在斯洛維尼亞跟斯洛伐克之間。然後他想起來，他們在柏油路上開車，經過一些荒廢村莊。一棟棟的石造房子，沒有屋頂，有著火災或是炸彈炸過的痕跡，清楚的戰爭跡象。田野雜草蔓生，無人照顧的土地乾燥貧瘠——原先擁有這塊土地的那群人已遭到驅逐。各條小徑皆是一片死寂，閉鎖的世界。這裡沒有任何動靜，完全沒有，他們來到了一座煉獄。他們一邊開車，一邊沉默地看著這些令人介意的景色。不過他不記得她當時的樣子，因為她在他旁邊，坐得太近。他不記得他們有沒有在那邊停下來。有，他們在一家小型的加油站加油。他們好像也有買冰淇淋。還有，當時的天氣很悶，天空像是被潑了牛奶。

庫尼次基有一份好工作，上班的時候很自由。他是首都一家大型出版商的業務代表。所謂的代表，就是指他在賣書。他在城裡有幾個點，每隔一段時間就得去拜訪，向對方推薦自己的產品，介紹新產品，用折扣來吸引顧客。

他會開車去城郊的一家小型書店，從車廂裡拿出對方訂購的東西。書店的名字叫做「書店／文具用品」，規模小到沒辦法取一個響亮的名字，話說回來，裡頭賣的大多是筆記本和教科書。書店訂的貨都裝在一個塑膠箱裡——各種入門書、兩本大百科第六卷、知名藝人的回憶錄，還有一本最新出版、光看書名不知道在講什麼的暢銷書《薈萃》，這本書甚至有三本。庫尼次基向自己保證，總有一天自己也會去讀那本書。店家會給他一杯咖啡，還有一小塊自家烤的海綿蛋糕。他們喜歡他。他一邊喝著咖啡配蛋糕，一邊把最新的圖書目錄拿給店家看。「這本賣得好。」他說，而對方也就跟著照訂。他的工作看起來就是這樣。每次臨走前，他都會買一本特價的月曆。

晚上，他在自己小小的辦公室裡，把收回來的訂單寫到綜合訂購單上，然後用電子郵件寄出，明天他便可以收到書。

他鬆了一口氣，抽起菸。工作做完了。他從早上就一直在等這一刻，好安安靜靜地看照片。他把相機接到電腦上。

總共有六十四張相片，他一張也沒刪。這些照片會自動播放，每隔十幾秒就換一張。這些照片都很無趣，唯一的用處是延續拍攝的當下，不然那些時刻就會完全消失。可是這些照片值得儲存嗎？庫尼次基還是把它們存在光碟裡，然後關掉電腦，回家去。

他所有的動作都以反射性的方式完成——鑰匙轉動引擎鎖，關掉警報器，繫好安全帶，用一根手指按下收音機開關。排檔打到一檔，車子便緩緩從停車場進入繁忙的街道，然後他再換成二檔。收音機裡的天氣預報說會下雨，事實上，天空也真的開始下雨，好像雨滴早就準備好，只等收音機說出咒語，便可以出發去旅行。

接著，突然有什麼不一樣了，不是天氣，不是雨，不是車前的景觀，而是有那麼一刻，他看到的東西全不一樣了。他有一種感覺，好像自己拿掉了墨鏡，不然就是雨刷不單單刷掉了城市裡的塵埃，還刷掉了某樣東西。他開始覺得熱，不自覺放掉踩著油門的腳。別人朝他按喇叭，他收回心神，加緊追上前面的車，與一輛黑色福斯貼得很近。他的雙手開始冒汗。對他來說，最好現在可以把車子開到路邊，可是這裡沒辦法，他得繼續開。

他看得一清二楚。這一條他所熟悉的路上，充滿了顯眼的標誌，這是要給他的訊息——單腳的圓圈、黃色的三角形、藍色的正方形、綠色與白色的板子、箭頭、指標、各種燈號、柏油路上畫的線條、告示牌、警告牌、提示牌、大型看板上的笑容；這些他今天早上都看過，但當時它們還沒有對他說什麼，所以早上的他可以對它們視而不見。可是，現在他已經沒辦法再這樣做了。它們用小聲但堅定的語調說服他，它們現在改變很多。事實上，它們塞滿了整個空間——商店的招牌、廣告、郵局的標誌、藥局的標誌、銀行的標誌、帶孩子過馬路的幼稚園老師拿在手上的警示牌。標誌一個接著一個，相互交錯，一個指著一個——再過去一點，一個標誌接續另一個標誌，一個傳一個，這是標誌的陰謀，是標誌設的網，是標誌背著他達成的共識。沒有任何一樣東西是無辜或沒有意義，這是一個無止境的巨型益智題目。

他在恐慌之中尋找地方停車。他必須閉上眼睛，不然他會瘋掉。他是怎麼了？他開始發抖。當他找到公車站時，他鬆了口氣並把車子開過去。他盡量穩住自己。他想，他也許是有中風徵兆。他不敢看向四周。或許他發現了某個視覺種類、另一種「視角」——用大寫字母看東西，用大寫字母看所有的東西。

過了一會兒，他的呼吸恢復平順，但雙手依舊顫抖。他點了一根菸，「喔，這就對了。」讓這尼古丁稍稍毒害他，用煙霧讓他迷茫，將他從惡魔堆中驅離。不過，他已經知道自己不會再繼續開車；帶著這份壓得他喘不過氣的新視角，他不可能繼續開下去。他把頭靠在方向盤上，不斷喘氣。

他把車停在人行道上，然後小心翼翼地下車。他們一定會在他車窗上貼罰單。鋪著柏油路的車道，現在看來好像一片泥淖。

「碰都不能碰的先生。」她說，口氣中帶有挑釁。庫尼次基沒有回應。她用力打開櫃門，從裡頭拿出一包茶，然後等了一下，好讓他有時間反應。

「你是怎麼了？」她問，這一回口氣顯得激動。庫尼次基知道，自己現在要是不回答，她會展開全面攻擊，所以他平靜地說：

「沒有怎樣。我哪有什麼事？」

她哼了一聲，用平板的聲音細數：

「你不理人，你不讓人碰，你躲到床的另一邊，你晚上不睡覺，你不看電視，你很晚才不知道從哪裡回來，你身上有酒味……」

庫尼次基在心裡評估自己該如何反應。他知道自己不管做什麼，都會是錯的，所以他僵住不動。他背打直坐在椅子上，兩隻眼睛盯著桌子看。他覺得很不舒服，就好像吞了某個東西卻卡在喉頭下不去。他感覺廚房流動的空氣中透著危險的氣味，所以他再試最後一次：

「凡事都應該用名字來稱呼……」他開始說，而她卻打斷他：

「哼，我要是知道叫什麼名字就好。」

「好吧，妳沒告訴我到底是發……」

不過他沒把話說完，因為她把那包茶丟在地上，跑出廚房，下一秒就傳來大門甩上的聲音。

庫尼次基心想，她真是一個出色的演員，如果她走這一行，肯定會很成功。

他一直都知道自己想要的是什麼。可是他現在不知道了，什麼也不知道，甚至不知道自己該知道什麼。他拉開裝著目錄的抽屜，隨意翻看插在針座上的紙卡。他不知道該怎麼找，又是要找什麼。

前一晚，他整夜都花在網路上，然後他找到了什麼？一張不是很精確的小型維斯島地圖、克羅埃西亞觀光部的網站、渡輪的時刻表。當他打出維斯這個地名，跑出幾十個網頁，其中只有幾個跟那座島有關——飯店的房價和景點。還有Visible Imagine System（可視想像系統）；按他的理解，裡面是衛星照片。還有Vaccine Information Statements（疫苗資訊聲明）、Victorian Institute Of Sport（維多利亞體育學院）、System For Verification And Synthesis（驗證暨合成系統）。

網路把他從一個關鍵字帶往另一個關鍵字，不斷給他連結，用一根指頭為他指路。碰到不知道的事時，它會技巧性地沉默，不然就是固執地重複顯示同樣的頁面，一直到搜尋者覺得枯燥為止。就在那個時候，庫尼次基覺得自己已經來到他所知世界的邊緣，來到了一堵牆面前，來到了包住地球藍色穹頂的薄膜前，沒有辦法用頭撞開去看外面的景象。

網路是一個騙局，給我們許多承諾，會完成你的任務，幫你找到你要找的東西；任務、執行、獎勵。可是，基本上，這樣的承諾只是一個誘餌，因為你馬上就會陷入譫妄和催眠的狀態。你可以尋找的路徑會快速分散，化為兩倍、化為許多倍。你沿著這些路徑前進，不斷追尋目的，但這個目的轉眼便會失了焦點，徹底改變。人們會迷失方向，遺忘初衷，最終的目的也會自眼前消失，淹沒在不斷出現的網頁迷霧之中。這些網頁是一張張的名片，給的承諾總是比實際能給的還多，毫不害臊地假裝在那平板螢幕底下有某個宇宙存在。親愛的庫尼次基，這可是世界上最愚弄人的事了。庫尼次基，你到底在找什麼？你打算做什麼？你想要攤開雙手，把自己投進這個平面、投進這座深淵，但這可是世界上最愚弄人的事了。這個畫面說到底只是一張虛擬的桌布，沒辦法走進去。

他在一棟外牆斑駁的辦公大樓，租了一間位在四樓的辦公室，租金很低，空間很小，只有一個房間。旁邊是一家不動產仲介商，再過去是刺青店。他的辦公室裡頭有一張桌子跟一部電腦，地板上堆放一個又一個裝著書的包裹，窗臺上有電茶壺和一罐咖啡。

他啟動電腦，等機器準備就緒後，他點了第一支菸。他把那些照片再看過一次，可是這一回，每張都看得很久、很仔細，一直看到最後拍的那幾張照片——從她包包裡倒在桌上的東西，還有那張寫著「Karios」的票。沒錯，他甚至記下了這個字「καιρός」。沒錯，這個字解釋了一切。

也就是說，他找到一個之前沒注意到的東西。他得來一支菸。他的情緒太亢奮了。他仔細研究這個神祕的字。現在，這個字會帶領他。他會把它像風箏一樣放到空中，然後追著它走。「Karios，」庫尼次基念道，「凱洛斯。」他重複著，不太確定是不是這麼唸，「這大概是希臘文，」他開心地想著，「希臘文。」然後他衝向書架，可是那邊沒有希臘文字典，只有《實用拉丁文諺語》，而這本書其實他根本沒用過。現在，他知道自己已經找到正確的線索。現在，他已經停不下來。他把她包包內容物的照片排開——還好那時候有拍這些照片——一張接著一張，就像在玩接龍，每一行都一樣多。他又點起一根香菸，然後繞著桌子踱步，模樣簡直像個偵探。他停下腳步，吞雲吐霧，仔細看著照片中的唇膏與原子筆。

他靈機一動，一件事情其實可以從不同的面向來看。從一個角度看，這些單純就是物品，對人類來說是實用的東西，一目了然，一清二楚，一看就知道該怎麼使用、要用在哪裡。但是，也可以用全景的角度來看，用縱觀的角度，這樣就可以看見這些物品之間的關聯，以及它們所影射的事物。這樣一來，這些物品就不再只是物品，他們各有各的功能也只是次要的事，只是表象。現在它們都是記號，標示著某樣照片上沒有的東西，要人去照片的框架之外尋找，他得非常專心，才不會讓這道視線跑掉。這是一個禮物，一個恩賜，庫尼次基的心越跳越猛，紅色原子筆上的Septolete字樣，深深蔓延至無法判讀的暗黑意義中。

他認得這個地方，上次他來的時候水災剛過，那時水已經退了。圖書館，也就是受人景仰的歐索林館，佇立河邊，面向水面，而這是一個錯誤；書本應該要收藏在山丘上。

他記得那幅景象，當時陽光已經露臉，水也退去，大水帶來了污泥與淤積，不過有些地方已經清理乾淨，圖書館的工作人員把書放到那邊曬乾。他們把書本攤放在地板上，總共有上百本、上千本書。這個對書本來說不自然的姿勢，讓人聯想到有生命的動物，一種鳥類與海葵的配種。帶著薄薄橡膠手套的手，耐心地把浸濕的書頁一張一張分開，好晾乾每個句子和每個詞彙。不幸的是，書頁都已經濕軟，被污泥與河水沾黑，不再平整。人們小心翼翼在書本間走動。那些繫著白色圍裙的女人——就像在醫院一樣——把書本打開對著太陽，就讓陽光來閱讀這些書吧。不過，這個景象基本上挺嚇人的，好像某種自然元素的崇拜儀式。庫尼次基站在那裡，懷抱恐懼看著這個景象。某個前來幫助的人感召了他，於是他也加入幫忙的行列。

圖書館位於市中心，隱藏在環繞水井廣場的建築之中。如今——水災過後——這座圖書館整修得很漂亮，身在館中的他感覺不自在。走進寬廣的閱覽室，他看見一張張的小桌子排列整齊，彼此間的距離很小。幾乎每張桌前都坐著一個背影，彎彎的，看向前方。這情景看起來，就像一棵棵種在墳墓旁的樹。這是一座墓園。

擺在書架上的書本只向人們展示它們的背脊，庫尼次基想道，就跟人一樣，只能看見個人檔案上的資料，不靠彩色封面吸睛，不靠每個字開頭都是「最」的書腰自我吹捧。簡潔扼要，就像新兵只介紹自己的兵等——書名、作者——再無其他。

沒有資料夾、海報和廣告單，只有目錄。塞滿各個抽屜的小巧紙卡崇尚平等主義，令人肅然起敬。上頭只有幾項資訊、號碼和簡短的描述，沒有任何的自我誇飾。

他從沒來過這裡。唸書的時候，他只去過現代化的大學圖書館。他總是把書名和作者抄在紙張上交出去，過一會就可以拿到書，即便如此，他也沒有很常去那邊。老實說，他只有在特殊的情況才會去，因為大部分的文章都是用影印的，這是新的文學世代，沒有書背的文章，轉眼隨風而逝的複印內容。就像衛生紙這類的東西，在布手帕退位後接掌權力，低調完成革命，消除階級差別，只要用過一次，就是丟到垃圾桶，不管是誰都一樣

他的面前有三本字典：《希臘文波蘭文辭典》，齊格蒙特．文士雷夫斯基編纂，一九二九年，利沃夫出版社；薩穆爾．波德克書店，地址巴托瑞勾街二十號。《實用希臘文波蘭文辭典》，特瑞莎．卡姆布瑞里、薩納斯．卡姆布瑞里斯合編，常識出版社，一九九九年，華沙。還有一套四卷的《希臘文波蘭文辭典》，佐菲亞．阿布拉莫維楚夫納編寫，波蘭科學出版社，一九六二年。他吃力地研究字母表，想要破解他的關鍵字「καιρός」。

他只看用波蘭文寫的部分，還有拉丁字母。「一、指度量標準。應有的度量，適當性，合適度；

差異；意義。二、指地點。身體中關鍵、敏感的部位。三、指時間。關鍵的時刻，適當的時間，時機，場合，適當的時刻，機會稍縱即逝；意外出現的人；喪失時機；當合適的時機來臨，在暴風雨時提供幫助，及時，當機會來臨，為時過早，關鍵時期，週期性狀態，事實的時序，情況，現狀，位置，極端危險，好處，利益，目的是什麼？這對你有什麼幫助？哪裡比較方便？」

這是一本字典。第二本比較舊。庫尼次基掃過一行行細小字體，遇到希臘文字便直接略過。字典的文字用舊時的寫法，他看得有些吃力：「良好的度量，合適度，合宜的關係，達到目的，超過的，合宜的片刻，合宜的季節，友好的片刻，合適的時機，就在這裡，時間，小時，若為複數，情況，關係，時期，例子，意外，革命性的堅決時刻，危險；時機很合適，時機會出現，來得正是時候。」

上頭也提到「在合適的時間裡所發生的」。在最新的那本字典裡，終於有用引號寫出唸法：「凱洛斯」。此外，「天氣，時間，季節，天氣如何？現在是葡萄的季節，浪費時間，有時候，某一次，多久？早就該這樣了。」

庫尼次基沮喪地環視閱覽室，只看見一顆顆埋在書中的腦袋瓜頂端。他再度回到那些字典，看著前一個字的意思。這個字跟他的關鍵字很像，事實上只有一個字母不一樣：καιριος。這裡寫的又不一樣了，「按時完成，準確的，導致相當後果的，致死的，致命的，攸關生死的，決定性的問題」，還有「身體上不安全的地方，傷口會導致相當後果，總會引起流行，每每須立即採取行動」。

庫尼次基把自己的東西收一收回家。夜裡，他在維基百科的頁面上找到關於凱洛斯的資料，以他在上頭讀到的結果，凱洛斯就是一個神，不是很重要，一個遭到遺忘的希臘神祇；還有，他是在特羅吉爾裡被發現的。那個博物館裡有他的神像，所以她寫下了這個字，就只是這樣而已。

當他兒子還小的時候，還是個嬰兒的時候，庫尼次基從沒把他當做一個人類看待，而這樣很好，因為他們的關係很親密。人與人之間總是有距離感。他學會熟練地幫他換尿布，只要幾個步驟，尿布的壓釦便喀喀響起。他把他小小的身體浸到浴缸裡，在他的肚子上抹肥皂，然後把他包在毛巾裡，抱到房間去，幫他穿上連身睡衣。這些都很簡單，在孩子還小的時候，不用有任何考量，一切都很清楚、很自然。孩子往胸口貼的舉動、他的重量、他的味道，在在親暱又感人，可是孩子不是人。而當他開始掙脫父母的雙臂，開始說「不」，就是他就變成人的時候了。

這會兒，屋子裡一片安靜，讓他感到不安，小傢伙在做什麼？庫尼次基站在門口，看見自己的孩子在地板上的積木堆裡。他在小傢伙身邊坐下，拿起其中一部塑膠玩具車，在假想的道路上移動。也許他該從說故事開始，說有這麼一部小汽車，一天到晚都會不見。正當他打算開始講，小男孩把玩具從他手上拿走，然後給他另一部載滿積木的木製大貨車。

「我們要來蓋東西。」小傢伙說。

「你想蓋什麼？」庫尼次基順著問。

「房子。」

如果是這樣的話，好，房子。他們把積木排成一個正方形，大卡車不斷送來建材。

「還是我們來蓋一座島？」庫尼次基問。

「不要，蓋房子。」小傢伙說，然後把積木胡亂堆在一起，一個接著一個。庫尼次基暗暗為他調整，免得房子倒了。

「你記得海邊嗎？」

孩子點了點頭。大貨車又倒下新的建築材料。這會兒，庫尼次基已經不知道該說什麼、該問什麼。他可以一邊指著地毯，一邊說那是一座島，說他們都在島上，可是小男孩在島上不見了，爸爸很擔心，他的乖兒子會去哪呢？於是，他真的這麼做了，但結果不是很有說服力。

「不要。」小男孩堅持道：「我們來蓋房子啦。」

「你記得你跟媽媽是怎麼走丟的嗎？」

「不記得！」小傢伙大叫道，然後開心的把積木往房子丟。

「你有迷路過嗎？」庫尼次基再度問他。

「沒有。」孩子答道，接著大貨車便衝向剛排好的房子，牆面也應聲倒塌。「砰、砰。」男孩大聲發笑。

庫尼次基耐心地重頭蓋起房子。

當她回到家時，坐在地毯上的庫尼次基望著她，像個孩子一樣。她看起來很大，臉頰被冷空氣凍得紅紅的，神情興奮得有點異常。她的嘴巴是紅色的（或者是胭脂色、紫紅色）。她把圍巾丟在椅背上，然後抱著小傢伙，問：「你們餓了嗎？」庫尼次基有一種感覺，好像風跟著她跑進了房間。那是來自海上的涼冷陣風。海風。他想問她：「妳去哪裡了？」可是他不能這樣放任自己。

早上，他都會勃起，需要轉身背對她。他得藏住這種身體想出的尷尬點子，免得她以為這是一種邀請，是他想跟她合而為一，或是任何一種肉體相貼的打算。他轉身面向牆壁，慶祝這個勃起現象。這份沒有目的性的準備就緒，這個警報狀態，這個挺直的肢體，這是屬於他的喜悅。陰莖的頂端指著上方，對著窗戶，對著世界。

他的雙腿。他的腳掌。它們甚至在他停下來的時候，在他坐著的時候，依舊持續前進，以虛擬的方式移動。沒辦法使它們停下來。庫尼次基害怕自己的雙腿會一躍而起，開始奔跑，把他帶往某個沒跟他商量好的方向。他怕它們會違背他的意願，跳起腳跟相擊的舞步。或者會跑到破敗公寓圍成的中庭，爬上陌生的階梯，穿過天窗，把他帶到又滑又陡的相連屋頂上，叫他像個夢遊的人一樣，踏著鱗片般的屋瓦散步。

庫尼次基晚上之所以無法睡覺，一定就是因為這雙不安分的腳。腰部以上的他，平靜放鬆，昏昏欲睡；腰部以下的他，行為不檢，違反所有的規矩。上半部的他有名有姓，有住址跟身分證號碼；下半部的他，對於有關自己的事情完全無可奉告，事實上他已經受夠了自己。

他希望那雙腳能安靜下來，希望能為它們抹上鎮靜藥膏。這內部的搔癢在現實生活中是很痛人的。最後他吞了一顆安眠藥，要那雙腳安分下來。

庫尼次基試著掌控自己的肢體，他想出了一個辦法來對付它們。

當身體的其他部分在休息的時候，他允許它們隨意亂動，甚至是在鞋子裡的腳趾頭也一樣。當他坐著的時候，他也會放它們自由，所以它們犯不著擔心。他盯著腳上的低筒鞋，看見皮膚細微的動作，他的兩隻腳掌在原地開始它們著魔似的行軍踏步。他覺得這一次，他會踏遍奧得河與其他河道上可以走的橋，絕對不會遺漏。

九月的第三個禮拜多雨又多風，是時候把秋天的東西、小傢伙的外套和雨鞋，從儲藏室裡拿出來了。他去幼稚園接他。這會兒兩人快步走到車邊。小男孩指著水窪，把水濺得到處都是，不過庫尼次基沒注意到。他在想自己該怎麼開口，自顧自在腦中排組句子，比如：「我怕這孩子可能有過某種震撼的經歷。」他也可能用比較自信的口吻說：「我覺得我兒子好像有過某種震撼的經歷。」他想起「創傷」這個字，「經歷過創傷」。

他們開車穿過濕漉漉的城市，雨刷用最快的方式擺動，不斷刮掉玻璃上的水，讓浸泡在雨水之中、輪廓已變得模糊的城市，能有片刻露臉的機會。

今天是屬於他的日子——星期四。每逢星期四，他都會去幼稚園接兒子。她很忙，上下午的班，有某些團體聚會，回來的時間都很晚，所以庫尼次基可以和小傢伙獨處。

他們開到正市中心，一棟整修過的公寓底下，花了點時間找停車位。

「我們要去哪裡？」小傢伙問。由於庫尼次基沒有回答，小男孩開始不斷重複同一個問題：「我們要去哪裡？我們要去哪裡？」

「不要吵。」父親說，可是過了一會兒，他解釋道：「去找一個阿姨。」

小傢伙沒有反對，大概是被勾起好奇心了。

候診室裡沒有其他人，不一會兒，他們的面前就出現一名高個子、年約五十的女性，邀他們進入診療間。那是一處明亮的小房間，中間有一張又大又軟的彩色地毯，上頭擺著玩具和積木。再過去是一張沙發和兩張扶手椅，還有辦公桌和一張椅子。小孩小心翼翼地坐在扶手椅的邊緣，眼睛卻飄往那堆玩具。女人微微一笑，朝庫尼次基伸出一隻手，同時也歡迎小男孩。她對孩子說話的時候，刻意裝出沒注意到孩子的父親，所以他率先起了頭，回答所有她可能會問的問題。

「我的兒子的睡眠狀況有問題已經一段時間了，他變得情緒激動，而且……」他在撒謊，不過女人沒讓他把話說完。

「我們先玩一下。」她說道，口氣十分斷然。庫尼次基不知道她是不是也要他加入，因此僵在原地，不知所措。

「你幾歲啊？」女人問孩子。小傢伙比出三根手指。

「他四月就滿四歲了。」庫尼次基說。

她在男孩面前的地毯坐下，把積木遞給他，說：

「爸爸會去走廊坐，看看書。我們來玩，你看，這樣。」

「不要。」小孩說，並站起來跑到父親身邊。庫尼次基這下明白了，於是開始說服小傢伙，要他留下來。

「我們不會關門。」女人保證道。

門扉緩緩帶上，沒有完全關閉。庫尼次基坐在候診室，聽得見他們的聲音，但聽不清楚，不知道他們在說什麼。他本來預期會被問到好多問題，甚至帶了兒童健康手冊。他翻閱裡頭的內容：足月，自然產，阿普伽新生兒評分[89]結果十分，預防針，重量三千七百五十公克，身長五十七公分。如果是成人的高度，通常是說「身高」，小孩則是「身長」。他從小茶几上拿起一本彩色雜誌，無意識地翻動頁面，各種新書資訊馬上躍入眼簾。他一一辨認書名，比較價格，感覺腎上腺素以一種怡人的方式襲來——他賣的價格比較便宜。

「請告訴我發生了什麼事。您今天來有什麼問題？」女人問道。

他覺得有些丟臉。他該說什麼？說他的妻子帶著孩子消失，說他們不見三天？他仔細算過，那總共是四十九個小時。說他不知道他們去哪裡了？有關他們的事，他一向知道得一清二楚，而現在最重要的那件事，他卻不知道。後來，在一瞬間，他想像自己說：

「請幫幫我。請把他催眠，把那四十九個小時一刻一刻重現。我必須知道發生了什麼事。」

而她，那高個子、背像根竹竿一樣挺得老直的女人，走到他的跟前，距離近到可以聞到她毛衣上的防腐劑味道——曾幾何時，在他的童年期間，護士身上都是這種味道——然後她用溫暖的大掌包住他的頭，把他按到她的胸口。

不過，實際的情況卻不是這樣。庫尼次基撒謊道：

「最近他很煩躁，會在半夜起來，常常哭。我們八月的時候去度假，我想他可能有經歷過什麼事，被嚇到，可是我們沒意識到……」

他很確定她不會相信他的話。女人把一支原子筆拿在手上把玩，說話的時候，臉上掛著迷人又溫暖的微笑。

「您有一個發育得很好、喜歡與人接觸、聰明的兒子。有時候，一般的動畫片就能觸發這種效果。別讓他看太多電視。就我看，他沒什麼事，什麼事都沒有。」

然後，她關切地看著他——他是這麼覺得的。

在他們離開的時候，在小傢伙跟醫師揮手說「掰掰」的時候，他開始覺得她是個「賤貨」。她的笑容讓他覺得不真誠，而且有所隱瞞。她沒把話全說出來。現在他知道了，他不該找女人幫忙。這城裡難道沒有男的兒童心理醫生嗎？難道女人把孩子當成了她們的壟斷事業？她們從來就不是一眼可以辨明。第一眼看，不曉得她們是弱小還是強大，她們的行為舉止如何，她們想要什麼。面對她們，得時時提高警覺。他想起她拿在手上的那支原子筆。黃色的ＢＩＣ，跟從妻子包包裡拍下的那支一模一樣。

星期二，她放假。他從一大早便情緒亢奮，沒有睡覺，假裝沒在看她早晨清喉嚨，從寢室走到浴室，從廚房走到前廳，然後再回到浴室的樣子。小孩不耐煩地大叫，聲音短促，想必她是在幫他綁鞋帶。止汗噴霧的噴氣聲。茶壺的氣笛聲。

總算等到他們出門後，他站到門邊傾聽電梯是不是已經到了。他數到六十——這是他們坐到樓下會花的時間。然後，他快速套上鞋子，把外套從塑膠袋裡抽出來。那是他從二手店買的，好讓人認不出來。他小聲把背後的門關上。現在，他只希望不要等電梯等太久就好。

對，一切順利，他跟在她後頭躲躲藏藏，保持安全距離，身上穿著別人的外套。他的視線盯著她的背，她會覺得不對勁嗎？應該不會，因為她走很快，像閃電一樣；他可以說，她的步伐其實很愉快。她跟孩子兩個人都從水窪跳過去，不是從旁邊繞，而是直接跳過去。為什麼？在這多雨的秋季早晨，她的身體裡怎麼已經有這麼多的精力，莫非是咖啡已經開始發揮功效？其他人看起來還行動遲

89 阿普伽新生兒評分（Apgar Score）：是美國女醫生維珍尼亞·阿普伽（Virginia Apgar）在一九五二年提出的一種對新生兒健康情況的評估方法，一共分為五項指標：外觀、脈搏、活動力、呼吸、反應能力。

緩，昏昏沉沉，而她身上的色彩已較為鮮豔。她那極度粉紅的圍巾，在這一整天的畫面之中，成了鮮明的色斑，庫尼次基緊緊跟著它，就像在手中緊握剃刀一樣。

最後，他們來到幼稚園，他看見她和小傢伙道別，心裡卻一點也不覺得感動。也許她在給小傢伙溫暖的擁抱時，偷偷在小男孩耳邊說了什麼、說了某些話，而這些話可能正是庫尼次基如此苦苦尋覓的東西。如果他可以知道這些話是什麼，就可以把它輸入到搜尋引擎的搜尋欄位裡，而這個搜尋引擎瞬間就可以給他一個清楚、確切的答案。

這會兒他看見她在人行道前停下，等號誌燈轉綠。她拿出手機，撥了一個號碼。有那麼一下下，庫尼次基希望他口袋裡的手機會響。她有專屬的鈴聲，是蟬叫聲，對，他把她的鈴聲設成了蟬這種熱帶昆蟲的聲音。可是，他的口袋默不作聲。她一邊穿過人行道，一邊和某個人簡短交談了一下。現在他必須等燈號轉變，這有點危險，因為她已經拐過某個角落，消失不見了。所以，他一逮到機會便加快腳步。他已經開始擔心她會不見，也生氣自己的氣，還有氣那交通號誌。

噢！他在離家二百公尺遠的地方跟丟了她。不過，有了，他在商店的旋轉門裡看見她的圍巾。這是一間大型商場，一家百貨公司，才剛開門，幾乎沒有人，所以庫尼次基猶豫著，要不要跟著她進去。他不知道自己有沒有辦法在櫃位之間躲好，可是他必須這麼做，因為那裡頭有其他出口，會通到另一條路。於是，他把外套的帽子戴上——畢竟外頭在下雨，所以這樣沒有問題——進到商場裡。他看見她在櫃位之間緩慢走動，好像被什麼事情耽擱住，然後她看了看化妝品香水。她站在陳列櫃前，拿起了一樣東西。她的手裡拿著一個香水瓶。庫尼次基在特價的襪子堆裡東摸西摸。

她走進賣包包的櫃位，若有所思，庫尼次基則在這個時候，拿起那瓶香水。「Carolina Herrera.」

他唸道。要把這個名字記下來，還是不要管它？記下來吧，他覺得好像有點印象。所有的一切都有意義，只是我們不明白罷了，他在心中對自己重複著。

他從遠處看著她。她拿著一個紅色的包包站在鏡子前，一會照左邊，一會照右邊，然後筆直往庫尼次基的方向走，要去結帳櫃臺。庫尼次基慌忙躲到襪子展示架後面，把頭壓低。她從他旁邊走過，像鬼一樣，可是她突然轉回頭，就好像忘了什麼東西，然後她的視線直接落在他身上。縮著身子、帽子蓋到額頭的他，看見她吃驚地瞪大雙眼，感覺她的視線與他接觸，在他身上遊走探觸。

「你在這裡做什麼？看看你這一身是什麼樣子？」

然後，過了一會兒，她的眼神放軟，好像蒙了一層霧。她眨著眼說：「天啊，你是怎麼了？發生了什麼事？」

這很奇怪，出乎庫尼次基的預料。他本來以為她會大吵大鬧，而她卻抱住了他，把他攬向自己，把臉埋進他那二手店買的怪外套裡。「哦」，庫尼次基發出小小的、圓潤的嘆息；他不知道是因為她出其不意的舉動，還是因為他突然想埋進她好聞的羽絨外套裡，大哭特哭。

她打電話叫計程車。等車的時候，兩人一句話也沒說。只有在電梯裡，她問了他一句：

「你還好吧？」

庫尼次基回答自己沒事，可是他知道他們正搭車前往最後一場對決。廚房將會是他們的戰場，而他們會擺出攻擊的姿勢——他一定是靠著桌邊，而她則是背對窗戶，這是他們一貫的分野。他知道自己不應該輕視這麼重要的時刻，也許這是最後一個，也是唯一可能的機會，這樣他就可以知道當時發生了什麼事，真相是什麼。可是，他也知道自己正站在地雷區，每一個問題都會是一顆炸彈；他不是一個膽小鬼，只要一天不找到真相，他就絕對不會放棄。電梯往上移動，他覺得自己像個恐怖份子，一個衣服裡藏了炸彈的刺客，只要一打開他們家的大門，炸彈就會爆炸，將一切化為灰燼。

他用單腳抵住門，好先把購物袋都推進去，然後自己再擠進門。他其實沒有察覺到任何異狀，開了燈，在廚房的桌面整理買來的東西，並倒了一杯水，放了一把香芹進去。香芹的味道讓他清醒過來。

他像個幽靈一樣在自己的房子裡走著，覺得自己好像可以穿牆而過。每個房間都是空的。庫尼次基是一顆眼睛，在玩腦力激盪的遊戲——找出兩幅圖片中的不同之處。於是，庫尼次基開始尋找，他相信，這房子現在的樣子跟之前的樣子，一定有不一樣的地方，這是給觀察不甚仔細的人玩的遊戲。很明顯，她的大衣沒掛在衣架上，還有圍巾、小傢伙的外套和鞋子也一樣（只剩下他孤零零的拖鞋），雨傘也不見了。兒童房好像已經完全清空，裡頭其實只剩傢俱。地毯上零星的玩具車，就好像是某種無法想像的太空事故過後，所留下的殘骸。可是，庫尼次基必須得到一個肯定的答案，於是他伸著一隻手移往寢室，來到玻璃櫃子前，移開沉重的櫃門。門片在不情願的咕噥聲中移動，裡頭只有一件絲質上衣，孤零零吊在櫃子裡。那件衣服太過高雅，所以她通常不穿，櫃門的移動讓衣服的袖子微微動了一下，看起來就好像那衣服很高興自己被人找到。它是一件被拋棄的衣服。庫尼次基看著浴室裡空蕩蕩的小架子，只有他的刮鬍用具還留著，擺在最角落，還有電動牙刷。

他需要很多時間來消化這個畫面，一整個下午，一整個晚上，還有一整個早上。

九點左右，他為自己泡了一杯咖啡，然後把浴室裡的一些用品，櫃子裡的幾件上衣、褲子，都扔進袋子裡。離開前——其實他已經站在門口——他檢查了一下錢包：證件和卡片，然後跑下樓到車子那兒。夜裡下過雪，所以他必須把擋風玻璃上的雪清掉，但他只用一隻手，很隨便地清理一下。他希望自己可以在入夜之後到達薩格勒布，然後第二天再到斯利特；也就是說，明天他可以看到海。

他像支離弦的箭，筆直往南，朝捷克邊境前進。

島嶼的對稱性

從旅遊心理學的角度來看，一個人對於兩地相似程度的印象強弱，與這兩地之間的距離成正比。距離近的，不會讓人覺得相似，而是讓人覺得陌生。就旅遊心理學而言，最讓我們覺得相似的地方，常常是遙遠的世界另一端。

比如，迷人的島嶼對稱現象，就讓人難以猜想，讓人不解，是值得另闢專題討論的現象。哥特蘭島與羅德島，冰島與紐西蘭，這些島嶼不管是哪一個，只要少了另一個，感覺都不完整、不完美。羅德島上禿裸的石灰岩，與哥特蘭島上那些長著青苔的岩石，形成互補。刺眼的陽光，只有在與北方柔和的金色午後碰撞在一起時，才會變得更為真實。城市的中世紀城牆以兩種版本呈現——戲劇性的版本和具憂鬱傾向的版本。對於這點，瑞典的觀光客很清楚，他們在羅德島建了一個非官方、未發表的聯合國殖民地。

嘔吐袋

在華沙—阿姆斯特的班機上，我不自覺地玩著一個紙袋，直到過了一會兒，我才在上頭找到一串用原子筆寫下的字：

「2006.10.12，前往未知的愛爾蘭，目的地貝爾法斯特，熱舒夫科技大學學生。」

這個袋子的前後兩面都印有圖文，而這串字就寫在袋子底下，兩個印刷面之間的留白處。袋子上有著用幾種語言印下的同一串文字：「do you want air sickness bag…sac pour mal de l'air…Spuckbeutel…bolsa de mareo」（你需要嘔吐袋嗎），在這些字詞之間，有某個人類之手寫下的幾個字，並且都以加粗的1作為開頭，就好像作者當初在寫的時候，有那麼一會兒曾思索過，是不是要以匿名的方式表達這份不安。他是否以為袋子上的這串字，會找到屬於它的讀者？會藉由這種方式，成為某個陌生人的旅途見證者？

這單方面的交流令我感動。我好奇，這是怎樣的一隻手寫下的？是怎樣的一雙眼，帶領那隻手沿著成行的印刷文字移動？我好奇，這些熱舒夫來的學生在貝爾法斯特那裡順不順利？事實上，我希望在未來的某個班機上，可以得到這個問題的答案。我想要他們寫下：「一切都很順利，我們要回國了。」可是我知道，只有不安與不確定，才會讓人在這樣的袋子上寫字。不管是失敗，還是怎樣的成功，都不會讓人想要書寫。

大地的乳頭

這些年輕人是怎麼了？一個女孩家，最多不過是十九歲的少女，來自斯堪地那維亞的大學生，和她的男朋友——身材纖瘦、綁著雷鬼頭的金髮男孩，堅持要從雷克雅維克搭便車去伊薩菲厄澤90。這樣的決定，沒有人會贊成，原因有兩個：第一，路上——尤其是北上的方向——不是經常有車經過，他們可能會受困路邊；第二，現在的氣溫有可能驟降。可是，這兩個年輕人不願聽話。後來他們才發現，這兩個警告都很實際，沒有半點誇飾。

他們困在杳無人煙的地方。先前搭的那輛車，在離村落頗遠的地方把他們放下，之後就再也沒有任何一輛車出現。天氣在一個鐘頭內劇變，開始下雪，站在路邊的兩人越來越害怕。這條路穿過一座平原，從這一頭到另一頭，滿地都是熔岩。他們藉著抽菸取暖，希望可以等到一輛車來，可是路上完全沒車。顯然，今晚大家都放棄開車去伊薩菲厄澤。

周圍沒有任何東西可以拿來生火，只有濕冷的青苔和幾棵稀疏的矮樹，火舌根本不想舔它們，更別說將它們點燃了。他們在岩石間的青苔地上攤開睡袋。當雪雲消失，寒氣逼人，星空露臉時，他們看見熔岩有了一張張的臉孔，並且開始嘀嘀咕咕，窸窸窣窣，竊竊私語。原來，只要把手伸到青苔底下、伸到石頭底下去觸摸地面，就可以感覺到一股暖意。掌心中會有一道來自遠方的細微震動，這是在一段距離之外的動靜，這是呼吸。無庸置疑，大地是活的。

後來他們從冰島人那裡得知，其實他們不會真的發生什麼事。對於像他們這樣的迷路人，大地會露出自己溫暖的乳頭，而他們必須懷著感恩的心去吸吮，飲用她的乳水。那滋味，據說就像鎂奶——藥局裡賣給胃酸過多和胃有灼熱感的人。

90 伊薩菲厄澤（Ísafjörður）：位於冰島西北方的小鎮，與位於西南方的首都雷克雅維克相距約四百五十公里。

彈簧舞

明天是安息日。徒步區上，年輕稚嫩的哈希德[91]男孩，在南美的流行音樂聲中，隨著動感十足的節奏，跳起彈簧舞[92]。用「跳舞」來形容並不是很貼切。這種舞步是指跳舞的人不斷瘋狂、興奮地跳動，在原地打轉，刻意碰撞彼此的身體，然後再跳開——這是世界上所有的青少年，在音樂會上和舞臺前都會跳的舞。跳這種舞的時候，音樂會從擺在車頂上的音響放送，而車內則會坐著一位負責看照一切的拉比。

幾個來自斯堪地那維亞，玩得很開心的女性遊客，加入那群男孩，七零八落地搭住彼此的肩膀，試著跳康康舞。不過，在這個時候，其中一個青少年出聲要她們遵守秩序：

「女人如果要跳舞，麻煩請在場邊跳就好。」

牆

有些人是這麼認為的——我們已經來到了旅行的終止線。這座城市是純然的白，就像留在沙漠中的骸骨，被炎酷的天氣舔得一乾二淨，被沙子磨得光亮平滑，看起來就像從古老海洋生成之初，便逐漸長滿整座山丘，如今卻已鈣化的珊瑚礁。另外也有一種說法，這座城市對每個飛行員來說，是一條曾經有許多神祇從地底掙脫而出的起飛跑道，崎嶇不平，難以駕馭。不幸的是，認識那個時代的人，說法卻相互牴觸，而如今已無從建立一致的版本。

所有能夠抵達這裡的朝聖者、遊客和流浪人啊，你們要當心了——你們搭乘船隻和飛機來到這裡，步行穿過地峽與橋梁，穿過軍事封鎖線與刺絲網。他們屢屢攔下你們的汽車與休旅車，詳細檢驗你們的護照，仔細盯著你們的眼睛查看。你們要當心了，沿著這座巷道迷宮走吧，順著標誌與車站，讓那根伸出的食指、旅遊書中的行序編號、畫在房屋牆上的羅馬數字，為你們指路吧。一個個的攤子上，擺滿了珠鍊、地毯、水煙、（大概是）沙漠出土的錢幣，以及成堆成塔的彩色辛香料，你們可別被迷惑了。人潮五顏六色，像你們一樣，有各式各樣的人，各種膚色、五官、髮色、衣著、帽子和背

91 哈希德（Hassidim）：猶太教正統派的支派。
92 彈簧舞（pogo）：一種團體舞，是龐克文化與金屬文化中的特色。

ubi dns ieiunavit
locus .xl.
a diabolo
synai
arabia
mortuū mare
mare galilee
mare tybiadis
lac' genesar
regio pentapolis
desertum
nazareth
hierico
mons oliveti
Bethania
torrens cedron
porta iosaphat orientalis
vallis iosaphat
sepulchrū s. marie
sepultura pegrion
acheldemach
templum dni
sepulcru dni
templum salomonis
Salomonis claustrum
piscina
cambiū monete
foru rerū venalium
vie porte s stephi
vie porte montium syon
calvarie
Golgota
sepulcru dni
porta syon australis
cenaculu
mons syon
sepulcru rachel
Bethleem

包，你們的注意力可別被拉去了。

迷宮之中，既沒有寶藏，也沒有半人半牛的彌諾陶洛斯需要與之對戰。你們行走的道路會突然來到一堵牆面——像整座城市那樣的純白、高聳、無可征服的一道圍牆。這大概是某座隱形神殿的牆，但事實就是事實——我們來到了終止線，再過去就已經沒有了。

所以，要是看到有人訝異地站在牆前，或是看到有人走到牆邊，把額頭貼在冰冷的石磚上，又或者是有人因為疲累、失望而到坐在地上，像孩子一樣貼著牆時，你們可別覺得奇怪了。

是時候該回頭了。

夢中的露天劇場

在紐約的第一晚，我夢到自己半夜在城市的街道裡遊蕩。其實我有路線圖，而且時不時會看一下，我在找這個棋盤迷宮的出口。突然間，我走出迷宮來到一座巨大的廣場，看見古老的露天劇場。我站在那裡，心裡滿是訝異。就在那時，有對日本觀光客朝我走來，並在我的都市路線圖裡指出劇場的位置。對，我的確是在那個地方。我鬆了一口氣。

在垂直與平行的街道叢林中，街道相互交錯，宛如經紗與緯線，我在這單調的網路中央，看見一顆凝視天空的圓形巨眼。

NEW YORK
SÜDL. TEIL.
Maßstab 1: 40000
Meter
Fernbahnen
Hochbahnen
Untergrundbahn
Straßenbahnen
Hudson-Br. (Projekt)
Roosevelt Hosp.
Dewitt Clinton Pk.
Blackwell's Island Bridge
Blackwell's Island
East Channel
St. Patricks Cathedral
Columbia College
Grand Central Station
Metropol. Opera
Carrick Theat.
Tunnel d. Pennsylv. Bahn
Bellevue Hosp.
The Morgue
Madison Square
Flat Iron Building
Stuyvesant Square
Newtown Creek
Hunters Point
Greenpoint
Bushwick Inl.
Palmer's Dock
Castle Point
Holland-Amerika Linie
Norddeutscher Lloyd
Hamburg-Amerika Linie
Delaware Lackawanna & Western Stat.
Hudson River Tunnel (Projekt)
Williamsburg Br.
Windsor Theat.
Wallabout Bay
Wallabout Ch.
Erie R.R. Stat.
City Hall
Washington Mkt.
Suspension-Br. (Brooklyn-Br.)
Manhattan Br.
Pennsyl. R.R. Stat.
Morris Kon. Bassin
Central R.R. of New Jersey Stat.
Walnut Av.
Aquarium (Castle Garden)
Barge Office
Tunnel d. Untergrundbahn (Brooklyn-Tunnel)
Heights
Borough Hall
Hall of Rec.
n. Liberty Isl.
n. State Isl.
n. Governor's Isl.
n. Weehawken
n. Hoboken
HUDSON
NORTH RIVER
NEW JERSEY CITY
HOBOKEN
EAST RIVER
LONG ISLAND CITY
BROOKLYN

希臘地圖

希臘地圖看起來像一個巨大的太極。若是細看，就可以發現這個巨大的太極，是由水與土所組成。然而，不管是哪個地方，都沒有單一元素能取得優勢——元素之間，會擁抱彼此；伯羅奔尼撒海峽是土還給水的部分，而克里特島則是水還給土。

不過，我認為伯羅奔尼撒的形狀是最漂亮的。那形狀是一隻巨大的母親之手，會沉進水中，檢查水溫是否適合洗澡。

凱洛斯

一群人從巨大的機場航廈走出。等計程車時，教授說：「我們是正面解決問題的人。」然後滿意地吸了一口舒服而溫暖的希臘空氣。

這名教授八十一歲，有個年紀小自己二十歲的妻子。在第一段婚姻無以為繼、孩子也都長大離家後，他在深思熟慮之下，便與她步入禮堂。這的確是個好決定，因為前妻現在自己都要人照顧，在一間環境不錯的護理之家，度過餘生。

對教授來說，這趟飛行頗為順利，時差只有幾個小時，沒造成多大影響。他的睡眠習慣早就變得像時而激昂時而低吟的交響曲，睡眠與清醒的時間表變得隨機、無法預測，時差只是把這混亂與清醒的和弦推遲七個小時。

配有冷氣的計程車把他們載去飯店。抵達後，凱倫——那個教授的年輕妻子——快手快腳處理好行李搬運事宜，在郵輪公司的服務臺詢問之後，再去領鑰匙，然後在門房的幫忙下，吃力地把丈夫帶上他們位於二樓的房間。進房後，她小心扶他上床，為他鬆開領巾、脫掉鞋子，而他則馬上進入夢鄉。

他們終於到雅典了！她覺得很開心，走到窗邊，花了點時間才把精巧的門鎖打開。四月的雅典春意盎然，綠葉爭相開展。外頭雖然已有塵土隨風揚起，但還不礙事，而嘈雜的昆蟲則是不間斷地讓人知道牠們的存在。她關上窗戶。

浴室裡，凱倫把自己的一頭灰色短髮撥鬆。一進淋浴間，她立刻感覺身上的壓力隨泡沫沖到腳下，永遠消失在排水孔中。

「沒什麼好氣的，」她在心裡對自己重複道，「每個身體都必須適應這個世界，沒有例外。」

「我們快跑到終點了。」站在溫暖的水流底下，一動也不動的她大聲說。她認為自己的學術生涯之所以受到侷限，是因為她一直都用圖像的方式思考。她看見某種類似希臘體育館的地方，起跑線上擺著一具助跑器，還有跑者——她的丈夫和她自己。她看見兩人雖然剛起步，卻已笨手笨腳跑向終點。之後，她用一條蓬鬆的毛巾把自己裹住，仔細把臉、脖子和乳溝都抹上保濕乳液。熟悉的化妝品氣味著實安撫了她，讓她上床在丈夫身邊躺了一會兒。她甚至不知道自己是什麼時候睡著的。

晚餐他們到樓下的餐廳吃。（他吃的是煮鰨魚澷青花菜，而她則是菲達起司沙拉。）教授問起他們是不是帶了他的筆記、書籍和大綱。最後，在這些尋常的問題中，穿插了一個早晚還是得出現的提問，而這個提問也點出了教授目前的健康情況：

「親愛的，我們現在其實是在哪裡啊？」

她的反應很平和，用幾個簡單的句子為他解釋。

「喔，沒錯。我看我是有點昏頭了。」他開心地說。

她為自己點了一瓶松脂酒，然後看了看餐廳裡的情況。在這裡用餐的通常是有錢的觀光客——美國人、德國人、英國人。但也有些專做投資、買進賣出、汲汲營營的人，那些人早已沒了半點自己的獨特性，只不過是一群好看、健康、懂得用各種語言流利交談的人。

比如坐在隔壁桌的人，看起來氣氛不錯，年紀也只比她小一點，是一群歡樂的五十多歲人士，身體健康，臉泛紅光。他們總共是三男兩女。凱倫很確定自己可以在他們的爆笑聲中（服務生為他們拿來另一瓶希臘葡萄酒）找到屬於自己的位置。在她思索的同時，她的丈夫正抖著手用叉子刮下蒼白的魚肉。她想她可以把他留下，然後帶著她的那瓶松脂酒，像蒲公英的種子般，自自然然地飄到他們那桌的椅子上，好抓住歡笑最後的和弦，把自己悶沉的女低音加進去。

她當然沒有真的這麼做。盤子裡的青花菜隨著教授笨拙的動作，直接飛到桌巾上，被她快手撿走。

「喔，天啊。」她口氣變得不耐煩，並喚來服務生，要對方開始上花草茶。「要幫你嗎？」

「要我被別人餵，不可能。」語畢，他使出雙倍的力氣，用叉子對那條魚發動攻擊。

她常常生他的氣。這個人對她是十成十的依賴，但行為舉止卻好像兩人的立場是對調的。她在心裡想著，男人，最精明的那種，也許是出自於一種自我保護的本能，會意志不清，近乎絕望地依附年紀小他們許多的女人，但這與社會生物學家所認為的理由一點關係也沒有。不，這裡跟繁殖、基因，或是把自己的ＤＮＡ放進試管中一段時間，都沒有絲毫關聯。不，這裡說的是預感，存在於他們生命中每個時刻的預感，他們刻意隱瞞、精心掩飾的預感——在流逝的時光安靜而無趣的陪伴下，他們會對加速萎縮的現象屈服。好像他們天生就是被設計成只短暫、密集存在於某些時刻，被設計成一道序曲，充滿感情較勁，獲得勝利，然後隨即……耗盡。興奮的情緒操控他們生活的一切，而這是代價非常高的人生策略；能量的庫存一旦用盡，他們就只能負債度日。

他們是在一場聚會上認識的，主辦者是他們共同認識的、已在大學任教兩年的友人。那是十五年前的事了。他把酒杯遞給她的時候，她注意到他身上那件毫不時尚的羊毛背心脫了線，一條長長軟軟的黑色棉線，就在教授的腰際飛呀飛的。她當時剛來到他們的大學，要接替一位即將退休的教授，接手指導他的學生。那時的她正在為自己租來的房子布置家具，整理剛離婚的心情；好在沒有孩子，不然這場婚姻會結束得更加痛苦。她的丈夫在與她生活了十五年後，拋下她去找別的女人。凱倫已經超過四十歲，也當上了教授，寫過幾本書，她的研究領域是鮮為人知的古希臘島嶼文化。她是一名區域研究學者。

兩人是在那場聚會的幾年之後才結婚。教授的第一任妻子生了重病，所以離婚手續辦得並不順利，不過就連他的孩子也都站在他們這一邊。

她常常想自己的人生是怎麼過的，而她歸納的結論是：事情很簡單。相較於女人需要男人，男人更需要女人。「其實，」凱倫心想，「女人少了男人，也可以過得很好。她們對孤單的適應力很好，注重健康，比較有耐力，重視友情。」她在腦中思索還有其他哪些特質，卻發現自己把女性當成對人類而言是非常有用處的狗來描述。帶著一種滿意的心情，她開始增添屬於狗的特質描述——學習速度快、個性不激進、喜歡孩子、為人友善、喜歡待在家裡。在她們身上——尤其是在她們年輕的時候——可以很容易喚醒一種壓倒性的神祕直覺，而且這不一定與擁有孩子相關。毫無疑問，這直覺的用處絕對不僅止於此。它整理世界，踏出各種途徑，張羅晝夜，制定療癒儀式。女人只要受過一點無助的鍛鍊，要在她們心中喚醒這股直覺並不困難。然後，女人會變得盲目，自然的演算法開始運作，這時就可以搭起帳篷，把其他女人的巢當自己的，丟掉裡面的一切，而她們甚至不會注意到雛鳥的相貌有如怪物，是別人不要的棄嬰。

教授在五年前退休，臨走時獲頒獎勵和表彰，在最佳科學研究貢獻簿上留下姓名，收到學生文章合輯，作為紀念的特別出版品。也有人為他辦了幾場宴會，其中一場還有電視上知名的喜劇演員出席，而說實話，最能夠讓教授重拾活力、心情大好的，就屬這一項了。

之後，他們在大學城裡定居，住在一間坪數不大卻很舒適的屋子裡，而教授就在那裡開始「處理文件」。早上，凱倫會為他泡茶，準備清淡的早餐。她會幫他收信、幫他回覆信件與邀請函——主要就是禮貌性的拒絕。他一向起得很早，而她則盡量跟著早起，睡眼惺忪地煮咖啡，為他煮燕麥粥。她會為他準備乾淨的衣服。中午左右，他們的家庭幫傭會過來，所以每每在他抵不過睡意而進入夢鄉小憩時，凱倫便有幾個小時屬於自己的時間。下午要再為他泡一次茶，不過這次會是花草茶，然後送他出門獨自散步，這是他的每日例行之事。她會為他大聲朗讀古羅馬詩人奧維德的作品，為他張羅晚餐，協助他就寢。最後，在這一切錦上添花的，是為他準備正確的藥丸及藥水劑量。在那平靜的五年當中，每年都只有一封邀請函他會回覆出席——豪華郵輪的夏季航班，到希臘諸島航行。教授會在旅途中每天為乘客講課。如果不算週六與週日，總共是十堂課，內容是教授個人的喜好；這些課程每年都不一樣，沒有任何固定的主題清單。

這艘船的名字叫波塞頓——黑色的希臘字母ΠΟΣΕΙΔΩΝ在白色的船身上非常顯眼——總共有兩層，裡頭有餐廳、撞球室、小小的咖啡廳、按摩沙龍、日光浴室和舒適的艙房。連著好幾年，他們都住同一間艙房，裡頭有一張大型雙人床、一間浴室、一張小桌子和兩張扶手椅，還有一張迷你書桌。房間裡的地板上，鋪有柔軟的咖啡色地毯，而凱倫每次看著這塊地毯，心裡都還是希望可以在那長長的纖維中，找到她四年前遺落的耳環。從艙房走出來便是頭等艙的甲板。晚上，在教授入睡後，凱倫喜歡利用這份便利，站在圍欄邊點起一根香菸，看著遠方的燈火在眼前流逝。白天的時候，甲板會被日光曬得暖呼呼的，但從水面上方飄來的，就是冰涼黑暗的空氣了。凱倫覺得自己的身體成了日與夜的交界。

「喔，波塞頓啊，你是船隻的拯救者，也是駿馬的馴服者，接受歡呼吧。擁有大地的你、黑髮的你、受到眷顧的你，對帆船施捨你的仁慈吧。」她低語著，然後把剛點燃的香菸——她白天的配額——丟進大海，十足十的奢侈舉動。

郵輪的航線五年來都沒有變動。

這艘船從比雷埃夫斯開往埃萊夫西納，再從那邊回頭往南邊的波羅斯島，讓旅客得以欣賞波塞頓神殿的遺址，在小鎮裡逛一逛。接下來的路線是前往基克拉澤斯群島。行程的步調並不急促，甚至可說是慵懶，好讓旅客能享受陽光和大海，欣賞這些島上的城鎮——白牆橘瓦、檸檬樹叢氣味芬芳的城市。現在還沒進入旅遊旺季，所以不會有大批遊客——每次說到這些遊客，教授總是不太情願，心中的不耐煩也藏不住。因為，他認為那些遊客只是走馬看花，什麼也沒看到；只是用目光到處掃過一遍，留意旅遊書上為他們指出的地方。這樣的旅遊書一印就是幾百萬本，相當於圖書界的麥當勞。接下來，他們會在提洛島停留，去看阿波羅神殿，最後穿過十二群島，來到羅德島，在那裡結束旅程，從當地的機場搭飛機回家。

凱倫很喜歡這樣的午後時光——抵達小小的港口，穿上適合散步的衣服，走路去城裡，教授一定要戴領巾。港口也常常會有較大的渡輪停靠，在那種時候，商人會立刻打開他們的小店鋪，提供各種商品供人們選購——繡有島名的小毛巾、成套的貝殼、海葵、用極有品味的小籃子混裝的花草、茴香酒，或者只賣冰淇淋。

教授大步前進，用枴杖指出古蹟，一一為他的聽眾介紹：城門、噴水池、圍在脆弱欄杆裡的遺跡。而這些內容，他的聽眾就算是在寫得最好的旅遊書裡，也永遠都不可能找到。然而，教授的合約裡只有一天一場講座，並沒有包含這些散步行程。

「我想，」他開始說，「人類要生活，就需要差不多像適合柑橘生長的氣候環境。」

他的視線移往上方，看著天花板上滿滿的小型圓燈，然後就這麼定住，時間久到讓人已經有點無法接受。

凱倫緊緊握住雙手，連關節都開始泛白，但她大概成功克制了自己好奇又帶點挑釁的笑容——她揚起眉，臉上有著嘲諷。

「這是我們討論的起點。」她的丈夫接著說：「希臘文明發展的地區，與柑橘生長的地區，大致來說是一樣的。在這個陽光普照、充滿生機的空間之外，所有的一切免不了都會慢慢退化。」

這看起來像是飛機不疾不徐的漫長起飛過程，在凱倫眼裡卻每次都充滿畫面——教授的飛機開始滑行，機輪落在跑道線上，甚至也許會滑出跑道——它會從草坪起飛。然而，這架飛行器最後還是忽上忽下，東搖西晃，左衝右撞，但也代表它會飛起。凱倫悄悄鬆了一口氣。

她知道講座的主題，知道教授用細小的字體寫在手卡上的講座大綱，還有自己幫他做的筆記。事實上，要是發生什麼事，她也可以從第一排的位置站起來，為他接完任何一句未竟的話語，然後繼續按表操課。不過，有一點可以確定——她沒辦法像他那樣用滿腔的熱情說話，也不可能允許自己做出任何一丁點的怪異舉動，而他卻憑著這一點，在不自覺中抓住聽眾的注意力。她總是等到教授開始站起來走動，這對再次用畫面思考的凱倫來說，代表他的飛機已達到飛行高度，一切都不會有問題。現在，她可以放心去上層甲板，開心地讓自己的視線在水面舒展，把目光掛在經過的遊艇桅桿上，放在白色薄霧中的山峰上。她看著坐在半圓形座位上的聽眾，第一排的人在身前的摺疊桌上都擺著筆記本，隨時準備好記下教授的話。最後一排的位子在窗戶附近，那些人坐得舒舒服服，臉上雖然沒有半點在乎，其實也在聽教授說話。凱倫知道，這些才是報名者中興致最高昂的人，也是之後會拿許多問題不斷叨擾教授的人，而她必須與他們進行許多零星的戰鬥，以維護自己的丈夫，免得他從事沒有報酬的額外諮商。

這個人，她的丈夫，總是令她感到訝異。她覺得不管別人寫了什麼，挖到什麼，說了什麼，只要是跟希臘有關，他全都知道。他的知識已不僅是豐富，而是浩瀚。他的知識來自文本，來自引述、對照文獻和註釋，來自從缺角花瓶上千辛萬苦解碼出來的文字，來自人類尚未參透的圖畫，來自出土文物，來自後代的釋義，來自灰燼、信件和名家語詞索引。這當中，有種非人類的氣味——要擁有這樣的知識，教授想必是接受過某種生物療程，打開自己身體的大門迎接這份知識，讓這份知識在他體內的組織生根，讓自己成為一個混種人。若非如此，這是絕對不可能辦到的事。

如此龐大的知識，自然無從排序歸納，其形式該說是塊海綿，是海底的珊瑚，經過長年生長，產生最為讓人著迷的外觀。這份知識已經達到臨界點，現在要轉換成另一種狀態，感覺像是會不斷增生、複製、組織成一個個複雜的異常形體。聯想的行進路線是非典型的，而相似性會在最讓人意想不到的版本中找到，就像巴西肥皂劇當中的血緣關係，每個角色都可能是另一個角色的孩子、丈夫或姊妹。眾人踏出的道路，到頭來竟是不值一哂，而當初被視為無法克服的，卻轉化成康莊大道。多年來在教授腦中都沒有意義的東西，突然成了重大發現的突破點，真正的典範轉移突破點。她的心裡非常清楚，自己是一位偉人的妻子。

當他說話的時候，他的臉會改變，好像話語洗掉他臉上的蒼老與疲倦，然後現出另一張臉孔——充滿光彩的眼睛，豐潤緊實的雙頰。上一刻還戴在這張臉上的討人厭面具，轉眼便沒了蹤影。如此的轉變，就好像有人給了他毒品，讓他吸食了一點安非他命。她知道毒品的效力終究有退去的時候，不管那是什麼，都會讓那張臉再度回到僵硬不動的狀態，讓那雙眼睛再度轉為灰濛，讓那副身體吃力地走到最近的一張椅子休息，然後端出她很熟悉的無助外表。而她得十分小心從腋下撐起這副身軀，輕輕推一下，帶著他一路踉踉蹌蹌，東倒西歪地回到艙房小睡——他消耗了太多精力。

她很清楚講座的內容，不過每一次觀察進行講座的他，都是一件愉快的事，因為那就像是把一朵沙漠中的玫瑰放進水裡。他講的宛如都是自己的事，而不是希臘。當然，所有他講到的人物，也都是他自己本身。所有的政治問題都是他的問題，都是他個人的事。這些問題確實都很有哲理；畢竟，這些問題讓他在夜裡輾轉難眠，這些是屬於他的問題。滿天神祇，他個個認識，常跟祂們在離家不遠的餐廳吃飯，不只一晚與祂們徹夜長談，喝掉一整座愛琴海的葡萄酒。他知道祂們的住址和電話號碼，可以隨時打電話給祂們。雅典他熟得就像在逛自家廚房，不過這當然不是指他們剛搭船離開的那座城市。老實說，他對那座城一點興趣也沒有。可是，古老的雅典，就說是伯里克里斯[93]那時期的雅典吧，那就不一樣了。他會把古城的城郭放在今天的雅典城上，讓現今我們所認知的一切，變得不再真實。

早上在比雷埃夫斯登船的時候，凱倫便已私下對同船的乘客進行過評估。所有的人，甚至是法國人，說的都是英文。這些人是計程車從飯店或雅典機場直接載過來的，都很有禮貌、很客氣，是知識份子。有一對男女，年紀大概五十多歲，身材高眺，實際年齡絕對比看起來的還要大，穿著亮色系的衣服，布料用的是天然材質，亞麻和棉。他把玩著原子筆，而她則是坐著，一下把背打直，一下又放輕鬆，就好像是用放鬆技巧訓練的那種人。接下來是一個年輕的女人，雙眼因隱形眼鏡而顯得無神。她正在記東西，是左撇子，寫出來的字母個個又大又圓，並在本子的邊緣都畫上阿拉伯數字8。在她後面的是兩名男同志，穿著得體，乾淨整潔，其中一個戴著逗趣的眼鏡，看起來就像是艾爾頓·強。在窗戶邊的是一對父女，迎賓的時候就已經特別引人側目。男人想必是怕別人以為他和青少女有曖昧關係，而那女孩總是一身黑，頭髮幾乎剃了個精光，有著漂亮微噘的黑色嘴唇，嘴角掛著滿滿的不情願，想要藏住也很難。接下來的一對男女，和諧的灰髮色調，是瑞典人，大概是魚類學家；凱倫早先在收到講座參加者名單的時候，就已經先把這一對記了下來。這兩個人看起來靜靜的，彼此非常相像，不是天生長得像的那種，而是得經過長年細心經營婚姻生活，才能練就而成的相似。另外還有幾個年輕人，這是他們的第一次郵輪之旅，還不確定古希臘是否真的適合自己，或者他們比較傾向深入探究蘭花的奧祕，或是世紀之交的中東裝飾。這艘遊輪，還有這個拿柑橘當開場白的老人，這真的是適合他們的地方嗎？有個男人，紅頭髮、白皮膚，穿著卡在髖部的寬鬆牛仔褲，若有所思地搓著新長幾日的淺黃鬍渣。凱倫盯著他看了許久。這大概是德國人。長得很好看的德國人。另外還有十幾個人，個個沉默而專注地看著講者。

有一種新的思維方式，凱倫心想，這種思維方式不信任書本、最好的教科書、研究、專著或百科全書中的任何文字——大學時代沒有認真學習，如今自食惡果。而這個思維之所以會腐化，是因為它簡簡單單便把每一個，甚至是最複雜的結構，分解成質因數。它把每個未經深思的論點發展到荒謬的地步，每幾年便接受全新的當代語言，而這語言大概就像最新廣告的瑞士刀，無所不能——開罐頭、殺魚、解釋小說、預測中非的政治形勢。這個思維是個謎語高手。這個思維把交互參照和腳註當作刀叉一樣使用。這個思維是理性的，以推論為圭臬，是絕育的孤獨存在。這個思維對一切都很清楚，也清楚自己對這一切懂得不是很多，不過這個思維的移動快速，反應靈敏，有著智慧電子脈衝，沒有界限，將一切連結在一起，相信所有的一切是某種群聚一起才有意義的東西——只是我們不知道那是什麼。

教授現在開始滿腔熱血地闡述波塞頓這個名字的來源，凱倫則把臉轉向大海。

每次的講座之後，他都需要她的肯定，確認一切都進行得很順利。他們在艙房裡換晚餐要穿的衣服時，她把他抱進懷裡，他的頭髮有著微微的洋甘菊洗髮精味。他們準備好要出門了——他穿著顏色稍深的西裝外套，脖子上繫著最愛的復古領巾，而她則穿著綠色的絲綢洋裝。他們站在狹窄的艙房中

93 伯里克里斯（Περικλῆς）：西元前五世紀，希波戰爭後重建雅典的推手，現存的古希臘時代建築大多在他的時代所建。

央，面向窗戶。她遞給他一杯葡萄酒，他啜了一口，低聲說了幾個字，然後把手指浸到酒中，再灑向整個艙房，但他的動作是小心的，沒讓蓬鬆的咖啡色地毯沾了酒漬。酒滴滲進扶手椅的深色襯墊，消失在家具之間，不會留下任何痕跡。她也如法炮製。

晚餐的時候，他們與船長同坐一桌，那個黃金般的紅髮男人也過來與他們同坐，她看見自己的丈夫一點也不開心。後來，他們發現這人其實舉止很得體，也很親切。他介紹自己是程式設計師，在北極圈旁的卑爾根與一堆電腦一起工作。他是個挪威人。在柔和的燈光照射下，他的皮膚、眼睛和細邊金屬眼鏡鏡框，看起來都像是用黃金做的，金色的身軀則被多餘的白色亞麻襯衫給蓋住。

那男人之所以會加入他們，是因為有一個字想請問教授。那是教授在講座時所提到的字，而且當時便已清楚解釋過。

「共覺，」教授小心藏著不耐煩的情緒說，「就像我說的，是一種洞察力，會自發性地揭露某種超人類力量的存在，揭露某種超越相異性的一致性存在。」滿嘴食物的他又補充說：「這個主題我明天會多講一點。」

「對。」那人無可奈何地應道。「可是，這是什麼意思？」

他沒有等到答案，因為教授花了片刻的時間思索，顯然是在他那浩瀚無垠的記憶之海中搜尋所需的資料，最後靠著用單掌在空中畫著小圓圈，才得以引述道：

「你必須將一切一把拋開，不要去看；你必須像是瞇起眼睛那樣，改變視角，喚醒另一個人人都有、卻沒多少人使用的視角。」

他對自己是如此驕傲，連臉上都泛起紅光。

「這是普羅提諾[94]的話。」

船長了然地點點頭，然後舉杯祝酒，因為這已經是他們第五次一起航行。「慶祝我們又過了一年。」

這很奇怪，但凱倫轉念一想，反正這已是最後一次，便說：「希望我們明年可以再在這裡碰面。」

再度恢復神采的教授有了另一個想法，遂對船長和自稱歐雷的紅髮男子說：

「奧德修斯的尋蹤之旅。」他停了一會兒，好讓他們有時間想一下這個點子。「當然，只是大致相近的路線。得先想好交通、食宿該怎麼安排。」他看向凱倫，後者則拋出這麼一句：

「那花了奧德修斯二十年的時間。」

「沒關係。」教授開朗地說。「現在這個世界，兩個禮拜就能走完。」

而在那一刻，凱倫與那歐雷意外對上了彼此的眼。

這一夜，或者是下一夜，她有了高潮，那感覺就這麼來了，在她的睡夢中。就某種層面而言，那跟紅頭髮的歐雷有關，不過她並不是很確定，因為那夢裡發生的事，她已記得不多。她就只是穿過那個黃金般的男子。醒過來後，她感覺下腹明顯收縮，這讓她吃了一驚，最後竟羞愧起來。她下意識從中途開始計算，最後算到了四次。

94 普羅提諾（Πλωτίνος）：西元三世紀的希臘哲學家。

隔天，他們沿著海岸航行，凱倫對自己坦承，很多地方已經沒什麼好看的了。前往埃萊夫西納的道路，是鋪了柏油的公路，汽車時時呼嘯而過。這三十公里長的路段既醜陋又平凡，乾枯的路旁風景、水泥房屋、廣告、停車場，還有完全不值得開墾的土地。倉庫、卸貨區、骯髒的大型港口、熱能發電廠。

當他們走到岸邊，教授帶著背後的整團人往狄蜜特神殿的遺跡。那現在看起來只不過是片淒涼景象，遊客的臉上難掩失望，所以教授要他們發揮想像力，讓時光倒流。

「這是從雅典那邊連過來的路，當時僅僅只用石頭鋪平，而且路面很窄。你們看一下，大批的人順著這條路去埃萊夫西納，一路用走的，揚起的沙塵就連世上最強大的君主都得害怕。這擁擠的人潮扯著幾百個嗓子大喊。」

教授停下腳步，鞋跟抵地，手撐枴杖，說：

「那聽起來可能差不多是這樣……」他頓了一下，好吸滿空氣，然後扯著老邁的嗓子，用盡全力大吼一聲。他的聲音突然變得乾淨嘹亮，而升溫的空氣將他的聲音傳得更遠。一旁有些零星的遊客在石堆間徘徊，聽見教授的吼聲，全都抬起頭。還有那個賣冰的攤販。還有那幾個因旺季已經開始，正在架設欄杆的工人。還有那個正用棍子戳弄一隻受驚甲蟲的小小孩。還有那兩頭遠在山坡另一邊吃草的驢子。

「伊阿科斯，伊阿科斯……」教授閉著眼睛喊道。

就算他已經沒再喊了，他的呼喚依舊在空中迴盪，讓所有的人都屏息等待了半分鐘，靜候了詭異的幾十秒鐘。這古怪的舉動震撼了在場的聽眾，他們甚至不敢望向彼此。凱倫則是臉紅得像番茄，好

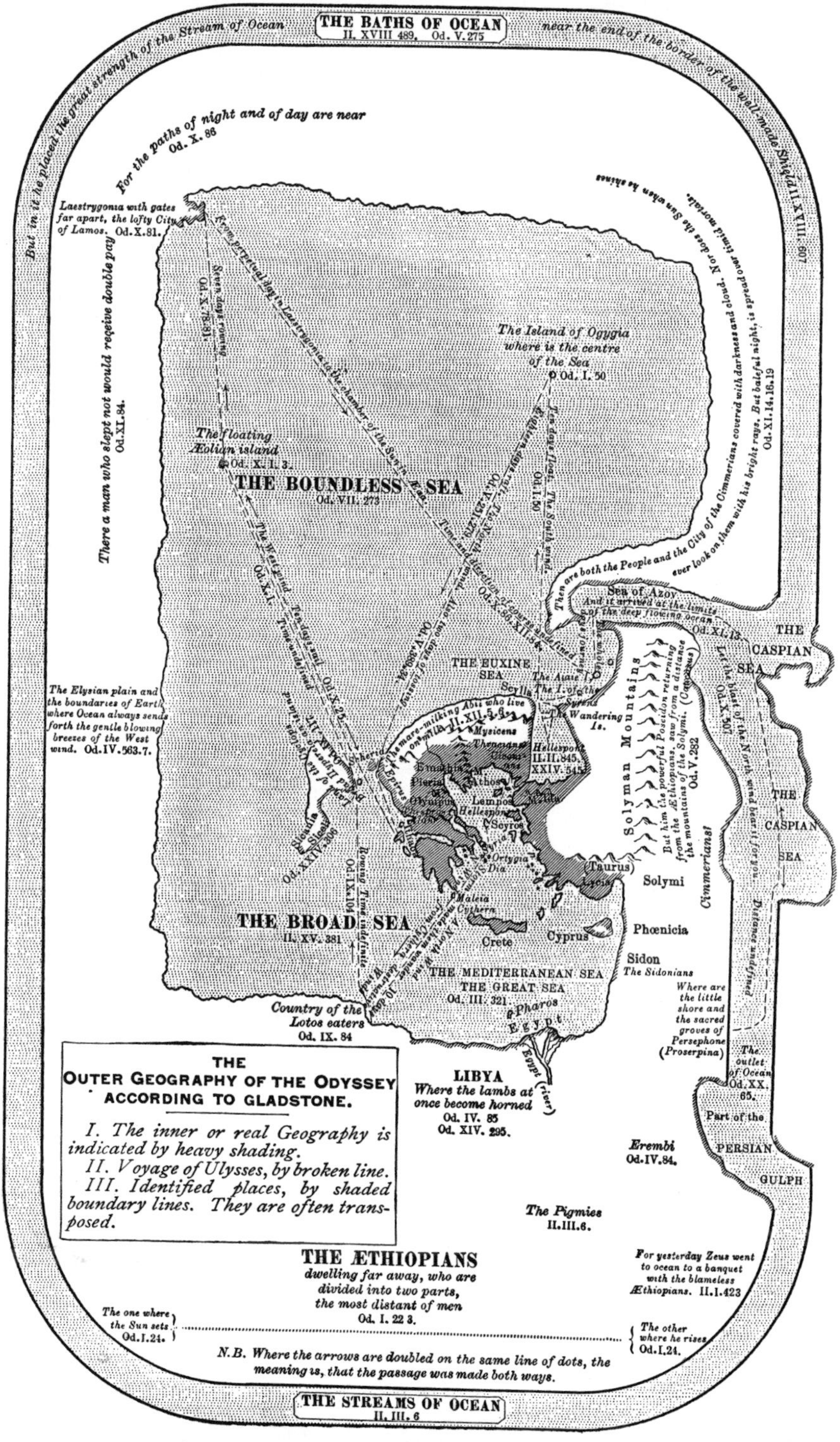
THE BATHS OF OCEAN
Il. XVIII 489. Od. V. 275
But in it he placed the great strength of the Stream of Ocean near the end of the border of the well-made Shield Il. XVIII. 607
For the paths of night and of day are near
Od. X. 86
Laestrygonia with gates far apart, the lofty City of Lamos. Od. X. 81.
There a man who slept not would receive double pay
Od. XI. 84.
Seven days rowing
Od. X. 78. 81.
From perpetual day in Laestrygonia to the chamber of the Sun in Ææa.
The Island of Ogygia where is the centre of the Sea
Od. I. 50
The floating Æolian island
Od. X. I. 3.
THE BOUNDLESS SEA
Od. VII. 273
The West wind. Ten days and Time undefined
Od. X. I.
Od. X. 25.
Ten days float. The South wind.
Od. I. 50
Eighteen days sail. The North wind. Also two days of passage
Od. V. 251. 279.
Od. V. 388-94.
Time and direction of course undefined.
Od. X. 86. XII. 84.
Then are both the People and the City of the Cimmerians covered with darkness and cloud. Nor does the Sun when he shines ever look on them with his bright rays. But baleful night is spread over timid mortals.
Od. XI. 14. 16. 19
Sea of Azov
And it arrived at the limits of the deep flowing ocean
Od. XI. 13.
THE CASPIAN SEA
Let the blast of the North wind bear it for you.
Od. X. 507
Distance undefined
THE EUXINE SEA
The Ææan
The I. of the Syrens
Scylla
The Wandering Is.
The mare-milking Abii who live on milk Il. XII. 5. 6.
Mycenæ
Thessaly
Emathia
Pieria
Olympus
Athos
Lemnos
Hellespont
Scyros
Ortygia
Dia
Malea
Cythera
Ida
Hellespont
Il. II. 845. XXIV. 545.
Solyman Mountains
But him the powerful Poseidon returning from the Æthiopians, saw from a distance from the mountains of the Solymi. (Caucasus)
Od. V. 282
Cimmerians?
(Taurus)
Lycia
Solymi
The Elysian plain and the boundaries of Earth where Ocean always sends forth the gentle blowing breezes of the West wind. Od. IV. 563. 7.
Scheria
Sicania
Sicily
Od. XXIV. 306
Od. IX. 104
Rowing Time indefinite
A North wind 10 days
THE BROAD SEA
Il. XV. 381
Crete
Cyprus
Phœnicia
Sidon
The Sidonians
THE MEDITERRANEAN SEA
THE GREAT SEA
Od. III. 321.
Pharos
Egypt
Egypt (river)
Country of the Lotos eaters
Od. IX. 84
Where are the little shore and the sacred groves of Persephone (Proserpina)
The outlet of Ocean Od. XX. 65.
Part of the PERSIAN GULPH
THE OUTER GEOGRAPHY OF THE ODYSSEY ACCORDING TO GLADSTONE.
I. The inner or real Geography is indicated by heavy shading.
II. Voyage of Ulysses, by broken line.
III. Identified places, by shaded boundary lines. They are often transposed.
LIBYA
Where the lambs at once become horned
Od. IV. 85
Od. XIV. 295.
Erembi
Od. IV. 84.
The Pigmies
Il. III. 6.
THE ÆTHIOPIANS
dwelling far away, who are divided into two parts, the most distant of men
Od. I. 22 3.
For yesterday Zeus went to ocean to a banquet with the blameless Æthiopians. Il. I. 423
The one where the Sun sets Od. I. 24.
The other where he rises Od. I. 24.
N.B. Where the arrows are doubled on the same line of dots, the meaning is, that the passage was made both ways.
THE STREAMS OF OCEAN
Il. III. 6

像大叫的人是她一樣，於是走到一旁，讓自己從這火辣辣的情緒中冷靜下來。

然而，這個老人家看起來一點困惑也沒有。

「……或許我們有機會可以窺視過去，」她聽見他這麼說，「就像在看一間全景劇場，瞄一眼過往的時光。或者是——各位親愛的朋友——我們當作過去依舊存在，只是被移到另一個次元。也許我們只需要改變自己的視角，用斜角之類的方式來看待這一切。因為，如果未來與現在都是無止境的，那麼在真實世界中，就沒有任何所謂的『曾經』。時光之中的各種不同片刻，都像床單一樣晾在空間之中；像螢幕一樣，各自顯示單一片刻。而世界就是由這些靜止不動的單一片刻，由這些巨大的終點畫面所組成，我們則在這當中，由一個畫面跳到另一個畫面。」

他停下來休息片刻，因為他們走的路是微微上坡。過了一會兒，凱倫聽到他氣喘吁吁，努力在每個呼吸的空檔間擠出話語：

「現實當中並不存在任何動態行為，就像古希臘哲學家芝諾在悖論中提到烏龜一樣，我們的移動不會將我們帶往任何地方。我們只是進入時間的內部，沒有任何的終點或目標。而這也可以套用在空間上——既然我們所有人與無止境之間的距離都一樣遙遠，那麼也就沒有任何的某處——沒有人會固定在哪一天或哪一個地方。」

晚上，海倫在腦中算了一下這趟旅程付出的代價——被太陽曬傷的鼻子和額頭，還有磨破皮流血的腳。一顆尖銳的小石子跑到他的涼鞋帶子底下，而他沒有把它撥掉，這無疑就是折磨教授多年的動脈硬化，病況加劇的明顯徵兆。

她很清楚這副身體，甚至可以說是太過清楚。這已經是一副老朽削瘦的身體，失去水分而變得乾枯的皮膚上，滿是褐色斑點。胸膛上殘留著幾根灰色毛髮，羸弱的脖子困難地支撐顫抖的腦袋。薄薄的皮膚底下是薄薄的骨頭，而骨架給人一種鋁製的感覺，因為那是如此的輕，有如鳥骨。

有時候，她還來不及為他脫衣服、鋪好床，他便已經睡著。在這種時候，她只得輕輕脫下他的西裝外套和鞋子，然後把半夢半醒的他哄上床。

每天早晨，他們都會碰上同樣的問題——鞋子。教授一直有一個難受的痼疾——趾甲往肉裡面長。這個毛病發作的時候，他的腳趾會變得又圓又腫，趾甲會外翻，把襪子勾破，然後腳趾不停與鞋底摩擦，進而引發疼痛。若是把這樣發痛的腳塞進黑皮鞋裡，那可就是一種不必要的酷刑，所以教授每天都穿涼鞋。至於包頭的鞋子，他們則是跟住家附近僅存的鞋匠訂製，花上大筆金額請他為教授裁製好看、柔軟的鞋子，楦頭高，穿起來不緊繃。

這天傍晚，大概是曬太陽的關係，教授發燒了，所以凱倫取消餐廳訂位，叫了艙房服務。

早上，郵輪來到提洛島。他們在刷完牙，完成費力的刮鬍手續後，便馬上帶著昨天傍晚點心時間剩下的餅乾，來到甲板。他們把餅乾捏碎，丟進海裡。時間還很早，所有的人想必都還在睡夢中。

太陽已不再艷紅，顏色轉亮，每過一刻，便多添一份力量。水色轉金，宛如蜂蜜，又濃又稠。朵朵浪花靜了下來，在巨大的陽光熨斗運行而過之後，已不見任何一絲皺褶。教授單手攬住凱倫；事實上，面對如此令人炫目的景象，那也是唯一一件他所能做的事。

再看一次四周，就像在看一幅畫，上百萬個細節底下，有個形體躲藏其中，只要瞧上一眼，便再也無法忘卻。

我不會去細談這趟旅程每天發生的事，或是報告每一次講座的內容。話說回來，也許有一天，凱倫會把這些講座內容發表。船隻緩緩航行，每晚甲板上都有舞會，乘客手拿高腳杯，或憑欄閒談，或欣賞暗夜海景。偶爾會有載客上千，日日停靠不同港口的大型郵輪經過，點亮冷沁清澈的黑暗海面。

我要提的講座只有一場，也是我最喜歡的一場。提出那場講座構想的人是凱倫，那是她的點子——談那些沒被寫進知名文獻和熱門書籍的神；那些荷馬沒提到、後來的奧維德也忽視的神；那些是非鬥毆不夠多、情愛糾葛不夠多的神；那些不夠可怕，不夠狡猾，只是短暫存在，只能在碎石堆、文獻、被燒毀的圖書館紀錄中，找到一點蛛絲馬跡的神。不過也多虧如此，那些知名神祇永久失去的東西，祂們卻得以保有——也就是神的善變與不可捉摸、變化萬千的形體，與難以確認的系譜。這些神祇獻身於闇影與無形，最後回歸黑暗。就比如那凱洛斯，總是存在於人類的線狀時間，與神的環狀時間交會處；存在於時間與空間的交會處；他只存在於一個單一時刻，而這個單一時刻只短暫開啟——只在唯一一個合適、而且不會重複的可能性中才會開啟。

他踏著活力四射的腳步進場，然後喘著氣，小步來到講桌——尋常的餐廳小桌子前，拿出夾在腋下的一包東西。她知道他的步數。那包東西是條毛巾，從他們艙房浴室拿來的。他很清楚，只要自己開始把毛巾打開，現場就會變得安靜，而坐在最後一排的人也會拉長脖子。人群就像孩童一樣。毛巾底下是她的圍巾，最後還有一個白白亮亮的東西，那是一塊大理石，看起來也許像是從岩石上敲下來的。現場的張力來到最高點，他知道自己已引起眾人注意，刻意勾起嘴角，微微一笑，攤開雙手，就好像在演電影一樣。然後，他伸出手，將那塊明亮的石板放到掌心，舉至將近眼睛的高度，模仿哈姆雷特的樣子，說：

雕刻家是誰？又是來自何方？
西錫安人。
那他的名字呢？
留西波斯。
那你又是誰？
攻無不克的凱洛斯。
為什麼你要踮著腳走路？
因為我一直繞著世界跑。
為什麼你的兩隻腳掌上有著翅膀？
因為我乘風來去。
那你的右手呢？為什麼要拿著剃刀？
對人類來說，這是一個記號，代表我比任何一把刀刃都還要銳利。
那你的頭髮呢？為什麼會垂在眼睛上？
這樣與我正面對決的人才能抓住。

但是，我的宙斯啊，為什麼你的背後是禿的？

這樣在我踩著飛翼足從別人身邊跑過時，對方就算想抓我，也無從抓起。

為什麼雕刻家要把你創造出來？

為了你們，外來者。他把我擺在這裡，當作一個警示。

這是一段波斯迪普斯[95]的警句，內容之精采，每個人都該把它當作自己的墓誌銘，而這也是教授的開場白。他走到第一排的座椅前，把上帝存在的證據交到聽眾手中。一個嘴唇豐腫、面帶輕蔑的女孩，伸手去拿那片雕刻，動作小心得甚是誇張，接手時還微吐舌頭。她把它繼續傳下去，而教授則是靜靜地等待，直到小小的神祇傳到一半，才板起一張石頭般的臉說：

「大家不用在意，這只是從博物館商店買來的石膏板。十五歐元。」

凱倫聽見一陣笑聲，觀眾的肢體有所動作，還傳出椅子挪動的聲音，明顯代表現場的氣氛已不再緊張。他的開場做得很好。他今天的心情大概很不錯。

她悄悄溜到甲板上，點了一根香菸，眼前的羅德島和幾艘大型渡輪越來越近。這個季節的沙灘還是空蕩蕩的，這座城市無疑就是昆蟲的聚落，屋子順著斜陡的山坡往白熾的太陽攀升。

她看見島嶼的海岸線和分布其上的洞穴。海水劃在岩石上的刻痕彷彿迴廊與中殿，讓她聯想到一座座奇怪的神殿。這是某個東西在幾百萬年的努力下建造而成，而同一股力量現在正載著他們的小船，輕輕搖晃。這股濃稠的透明之力，在陸地上也有屬於它的作品。

細長的塔樓與地下墓穴，這些就是大教堂的初型，凱倫想著。海岸邊堆疊的岩石層次分明。石頭經過海沙幾世紀來的仔細打磨，呈現完美圓形。橢圓形的洞穴。砂岩中的花崗岩成分，其不對稱的形狀頗有趣味。規律的海岸線，海灘上的沙影，巨大的建築與細緻的珠寶。相對於這一切，海岸邊那一小串、一小串相連的房子，那些小巧的港口與船隻，那些自信能將古老文明用簡單、縮小的形式售出的店家又算什麼呢？

這會兒，她想起他們曾在亞得里亞海看過的水洞。那是波塞頓之洞，每天只有一次，太陽會透過洞頂的開口照進洞中，而她正是想起看見那束光時的感動。光線宛如一根尖針，穿過綠水，躲入沙底。這副光景只會維持一小段時間，接著太陽便繼續前行。

香菸「嘶」的一聲，消失在海洋的大嘴中。

他側著身睡，單手墊在臉頰下，嘴巴微開。一隻褲管捲了起來，露出底下的灰色棉襪。她輕輕在他身邊躺下，抱住他的腰，親了親他穿著羊毛背心的背。她突然想到，在他離開後，她得再留一段時間，起碼得在自己離開前把一切整理好，將空間騰給其他人。她會把他的筆記都收集起來，整理好，之後想必也會出版。她會跟出版社把事情都辦好，有幾本他的書已經變成教科書了。還有，她其實可以接手他的課程，不會有什麼問題，只是她不確定大學會不會主動向她提起。不過，她倒是很確定自己會想要接手他在船上的行動波塞頓講座（如果他們向她提議的話）。到那時候，她一定會增加許多

95 波斯迪普斯（Ποσειδιππος）：西元前三世紀的希臘詩人。

內容。她想，沒人教會我們該怎麼變老，我們不知道這是怎麼一回事。我們年輕的時候，以為這個病只有其他人會得，而我們基於某些還沒徹底探究的原因，會繼續保持年輕。我們把老人當成他們有錯，那是他們活該應得的疾病，就像糖尿病或動脈粥狀硬化一樣，但是得到這個病、面臨老化的，明明就是無辜的人最多。當她的眼睛已漸漸闔上，腦子裡卻還在想著一件事——她的背會變得沒有遮掩。誰會來抱她？

早上的大海很平靜，天候也很晴朗，所有人都來到甲板上。有人堅稱在這樣天氣下，可以從土耳其沿海看見內陸深處的亞拉拉特山，不過他們只看見高聳的岩岸。從海面上望去，山群顯得十分巨大，點點白斑鑲嵌其上，那是一顆顆光禿的岩石，宛如白骨。教授圍著凱倫的黑色圍巾，躺著身，瞇眼站著。凱倫看見了一副景象——他們在海面下航行；這是因為水面的實際高度是如此之高，有如洪水時期一般。她看見他們在一個帶著綠色的明亮空間裡移動，那個空間會減緩所有的動作，掩蓋所有的話語。圍巾已不再聒噪地拍打，而是無聲地捲成一團。帶著鹹味的淚水無處不在，洗滌她丈夫的黑色眼珠，他看著她，目光柔和。歐雷的髮色變得更加耀眼，而他的身形似乎像滴落到水中的樹脂，轉眼便永久硬化。一雙不知何人之手，高高處於他們的頭頂之上，正放出一隻飛鳥去尋找陸地，而且片刻過後，我們就會發現，我們的航行方向事實上已不再是未知，而那同樣的一隻手這會兒正指著山巔——嶄新的安全之地。

就在同一時刻，前排傳來尖叫聲，緊接著是讓人恐慌的警告哨音，而先前站在離他們不遠處的船長，這會已跑向船橋。他的動作依舊維持優雅，凱倫卻為此感到驚懼。沒過一會兒，乘客開始大叫，不停揮動雙手。那些把身子探出欄杆之外的人，這下都一一瞪大了眼，但他們看的不是神話色彩濃厚的亞拉拉特山，而是底下的某個東西。就在那個時候，她感覺船隻緊急停下，強烈的衝擊力道讓他們腳下的甲板突然動了一下。她在最後一刻抓住金屬欄杆，隨即試著抓住丈夫的手，卻看見教授小碎步地往後跑，就好像在看一部倒著放的電影。他的臉上畫著掃興結合驚訝的色彩，沒有半點恐懼。他的眼睛說著某種像「抓住我」這類的話。然後，她看著他撞到背，頭撞到樓梯的鐵架彈了回來，跪倒在地。就在同一時間，前方傳來重擊的響聲和人們的尖叫聲，然後是救生圈的落水聲，還有救生艇實實撞在水面的聲音，因為——凱倫從那些叫吼聲中明白——他們撞到了一艘小遊艇。

她四周的人紛紛從甲板站起來，眾人皆平安無事，而她跪到丈夫身邊，試著輕輕喚醒他。他眨了眨眼，一眨一閉的時間間隔許久，然後他用十分清楚的口氣說：「把我扶起來！」不過，這是一個無法履行的要求，因為他的身體不願意配合，所以凱倫把他的頭枕在自己膝上，等待援助。

教授買了一份很合適的保險，所以當天便有直升機把他從羅德島載去雅典的醫院詳細檢查。電腦斷層掃描發現，他的左腦受到嚴重損傷，有大量的出血，醫生束手無策。凱倫坐在他身旁，不斷撫摸那隻已癱軟無力的手掌，陪伴他直到最後。他的右半身完全失去知覺，一隻眼睛也微微閉著。凱倫打過電話給他的孩子，他們想必已經在路上。她整晚坐在他身邊，在他耳畔低語，內心相信他能聽得見、聽得懂。她領著他走在一條滿是塵埃的路上，四周盡是廣告、倉庫、卸貨區和骯髒的車庫。他們沿著高速公路的路肩走了一整夜。

然而，教授腦中的紅色海洋在條條血河的挹注下，漸漸淹沒其他區塊——首先是歐洲的低地，那是他出生與成長的地方。城市、橋梁，還有他的先祖幾世代來辛苦建成的水壩，都一一消失在水面之下。他們的家隱藏在蘆葦之中，而海洋氾濫到他們的門檻，大搖大擺進到屋內，用一張紅色地毯蓋住了他們的鋪石地面，以及他們每週六都會刷洗的廚房木質地板，最後滅去了壁爐中的火焰，蓋掉櫥櫃與桌子。

然後，海洋淹沒了教授邁向世界的車站與機場。教授遊歷過的城市、租過房子的街道、住宿過的廉價旅館、去過的餐廳，全都沉在這片海洋之中。亮晃晃的紅色海面，已經漲到所有他最愛的圖書館書架最底層。書本的頁面開始發脹，而那些封面上頭可以看見他姓氏的書也一樣；猩紅的舌頭舔過每個字母，黑色的墨水在其底下暈開。他每次為孩子領取畢業證書時所走過的地板與階梯，還有他升等教授時隆重走過的人行道，都吸滿了鮮紅的顏色。他與凱倫第一次倒下床單，在那上頭解開成熟笨拙的身體上的繫帶，也遭到紅色斑漬的侵襲。他用來放信用卡、機票和孫子照片的分類盒，被黏稠的流液永遠黏在了扶手椅上。水流灌進車站、軌道、機場和起飛跑道——那上頭已不再有任何飛機起飛，不再有任何火車發車。

海水的高度無可遏止地上升，接管了所有的話語、想法和回憶。水面下的街燈紛紛熄滅，燈泡一一爆裂。電線發生短路，整個網路成了沒有生氣、殘缺無用的蜘蛛網，斷了線的無聲電話。所有的螢幕都已轉黑。到最後，這片徐緩無盡的海洋開始來到醫院，整個雅典——神殿、神聖的道路與樹林、此時已空無一人的阿哥拉[96]、潔白的女神像與她的一小棵橄欖樹——都浸泡在鮮血之中。

機器對他來說已無用處，當醫院為他拔管時，當希臘的護士用溫柔的雙手，一口氣把床單覆上他的臉時，她就待在他的身旁。

她把他的遺體送去火化，和孩子們一起把骨灰灑進愛琴海。他們心裡相信，這樣的模式會是他最喜歡的葬禮。

96 阿哥拉（agora），指古希臘市民聚集的露天廣場。

我在這裡

我進步了。起初，每當我在陌生的地方醒來，都會以為自己在家裡，一直要到過了段時間，在日光的揭露下，我才會認出空間中有著陌生的細節。旅館裡沉重的窗簾、笨重的電視、凌亂的行李箱、堆疊整齊的乾淨白色毛巾。新的地點自窗紗後頭忽隱忽現，蒙著一層神祕面紗，在街燈的照耀下，最常呈現乳白色或黃色。

然而，在那之後，我進入了一個階段，旅遊心理學家稱之為「我不知道置身何處」。每次醒來，我總是不知所措。我試著去回想——就好像體內有個酒鬼一樣——自己在前一晚做了什麼？在哪裡？被道路帶往何方？我從逐項細節慢慢重建記憶，試圖解讀自己所在的此時此地。而這個特殊程序維持得越久，在我心中出現的恐慌也就越大，這是一種讓人不自在的狀態，與內耳炎相似，會讓人喪失基本平衡能力，越來越覺得噁心。該死，我到底在哪裡。然而，世界中的小細節都有著憐憫之心，最後帶領我找到正確的線索。我在甲地。我在乙地。這是旅館，而這是我好朋友的家、親戚家的客房、朋友家的沙發床。

每一次的清醒，都像是一枚印章，蓋在下一段旅程的門票上。

然而，接下來是第三階段，按旅遊心理學的說法，這是最重要的關鍵階段，會變成最終目標。不管我們去哪裡旅行，我們總是往它的方向走，因此「我在哪裡並不重要」；不管我在哪裡，都一樣。我在這裡。

物種的起源

我們見證各種新的物種在地球出現，而這些新物種已征服所有的大陸與大部分的生態位。它們群聚而生，隨風飄散，輕而易舉便能跨越遙遠的距離。

現在，我隔著巴士的窗戶看見它們，這些乘風飛舞的海葵，整整一大群，在沙漠之中漂泊。零星幾個蜷縮攀附在瘦小的沙漠植物上，不斷拍動，發出吵人的聲音——也許那是它們溝通的方式。

專家說，塑膠袋為物種演變揭開嶄新的篇章，改變了大自然萬世以來的習慣。因為，它們的組成僅有表面，內部空無一物，而這捨棄所有內容物的重大創新，意外給了它們演化的絕對優勢。它們擁有機動性，重量輕盈，具有抓取能力的耳朵，讓它們可以鉤住物體或其他生物的器官，並以這種方式拓展它們的棲息地。它們從城郊與垃圾場開始，歷經幾個起風的季節，才到達省城與偏遠荒地。它們占領地球上的廣大土地——從大型高速公路的交流道，到蜿蜒的海灘；從超級市場前的荒蕪廣場，一路到坡陡險峻的喜馬拉雅。頭一眼看，會讓人覺得它們纖細又脆弱，但這只是假象。它們可以長久存在，幾乎不朽——它們飄蕩的身軀要等個三百年左右才會分解。

我們從未遇過如此激進的存在形式。有些人處於形而上的高昂情緒之中，認為它的本性是要占領世界、征服大陸；認為它是一種純粹的形式，在尋找自身的意義，轉眼又對這份意義感到乏味，遂而再度投身風中。它是一顆四處流浪的眼睛，歸屬於某個不真實的地方；它是一個神祕的觀察者，在這全景劇場中參與演出。其他人——那些更堅定地立於地表的人——認為現今的進化所鼓吹的是短暫模式，只在世界停留片刻，卻反而因此得以無處不在。

最終的時刻表

每一趟朝聖的目標，都是另一個朝聖者；今天，最後一個朝聖者，封埋在壓克力當中，又或者（像其他的展間一樣）是以生物塑化技術保存。為了看到他，我只得跟著人潮一起排隊，沿著燈光打得非常漂亮、簡介用雙語寫成的展品前進。我們面前的這些展品，看起來像是從海外運來、所費不貲的貴重商品，如今擺在我們面前，讓我們一飽眼福。

一開始，我先看了些精心製作，封埋在壓克力中的標本。那些都是人體當中的細小部位，相當於螺絲釘、欄杆、開口銷和焊接頭；這些人體當中的細小部位通常不受重視，甚至遭人遺忘。這種製作標本的方式是好方法——標本全面杜絕空氣接觸，沒有損壞的危險。要是發生什麼戰爭，我面前的這個下巴還是有機會能保存下來，就算被埋在廢墟下或灰燼中也沒關係。如果未來火山爆發、海水倒灌或地層滑動，這樣的標本被考古學家找到，還是可以讓他們開心一番。

然而，這只是剛開始。朝聖者沉默地魚貫前進，後頭的人微微催趕前頭的人。這邊有什麼？我們現在要看什麼？生物塑化師、屍體防腐師、動物標本剝製師、解剖師、製革師，這些專業人士要給我們看的是哪個部位？

放在玻璃櫃裡的這一根，就是從人體裡抽出來的脊椎，形狀保持自然的弧度，看起來像是屬於外星人的。這名天外旅客在人體內，朝自己的目標前進。這是一隻巨型多足生物。這是由觸角與神經叢所組成，由一整串纏滿血管的小骨塊所構成的葛雷戈．薩姆薩[97]。可以不斷拒絕對他說「安息吧」，一拒再拒，直到有人終於大發慈悲，允許他永世安息為止。

再過去就是一個完整的人了。身體——說得精準一點——屍體縱切成半，展示內臟既迷人又分明的秩序。腎臟以其驚艷之美脫穎而出，是一顆巨大的蠶豆種子，地底女神的神聖種子。接著再過去，下一個展廳展示一具人類肌肉標本。男性身軀，瘦長，鳳眼，雖然沒有眼瞼與皮膚，卻還是向我們——一群朝聖者——展示每一條肌肉的起始端與終止端。你知道肌肉每次都是從靠近身體中心線的地方開始伸展，終端都在外圍的部分嗎？你知道Dura Mater不是充滿異國風情的色情片女星，而是大腦的保護層嗎？[98]你知道肌肉運動的方向是從起端到終端，而人體當中最強壯的肌肉是舌頭嗎？

站在純粹由肌肉組成的標本前，朝聖的人群下意識對照簡介上的內容是否屬實時，繃緊了他們的橫紋肌——會順從我們意志的肌肉。不幸的是，在我們的身體中也有不順從的肌肉存在，我們無法控制它們，拿它們毫無辦法。它們從遠古時期就在我們體內定居，如今管理我們的反射動作。

接下來我們會得知許多大腦的工作內容，知道我們之所以可以感受氣味，可以表達情感，對戰鬥與逃跑有所反應，正是多虧了杏仁體的存在，而海馬迴這隻海中之馬，則是掌控短期記憶。

至於中隔區——這是杏仁體當中的一小部分——可以調節愉快與成癮間的關係。我們在評估自己是否上癮時，應該先了解這層關係，要知道該向誰祈求幫助與支持。

97 葛雷戈．薩姆薩（Gregor Samsa）：卡夫卡小說《變形記》的主角。

98 Dura Mater：腦硬膜的拉丁文名。

接下來的標本是仔細擺放在白色平面上的大腦與末梢神經系統。我們可以把這張白底紅圖的作品當作地鐵路線圖——這是主站，主要的聯絡動脈從這裡出發，其他支線則從這條主線往兩旁發展。我們得承認，這是一個周到的設計。

新式的標本都是彩色的，而且色調明亮。血管、靜脈與動脈都是以流體的形式，才能在三度空間中被出色地呈現。這個標本想必是在三號開氏保存液中悠游，因為人們後來發現，它的保存效果最好。

我們還擠到了「只用血管做成的人類」前。這讓人聯想到解剖學版本的鬼魂。這個鬼魂會出沒在燈光明亮、鋪設瓷磚，某種介於屠宰場與化妝品實驗室之間的地方。我們重重嘆了一口氣，從沒想過身體裡可以有這麼多血管，也無怪乎只是皮膚受到輕微破壞，就可以讓我們流血。

所見即所知，因此我們沒有任何疑義。而所有的展示品當中，最讓我們喜歡的是以橫截面展示的標本。

這麼樣的一副人體被分切成片，擺在我們面前，我們也因此有了獲得嶄新觀點的可能。

聚合物的保存步驟

——傳統上，首先會為屍體進行包括排血在內的解剖準備程序；

——解剖時，將想展示的部分露出。比如，想展示肌肉時，應該去除皮膚及脂肪組織。在這個階段，要將身體擺成展示所需的姿勢；

——接著，將準備好的標本泡進丙酮溶液以去除水分；

——將脫水後的標本泡進矽氧聚合物中，放進真空瓶中封好；

——丙酮會在真空中汽化，矽氧聚合物便會取代其原先的位置，進入每個組織部位的最深處。

——矽氧樹脂硬化，但本身仍保持彈性。

我摸過這種腎和肝——感覺像用硬橡膠製成的橡膠玩具，像跟狗玩拋接用的球。真假之間的界線在這裡變得十分令人狐疑。同時，我有一種不安的感覺，覺得這個技術會把真品永遠換成複製品。

登機

他把鞋子脫掉，背包放在腳邊，現在就等著航空公司開放登機。他的臉上有幾天未刮的黑鬍渣，頭髮幾乎已經掉光，年紀大概在四、五十歲之間。看起來，他像是在不久前才明白，自己跟其他人沒有多大差別；可以這麼說，他開竅了。從他的臉上可以看出，他還有點驚魂未定，眼睛只往下盯著鞋子附近看，想必是為了克制自己的目光，別在他人身上打轉。他沒有表情，不做手勢，這些對他來說已經不需要。過了一會，他拿出筆記本，那是一本很好看的手札，手工縫製，想必是在那種用高價出售第三世界廉價產品的商店買的。再生紙做的封面上，可以看見黑色的印刷字體「Traveller's Log Book」（旅人日誌）。這本筆記已經寫了三分之一，他把它攤放在膝蓋上，用黑色中性筆寫下第一個句子。

所以，我也拿出自己的筆記本，把這個正在寫字的男人記在上頭。很有可能，他現在也正在寫：「一個正在寫字的女人。她把鞋子脫掉，背包放在腳邊……」

把你們的筆記本拿出來——我指的是其他那些在等登機門打開的人——開始寫吧，反正我們這些寫字的人有這麼多，你們不用覺得害臊。我們不會讓人看出自己正在觀察別人。我們的視線不會高過我們的鞋子。我們會把彼此寫下來，這是最安全的溝通方式。我們會把彼此換作字母與縮寫，永遠記錄在紙張上。我們會把彼此塑化，浸泡在詞句福馬林裡。

回到家後，我們會把這本日誌跟其他的日誌擺在一起。我們都有一個盒子收在櫃子後頭、書桌最底下的抽屜裡，或是床頭櫃的架子上。我們在那裡頭已經紀錄了許多旅程、行前準備和快樂的歸程。充滿塑膠瓶的骯髒沙灘，美得令人屏息的夕陽，還有飯店裡的某個夜晚。充滿異國風情的街道上，一隻生病的狗兒向我們乞食，但我們卻連麵包屑都沒有。還有在某個小鎮裡把我們圍住的孩子。（巴士的水箱過熱，我們不得不停下來讓它冷卻。）裡頭還寫了喝起來像抹布水的花生湯食譜，還有一個嘴唇燒傷的吞火人，以及我們仔細記下的開銷明細。我們試著畫下在地鐵上的瞬間，吸引我們注意的某個裝飾，卻沒有成功。在飛機上夢到的奇怪夢境。還有某次短暫的排隊期間，站在我們前面的比丘尼，身上穿灰色袍子的樣子。這裡面會記載所有的一切，甚至是以前郵輪時常進出，如今卻空無一人的碼頭上，那個跳著踢踏舞的水手。

這些內容誰會去看？

登機門等一下就要開了，空服員已在櫃臺前忙進忙出。原本疲憊不堪的乘客也從座位起身，整理手提行李，找出登機證，放在一邊的報紙雖沒看完，卻一點也不覺得可惜。每個人都在腦中默默進行檢查——東西是不是都帶了？護照跟機票？卡片？錢換了沒？要飛去哪裡？要飛去做什麼？到了之後能找到要的東西嗎？飛的方向對嗎？

美得像天使的空服員為我們檢查旅行證件，用溫和的手勢讓我們潛進柔軟彎曲、鋪著地毯的隧道裡，把我們送往機艙，然後再藉由冰冷的天空通道，將我們送往各個新世界。她們的笑容裡藏著一種對我們來說類似承諾的東西，像是在說我們可能會再度出生，而這一回，我們會出生在對的時間和對的地點。

人體標本參觀行程表

奧地利維也納，瘋人塔（Narrenturm），維也納聯邦病理解剖博物館（Pathologisch-anatomisches Bundesmuseum），地址：Spitalgasse 2。

奧地利維也納，聖約瑟夫學院（Josephinum），醫學歷史博物館（Museum des Instituts für Geschichte der Medizin），地址：Wahringerstrasse 25。

德國德勒斯登，德意志衛生博物館（Deutsches Hygiene Museum），透明人（Gl人gnerplatMenschen），地址：Lingnerplatz 1。

德國柏林，夏里特柏林醫學史博物館（Berliner Medizinhistorisches Museum der Charit們），地址：Schumannstrasse 20-21。

荷蘭萊頓，布爾哈夫博物館（Museum Boerhaave），聖則濟利亞醫院（St. Caecilia Hospice），地址：Lange St. Agnietenstraat 10。

荷蘭阿姆斯特丹，弗羅里克博物館（Vrolik Museum），阿姆斯特丹大學學術醫學中心（Academisch Medisch Centrum），地址：Heibergdreef 15。

拉脫維亞里加（Riga），Paulus Stradins醫學歷史博物館（Pauls Stradins Museum of the History of Medicine），地址：Antonijes 1；及Jekabs Primanis解剖博物館（Jekabs Primanis Anatomy Museum），地址：Kronvalda bulvaris 9。

俄羅斯聖彼得堡，人類學民族學博物館／藝術房間（Museum of Anthropology and Ethnography ／Kunstkamerr），地址：University Emb. 3。

美國費城，馬特博物館（Mütter Museum），地址：18 South 22nd Street。

地圖及插圖索引

本書中之地圖與插圖係節自2005年阿姆斯特丹出版，Pepin Press版權所有之《機敏兔之歷史與怪奇地圖書》（Agile Rabbit Book of Historical and Curious Maps）。

國家圖書館出版品預行編目（CIP）資料

雲遊者 / 奧爾嘉.朵卡萩(Olga Tokarczuk)著 ; 葉祉君譯. -- 初版.
-- 臺北市 : 大塊文化, 2020.06
面 ;　公分. -- (to ; 119)
譯自 : Bieguni
ISBN 978-986-5406-75-2(平裝)

882.157　　　109004734

LOCUS

LOCUS

LOCUS

LOCUS